Kann Geschichte komisch sein? Bei Steffi von Wolff schon!

Die junge Lilian Knebel aus der Gemarkung Mavelon beschäftigt sich heimlich mit Heilkräutern. Dabei erfindet sie durch Zufall die Pille. Der Kirche gefällt das natürlich überhaupt nicht: Lilian soll brennen!
Folgen Sie Lilian und ihren Kumpanen durch Burg und Tal, auf marktschreierische Märkte und Segelschiffe mit Rudern – und erleben Sie mit ihr die Freuden von Pest, Folter und Hexenverfolgung, aber auch die Schrecken von Freundschaft und Fleischeslust.

Die Presse über die Bücher der Autorin:
»Schnell, absurd, echt komisch.« *Cosmopolitan*
»Sehr witzig und ziemlich abgefahren.« *Max*
»Nicht ladylike, aber saukomisch!« *BamS*

Steffi von Wolff, geboren 1966, arbeitet als Redakteurin, Moderatorin, Sprecherin, freie Autorin und schreibt Comedy. Sie wuchs in Hessen auf und lebt heute mit Mann und Sohn in Hamburg. Ihre im Fischer Taschenbuch Verlag erschienenen Romane ›Fremd küssen‹ (Band 15832), ›Glitzerbarbie‹ (Band 16077) und ›ReeperWahn‹ (Band 16588) sind eine Frechheit. Und Bestseller.

Unsere Adresse im Internet: www.fischerverlage.de

Steffi von Wolff

Die Knebel von Mavelon

Roman

Fischer Taschenbuch Verlag

Meinem Schwiegervater, Professor Dr. Wilfried Gunkel.
Danke für die vielen hilfreichen Tipps und Bücher
übers Mittelalter.
Du hättest dich bestimmt sehr über dieses hier gefreut.
Ich danke dir für alles!

Veröffentlicht im Fischer Taschenbuch Verlag,
einem Unternehmen der S. Fischer Verlag GmbH
Frankfurt am Main, März 2006

© Fischer Taschenbuch Verlag 2006
Satz: Pinkuin Satz und Datentechnik, Berlin
Druck und Bindung: Nørhaven Paperback A/S, Viborg
Printed in Denmark
ISBN-13: 987-3-596-16701-2
ISBN-10: 3-596-16701-9

Ich finde die Pest zum Kotzen.

Man muss sich das mal vorstellen: Bloß wegen einer Ratte bekommt man plötzlich einen heißen Kopf, und dann bilden sich am ganzen Körper Beulen. Die Schmerzen sind unerträglich. Neun Dorfbewohner sind jetzt schon an der Pest gestorben, und ich weiß, dass es noch mehr werden. Da bevorzuge ich doch einen vereiterten Appendix. Das geht dann schneller mit dem Sterben. Der einzige Vorteil, den die Pest bringt, ist, dass man sich ab einem bestimmten Stadium keine Sorgen mehr über sein Aussehen und sein Gewicht machen muss. Das erledigt die Pest dann für einen.

Aber was rede ich da. Ich bin schließlich gesund und hoffe, das auch zu bleiben. Mein Name ist Lilian Knebel, ich bin siebzehn Jahre alt. Ich habe blonde Haare und bin darüber sehr froh, denn wenn meine Haare rot wären, hätte ich möglicherweise ein Problem. Ich habe auch keine unreine Haut oder gar Warzen im Gesicht, denn dann hätte ich ebenfalls ein Problem. Also, nicht mit mir selbst, sondern mit Richter Tiburtius oder Pater Quentin, der ziemlich dicke mit dem Erzbischof von Fulda ist. Die mögen alle keine Frauen mit roten Haaren und Warzen und machen gern mal kurzen Prozess. Dann müssen sich die Frauen mit den roten Haaren und den Warzen unangenehmen Verhören aussetzen. Hochnotpeinliche Verhöre, falls Sie verstehen, was ich meine. Die enden dann meistens damit, dass die Frauen gestehen, schon mal nachts auf einem Besen durchs Mittelhessische geflogen zu sein. Oder sie geben zu, schon mal ein Huhn für was auch immer geopfert zu haben. Oder so was Ähnliches.

Wir wohnen in Münzenberg. Das ist eine idyllische Ortschaft inmitten des hügeligen Hessenlands in der Gemarkung Mavelon. Wir, das sind ich, meine Eltern, meine sechs Geschwister und ungefähr siebenhundert andere Menschen. Alle von uns sind Untertanen. Derer von Pritzenheim. Die von Pritzenheimer wohnen auf der Burg Münzenberg, die hoch herrschaftlich über uns allen thront. Sie ist ungefähr dreihundert Jahre alt, und ständig bauen irgendwelche Handwerker daran herum. Ab und zu verliert einer der Handwerker durch das Aufeinandertreffen unglücklicher Zufälle eine Hand oder wird von einem recht großen Stein erschlagen, und ebenfalls ab und zu verliert einer das Gleichgewicht und stürzt in die Tiefe. Das ist allein schon deswegen nicht so schön, weil man leider ziemlich lange und auch tief fällt. Aber schon am nächsten Tag sind andere Handwerker da, die dann auch irgendwann von einem Stein getroffen werden oder herunterfallen. Nun ja. Mir tun die Leute Leid, aber man gewöhnt sich eben an alles. Ich bin froh, dass mein Vater Bauer ist und nicht an der Burg herumbauen muss.

Ansonsten ist Münzenberg ein wirklich schönes Dorf mit breiten Gassen und eng beieinander stehenden Häusern. Umgeben ist das Dorf von Laubwäldern und weitläufigen Feldern, die wir bewirtschaften. Jeder hier hat Vieh, und das Vieh weidet im Sommer auf grünen Weiden.

Wir schreiben das Jahr 1534. Es ist Frühling und schon ein wenig warm. So warm jedenfalls, dass wir in der Nacht die Tür ein Stück weit auflassen können. Das Vieh ist seit zwei Wochen wieder auf der Weide und muss nicht mehr bei uns in der Hütte hausen. Der Gestank ist ab und zu wirklich unerträglich.

Unerträglich ist auch der Graf. Gernot von Pritzenheim. Er ist ein unangenehmer Zeitgenosse. Sobald er auf seinem

Schimmel ins Dorf geritten kommt, müssen alle seine Untergebenen alles stehen und liegen lassen und sich verbeugen
beziehungsweise auf die Knie fallen.

»Heda, ihr Leut!«, pflegt der Graf zu rufen, während der
Schimmel schnaubt und manchmal auch wiehernde Geräusche von sich gibt. Der Schimmel ist fast noch eingebildeter
als der Graf. Er ignoriert die Leute und schlägt manchmal
aus, und ich habe oft das Gefühl, er möchte lieber ein Rappe
sein und kein gemeiner Schimmel. Pritzenheim geht oft ins
Schankhaus und lässt sich da voll laufen. Natürlich ohne zu
bezahlen. Er ist schließlich der Graf.

Wenn im Dorf geheiratet wird, kommt er ebenfalls angeritten und nimmt die Braut für die Dauer der Hochzeitsnacht
mit auf seine Burg. Ius primae noctis eben.

Allein schon aus diesem Grund werde ich nie heiraten. Die
Vorstellung, das Geschlechtsteil des Grafen auch nur anzuschauen, lässt mich erschaudern. »Dein Stecken und Stab
trösten mich« bekommt dann mit Sicherheit eine ganz andere Bedeutung.

Aber ich schweife ab. Schließlich geht es hier nicht nur um
den Grafen.

Wir sind eine ziemlich nette Gemeinschaft hier in unserem
Dorf. Überschaubar. Ich mag fast alle. Manche sind sogar
richtig nett. Zum Beispiel Bertram. Bertram ist Scharfrichter. Und mit ihm beginnt auch die Geschichte, die ich erzählen möchte.

»Was soll ich nur tun, Lilian, sag es mir!« Bertram ist völlig verzweifelt. In einer Stunde müssen wir alle am Schafott
stehen. Eine erneute Hinrichtung steht heute auf dem Ter-
minplan, und alle aus der Gemarkung Mavelon müssen teilnehmen. Das hat Graf von Pritzenheim so angeordnet. Wer
einer Hinrichtung beiwohnt, überlegt sich im Anschluss

daran nämlich zehn- bis zwanzigmal, ob er zum Dieb oder Mörder wird. Ich mag keine Hinrichtungen. Sie kosten unsere Zeit, die Kühe werden nicht rechtzeitig gemolken, die Ziegen und Hühner und Karnickel nicht gefüttert, und die dummen Sprüche, die der Graf vor der Hinrichtung von sich gibt, mag ich noch weniger. Hinrichtungen bringen den ganzen Tagesplan durcheinander. Am nervigsten ist das Hängen, bis der Tod eintritt. Das kann Stunden dauern, und im Herbst oder Winter bekommt man kalte Füße, während der Delinquent ununterbrochen versucht, den Strick von seinem Hals zu lösen, was natürlich gar nicht geht, weil ihm die Hände auf den Rücken gebunden sind. Manchmal sind die Hinrichtungen aber ganz erträglich, nämlich dann, wenn Pritzenheim sich überlegt hat, den zum Tode Verurteilten in einem Eisenkäfig, der an der Burgmauer befestigt ist, verhungern oder verdursten zu lassen. Da kann man ja nicht die ganze Zeit dabei bleiben, das sieht selbst er ein. Das dauert ja bislang Ewigkeiten. Man muss nur aufpassen, dass man einige Wochen später nicht von einem Oberschenkelknochen oder einem Schädel getroffen wird, wenn man direkt unter dem Käfig vorbeiläuft oder -reitet. Das ist schmerzhaft. Und das Pferd könnte scheuen.

Nun gut. Zurück zu Bertram.

Bertram weint fast. Mit roten Augen schaut er mich an: »Ich konnte Köpfungen noch nie gut vertragen«, klagt er. »Weißt du, wie furchtbar das ist, wenn das Blut spritzt?« Ich nicke mitfühlend. Bertram stampft mit dem Fuß auf: »Warum musste ich Vater am Sterbebett versprechen, dass ich in seine Fußstapfen trete? Hätte ich doch nur abgelehnt. Ich wollte Müller werden. Aber nein, aber nein, ich soll ständig jemanden töten. Das sei Familienehre, hat Vater gesagt. Wie ich das hasse.«

Wir sitzen auf einer Holzbank vor Bertrams Hütte. Irgendwo verbrennt jemand Holz, und der beißende Geruch weht über uns hinweg. Bertram hat sich mir schon immer anvertraut, ich bin die Einzige, die weiß, dass er seinen Beruf aus ganzer Seele hasst. Aber alle Männer in Bertrams Familie waren Scharfrichter, und da blieb Bertram nichts anderes übrig, als auch Scharfrichter zu werden. Sein Vater hat ihm das Töten von der Pike auf beigebracht; schon mit sieben Jahren wusste Bertram, wie man einen Menschen so hängt, dass das Genick auch wirklich bricht. Er hat auch gelernt, mit Messern und Äxten umzugehen. Bei seiner ersten eigenständigen Hinrichtung war Bertram sechzehn und so nervös, dass er vorher mehrere Male in unseren kleinen Fluss gekotzt hat. Ich habe damals seinen Kopf gehalten und gebetet, dass niemand mitbekommt, dass Bertram vor lauter Angst kotzen muss. Sein Vater hätte ihn hingerichtet. Und mich dazu.

»Denk einfach an was Schönes«, versuche ich Bertram zu trösten.

Der sieht mich mit seinen tränenden Augen fassungslos an: »Wie soll ich denn an was Schönes denken, wenn ich diesem armen Opfer, das meiner Meinung nach sowieso wie fast alle unschuldig ist, den Kopf abtrenne?«, fragt er mich und schaut auf seine Hände. »Ich bin ein Mörder«, sagt er. »Ein Mörder, Mörder, Mörder!«

»Das stimmt«, gebe ich zu, sage dann aber schnell: »Aber du bist ein netter Mörder.«

Doch das hilft Bertram in diesem Moment auch nicht weiter. Schließlich muss er gleich einen Unschuldigen enthaupten.

»Ich könnte sagen, dass ich unpässlich bin«, meint er und sieht mich an, als ob er gerade die Idee seines Leben hätte.

»Unpässlich sind nur Frauen«, erkläre ich ihm zum wiederholten Mal.

»Dann sage ich einfach, dass ich mich in letzter Zeit so fiebrig fühle und auch nässende Wunden habe. An den Beinen«, kommt es wieder von Bertram, der verzweifelt einen glaubwürdigen Grund sucht, um nicht die Messer zu wetzen. »Nein«, frohlockt er, »hier! Schau! Meine Hand! Sie eitert. Von innen. Man kann es von außen noch nicht sehen. Und mit der linken Hand kann ich nichts tun!«

Ich schüttele den Kopf: »Dann wirst du selbst hingerichtet«, sage ich und verdrehe die Augen. Es sind immer wieder dieselben Diskussionen und sie führen dazu, dass Bertram dann doch Köpfe abtrennt, Hälse stranguliert und Körper mit der Hilfe von Kaltblütern vierteilen lässt. Gar nicht selten muss er auch vorher foltern, was für ihn die größte Folter überhaupt ist. Zum Glück trägt er bei der Folter und auch bei den Hinrichtungen eine blickdichte Kutte, so dass die Zuschauer sein entsetztes Gesicht nicht sehen müssen. Aber ich weiß, wie er sich fühlt. Weil ich Bertram kenne, seit ich auf der Welt bin.

Die schlimmste Hinrichtung war die vorletzte. Bertram hatte sich am Abend zuvor in der Dorfschänke die Kutte voll laufen lassen und war jenseits von Gut und Böse. Barthel, der Handlanger, musste immer neuen Most holen, aber das nützte auch nichts. Nachts dann klopfte Bertram an die Wand unserer Hütte, und ich schlich mich raus.

Er sah schrecklich aus. Davon mal ganz abgesehen, dass er weder klar sprechen noch gerade stehen konnte, schwang er ununterbrochen ein Beil um seinen Kopf herum.

»Was tust du denn da?«, fragte ich flüsternd und sah mich verstohlen um. Wenn uns hier irgendjemand sehen würde, wäre das nicht ganz so gut.

»Ich will ... ich will ... mich köpfen«, presste Bertram hervor und schwang erneut das Beil. »Damit ich morgen den

armen Wiedekind nicht ... AAAH!« Erschrocken sprang ich
nach vorn. Bertram hatte sich mit der Axt an der Schulter
getroffen und blutete stark. Auch das noch. Bertram stand
unter Schock. Er schielte auf die klaffende Wunde und war
nicht zu beruhigen. Dann ging es los: »Lilian, Lilian, LI-
LIAN! Das Blut, das Blut, DAS BLUT! Mach, dass das Blut
weggeht!« Er war zwar immer noch nicht in der Lage, sich
in irgendeiner Form zu bewegen, wegen des Schocks, des
Schocks, aber mich anschreien, das konnte er.
Dann rumorte Hiltrud auch noch in unserer Hütte herum.
Hiltrud ist eine unserer Milchkühe und ein fürchterlich ner-
vöses Huhn. Hiltrud ist des Weiteren sehr rücksichtslos.
Wenn sie sich schlafen legt, und das tut sie ja im Winter in
unserer Hütte, achtet sie überhaupt nicht darauf, wohin sie
ihre vierhundert Kilo bettet, sondern lässt sich einfach da
fallen, wo es ihr gerade passt. Also im Zweifelsfall direkt auf
mich. Ich habe auch schon geträumt, dass ich gerade eben
im Sumpf versinke und als Moorleiche ende, aber als ich
aufwachte, musste ich feststellen, dass Hiltrud sich über mir
entleert und einen zentnerschweren Kuhfladen abgelassen
hat. Auf mein Gesicht. Nicht nur aus diesem Grund wasche
ich mich täglich. Hiltrud ist wirklich schwierig. Manchmal
führt sie sich wie eine Prinzessin auf. Immer dann, wenn es
ans Melken geht und sie aber lieber weiter grasen möchte.
Will man sie von der Weide führen, lässt sie sich grundsätzlich auf den Rücken fallen, streckt alle vier Läufe von
sich, schließt die Augen und tut so, als hätte sie gerade einen
ganz, ganz schlimmen Albtraum. Und den Menschen, der
eine Kuh melken kann, die auf dem Rücken liegt und Alb-
träume vorschützt, soll man mir mal zeigen.
»Sei still!«, herrschte ich Bertram an und begutachtete erst
mal die Wunde. Er übertrieb wie immer. Warum kann er
nicht einfach mit seinem Beruf leben, so wie jeder andere

auch? Ein Bauer sticht sich doch auch nicht mit der Heugabel, wenn die Ernte ansteht.

Ich drehte mich um. Niemand hatte uns bis jetzt bemerkt. Wenn Bertram jetzt leise blieb, würde uns auch niemand bemerken. Aber Bertram war nicht zu beruhigen:

»Es geht hier um Wiedekind Gottholf!«, sagte er anklagend und drückte an seiner Fleischwunde herum, so, als ob er hoffte, dass die Wunde schon angefangen hätte zu eitern und er mehr Grund hätte, lauthals zu greinen.

»Ich weiß, Bertram, ich weiß«, sagte ich und streichelte seinen Arm.

»Wiedekind ist einer meiner besten Freunde«, klagte Bertram und setzte sich erschöpft auf den Lehmboden. Wenigstens lallte er nicht mehr lauthals herum. »Wir sind zusammen aufgewachsen, so wie wir alle hier, Lilian, falls du verinnerlichen möchtest, was ich meine. Und dann diese Anschuldigung, dass er die Hühner vergiftet hat. Dabei haben die Hühner einfach bloß zu große Holzstücke gefressen und sind daran erstickt. Ich habe es doch mit eigenen Augen gesehen. Aber Richter Tiburtius glaubt ihm nicht. Er will ihn loswerden. Wiedekind war ihm schon immer ein Dorn im Auge. Weil seine Tochter mit ihm angebändelt hatte. ›Denk dir was Grausames aus‹, hat Tiburtius zu mir gesagt. Kannst du dir das vorstellen?«

»Verdammt!«, sagte ich und seufzte.

Aus einem offenen Fenster steckte Hiltrud ihren Kopf und wollte gestreichelt werden. Sie bleckte die Zähne und fuhr ihre riesige Zunge aus. Nachdenklich kraulte Bertram ihr zwischen den Augen herum, die Hiltrud genüsslich verdrehte. »Ich wollte Wiedekind eigentlich schon gestern Abend umbringen, um ihm größeres Leid zu ersparen«, sagte er. »Und Tiburtius dann erzählen, Wiedekind hätte sich das Leben genommen.« Hiltrud ließ ihre Zunge so weit heraus-

hängen, dass man für sechs Leute Teller und Tassen darauf
hätte abstellen können. Und eine große Suppenschüssel.

Wir schwiegen beide und starrten in die sternenklare Nacht,
und ein Schauder lief mir über den Rücken. Bertram ist nun
mal kein erfinderischer Scharfrichter, der sich einen Spaß
daraus macht, sich immer neue Tötungsarten zu überlegen.
Er altert mit jeder Hinrichtung und sieht manchmal schon
aus wie ein Greis Anfang zwanzig.

Bertram berichtete mir dann haarklein, wie er mit Wiedekind in den Wald gegangen war, um giftige Pilze zu sammeln, die Wiedekind dann essen sollte. Da aber keiner der
beiden wusste, wie man giftige von ungiftigen Pilzen unter-
scheidet, und sie nach dem siebten offensichtlich ungiftigen
Pilz keine Lust mehr hatten, noch mehr Pilze zu probieren,
kehrten sie unverrichteter Dinge wieder zurück und über-
legten die ganze Nacht lang, wie Wiedekind schmerzfrei unter die Erde gebracht werden könnte. Schließlich suchten sie
Rat und Hilfe bei Egbert, dem Dorfschmied. Der ist für die
ganzen Folter- und Hinrichtungsinstrumente zuständig. Er
ist zwar etwas, nun sagen wir mal, langsam und schwerfäl-
lig in seinen Gedanken, aber man kann ihm trauen. Und
Egbert hatte schließlich die zündende Idee: »Ganz einfach«,
meinte er. »Du, Bertram, solltest dir was Grausames aus-
denken. Ich rate dir, dem Richter vorzuschlagen, Wiedekind
wirklich grausam hinzurichten.«

»Und dann?«, fragte Bertram neugierig.

»Ja, und dann?«, wollte auch Wiedekind wissen.

»Lasst mich doch mal ausreden«, meinte Egbert und schwieg,
um einige Minuten später zu sagen: »Wirklich grausam hinzurichten.«

»Ja, mein Freund, das haben wir vernommen«, Wiedekind
wurde ungeduldig. »Wie geht es weiter?«

»Nun, dann wirst du grausam hingerichtet«, verkündete

Egbert stolz. »Ich halte das für die beste Lösung. Es wird sicher nicht schnell gehen«, meinte er zu Wiedekind und klopfte ihm dabei wohlwollend auf die Schultern. »Gar nicht schnell gehen, da kannst du ganz unberuhigt sein.« Aber sonst ist Egbert wirklich ein netter Mensch. Und so hilfsbereit.

Die Hinrichtung war dann eine einzige Katastrophe. Bertram fesselte seinen Freund auf die Streckbank und versprach ihm leise, ihm irgendwann, wenn keiner hinschaute, schnell einen Dolch in die Rippen zu stoßen, aber durch die ganze Aufregung vergaß er das dann wieder und verhedderte sich zu allem Überfluss auch noch mit dem linken Fuß in einem Seil, das unter einer Winde hing, und musste dann kurbeln, und zwar ziemlich stark und schnell, weil das Seil seinen Fuß doch arg abquetschte, und wir standen alle da und beteten für Wiedekind, und meine Mutter bekreuzigte sich, und der blöde Gaul vom Grafen Pritzenheim tat so, als ob ihn das alles sehr stark mitnehmen würde, und dann gab es einen fürchterlichen Schlag, weil Bertram so fest an dem Seil zog, dass die ganze Streckbank brach, und Wiedekind gab es dann nicht mehr in einem Stück, sondern in ungefähr vierzehn, und das, was von ihm übrig war, flog durch die Gegend. Was mich am meisten an der ganzen Sache freute – abgesehen davon, dass Wiedekind nun doch einen schnellen Tod hatte – war die Genugtuung, dass sein Arm mit geballter Faust direkt in das Gesicht vom Grafen flog, der zuvor dastand und Maulaffen feilhielt und dann nicht mehr dastand und Maulaffen feilhielt, weil er nämlich nach hintenüber fiel und zwei Zähne verlor.

Wirklich, es ist jedes Mal dasselbe. Jedes Mal. Erst das große Gejammer von Bertram, und dann müssen sie doch alle sterben, ob sie nun Wiedekind oder sonst wie heißen.

Die arme Seele, die heute sterben muss, hat es wahrlich nicht
verdient, da bin ich mir sicher. Zum Glück sind Bertram
und ich unbeobachtet geblieben, und ich konnte ihn irgendwann dazu bringen, nun endlich seine Scharfrichterkutte zu
holen.

Die Sonne steht schon recht hoch am Himmel, als wir uns
alle auf dem Marktplatz versammeln. Eigentlich ist der
Marktplatz sehr schön. Es gibt einen großen Brunnen, und
Linden spenden Schatten. Unter den Linden spielen normalerweise Kinder, aber heute nicht. Es ist beinahe unheimlich
still. Noch nicht mal das Getrappel von Hufen ist zu hören,
weil die Tiere heute alle im Stall sind. Wegen der Hinrichtung.

Der Delinquent ist diesmal eine Delinquentin. Sie heißt
Anneke, ist das Eheweib von Friedhelm Engefers und wird
bezichtigt, der Hexerei zu frönen. Wer nämlich in der Gemarkung Mavelon mit Heilkräutern herumwirtschaftet,
hat es nicht leicht. Auch, wenn die Heilkräutermischungen
sich als hilfreich bei Krankheiten erweisen sollten. Nein,
das wird hier nicht gern gesehen. Anneke jedenfalls wird
Folgendes vorgeworfen: Sie soll einen Zaubertrank aus neu-
nerlei Kräutern gebraut haben. Unter anderem aus Malve,
Vogelknöterich, Mutterkraut, Lavendel, Eberraute und Pest-
wurz.

Ja, und? Soll man Anneke doch brauen lassen.

Aber nein. Es hat zwar niemanden interessiert, für was oder
gegen was diese Mixtur gut oder schlecht ist, aber Anneke
sei eine Hexe. Der Meinung war Richter Tiburtius, und weil
niemand sich jemals trauen würde, auch nur das Geringste
gegen das Wort von Richter Tiburtius zu sagen, ist Anneke
eben eine Hexe. Wegen des Vogelknöterichs und der ganzen
anderen Sachen.

Ganz ehrlich: Ich glaube nicht, dass Anneke eine Hexe ist.

Ich glaube überhaupt und gar nicht, dass es Hexen gibt, aber das werde ich niemandem auf die Nase binden. Was ich glaube, ist etwas ganz anderes: Die haben Angst. Mit *die* meine ich Richter Tiburtius, den Grafen Pritzenheim und die ganzen komischen Bischöfe, die manchmal in prunkvollen Kutschen durch Münzenberg ziehen, huldvoll lächeln und uns den Segen Gottes erteilen. Die haben Angst davor, dass jemand herausfinden könnte, dass nicht Gott allein Krankheiten heilt, sondern eventuell jemand, der sich mit diesen ganzen Kräutern auskennt und dazu noch ein Weib ist. Was ich nämlich weiß: Annekes Salben und Getränke, die sie aus den verschiedenen Kräutern herstellt, haben schon vielen hier geholfen. Anneke musste heimlich zu den Kranken gehen. Frische Pfefferminze, in kochendes Wasser gegeben, hat schon manches Unwohlsein gelindert, und selbst ich habe schon meine Erfahrung mit Annekes Kräutern gemacht. So etwa alle fünfundzwanzig Tage ereilt uns Weibsleute nämlich dieser denkwürdige Schmerz, dem Krämpfe und heftiges Unwohlsein folgen können. Blutungen sind an der Tagesordnung in dieser Zeit, und ich weiß bis heute nicht, warum dies so ist, woher es kommt und was es zu bedeuten hat. Meine Mutter kann ich solche Dinge nicht fragen. Anneke gab mir Johanniskraut, das ich aufbrühen und trinken sollte, was ich auch getan habe. Seitdem geht es mir während der Tage, an denen ich diese Schmerzen habe, wirklich besser. Es ist ein Gefühl der Leichtigkeit, gepaart mit Freude. Ein gutes Gefühl. Gut, manchmal ist mir ein wenig schwindelig, aber trotzdem ist es ein gutes Gefühl. Ein Gefühl, über das ich mit niemandem zu sprechen wage. Noch nicht mal mit Bertram.

Anneke ist eine wunderschöne Frau. Das kommt noch erschwerend hinzu. Anneke hat dunkelgrüne, wissende Augen, hüftlanges schwarzes Haar, das ihr in vollen, üppigen

Locken über die Schultern fällt, und immer leicht rötliche Lippen. Ihre Figur ist vollkommen. Selbst nach zwei Geburten ist sie rank und schlank, ihr Körper wirkt biegsam wie eine Gerte, ihr Busen ist rund und fest. Aber das eigentlich Faszinierende an Anneke ist ihre Ausstrahlung. Wenn Anneke die Dorfschänke betritt oder auf die Bleiche kommt, um ihre Wäsche zum Trocknen auszubreiten, ist jeder still. Niemand sagt ein Wort. Keine ist so schön wie Anneke. Und niemand nimmt das mit einer solch gelassenen Selbstverständlichkeit hin wie sie. Niemals würde sie mit ihrer Schönheit kokettieren. Ich glaube, Anneke weiß ganz genau, was viele über sie denken, Frauen wie Männer. Die Frauen, nun ja, die sind neidisch, und die Männer, ja, die Männer, die würden nur zu gern mit Anneke anbändeln. Aber Anneke nicht mit ihnen. Sie liebt ihren Mann von ganzem Herzen. Und er sie.

Ich schaue über den Marktplatz, und alles kommt mir so unwirklich vor. Da vorn das Schafott, ein paar Meter weiter zwitschern die Vögel, und hier unten stehen wir alle und warten darauf, dass ein Mensch sein Leben lassen muss. Um dann weiterzuleben, bis es uns selbst trifft, wenn wir nicht höllisch aufpassen.

Hexen. Hexen gibt es nicht. Genauso wenig wie den Teufel. Das sind alles die Erfindungen dieser rot gekleideten Pfaffen, die die Menschheit klein halten wollen. Alles im Dienste des Herrn, so tönen sie immer herum. Warum müssen wir dann im Winter so oft frieren, und warum haben manche Familien hier kaum genug zu essen? Warum muss ein jeder Abgaben an die Kirche zahlen? Damit die hohen Herren in den Kirchen sich noch mehr Edelsteine an ihre Gewänder nähen und noch mehr Rotwein aus goldenen Kelchen trinken können. Wer hat das mit der Kirche eigentlich erfunden? Ich weiß es nicht.

Da wird Anneke gebracht. Gekleidet in einen dunkelbraunen Leinensack, der in der Mitte von einer Kordel gehalten wird, kauert sie in einem Holzkäfig, der von einem Ackergaul gezogen wird. Gehen darf sie nicht, eine Hexe darf nach ihrer Verurteilung den Boden nicht mehr berühren. Hat sich mit Sicherheit auch so ein Bischof oder vielleicht sogar der Papst selbst ausgedacht. Ich werde nicht müde zu behaupten, dass das alles Humbug ist, dieser ganze Hexenkram. So überflüssig wie die Hodensäcke unseres Papstes.

Bertram steht auf dem Schafott und zittert am ganzen Leib, und ich hoffe inständig, dass es niemand bemerkt. Es ist nämlich so, dass Bertram trotz allem auf seine Stellung angewiesen ist. Ein Scharfrichter wird geächtet und kann nirgendwo anders mehr Fuß fassen. Es sei denn, er wandert aus und lässt sich in einer anderen Stadt nieder. Und das will ich nicht. Gut, ich gebe zu, ich bin zwiegespalten; es wäre ja dann schließlich so, dass Bertram nicht mehr töten muss. Das hätte sein Gutes. Andererseits: Würde Bertram Münzenberg und die Gemarkung Mavelon verlassen, käme sofort der nächste Scharfrichter. Wer weiß, wer das ist. Dem fällt dann vielleicht ein, dass junge blonde Frauen Hexen sind oder sein könnten. Dann stehe ich fein da. Nein, nein. Bertram soll bloß bleiben.

Anneke steigt aus dem Holzverschlag und setzt direkt den Fuß auf eine kleine Holztreppe, die vorm Schafott angebracht ist (der Boden, der Boden). Sie sieht aus, als hätte sie nicht besonders gut geschlafen letzte Nacht. Aber sie geht aufrecht und stolz. Ich blicke auf Friedhelm, ihren Mann. Er steht ruhig da und beobachtet seine Frau. Da kommt Richter Tiburtius zusammen mit dem Erzbischof, dessen Namen ich mir nie merken kann. Ich weiß nur, dass er schon mal in Rom war und den Papst persönlich kennt. Klemens VII. Wo Rom liegt, weiß ich auch nicht. Weit weg, hat Vater mir erzählt. Ich werde irgendwann mal nach Rom gehen und mir Klemens vorknöpfen. Verlaufen werde ich mich bestimmt nicht. Alle Wege führen nach Rom, habe ich mir sagen lassen.

Der Marktplatz ist mittlerweile so voll, dass es schon eng wird. Kurz überlege ich, für Anneke zu beten, aber was würde es ihr nützen? Die Enthauptung ist beschlossene Sache, ohne Wenn und Aber, und ich kann ihr nur wünschen, dass es schnell geht. Mit Schaudern denke ich daran, dass Bertram sich verschlagen könnte mit diesem Beil und – oh nein, nicht daran denken. Er wird es schon richtig machen. Bertram allerdings steht da, als ob er im nächsten Augenblick der Länge nach hinfallen würde.

»Wir sind heute zusammengekommen«, beginnt der komische Bischof, der richtiggehend lächerlich aussieht in seinem viel zu großen, roten Gewand, »um die Seele dieser armen Sünderin ihrem Richter zu übergeben. Du«, er deutet auf Anneke, die reglos dasteht und zuhört, ohne eine Gemütsbewegung zu zeigen, »du hast Schande über uns alle gebracht. Du wirst deine gerechte Strafe im Himmel erfahren, und dann sei Gott mit dir!« Warum muss der Mann so brüllen? »Welche Sünden hat dieses Weib begangen?«, fragt der Bischof dann Richter Tiburtius.

Der rollt Papier auseinander, schaut auf das Geschriebene und fängt an vorzulesen: »Sie hat einen Pakt mit dem Teufel, sie …«

»Wer? Wer?«, unterbricht der Bischof den Richter.

»Die arme Seele hier!«, ruft Tiburtius zurück.

»Wo?« Der Bischof sieht ein wenig verzweifelt aus. Ein Raunen geht durch die Menge.

»Hier!« Tiburtius deutet auf Anneke. »Sie hier!«

»Wer ist das?«, will der Bischof wissen.

»Die Sünderin, die in wenigen Augenblicken erfahren wird,

was es heißt, Buße zu tun. Die gleich zum Allmächtigen aufsteigen wird, um ihre gerechte Strafe aus Gottes Hand zu erhalten!«, leiert Tiburtius herunter.

»Warum? Wer?« Der Bischof ist am Ende mit seinen Nerven. Verwirrt schaut er abwechselnd auf Anneke und auf Tiburtius und dann in die Menge.

Bertram steht mit seinem Beil da und weiß auch nicht, was er machen soll.

»Eure Exzellenz, Euer Hochwürden, äh«, Tiburtius ringt nach Fassung, »Ihr habt doch eben selbst gesagt, dass wir diese reuige Sünderin nun ihrem Richter gegenüberstellen und sie Buße erfahren lassen. Das habt Ihr doch eben gesagt!«

»Was? Was habe ich gesagt?« Nun wird der Bischof böse. »Wollt Ihr mir unterstellen, dass ich etwas gesagt habe? Gar nichts habe ich gesagt. Wer seid Ihr?« Verwirrt schaut der Bischof herum.

Ob er betrunken ist? Das Abendmahl zu sehr genossen hat? Ich verstehe gar nichts mehr.

Neben mir steht Cäcilie, eine ungefähr dreißigjährige Frau, die sehr zurückgezogen lebt. Sie ist verwitwet und spricht kaum mit uns. Und wir, wir lassen sie in Ruhe. Cäcilie hat einen kleinen Hof, den sie allein bewirtschaftet. Ich habe bislang kaum drei Worte mit ihr gewechselt. Einmal habe ich sie bei Anneke gesehen.

»Amnesie«, sagt Cäcilie leise. »Er kann sich an sein eben Gesagtes nicht mehr erinnern.«

Auf dem Schafott geht es minutenlang so weiter. Tiburtius erzählt dem Bischof immer wieder, dass die arme Sünderin nun ihrem Richter übergeben werden muss, und der Bischof fragt ständig »Wer?«, »Wie?« oder »Was?« und macht einen ganz verrückt.

Für Anneke ist das bestimmt auch nicht gerade toll. Aber sie beobachtet den Richter und den Bischof nur, und fast habe ich das Gefühl, dass sie ab und an amüsiert lächelt. Aber irgendwann wird es Tiburtius dann zu viel, und er stellt sich vor den überforderten Bischof, um lautstark zu verkünden, dass die Sünde nun bestraft und das Urteil nun vollstreckt würde.

»Nein!«, brüllt der Bischof. »Nein!« Er greift sich an den Hals. Bertram scheint nicht zu wissen, was er tun soll, und schwingt vorsorglich schon mal das Beil.

Diese Amnesie muss ja entsetzlich sein. Bestimmt weiß der Bischof noch nicht mal mehr, dass er Bischof ist. Vielleicht erzählt er uns gleich, was er schon alles an Hexentränken gebraut hat, und bettelt um Gnade. Ich stelle mich auf die Zehenspitzen.

Tiburtius ist rot im Gesicht. »Nicht Ihr sollt sterben!«, fährt er den Bischof an, der schwitzt wie ein Schwein. »Diese Hexe dort soll sterben!«

»Ah! Ah!«, macht der Bischof und beruhigt sich etwas.

Mittlerweile regt sich aber Bertram so auf, dass ihm das Beil aus seinen verschwitzten Händen gleitet und krachend auf den Holzboden fällt. Ich danke welcher höheren Macht auch immer, dass es Bertrams Fuß nicht gespalten hat. Wer sollte dann mit der Hinrichtung weitermachen? Und Bertram kann doch kein Blut sehen. Dazu kommt noch, dass seine blickdichte Kutte zwischenzeitlich so blickdicht ist, dass er quasi gar nichts mehr sehen kann, auf die Knie fällt und um Tiburtius und den Bischof herumkrabbelt, um das Beil wiederzufinden.

Nun stehen wir schon beinahe eine Stunde hier und noch nichts ist passiert; ich muss noch raus aufs Feld und auch noch zum Fluss, um die Wäsche zu waschen und so weiter und so fort. Ich sage es ja, diese Hinrichtungen nerven. Das Köpfen selbst geht ja eigentlich schnell, bloß das ganze Trara davor ist zeitraubend. Aber ich kann nicht einfach gehen. Dann wasche ich eben morgen.

Der Bischof ist zu nichts mehr in der Lage. Er lässt sich schnaufend auf den Boden fallen und röchelt vor sich hin. Ich nehme an, dass er zusätzlich zur Amnesie nun auch noch Probleme mit der Atmung hat. Ganz offensichtlich sogar.

»Möchtest du noch etwas zu deiner Verteidigung sagen, oder möchtest du noch einmal beten und deine Sünden im Gebet bereuen?«, fragt Tiburtius Anneke lautstark. Die schüttelt den Kopf, und ich glaube, dass es Bertram recht ist, dass sie nichts mehr sagen will; er möchte das nun alles nur noch hinter sich bringen. Was ich unschwer nachvollziehen kann. Mit festem Schritt schreitet Anneke zu dem Holzklotz, auf den sie ihren Kopf gleich legen wird. Sie dreht sich um und schaut in die Menschenmenge, die stillschweigt. Man hört nur einige Vögel zwitschern, und etwas weiter entfernt blökt eine Kuh (die Kühe sind weit über der Zeit, wie immer an solchen Tagen). Anneke blickt auf ihren Mann und auf ihre Kinder, die gar nicht verstehen, was ihre Mutter da oben eigentlich zu suchen hat. Und dann blickt Anneke plötzlich zu mir. Ihre grünen Augen suchen meine, ich schaue sie an, und sie wendet den Blick nicht ab.

Ihre Lippen formen Worte.

ä-ci-lie. Du – und – Cä-ci-lie. Geh – zu – Cä-ci-lie«, meine ich von Annekes Lippen zu lesen. Aber was will sie mir damit sagen? Verstohlen schaue ich neben mich und bemerke, dass Cäcilie Anneke zunickt. Offenbar hat Anneke auch etwas in Cäcilies Richtung gesagt. Wie merkwürdig.

»Nun lass die Sünderin sündigen, äh, büßen!«, kommt es von Tiburtius, der ebenfalls keine Lust mehr hat, weil der Bischof ja auch noch am Boden herumkauert und ständig husten muss. Das würde noch fehlen, dass der Bischof jetzt elend verendet hier auf dem Schafott. Das wäre auch zu viel für Bertram. Er braucht nach einer Hinrichtung unbedingt eine längere Pause. Ich hoffe für ihn, dass niemand in den nächsten Tagen einen Apfel klaut, sonst muss er wieder zur Tat schreiten und jemandem die Hand abhacken.

Dann muss Anneke sterben. Leider. Es tut mir sehr Leid, dass sie sterben muss. Aber Bertram macht seine Sache gut und trifft die richtige Stelle sofort. In dem Moment, als Annekes Kopf rollt, öffnet sich ihre rechte Hand, und ein Bündel Kräuter fällt auf den Holzboden herab. Niemand außer mir scheint es zu bemerken.

»Du wirst keinesfalls zu dieser Cäcilie gehen, hörst du, Lilian? Ich verbiete es«, sagt meine Mutter böse, während sie am Herd steht und mit einem großen Holzlöffel in der Gemüsesuppe herumrührt, die über dem offenen Feuer vor sich hinköchelt. »Es ist besser, mit diesen Leuten nichts zu tun zu haben.«

»Ha!« Das kommt von meiner Großmutter Bibiana. Sie ist mit ihren 45 Jahren die Dorfälteste, hat noch alle Zähne im Mund, was selten ist für jemanden ihres Alters, und lehnt am offenen Ausguck, den wir wegen des schon relativ warmen Wetters heute nicht mit Vorhängen verschlossen haben.

»Ha!«, macht sie wieder. Unter ihren aufgestützten Ellbogen liegt ein Kissen, damit Großmutter es bequemer hat.

»Was hast du?«, frage ich besorgt. Sie ist ja nicht mehr die Jüngste.

»Meinert Frangers hat seine Karre schon wieder mitten auf dem Weg abgestellt«, meint Großmutter böse und hämmert mit ihrem Gehstock auf dem Hüttenboden herum. »Schon zum dritten Mal in der Woche. Da kommt ja kein Fuhrwerk mehr richtig vorbei. Da ist ja kaum noch Platz. Ich werde es melden, ich werde es Richter Tiburtius melden.«

Beinahe jeden Tag wandert Bibiana mit ihrem Gehstock ins Rathaus, um Tiburtius davon in Kenntnis zu setzen, dass entweder Meinert Frangers seine Karre falsch abgestellt oder Lothar Bingering seine große Kutsche so platziert hat, dass kein Reiter mehr vorbeikommt. Bibiana fordert dann immer eine gerechte Strafe bei Tiburtius, der ihr die auch immer verspricht, aber es passiert nie etwas. Ich glaube, Tiburtius ist von Großmutter etwas genervt. Bibianas ganzes Leben dreht sich um Parksünder. Sie kann im Haushalt nicht mehr allzu viel helfen, ihre Beine machen es nicht mehr so richtig, und auch sonst kränkelt sie vor sich hin. Komischerweise immer dann, wenn was zu tun ist. Denn ich habe Bibiana schon dabei beobachtet, wie sie mit Höchstgeschwindigkeit einen Fuchs gejagt hat, der sich im Hühnerstall bedienen wollte. Ihren Gehstock hat sie als Handwaffe benutzt, und humpeln musste sie auch so gar nicht. Aber ich mag Bibiana. Nicht nur, weil sie meine Großmutter ist, sondern weil sie herzensgut ist und immer ein offenes Ohr für mich hat.

»Mutter«, sagt Mutter zu Großmutter. »Reg dich nicht so auf. Denk an deine Gesundheit.«

»Gesundheit, Gesundheit«, keift Bibiana. »Ich will doch nur, dass alles seine Ordnung hat. Auf dem Weg da vorn hat nichts seine Ordnung.«

Dann nimmt sie eine kleine runde Holztafel (mein Vater musste ihr mehrere hundert Stück zurechtsägen) und malt mit rot gefärbter und weißer Kreide darauf herum, um daraufhin hinauszuhinken und die Holztafel, die an einem Holzstab befestigt ist, mit einem Hammer neben Meinerts Karre in den Boden zu rammen. »Damit er sieht, dass er seine Karre da nicht abstellen kann«, meint sie, als sie zurückkommt. Dann lehnt sie sich wieder auf ihr Kissen und beobachtet weiter den Verkehr.

»Ich sage es dir nun noch einmal, Lilian«, fängt meine Mutter wieder an. »Ich werde es nicht dulden, dass du diese Cäcilie besuchst. Keinesfalls werde ich das dulden. Denn ich möchte nicht, dass wir zum Dorfgespräch werden, hast du mich verstanden?«

»Aber, Mama«, sage ich, »was ist denn schon dabei? Sie ist einsam und allein, und ein wenig Gesellschaft wird ihr bestimmt nicht schaden.«

»Ich sagte NEIN!«, jetzt klingt die Stimme meiner Mutter fast bedrohlich. »Und nun geh, Lilian, und füttere die Schweine.«

Mist. Wäre ich nun schon verheiratet, was ja die meisten Frauen in meinem Alter sind, müsste ich mir von meiner Mutter gar nichts mehr sagen lassen. Aber ich möchte nicht heiraten. Genauso wenig aber habe ich Lust, den Rest meines Lebens in dieser Hütte hier zu verbringen. Man ist keine Sekunde allein. Ständig scharwenzelt die Verwandtschaft um einen herum. Nur seinen Stuhlgang kann man alleine erledigen. Das kleine Holzhäuschen befindet sich neben dem

Schweinestall, und es stinkt erbärmlich, weswegen keiner von uns dort mehr Zeit als nötig verbringt. Lediglich mein Vater setzt sich stundenlang auf das Holz. Da hat er wenigstens seine Ruhe. Ich ärgere mich über mich selbst. Hätte ich Mutter nichts von Cäcilie gesagt, hätte sie mir auch nicht verbieten können, dass ich zu ihr gehe. Ich werde ihr einfach gar nichts mehr sagen. Nur – wie schaffe ich es, zu Cäcilie zu kommen, ohne dass Mutter es mitbekommt? Gut, ich könnte sagen, dass ich zur Beichte gehe. Oder nach den Schafen auf der Weide sehe. Aber da braucht man eigentlich gar nicht hinzugehen, zu den doofen Schafen. Sie stehen den ganzen Tag nur dumm herum und mähen, was das Zeug hält. Manchmal fallen die Schafe auch einfach um, weil das Gewicht der Wolle für sie zu schwer ist. Dann wissen wir, dass es an der Zeit ist, die Schafe zu scheren.

»Das hat er jetzt davon!«, krakeelt Großmutter herum. Die Karre von Meinert wurde von einer vorbeifahrenden Holzfuhre getroffen, vor die ein Ochse gespannt war, und nun ist das Rad gebrochen. »Hätte er das Schild beachtet, wäre seine Karre noch heil!«, frohlockt Bibiana schadenfroh. »Geschieht ihm recht, falls ihr versteht, was ich meine.«

Ich werde gar nichts sagen, sondern einfach gehen. Also zu Cäcilie. Sie hat mich nach Annekes Hinrichtung so merkwürdig angeschaut und dabei geblinzelt. Ich muss zu ihr gehen. Ich *muss* wissen, ob ich Annekes Lippenbewegungen richtig gedeutet habe.

Außerdem muss ich nach Bertram sehen. Es ging ihm nach Annekes Tod gar nicht gut. Ich habe ihn zu seiner Hütte begleitet.

»Meine Zunge ist angeschwollen«, klagte Bertram. »Sie wird immer dicker. Das ist die Aufregung. Ich mochte Anneke so gern. Sicher ächtet ihr Mann mich jetzt auch. Oh, oh, was mache ich denn nur? So langsam aber sicher ächten sie mich alle.«

Da hat Bertram Recht. Von Tod zu Tod wird er einsamer.

»In jedem Beruf gibt es Höhen und Tiefen«, sagte ich zu Bertram. »Egbert geht es doch manchmal auch nicht gut. Weißt du noch, letztens war er am Boden zerstört, weil er die bestellten Messer nicht richtig geschärft hatte. Das hat ihn sehr mitgenommen.«

»Mich hat es noch mehr mitgenommen«, regte Bertram sich auf. »Achtunddreißig Mal musste ich auf diesen Kuhhirten, wie hieß er noch, ich hab es vergessen, einstechen, bis sein Lebenslicht ausgepustet war. Und das nur, weil Egbert so lahm ist wie ein Esel und nichts richtig hinbekommt. Er ist ein Taugenichts, auch wenn ich ihn mag. Aber er hat keine Ahnung. Von nichts.«

Was stimmt. Aber noch dämlicher sind seine beiden Pferde Pontius und Pilatus. Sie sind ununterbrochen am Fressen, aber nicht, weil sie dauernd Hunger haben, sondern weil sie so lange brauchen, ihre erste Mahlzeit zu vertilgen, bis die zweite kommt. Und mit der zweiten sind sie dann so lange beschäftigt, bis der Morgen graut und sie wieder ihre erste Mahlzeit erhalten. Wenn ihre Hufe beschlagen werden sollen, ist das immer eine Aktion, die mehrere Wochen dauern kann. Was daran liegt, dass Egbert der Meinung ist, Pontius und Pilatus könnten auf einem Bein stehen, und versucht, ihre drei verbleibenden Beine hochzuheben, was ihm aber noch nie gelungen ist. Dieser Annahme liegt zugrunde, dass in der Taverne mal jemand zu Egbert gesagt hat, er könne auf einem Bein stehen. Jedenfalls hat das Egbert so verstanden. Und es stimmt ja auch. Ein *Mensch* kann ja auch auf einem Bein stehen. Ein Pferd nicht. Aber eigentlich war es so, dass Egbert das falsch verstanden hatte, denn derjenige hatte gesagt: »Auf einem Bein kann man *nicht* stehen«, und sich noch ein Hopfengetränk bestellt.

»Ich werde erst einmal eine Mütze Schlaf nehmen«, verkündete Bertram. »Ich hoffe sehr, dass die Schwellung an meiner Zunge dadurch gelindert wird. Wenn nicht, habe ich es wahrscheinlich nicht anders verdient. Ich komme mit nichts mehr klar«, fügte er abschließend hinzu, um dann in seine Hütte zu gehen. »Das mit der Zunge darf ich Tiburtius nicht erzählen«, redete er dann noch weiter. »Sonst muss ich womöglich bald jemandem die Zunge abschneiden. Das überlebe ich nicht.«

Ich füttere dann die Schweine.

Großmutter Bibiana bemalt schon wieder neue Holzschilder.

»Der Weg da vorn ist zu eng, als dass man da aneinander vorbeifahren könnte«, meint sie böse. »Da muss man was tun. Ich werde mit einem Pfeil die Richtung angeben, falls ihr versteht, was ich meine.« Sie sägt an dem Schild herum und malt das Wort *Eynbahnstraße* darauf.

Ich schaue mich auf dem Hof um. Alle sind irgendwo beschäftigt, niemand ist zu sehen. Die Gelegenheit ist günstig. Schnell mache ich mich auf den Weg.

Die Hauptstraße gehe ich nur ein kleines Stück entlang, dann biege ich in einen Seitenpfad ab. Ich halte mein Gesicht in die Sonne und genieße die Wärme. Es geht an einer Baumgruppe und an einem Teich vorbei und dann den kleinen Hügel hoch, hinter dem sich das Wäldchen befindet. Dort wohnt Cäcilie.

Sie ist zu Hause, und mir ist, als hätte sie mich erwartet.

»Komm herein, Lilian«, sagt sie freundlich, und ich betrete ihre Hütte. »Ich weiß, warum du hier bist«, Cäcilie lächelt. »Möchtest du einen Lindenblütentee?«

Ich nicke.

Kurze Zeit später sitzen wir uns gegenüber. Cäcilie ist niemand, der um den heißen Brei herumredet.

»Anneke und ich haben viel gemeinsam«, fängt sie an. »Hatten«, fügt sie dann hinzu, und ein Hauch von Trauer liegt in ihrer Stimme. »Und Anneke hat sehr viel von dir gehalten«, fährt sie fort. »Sie meinte, du seiest klug und etwas Besonderes. Sie hat mir erzählt, dass du dir selbst das Lesen beigebracht hast.«

»Woher wusste sie das denn?« Ich bin ein wenig erstaunt, denn ich habe mir das Lesen und das Schreiben heimlich beigebracht. Ich wollte nicht, dass das irgendwer weiß, denn eine Frau, ein gemeines Weib, hat nicht zu lesen und zu schreiben. Jedenfalls nicht hier in Münzenberg in der Gemarkung Mavelon. Da hat ein Weib zu knechten und zu kochen und Kinder in die Welt zu setzen, aber keinesfalls etwas anderes zu tun.

»Sie wusste es eben«, meint Cäcilie geheimnisvoll. »Anneke hat einiges gewusst.« Cäcilie steht auf und geht auf und ab. »Sie wollte, dass du zu mir kommst«, erklärt sie. »Sie wollte, dass du mit mir da weitermachst, wo sie leider ... aufhören musste.«

Ich verstehe nicht. »Was soll ich mit dir weitermachen?«, frage ich.

»Du hast doch gesehen, wie ihr diese Kräuter aus der Hand gefallen sind, oder?«, möchte Cäcilie wissen, und ich nicke. »Nun«, redet sie weiter, »das waren nicht irgendwelche Kräuter. Das war eine ganz besondere Mischung. Ich habe sie mir geben lassen. Von Valentin.«

Valentin räumt nach den Hinrichtungen immer den Marktplatz auf. Eine unschöne Arbeit.

Cäcilie holt ein Stoffpäckchen aus einer Lade und breitet es vor mir aus. »Hier, schau«, sie deutet auf das Kräuterbündel, das sich darin befindet. »Salbei, Myrrhe, Lorbeer, ach, ich kann es gar nicht alles aufzählen. Und es kommt ja auch auf die richtige Mischung an.«

»Ja, aber ...« Ich begreife immer noch nichts.

Cäcilie beugt sich zu mir. »Die richtige Mischung für ... das ewige Leben«, sagt sie leise und eindringlich und richtet sich dann wieder auf. »Sieh dir doch die Menschen an, Lilian. Sieh dir mich an. Ich bin jetzt neunundzwanzig. Und eine alte Frau. Wenn ich fünfzig werde, habe ich Glück gehabt. Ach, was rede ich, Riesenglück habe ich dann gehabt. Deine Großmutter, die hat solch ein Glück. Aber viele von uns haben es nicht. Kaum ist man auf der Welt, bekommt man Krankheiten. Erinnerst du dich noch daran, wie dein kleiner Bruder nach nur zwei Monaten gestorben ist? Niemand konnte ihm helfen. Von Gott wurde er uns gegeben und Gott hat ihn genommen, sagt die Kirche. Ich will dir mal was sagen: Gott gibt nichts und Gott nimmt nichts. Gott ist eine Erfindung, die alles bedeutet, nur nichts Gutes. Wer an Gott glaubt und danach handelt, was die Kirche uns befiehlt, der kann seine Tage zählen.«

Ich erschrecke. Gut, dass hier niemand Cäcilie hören kann. Ob sie weiß, dass sie mir aus der Seele spricht? Sofern ich überhaupt eine Seele habe. Das mit den Seelen ist auch so eine Erfindung. Angeblich fährt ja die Seele nach dem Tod in den Himmel. Ich habe leider noch nie eine von den ganzen Seelen gesehen. Weder tagsüber noch nachts. Ist vielleicht auch besser so. Ich wüsste nämlich gar nicht, was ich zu der Seele sagen sollte, wenn sie an mir vorbeifliegt: »Grüß dich« oder »Mach's gut« oder »Nicht so schnell«? Aber vielleicht kommen die Seelen ja nicht aus den Holzkisten raus, in denen die Toten liegen. Ach, Unsinn. Es gibt keine Seelen.

»Ich sage dir jetzt etwas, Lilian«, fährt Cäcilie fort und ihre Augen glitzern. »Wir beide, wir sind klug. Wir sind klüger als die ganzen Kirchenmänner und Richter und Grafen. Wir werden Annekes Werk gemeinsam fortführen. Wir werden so lange experimentieren, bis wir die richtige Kräutermischung gefunden haben. Anneke hat mir einiges gesagt. Es wird nicht mehr lange dauern, dann ist es so weit.«

»Wie soll das denn gehen mit dem ewigen Leben?«, frage ich verwirrt.

Cäcilie flüstert jetzt. »Nimm einmal täglich eine Hand voll Kraut, immer bevor der Morgen graut. Zerkau es gut, dann schluck's hinunter, für alle Ewigkeiten bleibst du munter«, zischt sie, und ich bekomme es ein klein wenig mit der Angst zu tun. Habe ich irgendwann mal gesagt, dass es keine Hexen gibt? Zum Glück hat Cäcilie keine roten Haare. Und auch keine Warzen im Gesicht. Sie schlägt mit der Hand auf den Tisch. »Nicht allen Menschen sollst du's geben, nicht alle sollen ewig leben. Nur die, die gut sind, soll'n es haben, alle and'ren sollen darben.«

Aber Bertram würde es doch bekommen, oder? Bertram ist ein guter Mensch. Ich traue mich nicht, Cäcilie das zu fragen, weil ich Angst davor habe, dass sie der Meinung sein könnte, Bertram solle höchstens fünfundzwanzig werden.

Mir ist die Sache nicht so ganz geheuer. Trotzdem, der Gedanke, mit Kräutern herumzuwirtschaften, viel darüber zu lernen und womöglich auch noch das Kraut zu finden, das einem das ewige Leben beschert, reizt mich. Aber was ist, wenn hierfür noch gar kein Kraut gewachsen ist?

»Meine Mutter will nicht, dass ich hier bei dir bin«, sage ich schließlich und hoffe, dass Cäcilie auch dafür schon eine Lösung hat.

Sie lächelt. »Das habe ich mir gedacht. Deine Mutter hat Angst, so wie alle anderen auch. Angst vor Tiburtius, Angst vor der Pfaffenversammlung. Ich warte nur darauf, dass mir etwas unterstellt wird, so dass sie mich endlich verurteilen können. Ich habe keinen Mann und kein Kind, ich lebe zurückgezogen. Jaaa, ich weiß, was sie denken: Sie ist eine Hexe und braut heimlich Elixiere. Soll ich dir was sagen? Sie haben ja Recht.« Cäcilie senkt die Stimme. »Deine Mutter übrigens, liebe Lilian, kenne ich besser, als du denkst. Ich habe ihr schon zweimal geholfen. Jedes Mal in einer, nun sagen wir mal, ausweglosen Situation. Sie würde es keinesfalls überleben, noch ein Kind zu bekommen. In den Nachtstunden kam sie heimlich zu mir, und ich habe getan, was ich konnte. Aber nun will auch sie nichts mehr mit mir zu tun haben. Weil ich eine Mitwisserin bin. Das musst du dir merken, Lilian: Wenn du ein Geheimnis hast, behalte es für dich. Lass niemanden zum Mitwisser werden! Nur jemanden, dem du wirklich vertraust. Aber wem kann man denn vertrauen hier? Ehe man sich umschaut, steht man auf dem Scheiterhaufen. Ich weiß, wie wir das machen: Ich werde deinen Eltern vorschlagen, dich hier bei mir als Magd anzustellen. Gegen Bezahlung, versteht sich. Ich werde deine Eltern gut bezahlen, sie werden nicht nein sagen können, verstehst du? Die haben eine Menge Mäuler zu stopfen und sind froh, wenn ein wenig Geld hereinkommt. Tagsüber bist du hier bei mir und abends gehst du nach Hause zurück. Ich brauche deine Hilfe. Du bist gut, Lilian. Du bist *anders*.«

Wie meint sie das? Vor allen Dingen aber beschäftigt mich die Tatsache, dass meine Mutter ganz offensichtlich ihre Geheimnisse hat. Ob ich sie darauf ansprechen soll? Was hat sie da nur machen lassen? Ich bin mir sicher, dass Vater davon nichts mitbekommen hat. Nein, ich kann sie nicht darauf ansprechen. Wer weiß, was dann passiert. Dann bin ich eine Mitwisserin. Kann ich Cäcilie überhaupt trauen? Vielleicht lügt sie mich an. Andererseits: Warum sollte sie das tun? Was hätte sie denn davon? Ich könnte sie ja auch verraten. Außerdem bleibt mir nichts anderes übrig, als ihr zu vertrauen. Jetzt habe ich endlich die Gelegenheit, mehr zu erleben als den üblichen, langweiligen Trott zu Hause. Ich beschließe, mich auf mein Gefühl zu verlassen. Und das sagt mir, dass ich Cäcilie vertrauen kann.

Seit einer Woche nun verbringe ich meine Tage bei Cäcilie. Vater konnte sich Mutter gegenüber durchsetzen, und Mutter hat mich zwar komisch angeschaut, aber dann doch ihre Zustimmung gegeben. »Die Taler kommen uns recht, Hannah«, meinte mein Vater. »Abends kommt Lilian zurück und kann uns weiterhelfen.«
Cäcilie zeigt mir Annekes Aufzeichnungen und ihre Rezepte. Und einige Bücher, die sie unter den Planken in der Wohnstube versteckt hat. Bücher, von denen ich nicht ahnte, dass es sie gibt. Ich fühle mich wohl bei ihr. In ihrer Hütte ist es gemütlich, und immer gibt es Kräutertee.
»Hüte dich davor, dich mit einem Mann einzulassen, bevor du verheiratet bist, Lilian«, sagt Cäcilie. »Wenn du erst einmal in anderen Umständen bist, kannst du allein schauen, wie du klar kommst. Er wird dir bestimmt nicht dabei helfen. Und solltest du behaupten, das Balg sei von ihm, darfst du dreimal raten, was passiert. Ehe du dich umdrehst, hat er dich angeschwärzt und behauptet, dich dabei beobachtet zu haben, dass du im Pakt mit dem Teufel stehst. Und wenn dein Leib runder wird, kommt er an und will ihn aus deinem Leib austreiben. Der Kerl wird belohnt werden und du auch – mit dem Tod.«
Wir sitzen in der Küche wie die meiste Zeit des Tages. Nur ab und an müssen wir uns draußen sehen lassen und so tun, als würden wir den Hof bewirtschaften, damit niemand Verdacht schöpft. »Hat sich der Samen erst einmal in deinem Leib eingenistet, ist es fast schon zu spät. Dann musst du

schauen, dass du jemanden findest, der sich wirklich mit so was auskennt, und das, bevor man etwas sieht.«

Fast bin ich froh, dass ich mich noch so gar nicht mit einem Mann eingelassen habe. Bertram hat mich mal gefragt, ob ich ihn heiraten möchte, aber das wäre mir viel zu kompliziert. Dann wäre ich ja die Frau eines Scharfrichters. Was soll ich antworten, wenn jemand neu nach Münzenberg zieht und mich fragt, was mein Gatte denn beruflich so macht? »Er tötet, und es nimmt ihn mit.«? Nein. Ich bin mit meinen siebzehn Jahren zwar fast schon eine alte Jungfer, aber ganz ehrlich: Was hätte ich davon zu heiraten? Gut, ich wäre versorgt. Ich möchte aber nicht von einem Mann versorgt werden, ich kann doch selbst für mich sorgen. Ich habe noch nie verstanden, warum man eigentlich heiratet. Als Frau, meine ich jetzt. Das ist doch alles Humbug. Sehe ich doch an meiner Mutter. Sie ackert von früh bis spät, war eine halbe Stunde nach der Geburt ihrer ganzen Kinder wieder auf den Beinen und hat weitergemacht, als wäre nie etwas gewesen. Schlaf bekommt sie kaum, wenn es vier Stunden pro Nacht sind, dann ist das viel. Sie hat keine Rechte, und wenn mein Vater wollte, könnte er sie jeden Tag grün und blau prügeln, ohne dafür bestraft zu werden. Ein eigenes Vermögen hat man als Ehefrau auch nicht, das geht automatisch nach der Hochzeit auf den Mann über. Kurz gesagt: Die Ehe ist nicht das, was ich mir vom Leben vorstelle. Ich kann aber auch nicht genau sagen, *was* ich mir vom Leben vorstelle.

Nicht nur einmal wollte Vater mich schon unter die Haube bringen; seit ich zwölf Jahre alt bin, um genau zu sein. Einer der Anwärter war schrecklicher als der andere. Am schlimmsten war Bruno Sieveking vom Nachbardorf. Ein widerlicher Kerl, der sich nie wäscht und drei Meter gegen den Wind stinkt. Eklig waren auch seine Zähne. Schwarz vom Kautabak und schief und krumm. Aber am allerwiderlichsten war damals für mich die Tatsache, dass er nur ein Nasenloch hatte. Ich heirate doch keinen Mann mit nur einem Nasenloch. Männer schnarchen ja sowieso schon, aber dann auch noch ein Kerl, der durch ein einziges Nasenloch schnarcht. Nein, danke. Ich bevorzuge Männer mit zwei Nasenlöchern, genau so lieb sind mir zwei Ohren und zwei Augen. Jedenfalls habe ich ihn nicht geheiratet. Und meinen lieben Herrn Vater mal wieder zur Verzweiflung gebracht: »Du wirst nie einen Mann finden, wenn du so wählerisch bist, Lilian«, hat er geschimpft. »Der Sieveking ist ein rechtschaffener Mann mit Haus und Hof und mehreren Morgen Land. Du wärest gut aufgehoben bei ihm.« Ich konnte diese Auffassung nicht ganz teilen, denn die Vorstellung, plötzlich mehrere Morgen Land zu bewirtschaften, hat mich ein wenig erschreckt. Die vierzig Kühe und siebzig Schweine und zweihundert Hühner und dreißig Hasen und zehn Pferde auch, wenn ich ganz ehrlich sein soll. Wie ich nämlich herausbekommen hatte, wollte Sieveking nach der Hochzeit seine Mägde und Knechte fortschicken, weil ja nun eine Frau ins Haus käme, um die Arbeit zu erledigen. Na, herzlichen Dank auch. Hätte ich Sieveking damals mein Jawort gegeben, wäre ich jetzt schon tot. Aus Schlafmangel.

Außerdem werden sich Eheleute mit der Zeit immer ähnlicher, und ich habe wahrlich keine Lust, Sieveking auch nur im Geringsten zu ähneln. Nein, ich werde mir irgendwann eine eigene Hütte zulegen. Nur Hiltrud nehme ich mit. Wir werden ein herrliches Leben haben, ohne Männer beziehungsweise Stiere. Sollte es das Schicksal nicht ganz so gut mit mir meinen, wird es zwar dafür sorgen, dass ich mit der Zeit Hiltrud ähnele, aber was soll's? Dann kann ich wenigstens muhen und nach Kerlen treten, die mir den

Hof machen wollen. Aber ich müsste auch Gras und Klee fressen ... Ich muss das noch mal überdenken.

»Glaub niemals einem Mann«, sagt Cäcilie eindringlich. »Vertrau auf dich. Und wenn du eines Tages einmal in einer misslichen Situation sein solltest, geh nicht zur Erstbesten, um dir helfen zu lassen. Die erzählen dir, dass alles ganz schnell geht und dass das, was sie mit dir tun werden, ganz sicher helfen wird. Aber das stimmt nicht. Ich habe schon viele sterben sehen. Zu viele.« Cäcilies Stimme wird immer lauter. »Was die Verhütung angeht, so sei auf der Hut. Kommt einer zu dir und sagt, dass er dich zwar nicht heiraten möchte, aber dennoch begehrt und dass nichts passieren kann, wenn du Alraunwurzel, Kohlblätter, Kohlsamen und Skammoniablätter zusammen mit Zedernöl zu einer Kugel formst und einführst, während er sein Gemächt mit Bleiweiß und Zedernöl einreibt, so glaub ihm kein Wort. Kein Wort, Lilian, hörst du! Der Samen findet überall seinen Weg, und wenn es so weit ist, wirst du ganz alleine dastehen. Solltest du dennoch guter Hoffnung sein, hüte dich vor dem übermäßigen Genuss von Rosmarin und Salbei. Die Blutungen können so stark sein, dass du zusammen mit deinem ungeborenen Kinde zugrunde gehst.«
Cäcilie tut ja schon so, als sei ich kugelrund und wäre gerade eben zu ihr gekommen, um sie um Hilfe zu bitten. Dabei bin ich dünn wie ein Stecken und habe auch gar keine Lust auf das Gemächt eines Mannes. Ich habe das von Bertram mal gesehen. Heimlich natürlich. Er musste sich entleeren, nachdem er einem Dieb mal nicht die Hand, sondern das Ohr abschneiden musste (war eine Idee von Tiburtius, der braucht manchmal Abwechslung). Da hab ich dieses Ding gesehen und war gar nicht angetan davon. Überhaupt: Dieses kleine Ding soll Kinder machen? Bert-

ram hat sich damals auf die Schuhe gepinkelt, weil es eben
so klein war.

»Genug geredet«, schließt Cäcilie die Unterhaltung ab. »Ich
möchte dir nur sagen, dass ich für dich da bin, wenn du
Hilfe brauchst.«

»Ich danke dir«, sage ich. »Aber ich brauche keine Hilfe.«

»Meine Liebe, ich möchte dich nur davor bewahren, dass
eine Engelmacherin an dir herumpfuscht und dir sagt, du
sollst den Dampf von brennenden Eselshufen einatmen oder
dir Habichtmist einführen.« Cäcilie steht auf. »Und nun
komm. Falls du es vergessen hast, wir werden heute Abend
auf der Burg des Grafen erwartet. Seine Untertanen dürfen
am Geburtstagsmahl seiner Gattin teilnehmen und sich einige Stücke Wildfleisch einverleiben. Der gute Gernot. Er
glaubt zu wissen, wie er seine Schäfchen gefügig hält.«

Mehrmals im Jahr müssen, ich wiederhole, *müssen*, alle Ein-
wohner von Münzenberg sowie der Gemarkung Mavelon
an verschiedenen Geburtstagsfeiern auf der Burg teilnehmen.
Das ist immer sehr anstrengend, weil Gernot von Pritzenheim nicht müde wird, davon zu erzählen, wie toll er das
doch alles macht. Was für ein toller Graf er doch ist und dass
ihm alle unendlich dankbar dafür sein müssen, weil er eben
so ein toller Graf ist. Ja. Wie toll er das alles macht. Mindestens einmal pro Woche brennt der Scheiterhaufen, mindestens alle zwei Tage wird eine arme Seele ausgepeitscht,
weil sie laut darüber nachgedacht hat, dass es mal wieder
schön wäre, nach neunzig Tagen eine heiße Graupensuppe
zu essen, und wenn es nur ein halber Teller ist, was aber nicht
geht, wegen der Abgaben an die Kirche, mindestens einmal
am Tag werden angebliche Sünder aus Münzenberg verjagt,
weil sie die Abgaben an die Kirche oder die Abgaben an den
edlen Grafen nicht abführen können. Aber Gernot Graf von
Pritzenheim macht das wirklich alles sehr, sehr toll.

Ich habe nicht die geringste Lust, jetzt auf die Burg zu wandern, und sage das Cäcilie auch. Die schaut mich nur durchdringend an und legt sich eine Wolldecke um die Schultern. »Du weißt, dass du mitkommen musst«, sind die einzigen Worte, die ich höre. Sie hat ja Recht. Ich habe keine Lust darauf, mir von Bertram ein glühendes Eisen durch die linke Wange jagen zu lassen, bloß weil ich keine Lust auf eine Geburtstagsfeier habe. Mein Gott! Daran habe ich überhaupt noch nicht gedacht: Wenn Bertram mich foltern oder gar umbringen müsste, das könnte er nicht verkraften.

Ich werde alles dafür tun, dass es niemals dazu kommt!

Wir verlassen Cäcilies Haus und machen uns auf den Weg zur Burg. Die Gräfin von Pritzenheim feiert heute ihren einundzwanzigsten Geburtstag und gleichzeitig die Geburt ihres elften Kindes. Seitdem ich denken kann, ist Valeria schwanger oder liegt im Wochenbett. Genau gesagt, seitdem sie vierzehn Jahre alt ist. Erst bekam sie Drillinge, dann Zwillinge und dann Einzelexemplare, von denen eins hässlicher als das andere ist, was an der Tatsache liegt, dass ja Gernot der Vater ist. Valeria selbst sieht einfach nur tumb aus. Und ist von den vielen Schwangerschaften gezeichnet. Ihre Bälger haben allesamt Glupschaugen, ihre Leiber sind aufgedunsen, und sie weigern sich, ganze Sätze zu sprechen. Da sie aber sowieso nicht viel zu sagen haben, fällt das keinem weiter auf. Am dümmsten ist Merlin. Ständig passiert ihm etwas. Entweder er verletzt sich, während er versucht, einen kleinen Kieselstein mit dem Fuß aus dem Weg zu kicken, oder er versucht einen Baum zu essen, weil keiner ihm jemals gesagt hat, dass man Bäume nicht essen kann.

Auf dem steilen Weg zur Burg treffen wir viele Nachbarn, und keiner von ihnen sieht so aus, als hätte er Lust auf eine Geburtstagsgesellschaft. Aber wenigstens gibt es etwas zu essen. Der Geruch von gebratenem Fleisch und verschiedenen Gemüsen zieht bereits von der Burg hinunter zu uns. Ich bekomme Hunger.

Am Burgeingang erwartet uns Laurentius, der Hofnarr des Grafen. Er trägt ein ziemlich blöd gemustertes buntes

Wams. Verzweifelt versucht er, lustige Sprüche von sich zu geben und Salti zu schlagen. Er versucht das schon seit einigen Jahren, und möglicherweise wird es ihm eines Tages auch gelingen. »Ich grüße euch, ich grüße euch, kommet herein, gleich gibt es Wein«, dichtet Laurentius stolz und mit angestrengter Lustigkeit. Dann jongliert er mit Holzkugeln herum, und alle rennen schnell an ihm vorbei, weil Laurentius nämlich auch nicht so gut im Jonglieren ist. Einmal hat er eine Holzkugel so hoch geworfen, dass sie in die Pechrinne an der Burgmauer gefallen ist. Der Graf war böse auf Laurentius und meinte, er sei schuld, wenn er sich beim nächsten Angriff auf die Burg nicht verteidigen könnte, weil die Holzkugel die Pechrinne verstopft und die Gegner dann frohlockten. Obwohl es noch nie einen Angriff auf die Burg gab. Ich glaube, Gernot wünscht sich nichts sehnlicher, als dass irgendjemand irgendwann mal versucht, mit ihm Krieg zu führen. Tja, niemand will mit Gernot Krieg führen. Weil Gernot kein wirklicher Gegner ist. Es ist reizlos, gegen ihn zu kämpfen. Das habe ich zumindest gehört. Es dauert Ewigkeiten, bis er es schafft, sein Kettenhemd anzuziehen und in seine Rüstung zu steigen, und hat man ihn endlich auf seinen blöden Schimmel verfrachtet, muss er noch mal runter, weil er was vergessen hat oder Wasser lassen muss. Nach Stunden dann reitet er los, um mit anderen Grafen und Burgherren Streit zu suchen, um einen Anlass zu haben, Krieg zu führen. Aber er kehrt immer unverrichteter Dinge zurück. Manchmal kommt auch erst der Schimmel nach Hause, und Gernot läuft hinterher, weil er abgestürzt ist und sich erst mal aus seiner Rüstung schälen musste.

»Wie geht es dir, Laurentius?«, frage ich freundlich. Ich mag den Hofnarren gern, zumal ich weiß, dass er eigentlich gar nicht mit Leib und Seele Hofnarr ist.

»Gar nicht gut, Lilian, gar nicht gut«, flüstert Laurentius und sieht sich verstohlen um. »Ich hatte wieder diesen schlimmen Traum. Danach konnte ich nicht mehr einschlafen.«

Laurentius' schlimmen Traum kenne ich schon in- und auswendig. Er träumt, dass er ohne Nachtgewand im Bett liegt, und als er aufwacht, stellt sich heraus, dass er sehr wohl ein Nachtgewand trägt.

»Es ist furchtbar«, pflegt Laurentius über diesen Traum zu sagen. »Man friert entsetzlich in diesem Traum, und dann wacht man auf und friert nicht mehr. Das ist nicht gut für den Körper, diese dauernde Umstellung. Nein, nein, nein. Aber was soll das alles? Ich werde sowieso bald sterben. Ich weiß es. In meinem armen Leib haben sich schon so viele Krankheiten eingenistet, und eines Tages werden sie alle, alle herausbrechen. Wie ein Wirbelsturm.« Dass Laurentius kerngesund aussieht und noch nie in seinem Leben auch nur einen kleinen Husten oder so etwas hatte, ignoriert er. »Der Schein trügt«, meint er immer. »Wartet nur ab. Bald schon werde ich nur noch ein Schatten meiner selbst sein. Bald schon.«

Letztens war er felsenfest davon überzeugt, an der Beulenpest zu leiden. »Da lief diese Ratte herum«, erzählte er, »und aus ihrem Fell sprangen die Flöhe. Es waren so viele Flöhe, dass ich sie kaum zählen konnte. Einer davon hat mich gebissen. Ich habe es genau gespürt. Nun muss ich nur noch abwarten und kann meine Tage an einer Hand abzählen. Ich werde euch alle sehr vermissen, Lilian.«

Abends hat er dann bei Barthel in der Taverne gesessen und darauf gewartet, dass es endlich losgeht mit der Beulenpest. Dauernd hat er seine Unterarme kontrolliert. Das hat mir Barthel später erzählt. Und Barthel hat so mit Laurentius mitgelitten, dass er sich zu vorgerückter Stunde selbst gewünscht hat, die Beulenpest zu bekommen. Zusammen mit Laurentius. Aber die Pest kam und kam nicht.

»Möglicherweise war die Ratte gesund«, sinnierte Laurentius herum. »Wenn die Ratte gesund war, dann war der Floh ja auch gesund. Wieder nichts. Aber warten wir noch eine halbe Stunde.« Als die halbe Stunde um war, hatte sich immer noch nichts getan. Laurentius bekam weder Fieber, noch bildeten sich eitrige Knubbel auf seiner Haut. Er war sehr verzweifelt. »Was mache ich nur falsch?«, fragte er Barthel traurig, der ihm diese Frage aber auch nicht beantworten konnte. »Überall hört man die schlimmen Geschichten. Ich möchte auch mitreden können. Siegmund aus Gambach hat mir letztens von diesen Leuten erzählt, denen nach und nach die Finger abfallen und dann die Lippen. Sogar seine Nase hat mal einer verloren. Die sterben dann, die Leute. Nur ich nicht. Ich werde auf dieser Burg da oben verrotten. Aber erst in vielen, vielen Jahren.«

»Du könntest Bertram fragen, ob er dir hilft, wenn du sterben willst«, meinte Barthel.

Aber davon wollte Laurentius nichts hören. »Nein. Das würde zu schnell gehen. Es muss lange dauern, damit alle Zeit haben, mich zu bemitleiden. Ich möchte auf Krücken durchs Dorf humpeln und hecheln und schwarzen Auswurf haben. Damit sich immer alle an mich erinnern.«

Davon mal abgesehen, dass Laurentius gesund ist und das vermutlich auch bleiben wird, hat er vor allem Möglichen Angst. Er hat Angst vor unserem kleinen Fluss, er hat Angst vor Laub, das von den Bäumen fällt, er hat Angst vor seinen Haaren und er hat Angst vor seinen Fußnägeln. Warum, weiß keiner, und er selbst am allerwenigsten. Es wird immer schlimmer mit den Ängsten. Er erfindet auch immer neue Namen für die Ängste. »Ich leide unter Amaxophobie«, meinte er kürzlich. Es stellte sich heraus, dass er Angst davor hat, für eine Karre oder so verantwortlich zu sein. Beziehungsweise draufzusitzen und die Pferde anzutreiben. Unter Clinophobie leidet er auch, immer dann, wenn es an der Zeit ist, ins Bett zu gehen. Wegen des schlimmen Traums. Xylophobie ist auch ganz schlimm. Wenn Laurentius diese Angst hat, hat er Angst vor Holz. Ich kann das nicht ganz nachvollziehen, weil mir nicht schlüssig ist, wie man Angst vor Holz haben kann, aber gut.

Laurentius jongliert eifrig weiter, und ich gehe mit Cäcilie über die Fallbrücke, die heute freundlicherweise heruntergelassen ist. Sonst hätten wir ja durch das kleine Flüsschen waten müssen. Im großen Rittersaal wartet der Graf mitsamt debiler Familie auf seine Untertanen. Er trägt ein viel zu enges grünes Samtoberteil mit goldenen Knöpfen, dazu – wie er wohl meint – vorteilhafte Pluderhosen und lächerliche Lederschuhe mit Spangen. Valeria thront gelangweilt auf einem Sessel und gähnt. Wenn ich nicht wüsste, dass sie gerade ein Kind bekommen hat, würde ich glauben, sie sei schon wieder von ihrem Mann geschwängert worden. Das neue Menschenkind hängt an ihrer linken Brust und trinkt. Pritzenheim bechert einen Wein nach dem anderen aus einem Kelch und glaubt, er sei der Größte. In der Mitte des Rittersaals steht ein riesiger Tisch mit hohen Lehnstühlen davor, die Sitzgelegenheiten für ungefähr hundert Leute bieten. An den Wänden hängen schimmernde Teppiche mit gestickten Rehen und Hirschen und Auerhähnen drauf, und von der Decke baumelt ein Kerzenleuchter, der so groß ist, dass man darauf wohnen könnte. Dienstbare Geister flitzen herum und bringen Erdäpfel und halbe Schweine und ganze Kühe und Schüsseln mit Soße herein. Das Essen ist das einzig Gute an diesen Festen.
Langsam füllt sich der Saal, und Pritzenheim klopft auf

den Tisch. Alle schweigen, und er hält eine Ansprache. Er freut sich über das neue debile Kind, was er so natürlich nicht sagt, gratuliert Valeria zum Geburtstag und schenkt ihr eine Halskette, die sowieso nicht um ihren fetten Hals passt. Ich möchte nicht wissen, was diese Halskette gekostet hat und wie viele Familien wie viele Jahre von ihrem Erlös leben könnten, aber ich mische mich natürlich nicht ein, sondern esse ein Stück Schwein und beobachte Merlin, der versucht, auf einen Stuhl zu klettern und sich so dumm dabei anstellt, dass er mit dem Stuhl umfällt und drei seiner Milchzähne verliert, die niemand aufhebt, um sie in einem Kästchen aufzubewahren und sie ihm später mal zu zeigen. Merlin fängt dann an zu greinen, was aber auch niemanden kümmert, denn Kinder gibt es hier wahrlich genug. Es würde mich auch nicht wundern, wenn Merlin gleich auf dem Tisch läge und sich jemand eine Scheibe von ihm abschnitte.

»Genug der Worte«, beendet Gernot großspurig seine langweilige Rede, während Valeria immer noch auf ihrem Sessel sitzt und schielt, was sie immer tut, wenn sie müde ist. Entweder Valeria stickt oder sie frisst oder sie ist müde.

»Wie mir zu Ohren gekommen ist, wird es demnächst eine Hochzeit in der Gemarkung Mavelon geben«, sagt Gernot dann. Eben noch herrschte im Saal Gemurmel, doch jetzt sind alle schlagartig still. Ich halte die Luft an.

»Nun«, fährt er fort und geht auf und ab. »Ihr wisst, dass ihr als meine Untertanen verpflichtet seid, mich über eine Hochzeit unverzüglich zu informieren, denn ihr wisst, dass ich das Recht der ersten Nacht für mich fordere.« Er schaut sich listig um.

Valeria gähnt. Mich beschleicht die Ahnung, dass sie das alles eingefädelt haben könnte. Damit sie ihrem Mann nicht immer zu Diensten sein muss. Ich werde wütend, und Cäci-

lie, die neben mir steht, auch. »Männer«, zischt sie. »Männer und Macht. Das passt einfach nicht zusammen.« Da hat
sie Recht.

Gernot schaut sich um und deutet dann auf Amalie Lange-
bern und Konrad Bregenzer, die mit schreckgeweiteten Augen dastehen. Amalie hat die Hände ineinander verkrampft.
Konrad ist bleich im Gesicht.

Pritzenheim lacht auf. »Ihr dachtet wohl, ihr könntet heimlich die Ehe schließen?«, höhnt er. »Aber da habt ihr nicht
mit mir gerechnet. Ich habe überall meine Mittelsmänner,
die mich mit den nötigen Informationen versorgen. Nun,
wie meint ihr, sollte ich euch bestrafen? Mit hundert Peitschenhieben? Würde euch das gefallen? Oder wollt ihr an
den Pranger gestellt werden, so dass die Dorfgemeinschaft
sich an euch austoben kann?«

Keiner antwortet. Lediglich Merlin brabbelt herum. Er sitzt
unter dem Tisch und versucht, sich mit einem nun doch
noch gefundenen Milchzahn ein Auge auszustechen, woran
ihn niemand hindert.

»Ich werde heute gnädig sein«, fährt der Graf fort und
steht nun vor Konrad und Amalie. »Ich werde euch nicht
bestrafen. Aber die Ehe wird heute noch geschlossen. Hier
und jetzt.« Erschrocken weicht Amalie einen Schritt zurück.
Konrad ballt die Fäuste. Gernot ist doch wirklich ein Schur-
ke. Ein Mistkerl. Bloß weil er geil ist, muss jetzt geheiratet
werden.

Plötzlich kommt ein Priester aus dem Nichts und fängt an,
von Gott, dem Herrn, zu schwafeln. Konrad und Amalie
sind immer noch geschockt und sagen nichts. Dann behauptet der Priester, dass Amalie jetzt Konrads Frau sei, aber
die beiden haben ja noch nicht mal Ringe getauscht. Doch
nun kommt das Allerekligste: Gernot, der Amalie die ganze
Zeit schon lüstern wie ein gieriger Bock angeschaut hat, tritt

nun vor sie und lässt seinen Blick über ihren ganzen Körper schweifen. Mir wird kalt.

»Nun komm mit mir, du Eheweib«, schleimt Gernot und nimmt Amalies Hand, die diese schnell wieder zurückzieht. »Willst du dich mir etwa verweigern?« Nun ist Gernot erzürnt, packt Amalie und zieht sie mit sich, und Konrad will dazwischengehen, wird aber von seinen Freunden daran gehindert, die ihn festhalten. Wie schrecklich! Die arme Amalie! Nun muss sie sich diesem widerlichen Kerl hingeben, ihm ihre Unschuld opfern, und er wird sich damit brüsten, sie entjungfert zu haben. Wie konnte das auch alles herauskommen? Warum sind die nicht vorsichtiger gewesen?

Doch wir alle haben nicht mit Merlin gerechnet. Er blutet mittlerweile aus den Augen (der Zahn, der Zahn) und ist überfordert mit der Situation, was möglicherweise daran liegt, dass er nichts mehr sehen kann. Die Tatsache, dass er auf dem Tisch steht – wie er da hingekommen ist, weiß kein Mensch –, kommt erschwerend hinzu, und noch erschwerender kommt die Tatsache hinzu, dass er auf seinen kurzen Schwabbelbeinen einen Schritt nach vorn tritt und sich bestimmt schwer verletzt hätte, wenn nicht gerade in diesem Moment sein Vater vorbeigekommen wäre, der den Sturz insofern auffängt, als dass Merlin sich während des Falls vom Tisch kreischend an Papas Hose festhält, und zwar mit aller Kraft und genau an der Stelle, mit der Gernot Amalie in wenigen Augenblicken beglücken wollte.

Gernot kreischt auf wie ein Wahnsinniger, und Merlin kreischt auch und krallt sich noch stärker an Gernot fest. Der möchte seinen Sohn abschütteln wie ein lästiges Insekt, aber Merlin entwickelt Bärenkräfte, und ich warte eigentlich nur noch darauf, dass er gleich zwei Hodensäcke in der Hand hält. Nicht, dass ich es mir wünschen würde, aber recht geschehen würde es Gernot wohl.

Der Graf ist dann erst mal zu nichts mehr in der Lage. Valeria schielt und lächelt übrigens nicht mehr. Jetzt muss sie morgen wieder dran glauben.

»Schreibe, was du siehst! Tu kund die Wunder, die du erfahren«, sagt Cäcilie am nächsten Tag zu mir. Die Feier auf der Burg war nach dem Vorfall ziemlich schnell beendet, und wir sind zumindest zeitig wieder zu Hause gewesen. »Weißt du, wer das gesagt hat?« Ich schüttele den Kopf. »Hildegard von Bingen«, klärt mich Cäcilie auf. »Anneke und ich haben sehr viel von ihr gelernt. Aus ihren Aufzeichnungen, besser gesagt. Sie ist zwar schon 350 Jahre tot, aber sie muss unglaublich gewesen sein. Sie kannte sich ausnehmend gut mit Kräutern aus und galt als allererste Heilerin.«
Interessant. Ich habe vorher noch nie von dieser Hildegard gehört.
»In ihren Niederschriften gibt es wertvolle Informationen«, erzählt Cäcilie weiter. Sie holt ein Buch hervor. *Physica* steht darauf. »Schau«, sie blättert darin herum. »Hier steht alles über das Wesen und Wirken von mehr als 500 Pflanzen und Tieren, Edelsteinen und Metallen. Und hier«, sie nimmt ein anderes Buch zur Hand, *Causae et Curae*, »berichtet sie über Ursachen und Behandlung von Krankheiten. Wusstest du, dass selbst im Dinkel Heilkräfte stecken? Sie schreibt auch über Alant, Brennnessel, Tausendgüldenkraut, Bachbunge, Ysop, Lavendel und Mariendistel. Ich hätte Hildegard von Bingen zu gern kennen gelernt.« Seufzend klappt sie die Bücher wieder zu. »Es ist wahrlich ein Jammer, dass Anneke von uns gegangen ist«, meint sie und zündet eine Kerze an. »Manchmal habe ich dennoch das Gefühl, dass sie bei uns ist. Jetzt gerade in diesem Moment. Ich meine sie zu spüren.« Dann legt sie die frisch gepflückten Kräuter aus ihrem Garten auf den Tisch.

Anneke hat einige Aufzeichnungen hinterlassen, aber unvollständige, und Cäcilies und meine Aufgabe ist es nun, die richtige Zusammensetzung der Kräuter zu finden, die das ewige Leben versprechen. Kein leichtes Unterfangen. Anneke hat teilweise über das von ihr Niedergeschriebene irgendeine Flüssigkeit geschüttet. Wir können es einfach nicht entziffern. »Tollkirsche, Bilsenkraut, Stechapfel, Engelstrompete. Hm«, meint Cäcilie, »das sind alles Nachtschattengewächse und sie sind alle giftig. Das kann sie nicht gemeint haben. Diese Rezeptur hat sie mit Sicherheit für eine Salbe oder etwas Ähnliches verwendet. Hier geht es weiter, aber ich kann es nicht erkennen. Es ist zu undeutlich.«

Wir versuchen beide, die Schrift zu entziffern, bis uns die Augen wehtun, doch wir kommen nicht weiter. Also gehen wir in Cäcilies Kräutergarten, um ein wenig Luft zu schnappen. Den Garten hat sie selbst angelegt. Ein großes, gepflegtes Geviert. Außer Kräutern wachsen hier auch Bohnen, Kohl und Salate. Cäcilies Gemüse gedeiht prächtig. Nur ab und zu büchsen ihre Hasen aus dem Stall aus und nagen alles Mögliche an. Und auch Cäcilies Stute macht es sich gern mal im Garten gemütlich.

»Herrje! Famfatal! Weg da!«, herrscht Cäcilie ihr Pferd an, das gerade an einer Staude knabbert. Die Stute schaut Cäcilie mit ihren Knopfaugen an und legt den Kopf schief. Sie kann sich nicht mehr so gut bewegen, in einigen Tagen kommt ihr erstes Fohlen zur Welt. Famfatal liebt es, im Kräutergarten herumzuspazieren, gemeinsam mit den Hasen Pflanzen anzufressen, aber vor allen Dingen, einfach auf die Salatköpfe zu pinkeln. Wie genau in diesem Moment.

»Schon wieder!« Cäcilie ist erzürnt. »Du dummes Ding. Los, zurück in deinen Stall!« Aber Famfatal weiß ganz genau, dass Cäcilie ihr nicht wirklich böse sein kann, und

bleibt genau da stehen, wo sie ist, und lässt es fröhlich plät-
schern.

Wir gehen zu ihr, und Cäcilie begutachtet ihren Leib. »Das
dauert nicht mehr lange«, sagt sie und streichelt Famfatals
Bauch. Vertrauensvoll schmiegt die Stute sich an sie und
wiehert leicht.

»Eins verstehe ich nicht«, meint Cäcilie und blickt zum
Hasenstall. »Klopfer und Feline haben sich immer so gut
verstanden, und viermal im Jahr hat Feline Junge gekriegt.
Nur dieses Jahr nicht. Die anderen Hasen auch nicht. Aber
ich hab sie doch dabei gesehen, wie sie ...«
Verwundert schüttelt sie den Kopf und streift abwesend
einen Busch Katzenkraut, bevor wir ins Haus zurückgehen.

Die Tage vergehen. Famfatal bringt ein wunderhübsches Hengstfohlen auf die Welt. Laurentius hat Angst davor, an Euphobie zu leiden. »Ich kann es nicht ertragen, dass jemand mit guten Neuigkeiten um die Ecke kommt«, winselt er herum. »Nein, alle sollen böse zu mir sein, das habe ich verdient. Ich bin ein schlechter Mensch.« Warum er ein schlechter Mensch ist, kann er nicht erklären. »Weil eben«, ist seine stumpfsinnige Antwort. Bertram soll einem Arbeitsfaulen den Fuß abhacken, so wird es von Pritzenheim angeordnet, aber da am gleichen Tag ein Teil des Südflügels der Burg zusammenbricht, weil sich irgendeiner statisch verrechnet hat, vergisst er es wieder, und Bertram lässt den armen Kerl laufen und will Pritzenheim später erzählen, dass der Fuß vom Arbeitsfaulen nach dem Abtrennen zur Erinnerung mitgenommen wurde. Zum Glück will Pritzenheim den Fuß gar nicht sehen.

Aber sonst ist alles in Ordnung. Es ist interessant mit Cäcilie. Was diese Frau alles weiß! Unglaublich. Sie weiß beispielsweise, dass diese eine Krankheit, die man daran erkennt, dass einem die Zähne ausfallen und man sich nicht mehr richtig bewegen kann, weil die Muskeln zu schwach sind, Skorbut heißt. Sie weiß weiterhin, dass Skorbut durch einen gewissen Ernährungsmangel entsteht.

»Ist dir schon mal aufgefallen, dass die ganzen Adligen so ungesund aussehen?«, fragt sie mich. »Das kommt von der schlechten Ernährung. Wir Bauersleute, wir essen weniger Fettes, aber dafür mehr frische Sachen, Äpfel, Kohl und so weiter. Das ist viel gesünder. Der Körper braucht täglich eine gewisse Zufuhr von Stoffen, um richtig zu funktionieren und um seine Abwehrkräfte zu erhalten. Ich nenne diese Stoffe Vitamine, Lebensstoffe. Und ich habe diese Vitamine noch mal unterteilt.«

Sie zeigt mir eine Liste. Vitamin A, B, C, D. Vitamin A, steht da, ist unter anderem in Karotten, Spinat und Obst enthalten. Bei einem Vitamin-A-Mangel kommt es zu Sehschwäche, Haarausfall und bei Kindern zu Wachstumsstörungen. Vitamin C ist in Hagebutten und Johannisbeeren enthalten. Und in Paprika und Tomaten. Unter anderem. Vitamin-C-Mangel führt zu Blutungen im Zahnfleisch, Ausfallen der Zähne, Blutarmut. Interessant. Wie Cäcilie immer nur auf so was kommt!

»Wenn ich mein Wissen öffentlich kundtun würde, glaub mir, dann wäre ich schon nicht mehr am Leben«, verrät mir Cäcilie. »Andererseits möchte ich Menschen helfen, damit sie nicht wegen der kleinsten Krankheit das Zeitliche segnen müssen.«

»Verstehe«, ich nicke. »Allerdings glaube ich nicht, dass Tiburtius das gut finden würde, da hast du Recht. Oder die Kirchenleute. Die finden es doch immer toll, wenn jemand stirbt, damit sie wieder in ihren Kutten rumlaufen und das Gerücht verbreiten können, dass Gott der Allmächtige das alles so wollte. Der Gute.«

»Genau«, stimmt mir Cäcilie zu. »Wenn es einen Gott gäbe, da oben im Himmel oder sonst wo, er würde doch nicht wollen, dass Neugeborene sterben oder ihre Mütter, und er würde auch nicht wollen, dass überhaupt jemand stirbt.«

Wir beobachten weiter die Hasen, die so gar keine Jungen kriegen wollen, und wundern uns darüber. Wir wundern uns weiterhin darüber, dass neue Salat- und Kohlköpfe wachsen, und zwar in einer Größe, dass man meinen könnte, der Teufel hätte seine Hand im Spiel.

»Merkwürdig«, Cäcilie legt einen übergroßen Salat auf den Küchentisch. »Wie kommt das nur?« Sie zerpflückt den Salat und schaut sich die einzelnen Blätter an. »Die Form ist gleich geblieben, aber ich habe das Gefühl, dass der ganze Salat viel kräftiger ist als die vorherigen.«

Das stimmt. Die Blätter sind von einem satten Grün. Da springen einem die Vitamine ja beinahe ins Gesicht.

»Hm, hm, hm …«, Cäcilie überlegt fieberhaft. Sie setzt sich langsam auf einen Stuhl. Dann schaut sie mich an. »Lilian«, sagt Cäcilie, »Lilian, komm, setz dich her zu mir. Ich glaube, ich bin gerade etwas sehr, sehr Aufschlussreichem auf die Spur gekommen.« Neugierig gehorche ich. Cäcilie streicht andauernd über die Salatblätter, macht »Hm, hm, hm« und kritzelt irgendwelche Sachen in ein kleines, ledergebundenes Buch. »Das ist es«, meint sie dann, »das ist es tatsächlich.«

Dann steht sie auf, holt zwei Kelche aus einem Schrank und einen Krug Bier und schenkt uns ein. »Hier«, sagt Cäcilie, »trink mit mir. Wenn ich dir erzähle, was ich gerade herausgefunden habe, wirst du froh sein, dass ich Bier im Hause habe.«

Da ich noch nie in meinem ganzen Leben Bier getrunken habe und auch noch keinen Most oder Met, bin ich mir nicht ganz so sicher, ob es gut ist, am helllichten Vormittag mit Alkoholgenuss anzufangen. Außerdem verachte ich die Leute, die nach dem siebten oder achten Kelch herumwanken, aus Barthels Taverne fallen und dem Nachtwächter vor die Füße kübeln. Es sind nur Männer, die dem Alkohol frönen, eine Frau hab ich noch nie trinken sehen. Höchstens die Wanderhuren, die ab und zu nach Münzenberg kommen und ihre Dienste anbieten. Die setzen sich in die

Taverne und bieten ihre spärlich verhüllten Körper an. Und sie wollen mit der Kundschaft trinken. Dann sitzt bei denen nämlich das Geld lockerer, und – das hat mir mal eine der Wanderhuren erzählt – das Ganze ist schneller vorbei.

»Ich glaube, ich weiß, warum Feline und die anderen Hasen keinen Nachwuchs mehr bekommen«, sagt Cäcilie und trommelt mit Zeige- und Mittelfinger auf dem Küchentisch herum.

»Hicks«, antworte ich. Oh je, oh je, Cäcilie hat ja plötzlich eine Schwester bekommen. Und den Küchentisch gibt es ja auch zweimal. Ei, wie fühle ich mich heiter und beschwingt.

»Lilian, hör zu. Es hat was mit Famfatal zu tun. Erinnerst du dich daran, letztens im Kräutergarten, wie sie sich über die Salatköpfe entleert hat? Da war sie hochträchtig, kurz vor der Niederkunft.«

»Ja. Ja, schön«, ach, ist das Leben leicht und wunderbar. So kann es bleiben. Die Kohlensäure des Bieres kommt aus dem Magen in meinen Mund zurück, und ich mache dieses eklige Geräusch, das Betrunkene manchmal auch machen. Es hört sich an wie das Knurren eines Tieres. Grrrr, ich bin ein böses Tier, ein böses Tier, ihr müsst alle Angst vor mir haben. Klong. Ich habe den Kelch umgeworfen. Doofer Kelch.

»Lilian, du bist ja betrunken«, rügt mich Cäcilie.

»Nein, nein, mir geht's gut. So gut«, ich grinse. »Also, was ist mit Famfatal?«

»Die Hasen haben die Salatköpfe angeknabbert. Famfatal hat vorher draufgepinkelt. Die Hasen bekommen keine Kinder, obwohl sie ihren Gelüsten folgen. In Famfatals Urin muss irgendein Wirkstoff sein, der das verhindert.«

»Ach, das ist ja toll«, sage ich. »Hihi, ich habe eine Idee. Wir nehmen Famfatals Urin, vermischen ihn mit der Yams-

55

wurzel und formen daraus kleine Pastillen. Die geben wir allen Frauen, die nicht schwanger werden wollen.«

»Yamswurzel?«, Cäcilie sieht mich fassungslos an. »Woher kennst du die Yamswurzel und was weißt du darüber? Und wie kommst du auf eine solche Idee?«

»Na, du hast mir doch von den Frauen erzählt, die Kinder bekommen haben, obwohl sie keine wollten«, rechtfertige ich mich. »Beziehungsweise, die schwanger waren und Hilfe brauchten. Und du hast mir auch erzählt, wie schlimm das enden kann, wenn man Hilfe bei der falschen Person sucht. Wir könnten diesen ganzen Frauen einen Riesengefallen tun, wenn wir ihnen diese Last von den Schultern nehmen, oder? Das mit der Yamswurzel weiß ich von Großmutter Bibiana. Die hat mal mit einem Heiler gesprochen, der schon auf der ganzen Welt umhergereist war. Der Heiler hat Großmutter damals erzählt, dass die Yamswurzel für alles Mögliche gut ist. Ich dachte, das könnte passen. Und außerdem hat Groß-mutter gesagt, dass irgendjemand irgendwann hoffentlich herausfindet, wie man sich die Yamswurzel zunutze macht. Irgendetwas ist da nämlich drin, wie hieß es noch, irgend-ein … warte mal … wie hat sie es genannt? Hor … Hor … mon! Ja, Hormon! Also, es ist so, dass die Yamswurzel, also viele Arten davon, steroidale Saponine enthalten. Ja, steroi-dale Saponine. So war das. Dann redete Großmutter noch etwas von Hormonen. Man muss die Hormone der Yams-wurzel mit gewissen anderen Hormonen zusammenbringen, hat sie gesagt, aber diese anderen Hormone müssten erst noch erfunden werden.«

Cäcilie schaut mich an wie einen Geist. »Und wie kommst du darauf, dass man den Urin einer trächtigen Stute zu-sammen mit dieser Yamswurzel mischen könnte und daraus etwas fabriziert, das vor ungewollten Schwangerschaften schützt?«

Ich zucke mit den Schultern. »Ich hab nicht gesagt, dass es funktioniert. Aber man könnte es doch probieren. Dann muss keine Frau mehr Kinder kriegen, die das nicht will.« Ich lächle Cäcilie an. »Wenn es klappt, hab ich auch schon einen Namen.«

»Welchen?«, fragt Cäcilie und streicht sich das Haar aus der Stirn.

»Na, Anti-Baby-Pille«, sage ich und nehme noch einen Schluck Bier.

»Wo in Dreiteufelsnamen kriegen wir diese Yamswurzel her?«, fragt mich Cäcilie am nächsten Tag.

»Sie wächst in Mexiko«, das ist alles, was ich über diese Pflanze weiß. Und dass sie winterhart ist. Aber bei uns in der Gemarkung Mavelon wächst diese Wurzel ganz sicher nicht. Ich bin mir mittlerweile auch gar nicht mehr so sicher, ob meine Idee überhaupt Hand und Fuß hat. Genau genommen habe ich regelrecht Angst vor dieser Erfindung. Was ist, wenn es funktioniert? Wir sind dann eventuell für die Völkerausrottung in Münzenberg und der Gemarkung verantwortlich, bloß, weil mir der Name dieser komischen Wurzel wieder eingefallen ist.

»Das wäre eine Revolution, Lilian, eine Revolution! Darauf wäre ich in meinem ganzen Leben nicht gekommen«, redet Cäcilie weiter. »Ich meine, ich fand es ja schon toll, dass ich meinte, herausbekommen zu haben, dass Famfatals Urin etwas mit den Hasen zu tun haben könnte, aber dass du auf einen solch genialen Einfall kommen würdest, wer hätte das gedacht?«

»Tja«, sinniere ich vor mich hin. »Aber vielleicht ist das ja auch alles Humbug.«

»Wenn wir es nicht probieren, werden wir uns den Rest unserer gezählten Tage fragen, wie es wohl gewesen wäre, wenn …«, stellt Cäcilie fest. »Außerdem müssen wir an die gute alte Hildegard denken. Sie wäre stolz auf uns!«

Cäcilie ist plötzlich gar nicht mehr so wild darauf, das Kraut fürs ewige Leben zu finden, nein, ich habe ihr mit der Anti-Baby-Pille Flausen in den Kopf gesetzt, und jetzt kann ich sehen, wie wir das Werk vollenden. Cäcilie wird mir ein Lebtag lang Vorhaltungen machen, wenn wir nicht unser Bestmögliches tun.

Da kommt mir eine Idee: »Ich frage Großmutter.« Ich schaue Cäcilie an. »Großmutter wird wissen, wo man diese Yamswurzel herkriegt, wenn man sie überhaupt irgendwo bekommt.«

»Tu das«, meint Cäcilie. »Tu es gleich heute Abend. Ich kann sonst nicht mehr ruhig schlafen.«

»Ja, ich frage sie«, verspreche ich. »Aber Cäcilie, wir dürfen keinem Menschen erzählen, was wir vorhaben. Wenn das einer herauskriegt, dann können wir Bertram gleich um eine milde Köpfung bitten.«

»Das ist klar. Doch eins ist auch klar, Lilian, es ist unsere Pflicht weiterzuforschen. Wenn die Menschen nicht forschen, kommen sie nicht voran. Schau, wir wüssten heute noch nicht, dass Kühe Milch geben.«

Das stimmt. Wobei ich mich frage, nach was der Mensch eigentlich gesucht hat, als er herausgefunden hat, dass Kühe Milch geben.

Mit Großmutter Bibiana ist das so eine Sache. Also die Sache ist die, dass man sich mit ihr nicht richtig unterhalten kann. Sie redet ununterbrochen, und man muss eine passende Sekunde erwischen, um eine Frage dazwischenzuschießen.

»Claus Manneroth wird verbannt«, erzählt sie mir freudestrahlend, als ich zu relativ später Stunde nach Hause komme.

»Aha«, sage ich trocken. Ich konnte Manneroth noch nie leiden. Er ist Bäcker hier in Münzenberg und, wie ich finde, ein schlechter. Manneroth schwitzt ununterbrochen, und ich finde es einfach widerlich, dass er sich nie wäscht und mit seinen schmutzigen Fingern Brotlaibe knetet. Deswegen esse ich so gut wie gar nichts von dem, was aus seiner Backstube kommt.

»Er hat Gips und Kreide anstelle von Mehl in den Teig gegeben«, Bibiana schwingt den Kochlöffel. Heute köchelt ein Eintopf vor sich hin. Ich bin es oftmals leid mit den Suppen. Wir haben, wie die meisten in Münzenberg, aber nur eine Feuerstelle, und deswegen muss alles in einen Topf gekippt werden. Wenn ich mal eine eigene Hütte habe, werde ich mindestens zwei Kochstellen einrichten, damit ich auch mal Huhn essen kann, das nicht in einer Brühe schwimmt. Auf der Burg, oben beim Pritzenheim, gibt es natürlich sieben oder acht Feuerstellen. Deswegen sind die auch alle so fett dort oben. »Stell dir vor, mein Kind, der Graf wollte ihn in den Bäckergalgen stecken lassen und ihn der Bäckertaufe im Fluss unterziehen, aber der Korb ließ sich nicht verschließen. Er war erst kürzlich bei Egbert zur Reparatur, aber Egbert hat mal wieder herumgepfuscht. Nun, lange Rede, kurzer Sinn, Manneroth wird morgen aus dem Dorf und der Gemarkung vertrieben. Auf Nimmerwiedersehen. Man stelle sich das mal vor: Wir alle haben vielleicht jahrelang Gips und Kreide gegessen und gedacht, wir hätten teuer für Brot bezahlt. Das ist unglaublich. Eine Frechheit ist das!«

»Großmutter, hast du einen Moment Zeit für mich?« Es interessiert mich wirklich nicht, ob Claus Manneroth hier bleibt oder fortgejagt wird.

»Natürlich habe ich Zeit«, Bibiana regt sich immer noch auf. »Mir ist es nur recht, dass er fort ist. Ständig hat er meine Röcke beschmutzt, wenn er seinen Gaul durch die

Pfützen gejagt hat. Noch vor hundert Jahren hätte man eine solche Missetat mit dem Tode bestraft.«

Bibiana scheint zu vergessen, dass auch in unserer Zeit Missetaten mit dem Tode bestraft werden, aber ich verzichte darauf, es ihr zu erklären.

Ich schaue durch die offene Tür nach draußen, weil ich nicht möchte, dass jemand aus meiner Familie mitbekommt, was ich Bibiana fragen möchte. Aber niemand ist zu sehen.

»Du hast mir doch vor einiger Zeit von dieser Wurzel erzählt«, fange ich an.

Bibiana grummelt und nickt. »Die Yamswurzel?«, fragt sie und dreht sich unvermittelt um. »Was willst du damit?«

»Ich ... ich ... also, nichts Besonderes«, winde ich mich.

Ich kann ja schlecht sagen, dass ich mit der Yamswurzel die Anti-Baby-Pille zu erfinden gedenke. Oder überhaupt etwas zu erfinden gedenke.

Großmutter schaut mich durchdringend an. »Die gibt es hier nicht. Die gibt es nur in Mexiko«, sagt sie langsam. »Hast du vor zu verreisen?«

Natürlich habe ich nicht vor, zu verreisen. Ich weiß ja noch nicht mal, wo Mexiko liegt. Bestimmt einige Tagesreisen zu Pferd entfernt. Ich bin doch noch nie weiter als bis Fulda gekommen, und da tat mir der Hintern schon weh. Das sage ich Bibiana.

»Nun, Lilian, Mexiko ist ein wenig weiter weg als ein paar Tagesreisen zu Pferd«, klärt mich meine Großmutter auf. »Mexiko liegt sozusagen auf der anderen Seite der Erde. Es ist dort sehr warm. Wärest du zu Pferd gen Mexiko unterwegs, so würdest du es nicht erreichen, zu viel Wasser liegt zwischen hier und dort. Aber auch ohne Wasser würdest du Jahre brauchen, bis du dort ankämst. Außerdem ist es gefährlich dort. Es leben dort *Indianer.*«

»Woher weißt du das alles?«, ich bin verwundert.

Doch Bibiana antwortet mir nicht auf meine Frage, sondern rührt weiter in ihrer Suppe herum.

»Ich weiß es eben«, sagt sie nach ungefähr einer Minute. »Manchmal ist es besser, sein Wissen für sich zu behalten.« Sie dreht sich langsam zu mir um. Dann geht sie in ihre Kammer und kommt mit einem Stoffbündel zurück. »Hier«, sagt sie leise. »Tu Gutes damit. Du bist dafür bestimmt.«

Ich falte den Stoff auseinander. Einige schwarze Klumpen liegen darin.

»Ist das ...«

Bibiana nickt. »Und nun geh. Ich möchte nicht wissen, was du planst. Aber hüte dich vor allzu neugierigen Blicken und rede nur mit denen drüber, mit denen du drüber reden musst. Hast du mich verstanden, Lilian?« Ich nicke. »Du bist anders, Lilian. Das stelle ich immer wieder fest. Ich beobachte dich. Du hast etwas in dir, das andere nicht haben.« Sie streicht mir sanft über die Wange. »Sieh dich vor.«

Nachts kann ich nicht einschlafen und stehle mich aus der Hütte. Wir haben Vollmond, und ab und an hört man eine Katze miauen oder andere Tiere im Gras rascheln. Versonnen blicke ich in den Himmel. In meiner Hand halte ich das Stoffpäckchen und öffne es erneut. Sie sieht unscheinbar aus, die Yamswurzel.

Als ich viel später wieder hineingehe und mich auf die Strohmatte legen will, spüre ich plötzlich etwas Hartes. Im fahlen Mondlicht, das durch die Stube scheint, hole ich es hervor. Ein Buch. Wo kommt das denn jetzt her? Es muss von Bibiana sein. *Malleus Maleficarum* steht vorne drauf. Ich schlage es auf.

Die Dominikaner und Inquisitoren Jakob Sprenger und Heinrich Kramer haben dieses Buch verfasst. Man sollte meinen, dass sie was Besseres mit ihrer Freizeit anfangen könnten. Nun ja. Jedenfalls ist dieses komische Buch wohl auch als *Hexenhammer* bekannt, steht außen drauf. Es geht darin, wie man sich unschwer vorstellen kann, um Hexen und wie man sie bekämpft. Alle Hexenrichter sollen es lesen, sagen die Verfasser, und nach der Lektüre dann entsprechend den Hexen den Garaus machen.

Ich fange an zu lesen. Es steht wirklich alles Mögliche über Hexen in diesem Buch. Zum Beispiel, wer eigentlich wegen Hexereien angeklagt werden kann. Warum wundert es mich nicht, dass ein jeder der Hexerei angeklagt werden kann? Und wie können die ganzen Leute angeklagt werden? Ganz einfach, es muss nur irgendjemand hingehen und sagen: »Hört mal, Leute, ich habe die junge Lilian dabei beobachtet, wie sie eine Blume gepflückt hat. Ich bin sicher, sie ist eine Hexe.« Das reicht schon aus. Weil ja niemand einfach so eine Blume pflückt. Auffällige Verhaltensweisen sind Anlass genug. Sitzt also jemandem ein Furz quer an einem bestimmten Tag und er hat nicht allzu gute Laune deswegen, findet er sich unter Umständen schon bald in einer Folterkammer wieder und kann sehen, was er zu seiner Verteidigung vorbringt, wenn man ihm die Daumenschrauben anlegt. Das ist wirklich unmöglich. Aber jetzt kommt das Allerbeste: Wird jemand angeklagt, mit der Hexerei auf du und du zu stehen, und streitet das dann ab, wird ihm erst recht der Prozess gemacht. Wo bitte ist hier die Logik?

Es folgen weitere, in meinen Augen völlig blödsinnige Ausführungen. Eine Hexe ist eine Hexe, wenn sie es mit dem Teufel treibt. Allerdings steht nichts davon da, wo man eine Hexe mal mit dem Teufel gesehen hat. Alles nur Vermutungen. Ja klar, den lieben Gott hat ja auch noch niemand gesehen, aber es gibt ihn, es gibt ihn.

Ich lese weiter. Jetzt wird's interessant: Die Kirche nämlich findet, dass überwiegend Frauen Hexen sind. Klar, es heißt ja auch *die* Hexe. Mannomann! Diese Hexenfrauen beschwören zum Beispiel Gewitter herauf, um Ernten zu zerstören. Aha. Wie intelligent. Hat ein Ehemann keine Lust mehr auf seine Frau, geht er einfach hin und sagt: »Wanda ist schuld daran, dass es geregnet hat«, und schon steht Wanda auf dem Scheiterhaufen. So einfach ist das. Es gibt auch Hexenhebammen, steht hier, und die sind daran schuld, dass die Frauen keine Kinder kriegen. Ui. Dann sind Cäcilie und ich vielleicht bald Hexenhebammen. Dabei ist das doch völlig widersprüchlich: Eine Hebamme ist dazu da, Kindern auf die Welt zu helfen – und wenn sie verhindert, dass Kinder auf die Welt kommen, ist sie doch keine Hebamme.

Ich blättere weiter. Kommt es zu einer Verurteilung, können die Richter mit dem oder der Angeklagten verfahren, wie sie wollen. Zunächst einmal gibt es die Folter, damit wollen sie die armen Seelen einschüchtern. Allmächtiger, was gibt es denn da für Methoden, das ist ja gruselig. Ich muss Egbert und Bertram davon erzählen, damit die mal ein wenig Abwechslung in ihren Job bringen. Oder lieber doch nicht. Das ist alles sehr grausam hier. Daumenschrauben, ja, kenn ich. Aber was ist denn bitte die Eiserne Jungfrau? Ach, du liebe Güte, so eine Art Sarg, in dessen Innern sich Nägel befinden, und wird der Deckel langsam zugeklappt, bohren sich die Nägel in das Opfer, und es hat nichts mehr zu lachen. Da ist ja die Streckbank noch harmlos. Welche kranken Hirne haben sich denn so was ausgedacht? Hier, eine Knieschraube, damit werden die Knochen gebrochen. Um Himmels willen, hier: Verätzen. Da wird dem Delinquenten eine brennende Pechfackel an die Haut gehalten. Das tut doch weh.

Die Todesstrafen sind aber auch nicht gerade nett. Da werden arme Leute aufs Rad gespannt, da wird ihnen ein Pfahl in den Leib gerammt und so weiter und so fort. Die Angeklagten haben nur zwei Möglichkeiten: Entweder sie gestehen oder sie sterben. Sterben müssen sie nach dem Geständnis aber sowieso. Nur manchmal werden sie begnadigt. Nämlich dann, wenn ihre Unschuld bewiesen wird. Taucht der Angeklagte seine Hände in kochendes Wasser und nichts passiert, dann darf er gehen. Ich gehe mal davon aus, dass noch nie jemand gehen durfte.

Wie gut, dass noch niemand auf die Idee gekommen ist, dass ich eine Hexe sein könnte. Oder? Mir wird ein wenig mulmig. Aber das ist doch alles Schwachsinn! Ich finde diese beiden Männer, die das Buch geschrieben haben, mehr als verachtenswert. Wenn die mir mal über den Weg laufen sollten, werde ich ihnen das Passende sagen! Oder vielleicht auch nicht. Wie gesagt, ich bin froh, dass noch niemand der Meinung war, ich könnte eine Hexe sein.

Danke, Großmutter. Ja, ich werde mich vorsehen.

»Nein«, ist das Einzige, was Cäcilie herausbekommt, als ich ihr am nächsten Morgen die Yamswurzel präsentiere. »Es scheint so, als sei sie ganz frisch. Ich nehme mal an, dass deine Großmutter sie in frische Erde eingegraben hatte.«

Ich bin übernächtigt und kann kaum die Augen offen halten, aber das Einzige, was mich momentan interessiert, ist die Tatsache, dass Großmutter mir den *Hexenhammer* in meine Schlafstätte gelegt hat. Mir fällt ein, dass ich so wenig über sie weiß. Wie ihre Kindheit war und so. Meinen Großvater habe ich nie kennen gelernt. Er starb, als ich noch ein Säugling war. An was er gestorben ist, weiß ich auch nicht. Eigentlich weiß ich insgesamt sehr wenig, fällt mir da gerade ein. Vielleicht sollte ich meine Zeit nicht damit vertrödeln, obskure Bücher zu lesen, sondern mir mal was Nützliches aneignen. Zum Beispiel, wie man aus der Yamswurzel und dem Urin von trächtigen Stuten die Anti-Baby-Pille herstellt.

»Auf die Kombination kommt es an«, ist sich Cäcilie sicher. »Wir müssen einen Teil des Urins mit der Yamswurzel vermischen. Hier, ich habe doch tatsächlich in Hildegards Aufzeichnungen etwas darüber gefunden. Und auch über den Inhalt des Stutenurins. Hildegard schreibt, dass trächtige Stuten und auch andere Tiere etwas produzieren, das sie Östrogen genannt hat.«

»Aber wie bekommen wir dieses Östrogen aus dem Urin?«, frage ich. »Und vor allen Dingen, woher nehmen wir eine trächtige Stute, ohne dass das jemandem auffällt?«

Cäcilie lächelt. »Ich habe mit Annekes Witwer gesprochen. Seine Tine bekommt bald ihr zweites Fohlen. Wir können jederzeit kommen, hat er gesagt.«

»Ist das nicht zu gefährlich?«, werfe ich ein. »Was ist, wenn jemand mitbekommt, dass wir zu ihm gehen?«

Cäcilie winkt ab: »Auf Friedhelm ist Verlass. Er ist ein guter Mensch. Er würde uns nie verraten.«

Mir ist das trotzdem nicht recht. Je mehr Leute wissen, was wir vorhaben, desto gefährlicher wird das Ganze. »Wir könnten Hiltrud begatten lassen, wir könnten es doch zumindest mit ihr versuchen«, schlage ich vor. Niemandem würde auffallen, wenn ich Hiltrud ihren Urin wegnehme. Falls sie ihn mir denn geben sollte. Bestimmt dreht Hiltrud durch, wenn ich mit einem Eimer hinter ihr stehe, und ganz bestimmt, ja, ganz bestimmt, wird sie dann einen Blasenverschluss bekommen und zu gar nichts mehr in der Lage sein. Vor lauter Aufregung wird dann garantiert auch noch ihre Milch sauer. Dann stehe ich da mit meinem leeren Eimer.

Aber von Hiltrud will Cäcilie nichts wissen. Energisch schüttelt sie den Kopf. »Nichts da. Wir nehmen Tine. Punkt.«

Vierundzwanzig Stunden später stehen wir mit einem Holzeimer da, in dem sich Tines Hinterlassenschaft befindet.

Die eine Yamswurzel haben wir zerkleinert und stehen nun vor der enormen Aufgabe, alles miteinander zu kochen und zwar mehrere Stunden lang, bis nur noch ganz wenig da ist. »Es muss so lange köcheln, bis nur noch ganz wenig da ist«, meint Cäcilie eifrig. »Dann haben wir nämlich ein Konzentrat. Das hat mir Hildegard gesagt, ich meine natürlich, das hat sie aufgeschrieben.«

Leider hat mir vorher niemand gesagt, wie es riecht, wenn man Pferdepinkel und Yamswurzel zusammen in einen Topf gibt und auskocht, was möglicherweise daran liegt, dass es vorher noch nie jemand gemacht hat.

Es stinkt erbärmlich. So erbärmlich, dass ich das Gefühl habe, das, was sich in meinem Körper unter der Haut befindet, wird in Stücke gesägt, geschnitten und gerissen. Es ist ein dermaßen ätzender Geruch, dass wir beide entsetzlich anfangen müssen zu husten, und je mehr das alles einkocht, desto intensiver und fürchterlicher ist der Gestank.

Schließlich rennen wir vors Haus und japsen nach Luft.

»Glaub mir, es ist gut so, das muss so riechen«, stöhnt Cäcilie und isst förmlich den Sauerstoff auf. Mir ist so schlecht, dass ich den Wunsch habe, einfach tot umzufallen, aber das geht leider nicht.

Wir müssen ja die Pille erfinden.

egen Abend ist das Zeug so weit eingekocht, dass nur noch der Topfboden bedeckt ist, und zwar mit einer widerlichen dunkelbraunen Masse, die recht zähflüssig ist.

»Und nun?«, frage ich Cäcilie. »Was sollen wir jetzt mit der Masse anfangen? Das muss doch noch fester werden.«

Aber Cäcilie weiß Rat. »Wir werden Talkum untermischen, die Masse dann zu Kügelchen formen und sie fest werden lassen. Dann …«

»Ja, genau, und dann?«, frage ich.

Dann haben wir Kügelchen. Und was machen wir damit? Wir haben eine wichtige Tatsache vergessen: Wie finden wir heraus, ob wir tatsächlich eine Riesenerfindung gemacht haben? Cäcilie brummt, dass sich das schon finden wird.

Gut, dann also erst mal dieses Talkum. Es funktioniert tatsächlich. Erst entsteht ein matschiger Brei, dann wird das Ganze fester. Wir rollen kleine Kugeln daraus und legen sie auf die Holzbank vor dem Haus zum Trocknen.

»Wir probieren es mit den Hasen«, schlägt Cäcilie vor. »Drei Häsinnen bekommen jeden Tag ein Kügelchen und drei nicht. Dann warten wir ab.«

Das ist eine gute Idee, und gleich am nächsten Tag beginnen wir, die Hasen zu füttern. Die drei, die die Talkum-Pillen bekommen, markieren wir, indem wir ihnen Bänder um den Hals legen.

»Normalerweise kriegen alle Hasenfrauen bis zu viermal im Jahr Junge«, klärt mich Cäcilie auf. »Sie tragen ungefähr vierzig Tage. Jetzt heißt es erst mal abwarten.«

Ich hoffe so sehr, dass es klappt. Wenn es klappt, schreiben wir das nämlich alles auf, und vielleicht bringen wir dann auch ein Buch heraus. Mit meinem Namen drauf! Wie damals Hildegard von Bingen. Das wäre schön. Meine Eltern wären bestimmt sehr, sehr stolz auf mich, und Großmutter auch. Dann ziehe ich mit Cäcilie durch die Weltgeschichte und verteile überall die kleinen Kugeln, und alle Frauen werden uns verehren, und wir werden in den Adelsstand gehoben und können uns wundervolle Seiden- und Samtgewänder leisten, und unsere Kutsche ist innen gepolstert. Wenn wir vorbeifahren, werden sich die Leute ehrfürchtig verbeugen, und egal wohin wir kommen, wohnen wir in Schlössern und Burgen, und Hunger müssen wir dann auch nicht mehr haben und meine Familie auch nicht. Ich werde dafür sorgen, dass alle satt werden.

Ich, Lilian Knebel.

Wir warten also ab. Jeden Tag bekommen die markierten Hasen eine Kugel. Wir beobachten, ob sie der fleischlichen Lust frönen, und das tun sie. Eigentlich ununterbrochen. Dann werden wir ja sehen.

Pritzenheim ist momentan nicht so gut drauf, deswegen hat Bertram viel zu tun. Eines Nachmittags wird irgendein Knecht gehenkt, und wir müssen alle zum Galgen wandern, der ein paar Hundert Meter von Burg Münzenberg entfernt ist. Der Galgen ist von Bäumen und Büschen umgeben, und alle versammeln sich auf dem kleinen Platz davor. Mir wird grundsätzlich flau im Magen, wenn ich hier bin. Dieser Ort strahlt etwas Gruseliges aus. Vielleicht, weil er einfach ein todgeweihter Ort ist. Kurz grüße ich Bertram, der mal wieder völlig überfordert mit der Situation ist und dauernd an dem Strick herumknotet, den er gleich um Edwin Scherffes Hals legen muss. Ich entdecke Laurentius, der in ein Gespräch mit Brabantus verwickelt ist, einem unglaublich dicken Mann aus dem Gefolge Pritzenheims. Er ist Vorkoster auf der Burg, weil Gernot ständig Angst davor hat, vergiftet zu werden. Brabantus war längere Zeit krank, und ich habe ihn deswegen nicht zu Gesicht bekommen. Ich raffe meine Röcke und gehe auf den Hofnarr und den Vorkoster zu.

»Grüß dich Gott, Lilian«, sagt Brabantus und hält sich den Bauch.

»Lass mich bloß mit Gott in Ruhe«, sage ich und bereue es im gleichen Moment, denn etwas Schlechtes über den Allmächtigen Vater zu sagen, das ist gar nicht gut. Aber offenbar hat es keiner gehört, der es nicht hören soll. »Bist du wieder obenauf?«, will ich von Brabantus wissen.

Der winkt ab: »Ach, woher denn, ach, woher, das wird und wird nicht besser. Dauernd muss ich halbgares Wildbret zu mir nehmen, da ist es doch kein Wunder, dass ich ununterbrochen krank bin.« Ächzend stützt er sich auf Laurentius, der unter Brabantus' Last fast zusammenbricht. Ich weiß nicht, wie schwer Brabantus ist, aber so schwer wie eine Kuh allemal. »Gestern Abend gab es zu allem Überfluss auch noch Waffeln. Wisst ihr, wie leicht man Gift in den Waffelteig einarbeiten kann? Es ist nicht lustig, nein, das ist es nicht.«

Der arme Brabantus. Er hat es nicht leicht. Er muss Waffeln essen. Wie ich ihn darum beneide! Ich könnte zergehen, wenn ich nur an Waffeln denke, fein gesüßt mit Honig. Ein einziges Mal nur habe ich eine Waffel mit richtigem Zucker gegessen. Das war auch oben beim Grafen. Zucker ist hier schwierig zu bekommen, er muss mit Schiffen von fernen Ländern hergebracht werden und ist dementsprechend teuer. Aber niemals werde ich den leckeren Geschmack der Zuckerwaffeln vergessen.

»Wie viele Waffeln hast du denn probiert, bis du gemerkt

hast, dass sie nicht giftig sind?«, frage ich und ärgere mich über mich selbst, weil ich merke, dass ich neidisch werde.

»So acht bis zehn«, versucht sich Brabantus zu erinnern. »Ja, dann war mir klar, dass mit den Waffeln alles in Ordnung sein muss.«

»Meinst du nicht, dass du mehr hättest probieren müssen?«, ich kann nicht aufhören zu fragen. »Wenn nun die elfte Waffel vergiftet war?«

Laurentius schaut mich warnend an.

»Es waren aber nicht mehr da«, rechtfertigt sich Brabantus. »Es war kein Teig mehr da. Der Graf war ganz schön böse.«

Das kann ich gar nicht verstehen, dass der Graf böse war. Wie kann man denn böse auf jemanden sein, der einem den kompletten Waffelteig wegfrisst? An Pritzenheims Stelle wäre ich doch froh, wenn das so wäre. Jeder, der Appetit auf Waffeln hat und sich den ganzen Tag schon darauf freut, freut sich doch umso mehr, wenn er feststellen muss, dass es nun doch keine Waffeln gibt, weil sein übergewichtiger, neurotischer Vorkoster es mal wieder zu gut gemeint hat.

»Nun lass ihn doch, Lilian«, sagt Laurentius.

Und dann beginnt die Hinrichtung.

Diesmal geht das Hängen schnell. Bertram macht aus Versehen alles richtig, und Edwin Scherffers muss nicht lange leiden, was mir sehr gelegen kommt. Ich möchte keine Sekunde länger als nötig auf diesem Galgenplatz stehen. Pritzenheim scheint heute auch einen guten Tag zu haben. Nach dem Hängen verzichtet er auf langes Gerede und buckelt auf dem Schimmel davon. Ob es daran liegt, dass morgen Markttag in Münzenberg ist und er sich dann wieder mit einer Wanderhure vergnügen kann? Komischerweise heiratet nämlich überhaupt niemand mehr hier in der Gegend. Und auf seine Frau hat der Graf wohl keine Lust. Wobei Valeria sonst ja nicht besonders viel zu tun hat. Den lieben langen Tag sitzt sie in ihrer Kemenate und stickt Stammbäume auf Leinen. Hat sie Hunger oder Durst, wird ihr selbstverständlich sofort alles gebracht. Und kalt ist ihr auch nie. Was für ein langweiliges Leben sie doch führt.

Den Rest des Tages verbringe ich damit, zwei Hühner zu schlachten, zu rupfen und auszunehmen und mich über den Waffelteig zu ärgern. Ich kann bald kein Brot mehr sehen. Jeden Tag nur Brot, Brot, Brot. Gut, manchmal dann eben Huhn, aber meistens Brot. Keine Waffeln. Und schon gar keine zehn.

Markttag ist in Münzenberg und in der Gemarkung Mavelon ein riesiges Ereignis. Es wird geklatscht und getratscht, fahrende Händler kommen vorbei, und der ganze Marktplatz ist voll von herben, frischen und fremden Gerüchen. Ich liebe Markttage. Hätte ich ganz viel Geld, würde ich einkaufen, einkaufen und nochmals einkaufen. Aber so muss ich mich damit begnügen, mir die wunderschönen Sachen anzuschauen und mir vorzustellen, sie gehörten mir.

Allein die Stoffe! Samt, Seide, weiche Wolle, in allen Farben und im Überfluss. Da gibt es auch Stände mit Kräutern und Gewürzen. Langsam schlendere ich auf dem Markt herum und bleibe vor einem der Stände stehen. Da fällt mir etwas ein.

»Hast du die Yamswurzel?«, frage ich einen kleinwüchsigen Mann mit dunkler Hautfarbe. Um seinen Kopf hat er ein Tuch geschlungen.

Er sieht mich ungläubig an. »Woher kennt ein Kind wie du die Yamswurzel?«, fragt er und zieht die Augenbrauen hoch.

»Ich kenne sie gar nicht«, sage ich schnell, »ich habe nur davon gehört. Sie soll aus einem fernen Lande kommen. Aus Mexiko.«

»Das ist richtig«, der kleine Mann nickt. »Aber niemand hier hat diese Wurzel. Und du würdest gut daran tun, nicht mehr danach zu fragen, weißt du?«

»Ach!« Ich werfe den Kopf zurück. »Warum sollte ich nicht danach fragen?«

»Weil es nicht gut ist, dass ein Kind, wie du es bist, von solchen Dingen überhaupt weiß«, meint der Mann. »Geh jetzt.«

Ich stemme die Hände in die Hüften. »Ich bin kein Kind mehr«, sage ich böse. »Ich bin immerhin siebzehn Jahre alt, und ich weiß mehr als manch anderer hier!«

Eine Hand schiebt sich unter meinen Arm und zieht mich weg. Ich versuche die Hand abzuschütteln, dann drehe ich mich um. Es ist Cäcilie.

»Bist du von allen guten Geistern verlassen?«, zischt sie mir zu. »Du kannst doch nicht in der Öffentlichkeit mit fremden Worten um dich werfen. Was, wenn jemand mithört? Dich fragt, woher du weißt, dass es die Wurzel überhaupt gibt? Du bringst dich und mich in Teufels Küche!«

»Das ist mir doch egal«, sage ich trotzig und ziehe mein Wolltuch fester um die Schultern. »Nur weil ich eine Frau bin, muss ich ständig so tun, als wüsste ich überhaupt gar nichts.«

»Schweig jetzt still, Lilian«, Cäcilie droht mir mit dem Zeigefinger. »Lass uns nach Hause gehen und nach dem Rechten schauen.«

Es ist doch wahr. Man darf als Frau ja wirklich gar nichts. Überhaupt nichts. Ich sehe das langsam wirklich nicht mehr ein. Aber Cäcilie hat natürlich Recht, wenn das jemand mitbekommt, wäre das nicht so gut. Also füge ich mich und trotte ihr hinterher. Bald, bald schon, denke ich, werde ich

besser sein und mehr Achtung verdienen als jeder dumme
Mann.

»Wie lange gedenkst du eigentlich noch bei der Frehmeners
zu bleiben?«, fragt mich meine Mutter einige Tage später.
Ich weiß erst nicht, wen sie meint, dann fällt mir ein, dass
sie von Cäcilie spricht. »Überhaupt, was macht ihr denn da
den ganzen Tag?« Lauernd sieht sie mich an.
»Ach, alles Mögliche«, sage ich schnell. »Der Hof ist groß,
es gibt eine Menge zu tun, und ich lerne sehr viel von ihr. Ich
wüsste nicht, warum ich dort nicht bleiben sollte. Schließlich bezahlt sie euch ja auch für mich.«
»Lilian«, meine Mutter wischt sich die Hände an der Schürze ab. »Komm mal her zu mir. Nein, jetzt nicht, raus mit
euch!«, jagt sie zwei meiner kleinen Geschwister auf den
Hof. Widerwillig drehe ich mich um und setze mich zu Mutter an unseren Tisch. »Ich möchte, dass du auf dich auf-
passt, Lilian«, sagt sie und streicht mir über die Wange. »Du
bist gescheit, das weiß ich, und ich weiß auch, dass du mehr
willst als dieses Leben hier. Was aus dir wird, das weiß nur
Gott allein. Aber bei allem, was du tust, denk daran, dass
ich dich sehr lieb habe, hörst du?« Ich nicke. »Gut.« Meine
Mutter steht auf. »Dann geh eben weiter zu Cäcilie, wenn
sie dir so viel beibringen kann.« Mit einem tiefgründigen
Blick schaut sie mir in die Augen und geht dann wieder an
den Herd zurück.

Einige Wochen später stehen wir mal wieder vor dem Hasenstall. Jeden Tag haben wir die Kügelchen an die aus-
gesuchten Hasen verfüttert, und sie haben sie auch brav
gefressen.
»Das glaube ich nicht, Lilian, das glaube ich nicht!« Cäcilie
ist völlig aus dem Häuschen. »Hier, schau sie dir mal alle

sechs an!« Gemeinsam heben wir die Hasen aus dem Stall. Es ist nicht zu leugnen. Auf gar keinen Fall ist es zu leugnen. Die mit dem Lederband sind rank und schlank, und die anderen drei werden zunehmend runder.

Wir schauen uns an. »Oh, mein Gott«, sage ich, obwohl ich ja ein eher gespaltenes Verhältnis zu ihm habe. »Oh, Cäcilie, oh, oh!« Ich muss mich setzen. Sollte es tatsächlich funktioniert haben? Sollten unsere selbst gebastelten Kugeln die Wirkung haben, die wir erhofften?

Auch Cäcilie lässt sich nieder. »Das ist unfassbar«, meint sie nur, »wirklich unfassbar. Ich glaube, Lilian, wir beide werden uns jetzt einen Most genehmigen.«

Ich bin völlig durcheinander.

Kurze Zeit später sitzen wir bei Barthel in der Taverne, beide mit einem Becher vor uns. Mein Herz rast. Hildegard von Bingen wäre bestimmt sehr, sehr stolz auf uns.

Bei Barthel ist es wirklich sehr gemütlich. Ein derber Holzfußboden, Tische und Bänke, und die Wände aus weiß getünchtem Stein.

»Wenn das funktioniert«, meint Cäcilie, »also auch bei .. bei Menschen und nicht nur bei den Hasen, dann werden die Frauen uns unendlich dankbar sein.«

»Freu dich nicht zu früh«, entgegne ich und genehmige mir einen Schluck. »Ich glaube ja auch, dass die Frauen sich freuen werden, aber hast du schon mal dran gedacht, was Tiburtius und die ganzen anderen Kirchenfreunde dazu sagen werden? Seid fruchtbar und mehret euch, das höre ich doch jeden Sonntag in der Kirche.«

Cäcilie nickt und beugt sich zu mir: »Dann sorgen wir eben dafür, dass es keiner mitbekommt«, sagt sie. »Wir werden die Pille nur Frauen geben, denen wir vertrauen, Frauen, die froh sind, keine Kinder mehr zu bekommen.«

»Woher willst du wissen, ob wir ihnen vertrauen können?

Ich bin vielleicht übervorsichtig, das gebe ich zu, aber besser übervorsichtig als einen Kopf kürzer.

Cäcilie überlegt. »Du kennst doch Konstanze Urdebergers«, fragt sie mich. Klar kenne ich Konstanze. Sie ist so alt wie ich, seit vier Jahren verheiratet und bekommt jedes Jahr ein Kind. »Konstanze hat mir mal anvertraut, dass sie keine Kinder mehr will«, erzählt Cäcilie, »sie sagte, sie sei doch noch so jung und wolle auch etwas vom Leben haben, aber ihr Ehemann würde ständig sein Recht einfordern. Manches Mal täusche sie Kopfweh vor oder behaupte, sie wäre gerade unpässlich, nur, um sich ihm nicht hingeben zu müssen, aber immer komme sie damit ja auch nicht durch.«

Ihre Stimme wird leise: »Meinst du, wir können es wagen, Konstanze die Pille zu geben?«

Ich überlege. Einerseits müssen wir es ja mit einer Frau ausprobieren, sonst wissen wir nicht, ob es wirklich klappt. Andererseits haben wir dann noch eine Mitwisserin mehr. Was, wenn Konstanze zur Beichte rennt, nachdem wir sie eingeweiht haben? Über die Folgen mag ich gar nicht nachdenken. Nachdenklich schaue ich Cäcilie an. Aber letztendlich siegt meine Neugier: »Fragen wir sie«, sage ich und trinke meinen Most.

Konstanze kann gar nicht glauben, was wir ihr erzählen. Gleich am nächsten Tag sitzen wir bei ihr auf einer Bank vor der Hütte und weihen sie in unser Geheimnis ein. Ihre Augen werden sekündlich größer.

»Das heißt, dass ich mit Paul ... nun ja, ihr wisst schon, kann, und nichts passiert?« Wir nicken. »Wie soll das gehen?«, fragt sie ungläubig, und wir erklären ihr das mit der Wurzel und der Stute.

»Ich soll ... ich soll die Ausscheidungen einer Stute essen?«, sie schüttelt sich. »Das ist ja eklig.«

»Du musst wissen, was du willst«, Cäcilie hebt beide Hände. »Entweder jedes Jahr ein neues Kind, oder eben nicht.«

Konstanze überlegt nur kurz. »Ich will keine Kinder mehr. Mir reichen meine vier hier«, sie deutet auf ihre Nachkommenschaft, die dreckverkrustet im Hühnergehege Nachlaufen spielt. »Ich bin ununterbrochen schwanger, Paul besteigt mich beinahe jede Nacht«, klagt sie.

»Siehst du«, ich blicke sie an. »Gegen das Besteigen können wir zwar nichts ausrichten, aber gegen die Folgen können wir was tun. Hoffentlich.«

»Du nimmst jeden Tag eine Pille«, erklärt Cäcilie. »Und du musst dafür sorgen, dass du und Paul es ganz oft tut, verstehst du? Je öfter ihr gemeinsam ins Bett steigt, desto höher ist ja die Wahrscheinlichkeit, dass du schwanger wirst. Wenn es nicht passiert, dann … ja, dann wirkt die Pille.«

»Gut«, Konstanze nickt, steht auf und streicht sich den Rock glatt.

Ich kann verstehen, dass sie keine Kinder mehr bekommen will. Sie ist so alt wie ich, wirkt aber mindestens zehn Jahre älter. Ihre Hände sind rau und abgearbeitet, ihr Gang wird schon krumm, und ihre halblangen, leicht gelockten Haare sind mit grauen Strähnen durchzogen. Ihr schmales Gesicht ist von einer Menge kleiner Fältchen gezeichnet. Außerdem sieht sie so aus, als würde sie viel zu wenig Schlaf bekommen. Kein Wunder, wenn ständig ein Kind schreit. Das jüngste ist gerade mal zwei Monate alt, das älteste fast vier Jahre. Ich glaube, wir können Konstanze vertrauen. Jetzt wäre es ja sowieso zu spät. Wir beschließen, sechzig Tage zu warten, und Konstanze verspricht uns, Paul so oft er will zu sich ins Bett zu lassen. Nun können wir wieder mal nichts tun als – abwarten.

Die Wochen gehen ins Land. Wir stellen eine ganze Menge Pillen auf Vorrat her und geben sie abwechselnd verschiedenen Häsinnen. Es klappt. Die, die die Pille nehmen, bekommen keine Jungen, die anderen schon. Irgendwas muss also dran sein an der Pille.

Wir bauen an Cäcilies Haus herum, bewirtschaften die Felder, bringen Saatgut aus und tun alles, um ja keine Aufmerksamkeit zu erregen. Niemand soll es komisch finden, dass Knebels Lilian hier bei ihr ist. »Sie ist meine Magd«, erklärt Cäcilie jedem, der nachfragt, und offensichtlich geben sich die Leute damit zufrieden. Sie wissen ja nicht, was hinter verschlossenen Türen stattfindet. Wir forschen weiter mit den Kräutern. Cäcilie ist nach wie vor davon besessen, die Mischung für das ewige Leben zu finden.

Von Konstanze kommen gute Neuigkeiten: »Gestern war der geile Bock so erregt, dass er gleich drei Mal hintereinander konnte«, kichert sie. »Soll ich euch mal was sagen? Mittlerweile macht es richtig Spaß, mit ihm ins Bett zu gehen. Weil ich nämlich nicht schwanger werde. Es passiert überhaupt nichts.«

Gut so. Es soll ja auch nichts passieren.

Auch nach sechzig Tagen ist nichts passiert. Nach siebzig auch nicht. Konstanze wird nicht schwanger. »Ich bin immer sofort nach der Geburt eines Kindes wieder dick geworden«, erzählt sie uns. »Es funktioniert, es funktioniert!«

Wir versorgen sie weiterhin mit der Pille. Auch nach hundert Tagen ist Konstanze nicht schwanger, und nun sind wir felsenfest davon überzeugt, dass wir tatsächlich eine Riesenerfindung gemacht haben. Lediglich Paul wundert sich ein wenig, dass seine Frau gar nicht mehr schwanger wird. »Macht euch darüber keine Gedanken«, wehrt Konstanze ab, »er wird sich schon damit abfinden.«

»Wir müssen die Pille verbreiten, erst hier in Münzenberg, dann ziehen wir weiter«, sinniert Cäcilie eine Woche später vor sich hin. »Die Frauen werden uns vergöttern! So, und nun lass uns zu Konstanze gehen. Sie hat uns heute eingeladen auf ein Stück Brot und einen Becher Wein. Die Gute ist so dankbar, dass sie unbedingt mit uns feiern möchte.«

Mittlerweile ist es Sommer geworden, man kann barfuß gehen und nur mit leichter Kleidung. Ich bin frohen Mutes, halte mein Gesicht in die warmen Sonnenstrahlen und freue mich des Lebens. Konstanze ist inzwischen eine richtige Freundin für mich geworden. Wir erzählen uns viel und lachen noch mehr. Cäcilie freut sich darüber: »Eine Freundin in deinem Alter tut dir gut«, meint sie liebevoll.

Konstanze, die sonst immer auf der kleinen Holzbank vor der Hütte sitzt, wenn sie weiß, dass wir kommen, sitzt heute nicht da. Auch von ihren Kindern ist keins zu sehen.

»Vielleicht ist sie im Stall, ich sehe mal nach«, sage ich, aber Cäcilie schüttelt den Kopf.

»Die Tiere sind doch alle auf der Weide«, sagt sie. Dann geht sie zur Hütte und klopft. »Konstanze, bist du da? Konstanze?« Niemand antwortet.

Ich trete hinter Cäcilie, und gemeinsam gehen wir in die Hütte. Hier drinnen ist es ziemlich dunkel, und unsere Augen müssen sich erst an die Veränderung gewöhnen. Merkwürdig. Warum sind denn die Ausgucke in der Hütte mit Decken verhüllt bei diesem wunderbaren Wetter?

Da sehen wir, dass jemand auf dem Boden liegt. Schnell treten wir näher.

»Oh, mein Gott«, sagt Cäcilie entsetzt, »oh, mein Gott! Schnell, Lilian, hilf mir.«

Es ist Konstanze. Reglos liegt sie da, und ich entferne schnell die Decken an den Wandöffnungen, damit wir besser sehen können. Sie ist entsetzlich zugerichtet. Ihre Lippen sind aufgesprungen und Blut sickert heraus. Die rechte Gesichtshälfte ist angeschwollen und blau verfärbt. Gleiches gilt für ihr linkes Auge. Jemand hat ihr auch Haare ausgerissen. Aber am schlimmsten sehen Rücken, Bauch und Brüste aus. Sie liegt auf der Seite, mit nacktem Oberkörper, und es gibt keine Stelle, an der sie nicht gepeitscht wurde. Sie zittert.

»Hilf Himmel«, sage ich. »Du Gute, wer hat dir das nur angetan?« Schnell gehe ich an den Tisch und fülle einen Becher mit Wasser. »Hier, trink.«

Gierig lässt Konstanze das Wasser in sich hereinlaufen. Dann hebt sie die Hand. Sie kann kaum sprechen, es ist ein Flüstern. Wir rücken näher. Cäcilie stützt sie. »Paul ...«, kommt es von Konstanze. »Er hat ... hat ... Paul ... fliehen ...«

»Paul muss fliehen? Warum, was hat er getan?«, frage ich und streiche Konstanze sanft über die Wange. Sie zuckt zurück.

»Bist du vergewaltigt worden? Hat Paul versucht, dir zu helfen?«, will Cäcilie wissen.

Konstanze schüttelt verzweifelt den Kopf und deutet auf uns. »Paul ... gefragt ... mich gefragt ... was das ist ...«, sie ist sehr schwach.

Plötzlich sehe ich, dass neben Konstanze auf dem Holzboden einige Pillen liegen. Mir wird schwarz vor Augen. »Hat Paul die Pille entdeckt?«, frage ich leise. Konstanze nickt und schaut mich an. Verzweifelt. Hilflos. Ich schaue zu Cäcilie.

Sie ist weiß im Gesicht. »Was hat er getan? Hat *er* dir das angetan?« Wieder Nicken.

Dieses Schwein. Er hat seine Frau verprügelt und niemand wird ihn jemals dafür bestrafen! Dieser Höllenhund! Gleichzeitig bekomme ich Angst. Was weiß Paul?

»Paul ... mich ... gefragt ... ich ... habe gesagt ... gesagt ... nichts ... dann ... geschlagen ... dann ... dann ... hab ich es … es … gesagt …« Sie richtet sich auf und sieht uns flehentlich an. »Ich … konnte … nicht … mehr … hat nicht … aufgehört … zu schlagen.« Sie greift Cäcilies Arm. »Ihr … müsst … weg … schnell weg«, flüstert Konstanze.

»Hast du ihm erzählt, dass du die Pille von uns bekommen hast?«, frage ich entsetzt. Konstanze zögert kurz, dann nickt sie.

Oh nein. Nein!

»Wo ist er jetzt?«, will Cäcilie wissen.

In Konstanzes Augen flackert es angstvoll auf. »Pritzenheim«, sagt sie dann. »Tiburtius …«

Wir richten uns auf. Wir müssen weg. Und zwar schnell. Aber das geht nicht. Wir können Konstanze doch hier nicht so liegen lassen.

»Geht …«, flüstert Konstanze. »Geht …«

Von draußen ertönen Geräusche. Schnell drehe ich mich um.

Vor der Hütte stehen sieben oder acht Pferde mit Reitern.

Einer davon ist Tiburtius.

Er sieht nicht so aus, als wollte er mit uns Wein trinken.

Ich kann nichts sehen. Um mich herum ist alles schwarz. Tiefschwarze Nacht. Mir ist kalt. Wo bin ich? Wo ist Cäcilie? Ich muss eingeschlafen sein. Aber jetzt bin ich wach. Als ich mich aufrichten will, bemerke ich, dass das nur bedingt geht. Es rasselt neben mir, und ich stelle fest, dass ich angekettet bin. Ich kann noch nicht mal meine Hand heben, so schwer sind die Eisenfesseln um meine Handgelenke. Es riecht muffig. Ich versuche, meine Gedanken zu ordnen, und plötzlich kommt die Erinnerung.
Wir sind erwischt worden.
Und nun sitzen wir in Pritzenheims Verlies gefangen.

Paul, Konstanzes Mann, hatte sich wohl schon einige Zeit lang darüber gewundert, dass seine Frau gar nicht mehr schwanger wurde. Auch war ihm aufgefallen, dass wir recht oft bei ihr waren. Er zählte eins und eins zusammen. Einige Male beobachtete er Konstanze dabei, wie sie die Pille nahm, und irgendwann sprach er sie darauf an. Erst sagte sie, das sei ein Stärkungsmittel, aber das glaubte ihr Paul nicht. Er prügelte die Wahrheit quasi aus ihr heraus an diesem denkwürdigen Tag. Letztendlich erzählte ihm Konstanze alles. Ich mache ihr keinen Vorwurf, jede hätte geredet, so wie Paul auf seine Frau eingeprügelt hat.
So kam heraus, dass wir die Anti-Baby-Pille erfunden haben, und so kam auch heraus, dass Konstanze sie regelmäßig einnahm. Paul schrie, dass Konstanze mit den Hexen im Bunde sei und dass er, Paul, dafür Sorge tragen würde, dass wir alle unsere gerechte Strafe bekämen, und dann ist er ins Dorf

geritten. Während wir bei Konstanze waren, kamen Tiburtius und seine Gefolgsmänner und der Graf angeritten. Wir wurden alle drei festgenommen.

Man fesselte uns die Arme auf den Rücken und brachte uns ins Rathaus. Beziehungsweise in einen fensterlosen Raum darunter, den ich nicht kannte. Wir mussten eine enge Steintreppe hinabsteigen, und überall an den Wänden loderten Fackeln. Sprechen durften wir nicht. Ich hatte schreckliche Angst. Angst vor der Ungewissheit, Angst davor, was jetzt passieren würde. Ein Gehilfe von Tiburtius ging voran und öffnete eine schwere Holztür mit verrosteten Beschlägen, die furchtbar knirschte. Ein weiterer Gehilfe stieß uns in den Raum dahinter, und alle anderen kamen hinterher. Mir tat Konstanze schrecklich Leid, weil sie vor Schmerzen kaum gehen konnte. Cäcilie ging erhobenen Hauptes, stolz und unnahbar. Der erste Gehilfe zündete dann wiederum Fackeln in diesem Raum an, und als ich sah, wo wir waren, blieb mir beinahe das Herz stehen.

Vor mir befand sich eine lange Bank mit Winden an beiden Enden, um die Seile geschlungen waren. An den steinernen Wänden hingen allerlei Gerätschaften, die nichts Gutes verhießen, und das da vor mir auf dem Tisch mussten Daumenschrauben sein. Mehrere Eisenketten hingen von der Decke herab. Mir wurde eiskalt, und Konstanze fing an, bitterlich zu weinen. Lediglich Cäcilie blieb ungerührt stehen. Ich wollte, ich hätte ihre Kraft gehabt in diesen Minuten.

Tiburtius trat hinter einen Tisch, über den eine Decke gelegt war, und sah uns reihum an. Sein Gesicht verhieß nichts Gutes. »Der rechtschaffene, getreue Bürger Paul Urdebergers hat uns aufgesucht, um uns von seiner unglaublichen Entdeckung zu berichten«, fing er an. »Ihr seid angeklagt, mit der Hexerei im Bunde zu stehen, und diese Frau da«, er deutete auf Konstanze, die immer noch weinte, »habt ihr auch mit einbezogen. Ihr gabt ihr Mittel, um ihre Empfängnis zu verhüten. Hexenmittel. Gesteht ihr das?« Keine von uns sagte ein Wort. Am liebsten hätte ich geschrien: »Ja, ich gestehe, ich gestehe alles!«, nur um von hier wegzukommen, aber was hätte das denn genützt? Also blieb ich einfach so stehen und wartete ab. Ich wollte auch nicht auf diese Streckbank gespannt werden. Ich bin zufrieden mit meiner Größe.

»Gebt zu, mit dem Teufel im Bunde zu stehen und Hexen zu sein«, ging es von Tiburtius weiter. »Und ihr werdet milder bestraft werden.«

»Wir haben nichts Unrechtes getan und wir sind auch keine Hexen«, sagte Cäcilie plötzlich. »Es gibt keine Hexen. Das ist Humbug. Eine Erfindung der Kirche, um ihre Schäfchen klein zu halten. Um sie maultot zu machen.«

Hör bitte auf, dachte ich verzweifelt. *Du bringst uns in Teufels Küche. Im wahrsten Sinne des Wortes.*

Tiburtius riss die Augen auf. »Was sagst du da, Weib?«, fuhr er Cäcilie an. »Du redest schlecht von der Kirche, von Gott, unserem Heiligen Vater?«

»Papperlapapp«, sagte Cäcilie schnippisch und sah Tiburtius mit festem Blick an. »Wo ist er denn, der liebe Gott? Ich jedenfalls hab ihn noch nie gesehen.«

Warum schwieg sie nicht?

»Ich schon«, warf ich schnell ein, bevor die Situation eskalierte. »Erst gestern ist er mir begegnet. Ein netter Mann. Er trug einen grauen Umhang und fragte mich, wie es mir ginge. Er war ... sehr höflich.« So. Wenn ich Gott gesehen hatte, dann konnte ich ja keine Hexe sein, oder?

»Du hast Gott *gesehen*?«, fragte mich Tiburtius lauernd. Ich nickte. Klar hab ich ihn gesehen. Wenn's hilft, werde ich ihn auch heiraten. Wenn ich bloß hier rauskomme.

»*Niemand* sieht Gott«, Tiburtius stemmte die Hände in die Hüften und blickte beifallheischend in die Runde, und seine

Gehilfen und auch Pritzenheim nickten ehrfürchtig. »Nur *Hexen* behaupten, *Gott gesehen* zu haben, genauso, wie sie alle möglichen anderen Dinge behaupten. Doch nur zu, Weib, rede weiter.«

»Vielleicht ... habe ich mich ja geirrt«, sagte ich mit zitternder Stimme und bereute alles, alles, alles.

»Du redest mit gespaltener Zunge«, fuhr mich Tiburtius an. »Erst behauptest du dies, dann das. Schweig nun still. Ihr alle«, er ging hinter dem langen Tisch auf und ab, und der Schein der Fackeln warf den Schatten seiner Gestalt an die Wand, »seid der Hexerei angeklagt. Ich frage nun noch ein letztes Mal, ob ihr dies zugebt. Wenn ja, werde ich eine mildere Strafe in Betracht ziehen, die sofort vollzogen wird, wenn nein«, ruckartig drehte er sich um und riss die Decke vom Tisch, »werdet ihr vor eurer Hinrichtung durch Folter eure Läuterung erfahren.«

Entsetzt wich ich einen Schritt zurück. Vor uns auf dem Tisch lag eine Anzahl von Zangen in verschiedenen Größen, dort lagen auch gebogene Messer, ein kleines Beil und, wie ich vermute, Halsringe, die innen Dornen haben. Verschieden große Nägel befanden sich auch auf dem Tisch. Ich wollte nach Hause.

»Wir sind keine Hexen«, kam es wieder von Cäcilie. »Ihr wollt uns nur einschüchtern. Gebt endlich alle zu, dass ihr nur machtgierig seid. Von uns jedenfalls werdet ihr nichts erfahren.« Sie sah mich und dann Konstanze an. *Wir müssen zusammenhalten*, sagte ihr Blick.

Ich schwieg, und Konstanze sagte sowieso nichts.

»Da ihr zum Geständnis nicht bereit seid«, fuhr Tiburtius fort, »werdet ihr die Nacht im Verlies unseres Grafen Pritzenheim verbringen. Morgen dann werdet ihr zu früher Stunde geholt und eure Läuterung durch langsame Folter erfahren, bevor ihr in die Hölle geschickt werdet.« Er drehte sich zu seinen Gehilfen um. »Dieses Weib«, er deutete auf Konstanze, »wird enthauptet, da sie ohne ihren Willen zur Hexerei überredet wurde. Aber diese beiden da«, damit waren wir gemeint, »werden ihre Worte noch bereuen. Tod durch den Scheiterhaufen.« Dann drehte er sich um und verließ den Raum. »Verständigt den Scharfrichter, geht durchs Dorf und verkündet die Botschaft. Morgen früh, wenn die Stunde zehn geschlagen hat, sollen sie sich auf dem Marktplatz versammeln. Alle«, sagte er noch im Gehen.

Man brachte uns dann zur Burg hinauf. Pritzenheim ritt voraus, und wir liefen hinterher. Die Kunde von uns drei Hexen musste wohl schnell die Runde gemacht haben, überall am Wegesrand standen Dorfbewohner und sahen zu, wie wir vorbeiliefen. Einige lachten höhnisch, andere sagten nichts und blickten nur entsetzt. Da sah ich meine Mutter. Sie bahnte sich einen Weg durch die Menschen, vor sich hielt sie einen Weidenkorb, in dem sich Gemüse befand, und schaute mich an. Ich schaute sie auch an, und plötzlich liefen mir die Tränen übers Gesicht. Welche Schande hatte ich über meine Familie gebracht! Und ich sollte sie nie mehr wiedersehen. Meinen Vater, Großmutter, meine Geschwister. Nur weil die Kirche glaubte, dass es Hexen gab, oder zumindest die Mär verbreitete, dass es sie gab. Ich stolperte und fiel auf die Knie, und sofort zog mir einer der Gehilfen eine Peitsche über den Rücken. »Steh auf, Hexe, und lauf, es ist dein vorletzter Weg«, grinste er hämisch. Während ich weiterlief, schaute ich noch einmal zurück, aber meine Mutter war verschwunden.

»Ich habe solche Angst«, kommt es von irgendwoher, und ich erkenne Konstanzes Stimme. Langsam kann ich etwas sehen in der Dunkelheit. Auch Konstanze ist festgekettet, genauso wie Cäcilie. Unsere Handgelenke stecken felsenfest in Eisenhandschellen, von denen lange Eisenketten zur Wand gehen. Dort sind sie eingemauert.

Erneut versuche ich mich aufzusetzen, was mir halbwegs gelingt.

»Ich habe auch Angst«, sage ich zu Konstanze, die schon wieder anfängt zu weinen. »Meine Kinder«, schluchzt sie, »was wird aus meinen Kindern? Und, oh … die Werkzeuge, habt ihr die Werkzeuge gesehen? Ich möchte nicht, dass mir jemand wehtut. Das ertrage ich nicht. Ich habe schon genug ertragen, von Paul.«

Wenn ich an die Folterinstrumente denke, kommt mir der Gedanke, dass das, was Paul Konstanze angetan hat, nichts ist im Vergleich zu dem, was uns morgen bevorsteht.

»Irgendwann lässt der Schmerz nach, man spürt ihn nicht mehr«, sagt Cäcilie mit ruhiger, gefasster Stimme. »Es heißt, dass kein Mensch unglücklich stirbt. Das liegt an den Endorphinen.«

»Was ist das denn?«, will ich wissen.

»Glückshormone«, erklärt sie.

»Wie lange dauert es denn, bis die Endorphine kommen?«, fragt Konstanze.

»Das ist unterschiedlich. In dem Moment, wenn die Schmerzen so unerträglich werden, dass es kaum noch zum Aushalten ist. Ich weiß nicht, vielleicht nach zwei Stunden, vielleicht auch erst nach fünf oder sechs. Das kommt auf die Belastbarkeit des Einzelnen an.«

Dann können wir ja beruhigt sein und uns auf morgen freuen.

»Meint ihr, ich bekomme es mit, wenn mein Kopf abgeschlagen wird?«, Konstanze ist aufgelöst. Dauernd fängt sie wieder an zu weinen. »Lebe ich dann noch weiter? Oder nur mein Kopf?«

Ich will ja nicht egoistisch sein, aber wenn ich die Wahl

hätte, wäre mir Köpfen auch lieber. Alles ist besser, als auf dem Scheiterhaufen zu verbrennen. Ich habe es nun schon zwei Mal mitbekommen. Die Flammen züngeln langsam nach oben, und wenn man Glück hat, verliert man durch den Rauch das Bewusstsein. Aber bei der letzten Hinrichtung durch Verbrennen hat Tiburtius dafür gesorgt, dass nicht nur Holz auf dem Scheiterhaufen war, sondern auch noch etwas anderes, irgendwelche Sträucher, die verhindert haben, dass Rauch aufstieg. Es hat beinahe eine Ewigkeit gedauert, bis die vermeintliche Hexe tot war. Wenn ich an ihre Schreie denke, überläuft es mich eiskalt. Fast fange ich an zu beten, lasse es aber dann doch. Es wird kein Gott kommen, davon bin ich felsenfest überzeugt.

»Du wirst nichts mitbekommen«, versucht Cäcilie Konstanze zu beruhigen.

»Vielleicht hätten wir gestehen sollen«, werfe ich ein. »Dann wären wir vielleicht nur verbannt oder für einen Tag an den Pranger gestellt worden. Du hättest nicht so reden dürfen.«

»Pah«, Cäcilie schnaubt auf. »In dem Moment, als Tiburtius mit den anderen vor der Hütte stand, wusste ich, was kommen würde. Egal, was ich gesagt oder nicht gesagt hätte, unser Ende wäre das gleiche gewesen. Die drehen es sich doch hin, wie es ihnen passt. Du hast gesagt, du hast Gott gesehen und bist eine Hexe. Hättest du gesagt, du hättest Gott noch nie gesehen, wärst du auch eine Hexe. Begreifst du das denn nicht?«

»Doch, schon, aber ich möchte leben!«, entgegne ich. »Ich dachte, es würde was nützen.«

»Das Einzige, was zählt, ist, dass meine Aufzeichnungen der Nachwelt überliefert werden«, sinniert Cäcilie. »Ich habe sie gut versteckt, und Annekes Mann weiß Bescheid. Wenn mir einmal etwas zustößt, weiß er, was zu tun ist. Nun ...«, ihre Stimme stockt, »ist es leider so weit. Schneller, als ich dachte.« Bitter lacht sie auf. »Lasst uns zusammenhalten, wenigstens in den letzten Stunden, die uns bleiben. Lasst uns an etwas anderes denken, kommt, wir erzählen uns Geschichten, die uns zum Lachen bringen.«

Aber niemandem von uns fällt eine Geschichte ein.

Mittlerweile haben wir uns so an die Dunkelheit gewöhnt, dass wir uns umschauen können. Das Verlies ist rund, der Boden aus kaltem Lehm, und nur von weit, weit oben fällt Licht ein. Hier unten gibt es keine Öffnung. Es stinkt entsetzlich, und zwar so entsetzlich, dass die ausgekochte Yamswurzel mit dem Pferdeurin ab sofort mein Lieblingsgeruch ist. Ich kann den Geruch, der hier herrscht, nicht deuten, süßlich, komisch. Ich habe Hunger und Durst, meine Kleidung liegt klamm auf meiner Haut, und etwas krabbelt über meine nackten Füße, so dass ich laut aufschreie. Eine Ratte. Eine riesengroße Ratte mit einem langen, buschigen Schwanz. Sie huscht im Zickzack zwischen uns durch und macht weiter hinten Halt. Ich beuge mich nach vorn, um zu überprüfen, ob sie wieder zurückkommt. Dann höre ich etwas, das sich wie ein Nagen anhört, und versuche, mich noch weiter vorzubeugen.

Die Ratte ist mit aller Seelenruhe dabei, einen menschlichen Schädel abzunagen. Die Hälfte ist schon weg. Auch die restliche Leiche ist schon angefressen. Aus dem Brustkorb sieht man die Rippen ragen.

»Ist er ... ist er tot?«, fragt Konstanze, die meinem Blick gefolgt ist und den armen Sünder da liegen sieht.

Ich muss würgen, und eine Sekunde später übergebe ich mich auf den Lehmboden.

»Du meine Güte«, sagt Cäcilie, »das ist Magnus Freienberg, er wurde vor zehn Jahren zu lebenslanger Kerkerhaft verurteilt. Davor wurde ihm die rechte Hand abgehackt. Seht ihr?« Ich will nicht hinschauen und wische mir mit der bloßen Hand den Mund ab. Die Eisenkette rasselt. »Er hat auf dem Markt Brot für seine Familie gestohlen und ist dabei erwischt worden«, erzählt Cäcilie weiter. »Die haben ihn einfach verhungern lassen. Oder er ist an Unterkühlung gestorben. Die Pest hat er wohl nicht bekommen hier unten, dann sähe er anders aus. Der arme Kerl. Ihr könnt euch wohl nicht an ihn erinnern, ihr wart noch zu klein. Seine Frau und die Kinder hat man nach seiner Verurteilung aus der Gemarkung vertrieben und ihre Hütte niedergebrannt. Hoffentlich musste er nicht zu sehr leiden ...«

»Vielleicht ... vielleicht lebt er ja doch noch«, hofft Konstanze, während die Ratte ein Ohr von Magnus verspeist. »Wir ... könnten ihn doch mal ansprechen, vielleicht schläft er ja nur.«

Ich kann es einfach nicht glauben. Vor ein paar Stunden noch war die Welt in Ordnung, ich bin frohen Mutes zu Konstanze gelaufen, die Sonne schien, und jetzt sitze ich hier in diesem Verlies mit einem Toten und bin selbst bald tot. Morgen, genau gesagt. Das ist doch alles nicht wahr.

»Kennt ihr diesen Witz? Wird ein Mann verurteilt und muss seine Kerkerstrafe absitzen. Im Kerker angekommen, wird er gefragt, ob er noch einen Wunsch hat. Nein, sagt der Mann, ich habe keinen Wunsch mehr. Ich ...«, Cäcilie stockt. »Mist, jetzt weiß ich gar nicht mehr, wie der Witz weitergeht.«

Ich hätte sowieso nicht drüber lachen können.

»Wir könnten versuchen, die Eisenfesseln zu lösen«, schlage ich vor.

»Und dann? So lang sind unsere Beine nicht, dass wir rechts und links an der Mauer hochklettern könnten«, Cäcilie schüttelt den Kopf. »Außerdem befindet sich ein Gitter über der Öffnung oben, habt ihr nicht gehört, wie es zugeschlagen wurde, nachdem sie uns runtergelassen haben?«

Das stimmt.

»Aber wir müssen doch irgendwas tun«, klage ich. »Wir können uns doch nicht einfach unserem Schicksal ergeben.«

»Glaub mir, wenn es eine Möglichkeit gäbe, hier herauszukommen, hat *er* es bestimmt auch versucht«, Cäcilie deutet auf Magnus, der zusehends weniger wird.

»Und wenn wir um Hilfe rufen?«, wirft Konstanze ein.

»Was sollte das nützen? Erstens mal hört uns keiner, ihr wisst, wie dick die Mauern hier sind, und zweitens, wer würde uns helfen? Pritzenheim? Sicher nicht.« Cäcilie schüttelt den Kopf.

Ich lehne meinen Kopf gegen die kalte Wand und schließe die Augen. Es gibt keinen Ausweg. Es gibt einfach keinen Ausweg. Dann fange ich an zu weinen. Die Tränen strömen über mein Gesicht, und es nützt auch ganz und gar nichts, dass wir diese Erfindung gemacht haben. Hätten wir die blöde Pille doch nie erfunden! Nie. Nie. Nie.

»Pscht«, macht Cäcilie und legt einen Finger an ihre Lippen. »Hör auf zu weinen, Lilian, pscht. Hört ihr nicht?«

Mein Herz rast. Von oben hört man Schritte. Schwere Schritte, die näherkommen. Konstanze zittert am ganzen Körper. Selbst die Ratte hört auf zu nagen und lauscht.

Jetzt kommen sie uns holen.

ilian, Lilian«, flüstert jemand. »Bist du da unten?«
»Natürlich ist sie da, das habe ich dir doch gesagt«,
meint eine andere Stimme. »Ich wohne schließlich
hier, ich weiß doch, wo die Leute untergebracht werden.«
Ich zittere.

»Lilian!«, jetzt wird die Stimme lauter.

Wir schauen uns an. Kann ich es wagen zu antworten?

»Ja, ich bin hier. Mit den anderen«, rufe ich verhalten.

»Sie ist da, sie ist da.« Oben scheint sich jemand zu freuen.

»Ich bin es!«, ruft der Jemand dann wieder.

»Wer ist ich?«

»Na, Bertram«, sagt Bertram.

»Bertram! Bertram!« Ich will aufstehen, was aber gar nicht
geht, weil eine weitere Eisenkette, die sich an dem Eisenstab
zwischen den Handschellen befindet, in den Boden eingelassen ist.

»Oh, Bertram, kannst du uns helfen?«

»Wozu bin ich Scharfrichter?«, fragt Bertram zurück. Ich
verstehe den Sinn dieses Satzes zwar nicht ganz, aber es ist
ja auch egal. »Wir holen euch da raus!«, ruft er.

»Hallo, Lilian«, flüstert der, der Bertram offensichtlich zur
Seite steht, ins Verlies hinab. »Ich bin's, Laurentius. Das
riecht aber fürchterlich bei euch da unten. Wir haben Seile
dabei. Es dauert nicht mehr lange.«

»Wir sind angekettet«, rufe ich zurück und hoffe inständig,
dass uns niemand hört, der das nicht hören soll.

»Gleich nicht mehr«, frohlockt Laurentius. »Ich habe die
Schlüssel mitgebracht.«

Oben quietscht etwas, und erleichtert stellen wir fest, dass es sich um das Gitter handelt, mit dem das Loch verschlossen war.

»Ich lasse dich jetzt runter«, hören wir Bertram sagen, und Konstanze, Cäcilie und ich sehen uns freudestrahlend an.

»Nein«, sagt Laurentius angstvoll. »Das geht auf gar keinen Fall. Ich leide unter Höhenangst. Ich werde nie lebend da unten ankommen. Geh du.«

»Ich bin kräftiger als du«, versucht Bertram Laurentius zu überreden. »Ich kann euch alle einfach hochziehen. Du musst nur die Handschellen öffnen, alleine können sie das nicht.«

Ich hoffe inständig, dass das Vorhaben jetzt nicht an Laurentius' Höhenangst scheitert. »Bitte, Laurentius«, rufe ich, und auch Konstanze und Cäcilie rufen, dass er keine Angst haben soll.

Aber Laurentius weigert sich standhaft. »Ich werde wie ein Stein in die Tiefe stürzen«, jammert er. »Ich bin zu schwach, um mich festzuhalten. Außerdem bin ich krank. Ich leide unter … unter … unter … na ja, jedenfalls bin ich krank.«

»Na gut«, willigt Bertram ein. »Dann lässt du mich da jetzt runter und ziehst uns hoch. Schaffst du das?«

»Natürlich!«, erwidert Laurentius empört.

Eine Minute später steht Bertram vor uns und strahlt mich an.

»Lilian«, sagt er liebevoll, und ich könnte ihn küssen vor Dankbarkeit.

»Du bist der netteste Mensch, dem ich je begegnet bin«, sage ich gerührt. »Dass du das für uns tust, das vergesse ich dir nie.«

»Ich hätte es nicht ertragen können, dich zu foltern«, erklärt Bertram sein Hiersein. »Die Vorstellung, dir wehzutun und anschließend den Scheiterhaufen für dich anzuzünden,

hat mich fast umgebracht. Ich *musste* dich einfach hier raus-
holen!«

Zum Glück passen die Schlüssel, und kurze Zeit später sind
wir frei. Meine Handgelenke sind ganz rot, und an einigen
Stellen ist die Haut schon aufgescheuert.

»So!«, ruft Bertram zu Laurentius. »Jetzt zieh mich hoch,
damit ich dir helfen kann.«

»Ja!«, kommt es von oben, und Bertram wickelt das Seil
um seinen Bauch und hält sich dann daran fest. »Es kann
losgehen.«

»Oh, oh, oh«, macht Laurentius, und Bertram bewegt sich
keinen Zentimeter.

»Zieh!«, ruft Bertram. »Zieh doch!«

»Mir ist ein Fingernagel eingerissen!« Laurentius' Stimme
ist panisch. »Das ist die Anstrengung. Das sieht gar nicht
gut aus. Es blutet. Ich muss aufpassen, dass kein Schmutz in
die Wunde kommt. Das kann böse enden.«

»Darum kümmern wir uns später! Jetzt zieh!«, herrscht
Bertram Laurentius an.

»Der Blutverlust schwächt mich«, Laurentius weint fast.
»Schon drei Tropfen habe ich verloren.«

»Verdammt noch mal, Laurentius. Willst du, dass wir alle
auf dem Scheiterhaufen landen?«

»Nein, au«, macht Laurentius.

»Dann tu was. Sei einmal im Leben tapfer! Sei kein Weichling!«

»Du behauptest, dass ich ein Weichling bin?« Jetzt ist Laurentius beleidigt. Seine Stimme klingt schrill. »Ich bin kein
Weichling. Und ich *bin* tapfer. Ständig muss ich lustig sein
und habe Angst davor, dass du mich köpfen musst, nur,
weil die Brut vom Grafen meine Witze nicht witzig findet.
Du weißt doch überhaupt nicht, wie es mir geht! Abends
liege ich in meiner Schlafstatt und weine. Ich bin ein alter

Mann. Ich bin schon vierundzwanzig. Eine Frau habe ich auch noch nicht gefunden, weil keine mit einem Kranken zusammen sein möchte. Ich bin einsam. Ich habe schlimme Träume. Ich träume, dass ich ohne Schlafgewand schlafe und dann wache ich auf und …«

»Ich sage dir jetzt eins«, unterbricht Bertram Laurentius' Redeschwall. »Wenn du mich jetzt nicht sofort von hier unten raufziehst, werde ich dafür sorgen, dass du mitverurteilt wirst, falls sie uns schnappen. Und ich werde dafür sorgen, dass der Scharfrichter, der dich hinrichtet, alles falsch macht, was er nur falsch machen kann. Wirst du gehängt, wird es Wochen dauern, bis du tot bist, weil der Strick so um deinen Hals liegen wird, dass du immer noch ein klein wenig Luft bekommst. Wirst du geköpft, werde ich dafür sorgen, dass der Scharfrichter mindestens zwanzig Schläge braucht. Immer nur einen kleinen Zentimeter wird er tiefer schlagen. Dann kannst du mal sehen, was Blutverlust ist!«

Plötzlich ist Bertram verschwunden. Eine Sekunde später ruft er: »Ich bin oben. Jetzt ihr!«

Wir sind frei. Wir sind tatsächlich frei! Verstohlen schleichen wir aus dem Burgflügel, in dem sich das Verlies befindet. Hoffentlich ist keiner mehr wach. Wir können hier jetzt niemanden gebrauchen. Mittlerweile ist es dunkel geworden. Wir haben Vollmond. Sein sanftes Licht erhellt das Gemäuer, und wir pressen uns an die Wände, um keine Aufmerksamkeit zu erregen. Laurentius ist sehr böse auf Bertram. »Das war Erpressung«, wirft er ihm vor. »Das war nicht nett.«

»Nimm lieber mal die blöde Kappe ab«, meint Bertram. »Das Klingeln ist viel zu laut.« Laurentius trägt noch seine Hofnarrenmütze, an der sich Glöckchen befinden, die bei jedem Schritt bimmeln. Beleidigt gehorcht Laurentius und redet dann nicht mehr mit Bertram. Zur Strafe sozusagen.

Nun will ich alles genau wissen, und Bertram erzählt bereitwillig. »Deine Mutter ist zu mir gekommen, nachdem sie dich auf dem Weg zur Burg gesehen hat. Ich bin sofort zu Laurentius gegangen. Wirklich, das wäre zu viel für mich gewesen, dich hinzurichten. Ich muss auch mal an mich denken. Jedenfalls habe ich Laurentius eingeweiht, und der hat die Schlüssel besorgt. Kurze Zeit später, als ich wieder zu Hause war, kam ein Knappe vom Grafen und hat mich für morgen früh bestellt. Ich habe natürlich so getan, als wäre ich ganz überrascht, und habe gesagt, dass ich pünktlich da sein werde. Und als es dunkel wurde, habe ich mich wieder mit Laurentius getroffen. Ich bin über die Burgmauer geklettert. Den Rest kennt ihr ja.«

»Wo sollen wir nun hin? Nach Hause können wir nicht«, meint Konstanze und sieht uns hilflos an.

Das stimmt, aber erst mal müssen wir ungesehen aus der Burg gelangen. Mit Bertrams und Laurentius' Hilfe steigen wir über die Mauer und fallen kurze Zeit später ins weiche Gras.

Laurentius steht oben auf der Mauer und winkt uns zu. »Viel Glück!«, sagt er leise. »Ich werde an euch denken.« Bertram ignoriert er.

»Wir müssen raus aus Münzenberg und raus aus der Gemarkung«, stellt Cäcilie ganz richtig fest. »Wir können es auch nicht wagen, noch einmal in unsere Hütten zu gehen, um Kleidung und Decken und Essen zu holen. Das wäre zu gefährlich. Nein, wir müssen uns unverzüglich auf den Weg machen. Wisst ihr, was mich sehr ärgert? Dass wir noch nicht mal die restlichen Wurzeln mitnehmen können. Die habe ich mit den Aufzeichnungen versteckt. Ich weiß nicht, wo wir neue Wurzeln herkriegen.«

Ich reiße einen Grashalm aus, beiße darauf herum und überlege. Aber Cäcilie hat Recht. Es wäre viel zu gefährlich, sich im Dorf noch mal blicken zu lassen.

»Bevor der Morgen graut, müsst ihr schon einige Meilen hinter euch haben«, sagt Bertram. »Ich hätte euch gern einige Taler zugesteckt, aber ich hätte erst morgen wieder welche bekommen, nachdem ich euch hingerichtet hätte.«

Sicher ist es so, wie es jetzt ist, besser. Das sage ich Bertram auch.

»Wir werden uns jetzt einfach aufmachen, und dann wird sich schon zeigen, wo wir landen«, beschließt Cäcilie. »Ich glaube, am besten ziehen wir Richtung Norden. Die fahrenden Händler und überhaupt auch die Gäste von Pritzenheim kommen eher aus südlicher Richtung, es wäre nicht gut, wenn wir jemandem begegnen, der uns erkennt. Die Welt ist klein, so was geht schneller, als man denkt.«

Ich bin einverstanden, und auch Konstanze nickt. Ich friere zunehmend. Obwohl wir Sommer haben, ist es nachts doch sehr kühl, und ich trage nicht mehr als einen langen Rock und ein dünnes Obergewand. Noch nicht mal Schuhe habe ich an. Den anderen geht es nicht besser. Konstanze hatte gnädigerweise einen Sack bekommen, den sie sich überstülpte, um ihre Blöße zu bedecken, bevor sie ins Verlies gelassen wurde.

Wir verabschieden uns von Bertram. »Wir werden uns wohl nie wiedersehen«, meint er traurig und umarmt mich, nachdem er auch Cäcilie und Konstanze Auf Wiedersehen gesagt hat. »Wem kann ich jetzt wohl meine Sorgen anvertrauen?«

»Man soll nie nie sagen«, entgegne ich. »Wer weiß, ob uns das Schicksal nicht eines Tages wieder zusammenführt.« Ich streiche Bertrams Haar. »Ich danke dir für alles, für wirklich alles. Du bist ein wahrer Freund.«

Dann machen wir uns auf den Weg und schauen uns ununterbrochen um, ob uns nicht doch jemand sieht. Aber niemand scheint uns zu bemerken. Wir nehmen einen Pfad Richtung Norden, und nach einer halben Stunde haben wir Münzenberg hinter uns gelassen.

Ich bleibe stehen und drehe mich noch einmal um. Trutzig ragen die beiden Türme der Burg auf, sanft beschienen vom Vollmond. *Auf Wiedersehen, Mutter, auf Wiedersehen, Vater*, denke ich. *Auf Wiedersehen, Geschwister, und leb auch du wohl, Großmutter Bibiana. Passt auf euch auf.*

Ich gehe weiter und versuche, Konstanze und Cäcilie einzuholen, die schon vorausgegangen sind. Da vernehme ich ein Geräusch. Es kommt von oben. Werden wir doch verfolgt? Mein Herz klopft, und ich schaue in den Himmel. Etwas fliegt über mir. Es könnte eine Eule sein, aber nein, es ist viel zu groß für eine Eule. Ich versuche zu erkennen, was das ist. Es kommt näher und näher. Dann kann ich noch nicht mal mehr schlucken.

ine Frau, die auf einem Besenstiel sitzt, kommt aus dem Himmel auf mich zugeflogen. Es ist ein Reisigbesen, einer von der Sorte, wie wir sie zu Hause haben. Starr vor Schreck blicke ich auf die Frau. Sie hält etwas in der Hand, das aussieht wie ein verschnürtes Paket, und fliegt so dicht über mir, dass ich ihr Gesicht sehen kann.

Es ist Großmutter. Großmutter Bibiana. Sie fliegt in großen Bögen um mich herum und dann lässt sie das Paket fallen. Es plumpst direkt vor meine Füße. Großmutter trägt einen langen schwarzen Umhang mit Kapuze und lacht mich an.

»Du bist *anders*, Lilian, *anders*. Verstehst du? Denk *immer* daran. *Mach was draus*. Ich hab dich lieb! Lebe wohl, mein Kind!«

Dann fliegt sie so tief, dass sie mir kurz über die Wange streichen kann, und ein paar Sekunden später ist sie in der Nacht verschwunden.

Hexen, Hexen gibt es nicht.

»Was war das?«, fragen mich Cäcilie und Konstanze, als ich mit dem Paket zu ihnen gehe.

»Meine ... das war meine Großmutter«, erkläre ich und überlege gleichzeitig, ob ich verrückt geworden bin. Aber ich habe sie doch mit eigenen Augen gesehen.

»Sie hat mir dieses Paket hier gegeben.«

»Das ist aber nett von ihr. Ist sie extra hinter dir hergelaufen, um dir das da zu bringen?«, Konstanze deutet auf das verschnürte Päckchen.

Offenbar hat sie nicht gesehen, dass Großmutter *geflogen* ist. Ich nicke langsam, und wir gehen weiter. Kurze Zeit später ergreife ich Cäcilies Arm, und wir bleiben ein paar Schritte hinter Konstanze zurück

»Sie ... sie ist auf einem Besen geritten«, sage ich leise zu ihr.

Cäcilie schaut mich mit einem tiefgründigen Blick an. »Ich weiß. Sie kann das sehr gut.«

In Großmutters Paket befinden sich verschiedene Kleidungsstücke, Schuhe, Essen und einige Taler. Wir werden für einige Zeit über die Runden kommen. Und es befindet sich noch etwas anderes darin.

»Yamswurzeln«, freut sich Cäcilie erneut, als wir am nächsten Abend an einem Lagerfeuer sitzen. Wir sind den ganzen Tag gelaufen, und mir tut alles weh. Konstanze mussten wir stützen, sie kann sich noch kaum aufrecht halten. »Und so viele. Wir können weitermachen. Wir brauchen nur Talkum und trächtige Stuten. Talkum bekommen wir auf den Wochenmärkten, und trächtige Stuten gibt es wahrlich überall.« Ihre Augen werden dunkel. »Ich vermisse Famfatal«, gesteht sie uns dann. »Ich habe noch nie ein treueres Tier besessen. Was wohl aus ihr wird?«

»Bertram wird sich bestimmt um sie kümmern«, versuche ich sie zu trösten. »Er wird sie vielleicht bei Egbert unterbringen. Da hat sie einen warmen Stall.«

»Ja, und zwei verrückte Nachbarn. Pontius und Pilatus sind dumm wie das Stroh, auf dem sie stehen. Na, Famfatal wird sich schön langweilen.«

Am nächsten Tag versuchen wir unterwegs, einen Hasen zu fangen. Wir haben schrecklichen Hunger auf frisches Fleisch, wagen es aber nicht, in ein Dorf zu gehen und welches zu kaufen. Noch sind wir zu nah an Münzenberg.

Ich liege auf dem Bauch im Gras und robbe mich an einen kleinen Feldhasen heran, der sich sonnt. Aber er ist zu schnell. In dem Moment, als ich ihn fassen will, springt er auf, rennt davon und schlägt Haken. Eine Stunde später gebe ich es auf. »Ich weiß nie, wo der Hase lang läuft«, rechtfertige ich meine misslungenen Jagdversuche, und Cäcilie meint, dass wir am besten aus Ästen eine Falle bauen, was wir dann auch tun. Tatsächlich gehen zwei Hasen in die Falle, und abends laben wir uns an ihrem köstlichen Fleisch.

Tags darauf erreichen wir Marburg. Ein großer Eisenkäfig baumelt an einer Holzstange, die an der Stadtmauer angebracht ist. Zum Glück sitzt niemand darin. Staunend gehen wir durch die Gassen mit den Werkstätten der Wollweber, Lohgerber und Töpfer und suchen das nächste Gasthaus. Im »Wetterhahn« fragen wir nach einer Übernachtungsmöglichkeit, die wir auch bekommen.

»Wo kommt ihr her?«, fragt der Wirt Cäcilie misstrauisch, und die tischt ihm eine Lügengeschichte über uns auf. Unsere Männer seien gestorben, und nun könnten wir es in unserem Heimatdorf nicht mehr aushalten, weil uns alles dort an sie erinnere und so weiter und so fort. Ich habe Cäcilie immer noch nicht gefragt, woher sie weiß, dass Großmutter auf einem Besen durch die Nacht reitet, weil sich noch keine Gelegenheit ergeben hat. Immer ist Konstanze dabei, und ich möchte nicht zu viele Leute einweihen.

Der Wirt weist uns eine kleine Stube zu, in der sich drei Schlaflager, einige schmuddelige Decken und ein Waschtrog befinden. Wasser dürfen wir aus dem Brunnen holen. Nachdem wir alle gebadet haben, fühlen wir uns wohler denn je.

Abends sitzen wir in der Gaststube und verspeisen Huhn mit einer Menge Brot.

Ein Mann in einer schwarzen Schaube fragt freundlich, ob er an unserem Tische Platz nehmen dürfe. Weil das Gasthaus voll ist, sagen wir nicht nein.

Er legt sein schwarzes Barett neben sich auf die Bank und setzt sich. »Mein Name ist Martin Luther«, stellt er sich höflich vor und bestellt sich einen Krug Bier.

Sein Alter ist schwer zu schätzen. Er ist von gedrungener Gestalt und hat halblange, wellige Haare und ein grobschlächtiges Gesicht. »Ich war lange nicht mehr hier in Marburg«, erzählt er uns. »Das letzte Mal vor fünf Jahren. Ich glaube, ich bin kein gern gesehener Gast hier.« Luther trinkt einen Schluck. »Ich mag die katholische Kirche nicht.« Wie kommt er denn darauf? Ist das jemand, der uns im Auftrag von Tiburtius verfolgt? Oder Pritzenheim? Unter dem Tisch berühren wir uns alle drei mit den Füßen. *Achtung*, heißt das. Aber der Mann bemerkt nichts und redet ungerührt weiter: »Diese ganze katholische Kirche braucht man doch nicht, wenn ihr mich fragt. Und einen Papst brauchen wir auch nicht. Seit Jahren versuche ich, das den Menschen und auch der Kirche klarzumachen, aber was ist das Ende vom Lied: Man ächtet mich. Das Ganze kostet mich Nerven. Gegen die katholische Kirche anzugehen ist ungeheuer aufreibend, das könnt ihr mir glauben. Das ist doch alles völlig überflüssig. Allein die Messen, die abgehalten werden. Die Priester werden mit heiligem Öl gesalbt, wer braucht denn so was? Niemand, sag ich doch. Nun, einige sind gar nicht gut auf mich zu sprechen, weil ich zu ein paar von ihnen gesagt habe, sie stünden da wie Ölgötzen. Aber ich sage eben immer, was ich denke. Die katholische Kirche ist überflüssig. Deswegen habe ich den Protestantismus gegründet. Aber es ist schwierig, Anhänger zu finden, denn die Katholiken haben überall ihre Finger im Spiel. Das sind Verbrecher, wenn ihr mich fragt.« Luther rülpst laut und sagt dann: »Und ihr, erzählt mir von euch. Wo kommt ihr her, wo wollt ihr hin?«

Cäcilie sieht Luther mit festem Blick an: »Wir kommen aus Münzenberg«, sagt sie, und mein Herz setzt schon wieder für einige Sekunden aus. Doch dieser Mann scheint vertrauenswürdig. Schließlich hat er uns selbst so einiges anvertraut. Cäcilie senkt die Stimme. »Wir waren in einem Verlies gefangen und sollten auf dem Scheiterhaufen verbrannt werden, weil man uns der Hexerei bezichtigte. Wir müssen wahrlich gut aufpassen, dass uns niemand findet, sonst brennen wir, ehe wir bis drei zählen können.«

Luther nickt. »Hm, hm«, er schüttelt den Kopf. »Ich sag es ja, die katholische Kirche. Die machen nichts als Unfug.«

Bereitwillig erzählt er von seinen Versuchen, der Kirche klarzumachen, dass sie einige Standpunkte vertritt, die einfach nicht richtig sind. Dann wagen wir es und berichten ihm, warum wir zum Tod auf dem Scheiterhaufen verurteilt wurden. Er hört aufmerksam zu.

»Meint ihr, es ist richtig, dass die Kirche der Frau verbietet, sich vor erneutem Kinderkriegen zu schützen?«, fragt Konstanze.

Luther überlegt nicht lange. »Das sollte jede für sich selbst entscheiden können«, meint er dann. »Die Katholiken mischen sich eben in alles ein. Ein Lügenhaufen sondergleichen. Außen hui, innen pfui, sage ich immer, falls ihr versteht, was ich meine.« Wir nicken wohlwollend. »Hinter ihren Kirchen- und Klostermauern predigen und beten sie und sind stolz darauf, mit Gott den Bund fürs Leben einzugehen, und behaupten steif und fest, den fleischlichen Gelüsten nicht zu folgen, aber wisst ihr, was man schon unter den Klostermauern gefunden hat?« Wir schütteln mit dem Kopf. »Skelette«, Luther wird zunehmend erregter. »Skelette von neugeborenen Kindern. Dreimal dürft ihr raten, wer diese

Kinder bekommen hat. Die Nonnen, jawohl! Und dreimal dürft ihr raten, von wem sie diese Kinder bekommen haben. Von Priestern. Das zum Thema fleischliche Gelüste. Die Kirche schweigt das natürlich tot. Gleich, nachdem die armen Würmer auf der Welt waren, wurden sie ermordet und vergraben, damit ja niemand etwas mitbekommt. Versteht ihr jetzt, warum ich die katholische Kirche mit all ihren absurden Gesetzen einfach nicht mag?«

Ja, das verstehen wir. Wir mögen sie ja auch nicht.

Zu später Stunde verabschieden wir uns. »Passt auf, wem ihr was erzählt«, rät uns Luther freundlich. Das könnte man ihm wohl auch raten, aber ich sage mal nichts. »Ich werde an euch denken und nur das Beste für euch hoffen«, sagt er, und dann verlässt er das Wirtshaus. Ein netter Mann. Und unserer Meinung.

»Von seiner Sorte müsste es mehr geben«, Cäcilie sieht Luther hinterher. »Dann hätten wir nicht so viele Probleme.«

Früh am nächsten Morgen ziehen wir weiter. Unser Weg führt weiter nach Norden. Nach Kassel. Je weiter wir uns von Münzenberg entfernen, desto zwiegespaltener werde ich. Einerseits bin ich froh, denn mit jeder Meile wird der Abstand größer und die Gefahr geringer, dass man uns finden könnte. Zum anderen vermisse ich meine Familie und auch Bertram. Bertram, der mir das Leben gerettet hat. Was wohl aus ihm wird? Was wohl aus allen anderen wird? Aus Laurentius, der mir auch das Leben gerettet hat, aus Brabantus? Ich hoffe so sehr, dass niemand sie verdächtigt, etwas mit unserem Verschwinden zu tun zu haben. Dass sie nicht verurteilt werden.

Der Weg ist anstrengend, doch mit der Zeit gewöhnen wir uns ans lange Gehen. Nach einigen Tagen erreichen wir die Stadt.

Wir bleiben erst einmal in Kassel, es gefällt uns gut hier. Die Menschen sind freundlich, die Stadt ist schön, und wir haben wieder ein nettes Gasthaus gefunden, »Zum Schwan«. Es liegt gleich um die Ecke von dem Rathaus mit dem imposanten Fachwerk.

Eines Vormittags – Cäcilie ist mit Konstanze auf den Markt gegangen, um Einkäufe zu erledigen – sitze ich allein vor der Brüderkirche, beobachte die Menschen, die vorbeilaufen, und hänge meinen Gedanken nach. Mein Haar muss geschnitten werden, es ist so lang geworden, dass es mir fast bis zu den Hüften reicht, aber ich kann mich nicht entschließen. Ich werde Cäcilie und Konstanze fragen, was sie davon halten.

Mit beiden verstehe ich mich nach wie vor gut. Cäcilie ist beinahe so etwas wie eine Mutter für uns geworden, und Konstanze kann langsam wieder lachen, obwohl sie ihre Kinder schrecklich vermisst. »Paul vermisse ich keine Spur«, gesteht sie mir. Auf ihrem Rücken befinden sich Narben von den Peitschenhieben. Ich würde Paul auch nicht vermissen an ihrer Stelle. Wie es ist, seine Kinder zu vermissen, weiß ich nicht. Doch meine Mutter fehlt mir, die Geschwister und Großmutter Bibiana natürlich. Ob ich sie jemals wiedersehen werde? Ich seufze und blicke vor mich hin.

Aus der Brüderkirche kommt ein junger Mann im Priestergewand. Vor dem Portal bleibt er stehen und atmet tief die sommerliche Luft ein. Ich schaue genauer hin. Oh, er ist wirklich nett anzusehen. Dunkle Haare, dunkle Augen und ein feines Gesicht. Wie schade, dass er Priester ist. Sonst hätte ich ihn gern näher kennen gelernt. Er geht ein paar Schritte auf mich zu, dann bleibt er wieder stehen und fängt an, fürchterlich zu niesen. Ich zähle bis dreißig Nieser mit, dann gebe ich es auf. Wie kann ein Mensch nur so oft hintereinander niesen? Kraftlos lässt er sich neben mir auf der kleinen Mauer nieder.

»Ääääh«, macht er schwach, um erneut ungefähr vierzig Mal zu niesen.

»Gesundheit«, sage ich freundlich.

Mit roten Augen blickt mich der junge Priester an. »Danke, danke, ich … hatschi … hatschi … hatschi … ich vertrage den Duft nicht.«

»Welchen Duft denn?«, frage ich, weil ich nun wirklich neugierig geworden bin.

Von einem erneuten Niesanfall gebeutelt deutet der Priester auf die Rosen, die hinter uns in voller Blüte stehen. Ich finde, sie duften gut.

»Eigentlich … hatschi … vertrage ich gar nichts. Das ganze Jahr über blüht irgendetwas, das ich nicht vertrage. Beim Essen ist es genau so schlimm. Hier, schau mal!« Auf seiner Hand befinden sich kleine Bläschen, dann deutet er auf seinen Hals, und auch dort befinden sich kleine Bläschen. »Sobald ich atme oder esse, geht es los … hatschi!« Er reicht mir die Hand. »Ich muss mich entschuldigen, ich habe mich gar nicht vorgestellt. Mein Name ist Ludger. Ludger von Tronje.«

»Lilian Knebel«, sage ich, bereue es kurz und beruhige mich dann wieder. Ein Priester darf nichts weitersagen. Hoffe ich in diesem Fall zumindest.

»Ich bin Priester«, erklärt mir Ludger und deutet auf die Brüderkirche. »Ich bin nun schon seit zwei Jahren hier in Kassel. Hatschi!«

»Wie schön«, sage ich freundlich und rücke ein Stück von Ludger weg, weil ich keine Lust habe, auch ständig niesen zu müssen.

Aber Ludger rückt mir nach. »Eigentlich heiße ich Luzifer«, flüstert er und sieht sich um. »Das binde ich aber nieman-

dem auf die Nase. Wie soll das denn gehen, Luzifer zu heißen und dann Priester zu sein?«

»Das verstehe ich gut«, nicke ich.

»Warum erzähle ich dir das?«, fragt mich Luzifer von Tronje.

»Das weiß ich nicht«, gebe ich zu.

»Nun, ich auch nicht«, erklärt er freimütig. »Aber ich glaube, dass du nett bist, das sehe ich an deinen, deinen ...«,
Hilfe suchend blickt er mich an. »Wie heißen diese Dinger
über der Nase?«

»Augen?«, frage ich.

Luzifer nickt erleichtert. »Ja, an deinen Augen. Du bist ein
guter, äh ... hatschi ... wie sagt man zu jemandem, wie werden wir genannt?«

»Menschen«, sage ich wieder.

»Genau.« Er nickt.

Warum habe ich mich bloß vor diese Kirche gesetzt? Das
habe ich jetzt davon.

»Nun, äh, es war sehr nett«, Luzifer steht auf. »Ich muss
nun wieder da rein, in die ... das Gebäude ... ich muss zurück in die ...«

»Kirche?«

»Ja«, Luzifer nickt dankbar. »Es ist Beichtstunde ... hatschi!«

Eine Beichte bei ihm muss hundert Jahre dauern, weil die
armen Beichtenden immer wieder von vorn anfangen müssen mit ihrem Beichten, während Luzifer ununterbrochen
niest und neue Bläschen bekommt. Wie gut, dass er sich
fürs Priestertum entschieden hat, denn eine Frau würde an
seiner Seite durchdrehen. Ich bin zwar nicht fürs Zölibat,
aber Ausnahmen muss es geben.

Luzifer wankt in die Kirche zurück und kann vor lauter
Niesen kaum gerade gehen.

Lächelnd schüttele ich den Kopf und schaue weiter dem Treiben auf der Straße zu. Gedankenverloren wickele ich eine Haarsträhne um den Finger und halte mein Gesicht in die warme Sonne.

»Ich kann nicht mehr«, höre ich eine leidende Stimme. »Hast du dir mal meine Füße angeschaut? Weißt du, was diese Füße die letzten Tage durchgemacht haben? Sie brauchen Ruhe. Sie sind wund. Außerdem leide ich unter einer Scotomaphobie. Meine Augen vertragen das grelle Sonnenlicht nicht. Ich werde erblinden.«

Ich setze mich auf und schaue mich um. Da steht ein bepackter Rappe und wartet offenbar darauf, dass es weitergeht. Dahinter stehen Leute, aber ich kann sie nicht erkennen. Langsam erhebe ich mich von der Kirchenmauer.

»Seit Tagen erzählst du mir dieselbe Geschichte. Ich kann es bald nicht mehr hören«, sagt eine zweite Stimme. »Benimm dich endlich mal wie ein Mann!«

»Ich habe einen schrecklichen Hunger, Freunde«, das ist wieder jemand anderes. »Können wir nicht irgendwo einkehren? Mein Magen rebelliert!«

»Du bist viel zu fett. Für dich gibt es heute höchstens eine Gemüsesuppe. Wegen dir mussten wir ständig Rast machen, weil du dich hinlegen wolltest.« Das ist wieder die zweite Stimme.

Ich gehe zu dem Rappen, der mich freundlich anschaut und leise schnaubt. Behutsam streichle ich seinen Hals. Hinter dem Rappen steht ein kleiner Rappe. Ein paar Monate alt. Mein Herz klopft. Und hinter den beiden Pferden steht eine Kuh, die dümmlich in der Gegend herumblickt und schielt. Mit leisen Schritten gehe ich um die Pferde herum.

Und da sind sie.

Sie sind es wirklich: Bertram, Laurentius und Brabantus!

»Lilian!« Bertram erblickt mich als Erster. »Lilian, endlich haben wir euch gefunden. Wir haben es nicht mehr ausgehalten. Wir mussten zu dir! Es war entsetzlich ohne dich. Es machte alles gar keinen Spaß mehr. Bei Nacht und Nebel sind wir weg aus Münzenberg.« Er kommt mit schnellen Schritten auf mich zu, und ich bin so gerührt.

»Oh, Bertram, Bertram«, kann ich nur sagen, und meine Lippen zittern.

Auch Brabantus und Laurentius freuen sich, mich wiederzusehen.

»Erwischt hat uns niemand«, antworten sie auf meine Frage, wie es denn war, nachdem wir geflohen sind. »Dumme Fragen gestellt haben sie natürlich. Eigentlich wollte Bertram alleine los und sich auf die Suche machen, aber was wäre dann aus uns geworden? Das Leben in Münzenberg ist schon langweilig genug, aber ohne dich *und* ohne Bertram, nein!«

»Ach, wie ich mich freue, Freunde!«, sage ich ehrlich. »Brabantus, was sehe ich da? Du hast einiges an Masse verloren.«

Stolz hebt Brabantus sein Obergewand und präsentiert mir eine Hose, die locker sitzt. »Ich ernähre mich jetzt sehr gesund«, strahlt er. »Bertram meint, wenn ich eine normale Figur habe, werde ich auch eine Frau abbekommen.«

»Wir haben deine Kuh mitgebracht«, erzählt Laurentius. »Sie hat vor lauter Trauer überhaupt keine Milch mehr gegeben. Sie hat nur noch im Stall gestanden. Nicht wahr, Hiltrud? Sie hat so getan, als hätte sie sich ein Bein angebrochen, damit sie nicht auf die Weide musste. Hiltrud, schau, da ist Lilian.«

»Ihr habt sie ganz schön bepackt«, sage ich und deute auf Hiltruds Rücken. »Ich hätte nie gedacht, dass so viel auf eine Kuhhaut geht.«

»Wir mussten ja Vorräte mitnehmen. Cäcilies Stute haben wir auch mitgenommen. Sie stand die ganze Zeit bei Egbert, aber Pontius und Pilatus sind damit überhaupt nicht klar gekommen. Beide haben um Famfatals Gunst gebuhlt, aber sie hat keinen an sich rangelassen. Dann haben die beiden angefangen, sich dauernd zu zanken. Egbert hatte es wirklich nicht leicht mit ihnen. Eines Tages hat sich Famfatal dazu herabgelassen, von Pilatus beglückt zu werden, da ist Pontius fast an die Decke gegangen. Es gab eine regelrechte Prügelei. Und den Kleinen da«, er deutet auf Famfatals Sohn, »konnten wir ja schlecht zurücklassen. Wir haben ihm auch einen Namen gegeben. Er heißt Wurst.«

»Ihr habt das Fohlen Wurst genannt? Warum das denn?«, will ich wissen.

»Na, weil er das einzige Pferd ist, das ich kenne, das Wurst frisst«, rechtfertigt Brabantus die Entscheidung, dieses unschuldige, wunderhübsche Hengstfohlen Wurst genannt zu haben. »Wurst ist ein ganz Lieber«, Brabantus krault in Wursts Mähne herum. »Hier«, er hält ihm eine gepökelte Wurst hin, die das Rappfohlen gierig verschlingt.

»Doch nun erzählt mal, wie geht es in Münzenberg? Ich weiß gar nicht, wie lange wir schon unterwegs sind«, frage ich, nachdem die erste Wiedersehensfreude vorbei ist.

»Pritzenheim war natürlich erzürnt, als das Verlies am nächsten Morgen leer war«, berichtet Bertram. »Und Tiburtius auch. Eigentlich waren alle sehr böse. Und alle im Dorf wurden gefragt. Wir auch. Pritzenheim hat uns zum Verhör bestellt. Aber wir haben dichtgehalten. Keiner hat sich verplappert. Dann hat er alle beschuldigt, das Gitter vom Verlies nicht richtig zugemacht zu haben. Jetzt hat nur noch er den Schlüssel zum Verlies und niemand sonst. Wir hatten schon Angst, dass uns jemand gesehen hat, aber glücklicherweise war das nicht der Fall. Sonst würden wir jetzt nämlich in dem Verlies sitzen. Oder wären schon tot. Nein, das ginge ja gar nicht, ich bin ja der Scharfrichter. Gut, Pritzenheim hätte verlangen können, dass ich mich umbringe und vorher die anderen töte. Hat er aber nicht.«

Das ist gut. Das ist gut.

»Pritzenheim hat gesagt, dass er euch jagen lassen wird. Dann hat er einige seiner Gefolgsleute in den Süden geschickt. Wir haben uns natürlich gefreut, dass er sie nicht in den Norden geschickt hat«, ereifert sich Laurentius. »Wenn er sie in den Norden geschickt hätte, dann wäre das ja nicht so gut.«

Das stimmt. Das stimmt.

»Die Gefolgsleute sind noch nicht zurückgekehrt. Aber selbst, wenn sie das tun, werden sie wohl nichts zu berichten haben. Und wohin wir sind, weiß auch keiner. Aber jetzt haben wir dich ja gefunden, und alles ist gut.«

»Ich freue mich so.« Ich meine es ehrlich. »Ihr glaubt gar nicht, wie sehr ich mich freue. Doch nun kommt, wir gehen in unser Gasthaus. Bald müssten Cäcilie und Konstanze vom Markt zurückkommen. Das gibt eine Überraschung.«

»Oh, ich muss mich kurz mal setzen«, sagt Laurentius ermattet. »Nur ein kleines Weilchen. Meine Füße …«

Weil wir keine Lust auf Streit haben, geben wir nach und sitzen gleich darauf nebeneinander auf der kleinen Kirchenmauer. Da geht die Kirchenpforte erneut auf, und Luzifer von Tronje tritt wieder heraus. Natürlich fängt er sofort an zu niesen. Dann erblickt er mich und kommt mit langsamen Schritten auf die Mauer zu.

Ich stehe auf. »Ist die Beichte schon zu Ende?«, frage ich.

Luzifer nickt und wird erneut von einem Niesanfall geschüttelt. »Wie ich sehe, bist du nicht mehr allein«, stellt er fest und blickt in die Runde.

»Nein«, erwidert Bertram.

»Nun, verehrte Lilian, ich wollte dich fragen, ob du Zeit und Lust hast, mich auf einem kleinen ... kleinen, ach, wie heißt das nur, wenn man gemeinsam herumläuft, mir fällt das Wort nicht ein ... äh ...«

»Spaziergang?«, helfe ich ihm.

Glücklich nickt er. »Spaziergang zu begleiten?«, fragt Luzifer und erstickt fast an dem Versuch, das Niesen zurückzuhalten.

»Das würde ich sehr gern«, gebe ich freundlich zurück.

»Aber das ist leider nicht möglich. Gute Freunde sind gerade angekommen, und ich werde sie ins Gasthaus begleiten.«

»Wie schade«, meint Luzifer und verbeugt sich. »Wie schade. Dann vielleicht ein andermal. Oder darf ich mich euch anschließen? Ein kleiner Schluck ... hatschi ... äh ... wie sagt man, ja ... Traubensaft hat noch nie jemandem geschadet.«

»Ihr habt doch gehört, dass sie keine Zeit hat«, kommt es böse von Bertram. »Guten Tag.«

Erschrocken sieht Luzifer ihn an, dann nickt er mir zu und entfernt sich. Sein Niesen ist noch zu hören, als wir ihn schon lange nicht mehr sehen.

»Warum bist du denn so unhöflich?«, will ich von Bertram wissen.

Der blitzt mich an. »Ich war lange genug ohne dich und

jetzt will ich dich nicht gleich schon wieder teilen müssen«,
antwortet er erzürnt.

Was hat er bloß?

Auf dem Weg zum Gasthaus treffen wir Konstanze und Cäcilie. Die beiden freuen sich riesig.

»Wie geht es meiner Familie?«, möchte Konstanze wissen.

»Ha! Dein Mann hat sich direkt, nachdem du wegwarst, neu verheiratet. Mit Wolperts Magdalena«, berichtet Laurentius.

»Mit Magdalena? Diese Kuh! Ich konnte sie noch nie ausstehen«, regt sich Konstanze auf. »Sie hat schiefe Zähne und lacht so laut und ordinär wie eine Dirne.«

»Bist du etwa eifersüchtig?«, frage ich ungläubig.

»Natürlich nicht!«, ruft Konstanze und streicht ihr Haar zurück. »Ich denke nur an meine armen Kinder. Nun müssen sie mit dieser Person unter einem Dach leben.«

Cäcilie, die Famfatal und Wurst streichelt, lächelt nur und sagt dann: »Bertram, kann es sein, dass Famfatal trächtig ist?«

»Ich glaube schon«, gibt Bertram zu. »Einmal konnte sie Pilatus nicht widerstehen, oder er hat ihr einfach nur Leid getan.«

»Pilatus? Oh nein«, lacht Cäcilie. »Ich bin mal gespannt, was da herauskommt. Lilian, wenn Famfatal nun wieder trächtig ist, dann können wir ja weitermachen.«

Auf die Idee bin ich auch gerade gekommen.

»Aber nun wollen wir erst einmal etwas zu uns nehmen«, schlage ich vor.

Brabantus' Augen leuchten. »Ich habe schon seit Stunden schrecklichen Hunger, ich falle fast vom Fleisch. Eine üppige Portion Wildbret könnte ich jetzt gut vertragen, so dünn, wie ich mittlerweile bin.«

»Du bist noch lange nicht dünn«, wirft Bertram ein. »Die Hälfte von dem, was du jetzt wiegst, muss noch runter, finde ich.«

»Ach ja, Bertram, ach ja? Findest du, ja? Ich weiß überhaupt und gar nicht, warum du mich dauernd bevormunden musst. Brabantus tu dies nicht, Brabantus lass das. Iss nicht so viel, hör auf, dauernd vom Essen zu reden, mach, was ich sage. Du bist nicht der Graf, der mir Befehle erteilen kann.«

»Ich meine es doch nur gut«, sagt Bertram.

»Hör auf zu reden wie meine Mutter!« Brabantus erhebt die geballte Faust. »Ich bin ein erwachsener Mann und weiß genau, was ich zu tun und zu lassen habe.«

»Hört auf, euch zu streiten«, Cäcilie tritt zwischen die beiden. »Lasst uns froh sein, dass wir uns wiedergefunden haben, und zum Gasthaus gehen.«

Das lässt sich Brabantus nicht zweimal sagen.

Kurze Zeit später binden wir Famfatal, Wurst und Hiltrud vor dem »Schwan« fest und treten ein.

»Nun, Brabantus, was nimmst du, hm?«, ärgert Bertram Brabantus. »Eine Wildschweinkeule oder zwei und dazu noch einen ganzen Hirschen? Damit du groß und stark wirst?«

Brabantus, der wahrscheinlich genau das bestellen wollte, funkelt Bertram böse an. »Ich nehme gar nichts. Höchstens ein Stück trocken Brot«, sagt er wütend. »Ich habe gar keinen Appetit.«

»Ach«, meint Bertram und winkt den Wirt herbei. »Wildschwein, Auerhahn, Schlachtplatte mit Tunke für alle«, ordert er und flüstert mir zu: »Ich hatte ein paar Hinrichtungen in der Zwischenzeit, weil Tiburtius so stocksauer ist, und habe einiges verdient.« Dann wendet er sich wieder an den Wirt. »Und für unseren Freund hier ein Scheibchen Brot. Er hat es mit dem Magen.«

Brabantus verschränkt die Arme und kocht innerlich vor Zorn. Der verlockende Duft der Fleischspeisen, die kurze Zeit später aufgetragen werden, hebt seine Laune auch nicht gerade.

»Warum verbietest du Brabantus denn das Essen?«, ich beuge mich zu Bertram hinüber und rede so leise, dass niemand sonst es hören kann.

»Das will ich dir sagen«, kommt es. »Er bleibt immer zurück. Er ist immer der Langsamste. Noch schlimmer als Laurentius. Der kann wenigstens schnell gehen, obwohl er ununterbrochen eine Phobie bekommt oder über wunde Füße klagt. Aber ihr seid auf der Flucht, und nun, nachdem wir uns euch angeschlossen haben, sind wir ja auch auf der Flucht. Wenn wir dann mal schnell verschwinden müssen, kommt Brabantus wieder nicht mit, und dann stehen wir da und werden verhaftet.«

»Verstehe«, ich nicke. »Aber es sucht uns doch gar niemand.«

»Das habe ich dir nur noch nicht erzählt, weil ich nicht wollte, dass du dich aufregst«, gibt Bertram zu, während er einen halben Auerhahn verspeist, was Brabantus mit bösen Blicken bedenkt. »Pritzenheim und Tiburtius werden ihre Suchtrupps auch nach Norden ausschicken. Spätestens dann, wenn sie erfolglos aus dem Süden heimgekehrt sind.«

Erschrocken schaue ich Bertram an. »Aber wir waren uns doch sicher, dass er im Norden nicht suchen wird.«

»Pritzenheim ist ziemlich wütend«, sagt Bertram. »Weil Gefangene aus seinem Verlies einfach so verschwunden sind. Das hat es bei ihm noch nie gegeben, hat er gesagt. Und Tiburtius ist auch wütend. Die Hexen, die die Frauen dazu verführen wollen, keine Kinder mehr zu bekommen, sollen darben, hat er gesagt. Er will nicht eher Ruhe geben, bis dass ihr gefunden seid.«

»Das ist ja schrecklich!«, vor Angst fällt mir ein Auerhahnstückchen aus dem Mund, den ich weit geöffnet habe. »Was sollen wir denn jetzt nur tun?«

»Immer weiter Richtung Norden«, schlägt Bertram vor. »Wir haben einen Vorsprung, den müssen wir nutzen. Wir sollten uns nicht zu lange an einem Ort aufhalten. Mit einer Kuh wie Hiltrud fallen wir auch auf, schau nur«, er deutet durch die geöffnete Wirtshaustür nach draußen. Hiltrud ist seitlich auf Famfatal gesprungen, nur noch ihre Hinterbeine befinden sich auf dem Boden, und sie schläft mit geöffnetem Maul, während ihre Zunge seitlich heraushängt. Sie schnarcht laut dabei. Einige Menschen stehen um sie herum und lachen. Bertram hat Recht. Jeder in Münzenberg kannte Hiltrud, eine Kuh wie sie gibt es kein zweites Mal. Wahrscheinlich mag ich sie deswegen so sehr. Es muss nur jemand von Pritzenheims oder Tiburtius' Gefolge hier auftauchen, und ein Kasselaner erzählt von einer tumben Kuh, die auf einem Pferd schläft, dann weiß jeder, dass es Hiltrud ist. Dann muss man nur noch eins und eins zusammenzählen, und schon ist man uns auf den Fersen. Aber ich kann Hiltrud hier auch nicht zurücklassen. Das bringe ich nicht fertig.

»Sagt mal, wie habt ihr uns denn eigentlich gefunden?«, fragt Cäcilie neugierig.

»Ach, das war gar nicht schwer«, meint Bertram. »Ich habe ja gesehen, in welche Richtung ihr gegangen seid. Also Richtung Norden. Also sind wir auch nach Norden gezogen. Dann haben wir überall gefragt, ob jemand drei komische Frauen gesehen hat, die nur kurz geblieben und dann weitergereist sind. Und jetzt haben wir euch ja gefunden!«

Ich hoffe nur, dass Pritzenheim und Tiburtius es nicht genauso machen.

»Ihr habt also wirklich ein Mittel erfunden, also du und Cäcilie, das Frauen davor schützt, schwanger zu werden?«, will Bertram dann wissen, und ich nicke.

»Wir nennen es die Anti-Baby-Pille«, erzähle ich stolz. »Und wir haben vor, sie im ganzen Land zu verteilen. Keine Frau soll mehr ungewollt Kinder bekommen.«

»Oha«, meint Bertram. »Glaubst du denn, dass das alle gut finden?«

»Natürlich nicht«, ich verdrehe die Augen. »Sonst wären wir auch jetzt nicht hier, und Pritzenheim und Tiburtius würden uns nicht suchen lassen.«

»Das stimmt«, Bertram nickt und tunkt Brot in die leckere Soße. »Darauf hätte ich auch kommen können.«

Bertram ist manchmal auch nicht gerade der Hellste. Trotzdem bin ich unendlich froh, dass er hier ist.

Nachdem wir mit dem Essen fertig und die Teller abgeräumt sind – was Brabantus' Laune auf den absoluten Nullpunkt bringt –, erzählen wir den anderen alles. Gemeinsam beratschlagen wir, was zu tun ist.

»Das Zauberwort heißt unauffällig«, sagt Cäcilie und hat wie immer Recht. »Möglichst wenig Aufmerksamkeit erregen. Eigentlich ist es ganz einfach: Wir mischen uns unters fahrende Volk, ziehen immer weiter, machen Halt in den einzelnen Städten und verkaufen Milch und Kräuter auf den Märkten. Laurentius, du kannst jonglieren, ein paar Zauberkünste vortragen und das Volk zum Lachen bringen, so kommen auch ein paar Taler in die Kasse.«

Laurentius will protestieren, doch Cäcilie erhebt sich und sieht ihn so streng an, dass er sich nicht zu widersprechen traut. »Auf gar keinen Fall darf sich uns noch jemand anschließen. Je größer die Gruppe, desto auffälliger sind wir. Sind wir uns da einig?«, fragt Cäcilie. Wir nicken alle zustimmend.

Nachdem wir das Mahl bezahlt haben, gehen wir wieder hinaus.

Brabantus, der immer noch hungrig und wütend auf Bertram ist, redet immer noch nicht mit uns. Trotzig schaut er in der Gegend herum. Brabantus und Laurentius sind sich auf eine gewisse Art ziemlich ähnlich. Wenn ich nicht genau wüsste, dass sie verschiedene Eltern haben, würde ich denken, sie seien Zwillingsbrüder. Der eine kriegt ständig irgendeine Phobie oder will die Beulenpest bekommen, der andere hat ständig Hunger und ist beleidigt. Und Trotzköpfe sind sie auch alle beide. Wenn das so weitergeht, muss ich sie mir mal vorknöpfen. Gut, dass Bertram wenigstens noch normal ist.

Dann kann Brabantus plötzlich wieder sprechen und ist auch gar nicht mehr trotzig.

»Da!«, ruft er. »Da, schaut mal!«

Wir drehen unsere Köpfe in die Richtung, in die Brabantus zeigt.

Eine Kutsche, vor die ein müde wirkendes Pferd gespannt ist, kommt die Straße entlanggefahren. Das Gefährt rumpelt bedenklich. Noch ein paar Meter, und ein Rad wird brechen.

Die Kutsche kommt näher, und ich erkenne die Gestalt auf dem Bock.

Mir wird schummrig vor Augen.

aleria von Pritzenheim sieht so aus, als hätte sie lange keinen Schlaf mehr gehabt. Ihre Haare, die sonst immer zu einer kunstvollen Frisur geflochten sind, hängen wirr herunter und wurden auch lange nicht mehr gewaschen, ihr Kleid ist fleckig und an einigen Stellen eingerissen, und die Kutsche richtig lenken kann sie auch nicht.

»Du meine Güte«, flüstert Konstanze. »Du meine Güte.«

»Schnell weg hier!« Das ist Bertram.

Ich bin völlig verwirrt. Was macht die Gräfin hier in Kassel, noch dazu allein und in diesem Aufzug? Hat Pritzenheim sie losgeschickt, um uns zu suchen? Laurentius bekommt vor Aufregung einen Schluckauf und hält sich dauernd die Hand vor den Mund. Wir ducken uns hinter Famfatal. Valeria fährt in ihrer Kutsche weiter. Gleich, gleich ist sie vorbei, und wir sind gerettet. Aber wir haben natürlich nicht mit Hiltrud gerechnet. In dem Moment, als die Kutsche auf unserer Höhe ist, plumpst sie im Schlaf von Famfatal herunter und landet direkt vor dem Gespann. Das Pferd scheut und bäumt sich auf, Valeria stößt einen spitzen Schrei aus, und dann fällt die Kutsche um. Hiltrud rappelt sich wieder auf und schläft im Stehen weiter. Wir stehen wie versteinert da, und wäre Martin Luther jetzt hier, würde er bestimmt sagen, dass wir aussehen wie Ölgötzen. Wie es ihm wohl geht? Er war wirklich nett.

Valeria krabbelt aus der umgekippten Kutsche und richtet sich auf. Ich schaue nach rechts und links und habe entsetzliche Angst davor, dass gleich ganz Münzenberg mit Zangen und lodernden Fackeln auftaucht und einen tragbaren

118

Scheiterhaufen mit sich führt. Wegrennen können wir nicht, weil wir wie gelähmt dastehen. Selbst Cäcilie, die sonst immer einen kühlen Kopf bewahrt, ist wie erstarrt.

»Hui«, macht Valeria, »hui.« Dann entdeckt sie uns und strahlt übers ganze Gesicht. »Endlich, endlich hab ich euch gefunden! Endlich! Ich habe meinen Mann verlassen!«, ruft sie uns zu, ohne darauf zu achten, dass diese Tatsache von Leuten gehört werden könnte, die es vielleicht gar nicht so gut finden, dass sie ihren Mann verlassen hat, weil man das nämlich 1534 nicht so ohne weiteres macht.

Was *will* sie hier bei uns?

»Ich habe Gespräche belauscht. Nun, ich habe auch nicht immer Lust, in meiner Kemenate zu sitzen und zu sticken. Im Turmzimmer hat sich Gernot mit Tiburtius getroffen und böse Rachepläne gegen euch geschmiedet.« Valeria bohrt sich in der Nase und redet dabei weiter. »Er meinte, ihr wäret Hexen«, sie deutet auf Konstanze, Cäcilie und mich und redet immer noch so laut. »Hexen, die sterben müssen, weil sie die … Pille erfunden haben. Das hat er gesagt.« Valeria kommt näher. »Hihi, ich finde das gut«, grinst sie. »Also nicht, dass ihr sterben sollt, sondern das mit der Pille. Ich habe nämlich schon lange keine Lust mehr, den brünstigen Kerl auf mir herumrutschen zu lassen. Sein Gemächt ist nicht wirklich sehenswert. So groß ungefähr …«, sie spreizt Daumen und Zeigefinger kaum auseinander. »Wie soll denn eine Frau dabei etwas empfinden?« Mit ihren Froschaugen blickt sie in die Runde. »Nun ja«, redet sie weiter, »hihi, und als erst ihr verschwunden seid und dann auch noch die anderen, habe ich nicht mehr lange überlegt. Bei Nacht und Nebel bin ich los. Ich war schon lange nicht mehr glücklich in meiner Ehe. Gespräche mit Gernot haben auch nichts genützt. Tja, wer nicht will, der hat schon, sag ich immer. Hihi, und nun bin ich hier.

Ich möchte nämlich auch diese Pille nehmen.« Stolz schaut sie uns an.

»Äh«, macht Cäcilie und tritt nach vorn. »Aber teuerste Gräfin, wenn Ihr Euren Mann verlassen habt, wozu benötigt Ihr denn dann noch die Pille?«

»Weil ich nicht vorhabe, den Rest meines Lebens auf die Fleischeslust zu verzichten«, trompetet Valeria los. »Nur möchte ich nicht mehr mit einem dicken Bauch herumlaufen, und außerdem kann ich das Kindergeschrei nicht mehr ertragen. Nun, meine sind auf der Burg gut versorgt, und ich möchte jetzt auch mal das tun, was ich will! Ja, ich bin geil.«

Um Himmels willen. Valeria redet sich ja um Kopf und Kragen. Ringsum bleiben schon Leute stehen und lauschen.

»Ich möchte den Phallus eines Mannes in mir spüren, aber auch wirklich spüren. Und das am liebsten jeden Tag. Ihr wisst ja gar nicht, wie träge Gernot ist. Gebt ihm keine Minute, schon ist alles vorbei. An mich denkt er überhaupt nicht. Ich habe aber auch Gefühle und Gelüste, und die wollen befriedigt werden.« Jetzt schreit sie schon fast. »Nicht nur einmal habe ich die Knechte in meinem Schlafgemach empfangen«, geht es weiter. »Durch einen Geheimgang sind sie zu mir gelangt, und ich habe wahrhaft göttliche Stunden mit ihnen verlebt. Ich sag es ja immer, das Gesinde hat die meiste Ausdauer. Nur leider bin ich nun schon dreimal in anderen Umständen gewesen, nachweislich zu Zeiten, in denen es unmöglich war, dass Gernot der Vater sein konnte. Was also sollte ich tun? Ja, ich habe sie abtreiben lassen, sonst wäre ich selbst zum Tode verurteilt worden. So. Und wenn ich nun diese Pille nehme, kann ich tun und lassen, was ich will, ohne jemals nachdenken zu müssen. Ich werde euch begleiten und helfen, und mir ist es ganz egal, ob ihr Hexen seid oder nicht. Freut ihr euch?«

Schweigen. Ich wusste gar nicht, dass man so schnell seine Stimme verlieren kann. Argwöhnisch beobachtet Cäcilie die lauschende Menschenmenge, die tuschelt und mit den Fingern auf uns deutet. Dann blickt sie zu uns. *Weg hier*, lese ich in ihren Augen. Langsam dreht sie sich um und bindet Famfatal los. Dann geht sie zur umgekippten Kutsche und spannt das Pferd aus.

»Steig mit Konstanze auf Famfatal«, sagt sie leise zu mir. »Bertram und die anderen sollen sich auf Hiltrud setzen, die hat einen breiten Rücken, und ich werde Valeria vor mich auf diesen Gaul hier packen. Dann los. Und zwar *schnell*«, zischt sie mir zu, und ich nicke.

Leise informiere ich Bertram über unsere Pläne, und auch er, dessen Gesicht vor Angst wächsern ist, nickt unauffällig und geht zu Hiltrud.

Cäcilie packt Valeria am Arm und das Pferd am Zaumzeug.

»Steig auf«, befiehlt sie Valeria.

»Warum denn? Was ist denn?«, ruft Valeria, und Cäcilie krallt sich fester in ihren Arm.

»Aufsteigen, hab ich gesagt. Los!« Sie schiebt die Gräfin, die immer noch versucht, sich zu wehren, auf das Pferd und schwingt sich dann hinter sie.

Brabantus, Laurentius und Bertram hocken auf Hiltrud, der das gar nicht recht ist. Dauernd knickt sie mit den Vorderbeinen ein. Konstanze, die vor mir auf Famfatal sitzt, zittert am ganzen Körper. Wurst steht erwartungsvoll neben uns.

Da höre ich entfernt Schritte. Das Getrampel wird lauter, und mit einem Mal kommt ein Trupp von ungefähr zwanzig Mann um die Ecke. Allen voran ein Geistlicher. Mit ernstem Blick kommen sie näher.

»Los! Weg! Jetzt! Schnell!«, schreit Cäcilie und tritt mit den Füßen nach einigen Kasselanern, die näher kommen und uns aufzuhalten versuchen.

»Meine Kleider, meine Kleider!«, ist alles, was Valeria interessiert.

»Schweig still, Weib!«, Cäcilie ist wütend und knufft der Gräfin in den Rücken.

»Ich kann doch gar nicht reiten«, jammert die.

Hiltruds Reiter versuchen, die Kuh anzutreiben, die sich ununterbrochen im Kreis dreht, weil sie gar nicht weiß, was hier eigentlich passiert. Ich lenke Famfatal zu ihnen, packe Hiltrud an den Ohren und ziehe sie mit mir. Endlich kapiert sie, was Sache ist, und trabt los. Ein entsetzter Aufschrei ihrer Reiter lässt den Schluss zu, dass es gar nicht bequem ist, auf einer Kuh zu reiten.

»Warum reiten wir denn weg?«, ruft Valeria und hält sich an der Mähne des Pferdes fest. »Weil ihr Hexen seid?«, brüllt sie in Konstanzes und meine Richtung, und ich beschließe, Bertram zu bitten, ihr die Zunge herauszuschneiden, falls wir hier irgendwann wegkommen sollten.

»Haltet die Sünderinnen, bietet Einhalt den Hexen, haltet sie!«, schreien die Männer in dem Pulk und fangen an zu rennen. Ich treibe Famfatal an wie verrückt, und sie fängt an zu galoppieren; das andere Pferd tut es ihr nach, und selbst Hiltrud wird schneller, wahrscheinlich hat sie Angst, uns zu verlieren. Sie muht laut dabei.

Valerias und Cäcilies Pferd ist nun auf gleicher Höhe wie Famfatal.

»Also denken die Leute da hinten, dass ihr Hexen seid?«, fragt Valeria.

Kann sie nicht einfach mal still sein?

»Das habt Ihr doch gehört!«, Cäcilie treibt das Pferd noch mehr an.

»Ja, aber ihr könnt ihnen doch einfach sagen, dass ihr keine seid«, meint Valeria und dann sagt sie glücklicherweise nichts mehr. Erst mal.

Wir reiten bis in die frühen Abendstunden ohne Unterbrechung.

»Immer Richtung Norden«, meint Bertram und schaut gegen Mittag in den Himmel. »Wir sind auf dem richtigen Weg. Die Sonne ist jetzt südlich von uns, wir müssen richtig sein. Ich habe leider meinen Kompass vergessen, aber es geht auch so.«

Hoffentlich irrt sich Bertram nicht, und wir sehen irgendwann die Burgtürme von Münzenberg. Aber sie tauchen nicht auf. Wir nehmen einen Nebenpfad, um dem Zoll zu entgehen. Durch die Bäume sehen wir das kleine rote Zollhäuschen, aber niemand steht davor und niemand sieht uns. Dann verlassen wir die Landgrafschaft Hessen.

Nachdem wir sicher sind, dass uns keiner mehr verfolgt, machen wir Rast.

»Ich bin so verspannt«, klagt Laurentius herum und schlägt zur Auflockerung einen Salto, aber zu kraftlos, und eine Sekunde später liegt er auf dem Rücken und ist dann noch verspannter. Dann geht er mit Brabantus in den Wald, um Holz für ein Feuer zu sammeln. Bertram folgt ihnen und kommt kurze Zeit später mit einem erlegten Rehbock zurück, den ich gemeinsam mit ihm ausweide.

»Wie hast du das denn geschafft?«, frage ich und freue mich auf den leckeren Braten.

Stolz zeigt mir Bertram sein selbstgemachtes Pfeil- und Bogengeschirr.

Sorgfältig ziehe ich das Fell des Rehbocks ab, durchtrenne mit einem kleinen Messer die Speiseröhre und mache oben einen Knoten, sodass die bitteren Magensäfte dort nicht herauslaufen und das Fleisch ungenießbar machen können. Das hat mir mein Vater beigebracht, der das Wild immer bei Pritzenheim auf der Burg abliefern musste.

Wir mussten alles in Kassel zurücklassen, was wir hatten.

Nur eins trage ich ja stets bei mir: die Yamswurzeln. Sie sind sicher in einem Stoffbeutel verwahrt. Cäcilie kümmert sich um Famfatal und die anderen Pferde, und Valeria döst vor sich hin. Der Ritt war für die Gräfin doch sehr anstrengend.

Da kommt Cäcilie mit einem kleinen Trog herbei: »Famfatal musste mal«, lacht sie. »Wenn das Feuer brennt, können wir endlich neue Pillen herstellen. Talkum habe ich in meiner Schürzentasche.«

Wir kochen Famfatals Urin mit einer der Yamswurzeln aus, und zwar in einem Blechnapf, den Brabantus widerwillig herausrückt. Er hat ihn im Wirtshaus gestohlen. »Ich kann einfach nicht anders, ich muss manchmal was einstecken«, meint er entschuldigend. »Und ich durfte ja nichts essen, da musste ich mich ablenken.«

Während die Sonne langsam untergeht, der Rehbock brät und die Pillenzutaten köcheln, gehe ich ein paar Schritte entfernt auf eine kleine Lichtung und setze mich ins Gras, auf dem sich bereits die ersten Tautropfen bilden. Ringsherum ist dichter Wald, und die Luft riecht nach den Blättern und der Wiese, ein Geruch von Frische und Reinheit. Die letzten Vögel zwitschern ihr Lied, und ganz plötzlich werde ich wehmütig.

Wie es wohl in hundert, zweihundert oder dreihundert Jahren hier aussehen wird? Werden die Menschen dann immer noch glauben, dass es Hexen gibt? Werden die Hexen auf Scheiterhaufen verbrannt? Wird es dann noch Kutschen geben? Und all die schlimmen Krankheiten, die die Menschheit dahinsiechen lassen? Ob Münzenberg später noch bestehen wird? Die Burg mit ihren beiden Türmen? Wer wird dann darin wohnen? Ob wir Erfolg haben werden mit unserer Anti-Baby-Pille? Wird jemand sich an unsere Namen erinnern und daran, dass wir es waren, die sie erfunden haben? Wird sich die Pille durchsetzen? Oder wird alles von der katholischen Kirche zunichte gemacht werden? Wird es die katholische Kirche in zweihundert oder dreihundert oder gar fünfhundert Jahren noch geben? In fünfhundert Jahren! Was für eine lange Zeit! Jetzt schreiben wir das Jahr 1534, in fünfhundert Jahren wird die Menschheit das Jahr 2034 schreiben. Komisch. Wie die Leute dann wohl aussehen? Ob dann meine Kinder und Kindeskinder und deren Kinder und so weiter noch in Münzenberg wohnen und ob sie sich an die kleine Lilian erinnern? Nein, wie denn auch, fünfhundert Jahre sind eine sehr lange Zeit. So mir nichts, dir nichts wird sich niemand an mich erinnern. Ich muss etwas dafür tun, dass es so sein wird. Indem ich dafür Sorge trage, dass die Pille in aller Munde ist. Im wahrsten Sinne des Wortes.

Ich stehe auf und gehe langsam zu den anderen zurück, während die Sonne hinter einer Baumgruppe endgültig verschwindet.

»Ist die Pille jetzt fertig?«, ist alles, was Valeria interessiert. Wir sind nach dem Essen todmüde geworden, am Lagerfeuer eingeschlafen und wachen frühmorgens auf. Gemeinsam mit Cäcilie habe ich gestern einen Haufen Pillen geformt und zum Trocknen am Lagerfeuer liegen gelassen.

»Ja«, sagt Cäcilie genervt.

»Kann ich dann jetzt eine nehmen?« Valeria ist ganz aufgeregt.

Sie macht mich fertig. Valeria redet und redet und redet und muss zwischendurch nicht mal Luft holen. Warum ist sie nicht in ihrer Kemenate geblieben und hat Münder gestickt, die sprechen?

»Ich musste Gernot heiraten, als ich dreizehn war«, schwabbelt sie. »Ich komme aus Hannover. Also, ich bin eine Prinzessin von Hannover. Das ist ja auch viel besser als eine Gräfin, hihi. Erst sollte ich einen Adligen aus Braunschweig heiraten, aber der ist an Typhus gestorben, ganz schnell ging das. Schlimm mit dem Typhus, nun ja, also dann hat mein Vater gesagt, Kind, hat er gesagt, dann vermählst du dich mit dem Grafen von Pritzenheim. Ich habe ihn vorher noch nicht einmal gesehen, könnt ihr das glauben? Irgendwann stand ich in der Kapelle in Münzenberg und schon war ich Gräfin von Pritzenheim. Komisch war das. Mein Vater wohnt immer noch bei Hannover, wisst ihr, meine Mutter ist schon lange tot, und meine Schwestern sind überall verstreut, sie haben nach Osten und Westen und Süden und Norden geheiratet, ach, ich habe sie gar nie mehr gesehen. Manchmal habe ich auf der Burg gesessen und geweint, weil mir meine Familie doch sehr fehlt.« Valeria schluckt, und mit einem Mal tut sie mir richtiggehend Leid.

Doch das Mitleid ist schnell vorbei.

»Ach, was soll's«, Valeria lacht und schluckt dann andächtig ihre erste Pille. »Jetzt kann ich endlich tun und lassen, was ich will und wann ich will. Ich hatte so lange keinen Mann mehr, genau genommen sieben Tage, auf dem Weg zu euch habe ich den einen oder anderen über mich gelassen, aber sehr wohl aufgepasst, dass nichts passiert, hihi. Die Manneskraft ist hier gelandet«, sie deutet auf ihren Mund, und ich verstehe überhaupt nichts mehr. »Aber nun brechen bessere Zeiten an. In meinem Leib brodelt es seit geraumer Zeit vor Lust. Wie sieht es aus?« Erwartungsvoll schaut sie zu Bertram, Laurentius und Brabantus. Keiner von ihnen sagt ein Wort. »Ihr dürft alle, wenn ihr wollt«, meint Valeria ungeniert und schnürt ihr Leibchen auf, um ihre Brüste herauszuholen.

»Was ist das?«, fragt Brabantus gierig. »Kann man das essen?«

Wir ziehen dann weiter, ohne dass Valerias Gelüste befriedigt werden. Cäcilie nimmt sie zur Seite und trichtert ihr ein, dass es manchmal besser ist zu schweigen und dass es auch manchmal besser ist, seine Reize nicht allzu offenherzig zu zeigen. Valeria macht die ganze Zeit nur »Hihihi«, und ich glaube nicht, dass sie Cäcilie überhaupt zuhört.

Um die kleineren Orte machen wir einen großen Bogen, dort würden wir zu sehr auffallen. Nein, wir müssen die größeren Städte aufsuchen und auch bald wieder an ein paar Taler kommen, um uns Stoff für Kleidung und Schuhwerk zu kaufen. Zu essen und zu trinken haben wir genug, Hiltrud gibt uns Milch, Bertram geht regelmäßig auf die Jagd, und wenn wir an einer Ortschaft vorbeikommen, geht eine von uns auf den Markt, um frisches Brot zu kaufen und allerlei mehr, wofür nun aber bald unser ganzes Geld aufgebraucht ist. Nur gemeinsam gehen wir nirgendwohin. Das wäre zu gefährlich. Zum Glück ist es warm, und wir können uns in Seen und Flüssen waschen.

Nach wie mir scheint endloser Zeit erreichen wir Paderborn, und kaum haben wir das Stadttor passiert, ist Valeria spurlos verschwunden. Ein großer Wochenmarkt findet gerade statt, und in der Menschenmenge ist es unmöglich, eine einzelne Person wiederzufinden.

»Ich werde ihr den Hals umdrehen, wenn sie wiederkommt«, sagt Cäcilie erzürnt. »Wir müssen zusammenbleiben, und das dumme Weib redet einfach zu viel. Was, wenn sie herumblökt, dass sie mit netten Hexen unterwegs ist und einer gestörten Kuh?«

Ja, das weiß ich jetzt auch nicht.

Wir haben auf unserem Wege einige Kräuter gesammelt und getrocknet, und Cäcilie stellt sich mit Konstanze auf den Markt, um sie feilzubieten.

»Nehmt Kresse gegen Fieber, Dinkel gegen Bauchkrämpfe,

Holunder für die gute Verdauung und Melisse gegen Kopf-
schmerz!«, rufen sie und sind schon bald von einer Men-
schentraube umgeben.

»Was soll ich nur tun, ich habe so oft Nasenbluten?«, klagt
eine ältere Frau, und Cäcilie empfiehlt ihr Schafgarbe und
Dill. Einer anderen Frau gibt sie den Rat, gegen offene Wunden eine Salbe aus Beifuß anzurühren. Ich freue mich, weil
ich mich mit Kräutern mittlerweile ja auch gut auskenne,
aber noch mehr freue ich mich darauf, die Anti-Baby-Pille
unters Volk zu bringen.

Langsam schlendere ich über den Markt und muss feststellen, dass Paderborn eine wirklich schöne Stadt ist. Fast
kreisrund verläuft die Stadtmauer um die hübschen Gassen.
Mittendrin prangt der riesige Dom mit dem spitzen Dach
des hohen Westturms. Ich gönne mir eine Scheibe Brot mit
Schmalz. Neben mir unterhalten sich zwei Frauen in meinem Alter.

»Nun, ich täusche Unwohlsein vor«, sagt die eine, an deren
Rockzipfel vier oder fünf Kinder hängen. »Glaubst du denn,
ich will schon wieder schwanger werden? Nein, mit mir
nicht, er soll sich seine Befriedigung meinetwegen woanders
holen, aber nicht bei mir.«

Die andere Frau nickt. »So geht es mir auch«, meint sie ach-
selzuckend. »Ich kann ihm doch nicht jeden Abend zur Ver-
fügung stehen. Noch nicht einmal, wenn ich unpässlich bin,
lässt er mich in Ruhe. Wie er mir zuwider ist.«

Ich weiß, dass es leichtsinnig ist, doch ich kann nicht anders: Ich trete einen Schritt an die beiden heran und grüße
freundlich.

»Wo kommst du her?«, wollen sie wissen, und ich behaupte, aus Frankfurt zu sein, mich aber nun auf der Suche nach
meinem verschollenen Ehemann zu befinden.

»Verzeiht, dass ich euer Gespräch belauscht habe«, sage ich

dann, »aber ich glaube, ich habe die Lösung für eure Probleme.« Neugierig starren mich die blonde und die schwarzhaarige Frau an, und ich hole schnell eine Handvoll Pillen aus meinem Beutel, den ich mit einem Band um meine Hüften geschlungen habe. Wenn man jemandem vertrauen kann, dann Frauen, so viel habe ich bis jetzt gelernt. »Jede von euch nimmt täglich eine Pille«, flüstere ich. »Immer um dieselbe Zeit, das ist am sichersten. Ihr werdet merken, dass ihr nicht mehr schwanger werdet.«

»Ist das wahr?«, wollen die Frauen wissen, und ich nicke schnell.

»Sagt niemandem, dass ihr sie von mir habt«, beschwöre ich sie und halte der blonden Frau meine Hand hin, um dann die Pillen in ihre gleiten zu lassen. »Wenn sie aufgebraucht sind, könnt ihr selbst welche herstellen. Ihr braucht dazu den Urin einer trächtigen Stute, die Yamswurzel und etwas Talkum.« Dann erkläre ich, wie sie weiter vorgehen müssen, und empfehle ihnen, auf den Märkten nach der Yamswurzel zu fragen. Wenn die Nachfrage steigt, wird sie bestimmt schon bald überall erhältlich sein. Sie müssen den Händlern ja nicht auf die Nase binden, für was sie die Wurzel brauchen.

»Danke dir«, sagt die schwarzhaarige Frau froh.

Ich bin stolz wie eine Königin. Ich bin dabei, die Pille unters Volk zu bringen!

Gegen Nachmittag kommen Cäcilie und Konstanze zu dem kleinen Gasthof, in dem wir Unterschlupf gefunden haben. Sie sehen erschöpft aus.

»Wart ihr erfolgreich?«, frage ich.

Müde wirft Konstanze einige Taler auf den Tisch. »Alle wollen handeln«, sagt sie, »aber ich bin nicht gut im Handeln. Ich lasse mich immer überreden, etwas für weniger, als es wert ist, zu verkaufen.«

»Wir werden es lernen«, meint Cäcilie, der es genau so geht wie Konstanze. »Ist Valeria wieder aufgetaucht? Und wo sind Bertram und die anderen?«

Da geht die Tür auf, und Valeria kommt in die Schankstube gestürmt. Sie sieht überglücklich aus. Ob sie sich verliebt hat?

»Hihi«, macht sie. »Gut, dass ich euch so schnell gefunden habe. Seht her.«

Und dann wirft sie endlos viele Taler auf den Tisch.

oher hast du so viel Geld?«, will Konstanze wissen und schaut genauso ungläubig wie wir auf die Taler.
Valeria beugt sich nach vorn. »Ich bin jetzt eine Hure«, erzählt sie stolz und viel zu laut. »Siebzehn Männern war ich zu Willen. Oh, es hat Spaß gemacht! Schon der erste meinte, mich bezahlen zu müssen, als ich ihn angesprochen habe. Zunächst einmal wollte ich ja einfach nur meine Gelüste befriedigt bekommen, aber als ich dann die Taler sah, dachte ich: Warum eigentlich nicht? Und der Kerl war so zufrieden, dass er mich gleich einigen Freunden weiterempfohlen hat. Ist das nicht wunderbar?« Sie dreht sich im Kreis. »Jetzt kann ich mit dem, was ich am liebsten mag, auch noch Geld verdienen. Du, Lilian, das Gemächt des einen war sooo groß!« Sie breitet ihre Arme so weit auseinander, dass mir angst und bange wird. »Und einer wollte, dass ich vor ihm tanze und mich dabei langsam entkleide. Und ein Dritter wollte, dass ich ihn und seinen Freund gemeinsam bediene. Das habe ich vorher auch noch nie gemacht. Na, was sagt ihr?«
Cäcilie und Konstanze sagen gar nichts und schauen nur missbilligend.
Der Wirt grummelt vor sich hin, und ich ziehe Valeria zu mir. »Kannst du nicht etwas leiser sein?«, frage ich. Sie wird uns mit ihrem Geschwätz noch an den Galgen bringen.
Doch die Gräfin ist nicht zu bremsen. »Ist das nicht herrlich?« Wenigstens senkt sie ein wenig die Stimme. »Noch nie habe ich eigenes Geld verdient. Und jetzt gleich so viel. Ich bin sehr, sehr stolz auf mich.«

Ich schaue auf Cäcilies paar Taler und auf den Berg, der vor Valeria liegt. Kurz öffne ich den Mund, um zu sagen, dass wir dieses Geld nicht annehmen werden, aber dann schließe ich ihn wieder. Wir brauchen es einfach. Die beiden anderen Frauen scheinen dasselbe zu denken.

Wir bestellen dann erst mal einen großen Krug Wein, um auf den Tag anzustoßen.

»Woher habt ihr das viele Geld?« Bertram ist ganz erstaunt, als wir ihm später die Taler präsentieren. Ich möchte vor Scham lügen, aber Valeria wird nicht müde, immer und immer wieder zu erzählen, dass sie siebzehn, ja, siebzehn Männer bedient hat und so stolz und glücklich ist, und dass es ihr noch nie so gut gegangen ist. Bertram schüttelt nur den Kopf.

Wir bewohnen zwei Zimmer über dem kleinen Gasthof und legen uns sehr früh schlafen. Meine Füße sind wund, und mir tut jeder Knochen weh. Ich möchte einfach meine Ruhe haben. Cäcilie und Konstanze geht es genauso.

Lediglich Valeria faselt die ganze Zeit herum, dass sie jetzt endlich mal eine Familie eigenständig ernähren könne und was für ein Selbstbewusstsein ihr das gebe und dass wir ohne sie am Ende wären und Hunger leiden müssten, oh ja, und ohne sie würden wir frieren, weil wir uns bald keinen Gasthof mehr leisten könnten, und ohne sie wäre alles ganz schlimm, aber mit ihr sei jetzt alles gut, und wie geil sie doch sei und dass sie es kaum erwarten könne, endlich weiterzuziehen, um die nächsten Männer glücklich zu machen und sich selbst auch, und wie froh sie das alles mache.

Als wir am nächsten Morgen aufwachen, redet sie immer noch.

Ich werde fast wahnsinnig vor Glück, als ich den Schankraum betrete, in dem das Frühstück wartet. Der Wirt ist
dabei, Waffeln zu backen.

Waffeln!

Und was sehe ich da? Er nimmt keinen Honig, sondern echten Zucker! Ich muss mich setzen, sonst falle ich vor Freude
um.

Brabantus ist auch schon wach. Sein Mund ist teigver-
schmiert. »Schmeckt in der Tat lecker«, verkündet er
schmatzend, während einige Tropfen des Waffelteiges auf
den Holzboden fallen, was so gar nicht geht, sollte jemanden meine Meinung interessieren.

»Er frisst schon seit einer halben Stunde«, beschwert sich
der Wirt und versucht vergeblich, Brabantus vom Waffel-
eisen wegzuscheuchen, das er im Holzofen zum Glühen gebracht hat. »Gleich ist nichts mehr da.«

»Hör auf!«, fahre ich Brabantus an, der dasteht wie ein-
zementiert. »Wir wollen auch noch was haben!«

»Aber Lilian«, meint er und glotzt mich mampfend an. »Du
solltest nicht so viel essen. Du willst doch bestimmt deine
gute Figur behalten.« Dabei isst er immer weiter.

Gut, ich könnte jetzt auf Brabantus losgehen, ihn mit dem
Schürhaken, der neben dem Kamin steht, zweiteilen, und
dann meine Waffeln essen, aber das wäre Mord. Ich könnte
auch wieder mal so tun, als würde ich keine Waffeln mögen,
aber das schaffe ich nicht. Ich bin dermaßen wütend auf
Brabantus, dass ich nicht weiß, was ich tun soll.

Ich wünschte, ich wäre eine Hexe! Dann könnte ich mir
jetzt wünschen, dass Brabantus eine Gesichtslähmung bekommt und nicht mehr kauen und auch nicht mehr schlucken kann.

Ich wünsche, wünsche, wünsche es mir.
Hör auf zu kauen. Hör auf zu schlucken.

Sofort. Sofort!

Im nächsten Moment sieht mich Brabantus mit offenem Mund an. Er greift sich mit den Händen entsetzt ins Gesicht und gibt Laute von sich, die sich wie »Gurrgurr hirrgs« anhören.

Ich bin nicht weniger entsetzt als er und kann ihn einfach nur anschauen. Was geht hier vor? Ich habe mir gewünscht, dass er aufhört zu kauen, und er hat aufgehört zu kauen. Ach, du liebe Zeit.

Bin ich eine …?

Nein. Nicht darüber nachdenken.

Viel schlimmer ist die Vorstellung, dass die Gesichtslähmung bleibt und wir dann einen sabbernden Brabantus mit uns herumschleppen müssen. Obwohl: Wir könnten ihn auf den Markttagen ausstellen. Mit seinen Lauten würde er bestimmt Mitleid erregen, und wir könnten ein paar Taler einnehmen, so dass wir nicht mehr nur von Valerias Geilheit abhängig wären.

Schnell esse ich vier Waffeln hintereinander, dick mit Zucker bestreut, und dann betreten die anderen den Schankraum. Brabantus steht immer noch mit offenem Mund da. »Hööööö«, macht er. Vielleicht soll das »Guten Morgen« heißen.

»Was ist denn mit ihm los?« Konstanze deutet fragend auf Brabantus, der sich ununterbrochen selbst ohrfeigt.

Ich wünsche, wünsche, wünsche mir, dass die Gesichtslähmung verschwindet und Brabantus wieder ganz normal wird.

Brabantus' Mund klappt zu. Seine Augen, die eben noch aus den Höhlen hervorgequollen sind, suchen den Weg zurück in seinen Kopf. Brabantus sieht mich an wie einen Geist.

Aber wenigstens sabbert er nicht mehr. Und satt scheint er auch zu sein.

Und ich – ich verstehe gar nichts mehr.
Du bist anders, Lilian, anders. Mach was draus.

»Wir haben schon eine Menge geschafft.« Bertram ist guter Dinge. »Nun, wo wir alle etwas ausgeruht sind und ja auch …«, bedeutungsvoller Blick in Valerias Richtung, die »Hihihi«, sagt, »… ein paar Taler haben, können wir daran denken weiterzuziehen.«
»Schon wieder weiter?« Laurentius verschränkt die Arme. »Wohin denn jetzt schon wieder? Ich will gar nicht weiterziehen. Ich finde es schön in Paderborn. Außerdem habe ich die Bekanntschaft eines netten Herrn gemacht. Eines Herrn, der mich versteht.« Er schaut Bertram flehend an. »Der Gute ist vom Schicksal arg gebeutelt, genau wie ich. Gemeinsam haben wir schon die eine oder andere Träne vergossen. Stellt euch vor, der Mann ist sozusagen ein Krüppel. Hat gar keine Lust mehr zu leben. Ich kann es verstehen. Wisst ihr, es ist sein rechter Zehennagel, der ihm Kummer macht, er ist in den Zeh eingewachsen, so dass der Herr unbändige Schmerzen leiden muss. Ich habe ihm von mir erzählt, auch dass ich immer diesen schrecklichen Traum habe. Ich träume, ich schlafe ohne Schlafgewand, und dann wache ich auf und …«
»Wir ziehen weiter. Punkt.« Bertram beendet die Diskussion mit einem Schlag auf den Tisch. »Du redest wie ein Weib. Wie ein Weib, dass du es nur weißt.«
»Was willst du damit sagen?«, fährt Cäcilie Bertram an. »Willst du damit etwa sagen, dass wir weich und zänkisch sind und nichts vertragen können?«
Hiltrud scheint gehört zu haben, was Bertram gesagt hat, und betritt die Gaststube. Sie bleckt die Zähne und scharrt mit dem Vorderbein auf dem Boden herum.
Auch ich finde es nicht gut, dass Bertram alle Frauen über

einen Kamm schert. Es gibt immerhin Ausnahmen. Bertram rauft sich die Haare und schaut hilflos zum Wirt, der sich aus der Sache heraushält und Holzscheite im Kamin nachlegt.

»Natürlich nicht«, sagt Bertram dann. »Ich meine ja auch nicht euch, ich meine ihn.« Er deutet auf Laurentius, der höchstwahrscheinlich gerade fieberhaft überlegt, welche Phobie er jetzt noch schnell bekommen könnte, um nicht weiterziehen zu müssen.

»Wäre ich doch bloß bei Pritzenheim in Münzenberg geblieben!«, bricht es plötzlich aus ihm hervor. »Da hatte ich es wenigstens gut, und alle haben mir zugehört. Teilweise wenigstens.«

Er lügt. Die Einzige, die ihm zugehört hat, war Trina, die alte Magd. Sie ist taub. Aber das war Laurentius egal. Hiltrud verlässt die Wirtsstube rückwärts, stolpert über die Schwelle und stößt sich den Kopf an der Tür. Die fällt zu allem Überfluss auch noch zu und klemmt Hiltruds rechtes Ohr ein.

»Schweig!«, herrscht Bertram Brabantus an. »Nimm diese Worte nicht in den Mund!«

»Welche Worte?« Laurentius wischt sich den Nasenrotz aus dem Gesicht. »Ihr glaubt, dass ich übertreibe, dass ich lüge. Aber ich weiß, in meinem Innern lodert es. Das Fieber wird ausbrechen, bald schon. Meine Lunge löst sich auf. Mein Herz auch. Mein Bein auch. Und mein Arm. Und meine Augen sind auch nicht mehr das, was sie mal waren. Wenn ich sie schließe, sehe ich nichts mehr. Nichts. Aber keiner hört auf mich. Ach, wie ich Münzenberg vermisse! Den Grafen auch. Man kann von Pritzenheim ja behaupten, was man will, aber zu mir war er immer gut.« Laurentius redet sich in Rage. Böse stampft er mit dem Fuß auf, um seinen Worten Nachdruck zu verleihen. »Ich habe die Nase voll«, er zieht

die Nase hoch, »voll, voll, voll! Dauernd müssen wir weiterziehen, bloß weil ihr denkt, Pritzenheim oder Tiburtius
wären uns auf den Fersen. Hätte ich das früher gewusst,
was das für eine Anstrengung ist, ich wäre mit Wurst zu
Haus geblieben. Das waren noch Zeiten. Ein geregelter Ta-
gesablauf. Aufstehen, fröhlich sein, ab und an ein Toter und
nicht diese ganze Aufregung.«
»Du sollst schweigen!« Bertram geht mit schnellen Schritten
auf Laurentius zu und schüttelt ihn. »Wir reisen sofort weiter«, sagt er dann in scharfem Ton.
Keiner widerspricht, und wir gehen alle nach draußen.
»Bist du jenseits von Gut und Böse?«, will Bertram von
Laurentius wissen, als wir endlich vor dem Wirtshaus stehen. »Was, wenn der Wirt von uns gehört hat? So etwas
macht schneller die Runde, als einem lieb ist. Wir wissen
nicht, wohin Pritzenheim seine Leute schon geschickt hat.
Habt ihr alle eure Sachen beieinander? Ich möchte nicht
noch mehr Zeit verlieren.«
Ängstlich blicke ich mich um. Aber niemand scheint uns zu
verfolgen oder auch nur wahrzunehmen. Alles geht seinen
gewohnten Gang. Einige Frauen laufen auf der staubigen
Straße, Kinder spielen, und hier und da fährt eine Kutsche
die Straße entlang. Trotzdem möchte Bertram unbedingt
sofort los. Da ich keine Lust mehr habe, mich zu streiten,
nicke ich, und auch die anderen scheinen zuzustimmen.
Nur Laurentius fängt schon wieder an: »Unguis Incarnatus
ist der einzige Mensch, der mich jemals verstanden hat. Ich
wollte mich nachher auf einen Krug Bier mit ihm treffen. Er
ist so freundlich und nett zu mir, ganz anders als ihr. Er ist
der einzige Mensch auf der ganzen Welt, der weiß, was in
mir vorgeht. Ich bleibe. Ich bleibe.«
»Du wirst nicht bleiben«, meint Bertram. »Du wirst schön
mitkommen. Ich möchte kein Wort mehr hören.«

137

Ich erkenne Bertram gar nicht wieder. Er hat sich ganz schön verändert. Es ist ja gut, dass er nicht mehr so weinerlich ist, aber er muss es ja auch nicht gleich übertreiben. Dieser Ton! Das ist ziemlich unhöflich, und das werde ich ihm auch noch sagen, wenn sich eine Gelegenheit ergibt.

Wir beladen Hiltrud, Famfatal und Wurst, der sich auch langsam daran gewöhnen muss, dass ein Pferd nicht nur zum Hinterhertrotten da ist. Ihm ist das gar nicht recht, dauernd schlägt er aus.

Dann ziehen wir Pferde und Kuh hinter uns her Richtung Stadtmauer. Irgendwie habe ich ein komisches Gefühl. Ich kann es nicht deuten, aber irgendwie komisch. Die Leute sehen zu freundlich aus, zu friedlich geht alles vonstatten auf unserem Wege. Normalerweise ist es so, dass sich wenigstens mal zwei Bauern streiten oder Frauen sich über die Straße etwas zurufen. Wir gehen am Drei-Giebel-Rathaus vorbei, und ich bin froh, als wir nur noch wenige Schritte von der Mauer entfernt sind. Haben wir die Mauer nämlich hinter uns, kann uns keiner mehr was wollen. Dann sind wir raus aus der Stadt und können weiter, immer weiter Richtung Norden ziehen. Laurentius weigert sich immer noch mitzukommen. Ständig stiefelt er einige Schritte hinter uns her, klagt über Blut in seinem Körper und über dieses nicht zu überhörende Hämmern, das sich in seinem Kopf breit macht. Ich kann sein »Keiner versteht mich, nur Unguis Incarnatus« gleich nicht mehr hören.

»Etwas ist hier faul«, höre ich Bertram leise sagen.

Cäcilie nickt: »Ich glaube auch.« Sie schaut sich um. »Lasst uns schneller gehen.«

Wir gehen alle schneller, alle, außer Laurentius. Noch fünfzig Fuß. Noch vierzig. Dreißig. Zwanzig.

Da sehe ich, wie sich die Tore der Stadtmauer zu schließen beginnen. Rechts und links auf Ausgucken erblicke ich Männer, die gar nicht freundlich schauen. Ich nehme an, es sind Wachen.

Valeria macht »Hihihi« und liebäugelt mit einigen vorbeilaufenden Kerlen. Ich wünsche mir nichts sehnlicher, als dass sie ihre Riesendinger in ihrer Bluse lässt.

»Tut alle so, als merktet ihr nichts«, flüstert Bertram. »Einfach weitergehen, nur einen Schritt schneller.«

Außer uns sind noch einige andere Gesellen unterwegs. Bauersleute, die raus aufs Feld wollen und ihre Karren hinter sich her ziehen oder ein Ochsengespann lenken, Frauen, die auf die Bleiche gehen, um die Wäsche zum Trocknen auszulegen, Jungen, die in den Quellen angeln wollen.

Behäbig schließt sich das Stadttor, immer weiter. Immer weiter.

Laurentius ist immer noch weit hinter uns. Er scheint gar nicht zu bemerken, was hier vor sich geht.

Plötzlich erkenne ich den Wirt des Gasthauses. Er steht neben einer Wache oben auf dem Ausguck und fuchtelt wild mit den Händen herum. »Das sind sie!«, schreit er los, »das sind die Hexen aus Münzenberg! Seht sie euch an! Vom Teufel sind sie besessen! Alle sind sie Hexen, und die leibhaftigen Teufel haben sie auch dabei!«

Angesichts der Tatsache, für Hexen und Teufel von Münzenberg gehalten zu werden, beschleunigen wir unsere Schritte. Hiltrud ist unwillig, weil sie lieber am Wegesrand grasen möchte, aber auf die Bedürfnisse einer Kuh kann man eben nicht immer Rücksicht nehmen.

»Hiltrud, komm jetzt endlich«, flehe ich sie an, aber Hiltrud wird bockig, hebt ihr linkes Vorderbein und tut so, als habe sie nur drei Beine. Sie liebt diese Beintricks, immer denkt sie, dass jemand drauf reinfällt. Während ich weiter an dem Strick um ihren Hals ziehe, kommt mir eine fabelhafte Idee.

Ich könnte doch einfach, ich könnte doch einfach ... wie hab ich das vorhin gemacht mit Brabantus, als er die Gesichtslähmung bekam, was habe ich da gedacht? Verflixt, es will mir nicht einfallen. Das ist die Aufregung, die Aufregung! Und die Angst, weil die Tore immer weiter zugehen.

Da schwingt sich Konstanze auf Famfatal und zieht Valeria mit sich, so dass sie quer über Famfatal liegt wie letztens Hiltrud. Bertram und Brabantus, der schwitzt, als hätte er viel zu lange in der Sonne gelegen, hüpfen mit Todesverachtung auf die Kuh. Brabantus schreit: »Los, Lilian, Cäcilie, steigt auf Wurst!«, und Bertram schreit: »Laurentius, mach schon, KOMM!« Aber Laurentius versteht nichts, weil er gerade beschlossen hat, an Tropophobie zu leiden, und glotzt nur dämlich, um dann zu schreien: »Warum soll ich denn schnell laufen, das Tor geht doch sowieso gleich zu!«

Wir treiben Kuh und Pferde an, und Wurst scheint den Ernst der Lage zu verstehen. Er bockt überhaupt nicht, als Cäcilie und ich uns auf ihn schwingen, und dann reiten wir in allerletzter Sekunde durch das sich schließende Tor. Ich blicke mich noch mal um, weil ich will, dass Laurentius es geschafft hat, aber Laurentius hat es nicht geschafft.

Gerade bekomme ich noch mit, wie ihn die Wachen umzingeln.

»Pritzenheim wird euch kriegen, seid euch dessen gewiss, und dann, bald schon, hat euer letztes Stündlein geschlagen!«, höre ich die Leute noch schreien.

Warum fällt mir der Satz nicht ein, mit dem ich Brabantus dazu gebracht habe, mit dem Waffelessen aufzuhören? Ich könnte mich ohrfeigen für meine Dummheit.

Bertram reitet mit Brabantus voraus, und nach etlichen Meilen biegt er in den Wald ab. Im Wald reiten wir noch eine Weile, dann halten wir an. Ich bin am Ende mit meinen

Nerven. Cäcilie, die die ganze Zeit hinter mir gesessen und sich an mir festgekrallt hat, auch. Genau genommen sind wir alle am Ende und zittern am ganzen Leib.

»Wir hätten alle sterben können, alle!« Bertram ist außer sich. Ununterbrochen tritt er mit dem Fuß gegen eine Eiche. »Dieser Taugenichts. Wir mussten ihn zurücklassen, sonst hätten wir alle dran glauben können. Pritzenheim muss seine Späher schon Richtung Norden losgeschickt haben. Ganz klar, der Wirt hat gewusst, wer wir sind, und uns verraten. Für ein paar Taler. Herrje!« Er lässt sich am Baumstamm hinabgleiten. Seine Hose und sein Oberhemd sind schweißnass. Seine Locken hängen ihm verklebt in der Stirn. Er sieht verzweifelt aus.

»Hihihi«, macht Valeria und zupft an ihrem Rock herum. »Also, wenn ich gewusst hätte, dass ihr gesucht werdet, dann hättet ihr mir doch mal was sagen müssen«, meint sie, und ich brauche einige Minuten, um zu verstehen, dass ich diesen Satz nicht verstehe.

»Was meinst du?« Ich bin langsam, aber sicher so genervt von Valeria, dass ich mir beinahe wünsche, sie wäre an Laurentius' Stelle hinter den Stadtmauern von Paderborn geblieben.

»Na, ihr wisst ja, neulich, als ich mich den Männern hingegeben habe, was ja eine Menge, ja, eine Menge Spaß gemacht hat, da war einer dabei, der meinte, er würde mich kennen. ›Mich kennen?‹, habe ich gefragt, ›ach, woher denn?‹. Er meinte, er sei mir auf der Burg begegnet. Das kann schon sein, wir hatten ja viele Feste und Gelage, aber ich konnte mich an ihn nicht mehr erinnern. Hihihi. Er war jedenfalls nicht in meinem Bett. Glaube ich jedenfalls. Hihihi. Nun gut, wo war ich? Er fragte mich, mit wem ich hier sei …«

»Und?«, fragen wir alle gleichzeitig. Konstanzes Finger krallen sich im Moos fest, auf dem sie Platz genommen hat.

Valeria strahlt uns an, als ob sie uns gleich mitteilen würde, dass wir alle, alle auf der Stelle zum Papst gekrönt werden.

»Was hast du gesagt?«, wollen wir wissen, wissen, wissen.

»Wie, was ich gesagt habe? Denkt ihr etwa, ich kenne eure Namen nicht?« Jetzt ist Valeria beleidigt. »Das ist aber unfein, dass ihr das denkt. Ich weiß doch, mit wem ich unterwegs bin.«

Ich lasse mich kraftlos auf den Waldboden fallen und stütze mein Gesicht in die Hände. Dieses dumme Huhn. Dieses dümmste Huhn von allen!

»Ach, er war sehr nett«, erinnert sie sich weiter. »Und hat mir ein paar Taler mehr versprochen, wenn ich ihm ein bisschen was über euch erzähle. Ich habe das nicht ganz verstanden, so außergewöhnlich seid ihr nun auch nicht.«

»Hast du ihm alles erzählt?«, fragt Bertram leise.

»Natürlich!«, ereifert sich Valeria. »Er hat immer mehr Taler aufs Bett gelegt. Hihihi.«

Jetzt ist uns allen klar, woher sie die unzähligen Taler hatte.

Ewigkeiten sagt keiner von uns ein Wort.

Dann meint Konstanze: »Wir müssen Laurentius doch retten, oder? Das müssen wir doch?«

»Wie denn?« Ich bin verzweifelt. Sosehr mir Laurentius auf die Nerven gegangen ist, er fehlt. Er fehlt.

Wir sind ratlos. Keiner von uns kann ans Essen denken. Außer Brabantus, der einen solchen Hunger hat, dass er gemeinsam mit Hiltrud und den Pferden grast. Kurz kehrt Ruhe ein, weil wir alle unseren Gedanken nachhängen, da schreit er plötzlich: »Hilfe, oh, Hilfe!«, und wir springen zu ihm, um festzustellen, dass Hiltruds Euter nach allen Seiten Milch verteilt, weil in der Hektik des Tages keiner daran gedacht hat, sie zu melken.

Cäcilie versucht ein weiteres Mal, Valeria zur Einsicht zu

bringen: »Habe ich dir nicht gesagt, dass es manchmal besser ist zu schweigen?«, fragt sie die Gräfin.

Valeria nickt: »Ja, aber die Taler, die vielen Taler!« Sie glotzt Cäcilie an.

»Wegen dir muss Laurentius vielleicht sterben. Du musst deine Zunge besser im Zaum halten«, sagt Cäcilie eindringlich.

»Ja, aber die Taler, die vielen Taler!« Valeria glotzt immer noch, und Cäcilie gibt es auf.

Es wird dunkel, und Konstanze kriecht näher zu mir. »Mir ist kalt«, flüstert sie, und ich breite meinen Umhang um uns beide aus und schaue in den Mond.

Was wohl mit Laurentius passiert ist? Ob sie ihn umgebracht haben? Womöglich sitzt er in einem Verlies und wartet auf den Tod morgen. Oder er wird … nein, nicht daran denken. Doch. Das bist du ihm schuldig. ER hat dir das Leben gerettet, gemeinsam mit Bertram. Wird er gefoltert? Oh, bitte nicht!

Konstanze schläft ein, und ich lasse sie behutsam auf den Waldboden gleiten. Dann stehe ich auf und streiche meinen Rock glatt. Diese Röcke nerven. Ginge es nach mir, würde ich bequeme Hosen tragen wie die Männer. Damit lässt's sich auch viel besser reiten. Aber eine Frau trägt nun mal Röcke. Wie es wohl aussähe, wenn eine Hexe auf dem Scheiterhaufen verbrannt wird, die Hosen trägt?

Hexe.

Valeria, Bertram und Brabantus scheinen auch schon zu schlafen. Behutsam decke ich sie zu. Wir haben kein Feuer gemacht, um keine Aufmerksamkeit zu erregen, deswegen sehe ich kaum etwas, als ich für mich selbst nach einer Schlafstatt Ausschau halte. Ich könnte mich an Hiltrud schmiegen. Sie ist schön warm. Neben Hiltrud liegen

Wurst, Famfatal und auch Cäcilie. Sie hat es sich zwischen den Pferden gemütlich gemacht. Leise setze ich mich.

»Lilian«, flüstert Cäcilie, und ich erschrecke kurz, weil ich dachte, sie schliefe schon tief und fest.

»Mhm«, mache ich, ziehe meinen Umhang fester um die Schultern und lehne mich an Wurst, der sanft an meinem Ohr herumknabbert. Der warme Atem tut gut.

»Du willst mich was fragen, stimmt's?«, fragt sie, und ich nicke.

»Es ist wegen meiner Großmutter«, sage ich dann.

Cäcilie setzt sich auf und rückt näher. »Ich weiß, ich weiß«, sie nickt, wie ich im fahlen Mondlicht erkennen kann.

»Ist sie …?« Ich traue mich nicht, die Frage zu stellen.

»Ja«, antwortet Cäcilie und nickt wieder. »Die Kirche würde sie als Hexe bezeichnen. Deine Großmutter ist eine weise Frau. Sie hat schon vielen Menschen geholfen. Kranken, Schwachen. Sie hat Fähigkeiten, die kaum jemand hat. Sie kann Gedanken lesen, sie weiß manchmal schon vorher, was passieren wird. Aber eben nur manchmal. Es gibt nicht viele Menschen, die diese Gabe haben, und eine Hexe ist sie deswegen noch lange nicht. Und es scheint, dass sie dir diese Gabe vererbt hat.«

»Aber warum kann sie auf einem Besen reiten?«, möchte ich wissen.

»Weil sie es will«, ist Cäcilies schlichte Antwort. »Sie kann es einfach. Manche Menschen haben einen sehr starken Willen.«

»Ich kann nicht auf einem Besen reiten«, fällt mir ein.

»Vielleicht wolltest du es noch nie.« Cäcilie lächelt. »Und wie gesagt, es klappt auch nicht immer, nur manchmal. Denk mal daran, was du mir von den Waffeln und von Laurentius erzählt hast. Mit den Waffeln hat es geklappt, mit Laurentius nicht.«

»Aber das mit Laurentius wäre wichtiger gewesen.« Ich bin schon wieder traurig. »Es hätte besser da klappen sollen als mit den Waffeln.«

»Vielleicht sollte es so sein«, sagt Cäcilie. »Nichts im Leben geschieht ohne Grund. Außer die katholische Kirche. Nun wollen wir aber schlafen.«

Dann legt sie sich nieder, und ihre regelmäßigen Atemzüge beweisen kurze Zeit später, dass sie eingeschlummert ist.

Ich sitze noch lange da, drehe Grashalme und denke nach. Wenn ich auf einem Besen reiten könnte, das wäre doch was! Dann könnte ich nach Mexiko fliegen und ganz viele Yamswurzeln von dort mitbringen. Ich muss unbedingt herausfinden, wo Mexiko liegt. Auf einem Besen kann es doch nicht so lange dauern, bis ich dort bin.

Moment mal! Muss es unbedingt ein Besen sein? Ein langer Stock tut es vielleicht auch, oder ein Ast. Ich stehe auf und suche auf dem Boden nach Ästen, die lang genug sein könnten, dass ich auf ihnen reiten kann. Tatsächlich finde ich einen schmalen Ast und klemme ihn zwischen meine Beine. *Ich will fliegen*, denke ich. *Fliegen, fliegen.*

Aber nichts passiert. Vielleicht muss man auf einen Baum klettern, und dann klappt es. Möglicherweise muss man dem Ast erst zeigen, was man will. Leise laufe ich zu einer mächtigen Eiche und versuche, an ihr hochzusteigen. Aber meine Füße rutschen ab. Ich gehe zu Hiltrud und wecke sie. Mit Kuhaugen blickt sie mich an, steht behäbig auf und macht gar keinen Lärm dabei, was ich ihr hoch anrechne. Nachdem ich sie zur Eiche geführt habe, steige ich auf ihren Rücken, stelle mich auf und greife nach den untersten Ästen der Eiche. Den langen Ast klemme ich unter meinen Arm. Es geht. Es geht! Rasch klettere ich ein Stück nach oben und versuche, nicht nach unten zu blicken, und blicke natürlich doch nach unten. Oh, ist das hoch. Schnell weiter. Die Eiche muss schon sehr alt sein und wird nach oben hin immer breiter. Da ist ein ausladender Ast. Wenn ich ans Ende des Astes klettere, kann mein Ast ja sehen, dass wir jetzt auf einem Baum sitzen und er mit mir eine Runde fliegen soll.

»*Flieg*«, sage ich leise zum Ast, nachdem ich ihn mir halbwegs wieder unter die Röcke und zwischen die Beine geklemmt habe. »*Flieg.*«

Dann – ganz plötzlich, ist der dicke Ast, auf dem ich sitze, verschwunden. Ich klammere mich an meinem dünnen Ast fest und kann es gar nicht glauben. Wir fliegen! Das heißt, mein Ast fliegt, und ich sitze drauf. Ist das herrlich! Warum habe ich das nicht schon viel früher probiert? Ich fühle mich leicht wie ein Vogel und freue mich darauf, die Welt von oben zu sehen.

Noch nie in meinem Leben habe ich mich so frei gefühlt.

ine Sekunde später knalle ich mit voller Wucht neben der Eiche auf. Mit dem Ast, den ich immer noch festhalte.
Ich bin vom Baum gefallen.
Böse versuche ich aufzustehen. Mein Hinterteil tut mir weh, und mein Fuß auch. Ich humple zu Hiltrud, die sich mittlerweile wieder hingelegt hat, und lege mich neben sie.
»Muuuh«, macht sie leise, um niemanden zu wecken.
Ich glaube, das soll so was Ähnliches bedeuten wie »Blöde Kuh«.

»Wir können keinesfalls zurück«, sagt Bertram in scharfem Ton.
Es ist Morgen, wir haben uns in einem nahen Flüsschen gewaschen, was dringend nötig war, aber jetzt friere ich noch mehr als heute Nacht. Wäre Hiltruds warmer Körper nicht gewesen, ich hätte die Nacht nicht überlebt. Langsam werden die Tage kürzer, der Sommer neigt sich dem Ende zu, und wir brauchen dringend warme Stoffe, sonst werden wir allesamt krank.
Aber noch mehr beschäftigt uns die Frage, was nun mit Laurentius geschehen soll. Konstanze, die immer alles ganz schrecklich findet und schon wieder weint, sagt dauernd: »Aber es ist nicht richtig, ihn zurückzulassen, es ist einfach nicht richtig.«
»Nein.« Bertrams Stimme hat einen Klang, der keinen Widerspruch duldet. »Wir ziehen weiter. Es wäre unser aller Tod, wenn wir nach Paderborn zurückkehrten.«

Der Gedanke, dass Laurentius vielleicht gerade eben in einem dunklen Kellerloch hockt und auf seinen Scharfrichter wartet, bereitet uns allen nicht gerade Freude.

Aber was sollen wir tun?

»So Leid es mir tut, aber wir können auf ihn keine Rücksicht nehmen«, schließt Bertram ab. »Wäre er nur ein paar Schritte schneller gegangen, dann wäre er jetzt bei uns.« Er steht auf. »Wir müssen so schnell wie möglich weiter. Esst auf.«

Esst auf ist gut. Angeekelt schaue ich auf den rohen Fisch, der vor mir liegt. Weil wir kein Feuer machen dürfen – der Rauch, der Rauch –, es hier weder Beeren noch Pilze gibt und Gras und Rinde uns allen nicht so gut schmecken, haben Bertram und Brabantus uns mit einer selbst gebastelten Harpune kleine Fische aus dem Fluss gefangen.

»Wer hungrig ist, nimmt alles«, hat Bertram unsere Beschwerden beiseite gewischt, rohen Fisch essen zu müssen. Brabantus scheint das alles nichts auszumachen. Er stopft einen Fisch nach dem anderen in sich rein. Er isst sogar die Flossen und die Augen mit. Und er isst sogar einen, der noch lebt. Während der Fisch in seiner Hand herumzappelt, überlegt sich Brabantus, ob er erst den Kopf essen soll oder erst den Schwanz. Dann beschließt er, den Fisch im Ganzen zu schlucken. Kurz darauf hüpft er herum und lacht.

»Er lebt noch, er lebt«, gluckst er und deutet auf seinen dicken Bauch. »Er schwimmt in mir herum. Hahahahaha, ich kann nicht mehr, hahahahaha!«

Ich werde durchdrehen, bald schon.

»Eine wirklich große Stadt ist das, was wir jetzt brauchen«, meint Bertram. »Deswegen schlage ich vor, dass wir nach Hamburg ziehen.«

»Gibt es da auch Männer, die geil sind?«, will Valeria wissen. »Ich weiß ja nicht, ob es jemanden interessiert, aber ich bräuchte schon bald mal wieder einen Mann. Hier will ja keiner.« Beleidigt schaut sie zu Bertram und Brabantus, der immer noch lacht, weil der Fisch in seinem Bauch schwimmt und schwimmt und schwimmt.

Nein, es interessiert niemanden, ob Valeria geil ist oder nicht.

Entnervt bepacken wir Kuh und Pferde, um dann die kleine Lichtung zu verlassen und uns auf einen Nebenpfad zu begeben.

»Nicht über die Hauptstraße, das ist zu auffällig. Es könnten uns fahrende Händler begegnen, die auf dem Weg nach Paderborn sind und dort von uns berichten«, rechtfertigt Bertram sein Vorhaben. Also stolpern wir über Steine und Wurzeln, weil die Nebenwege natürlich nicht so eben sind wie die Hauptstraßen. Ich muss dauernd aufpassen, dass Hiltrud, die ich führe, mir nicht auf die Füße tritt, weil sie mit den Wurzeln und Steinen nicht so gut zurechtkommt. Was ich weiterhin bemerke, ist die Tatsache, dass es hier Brennnesseln gibt. Nach einer Stunde haben meine Beine ihren doppelten Umfang, sind knallrot und jucken.

Der Nebenpfad, auf dem wir gehen, verläuft direkt neben der Hauptstraße, und ab und zu können wir dort, wo keine Bäume und Sträucher wachsen, einen Blick auf sie werfen. Bertram hat Recht. Auf der Hauptstraße ist wirklich viel los. Kutschen kommen vorbei, Reiter und Menschen mit Karren. Immer, wenn wir etwas hören, bleiben wir stehen und hoffen, dass uns niemand bemerkt.

Gegen Mittag melken wir Hiltrud und teilen uns die warme Milch.

»Ich glaube, der Fisch ist jetzt tot.« Brabantus scheint über diese Tatsache sehr traurig zu sein. Er lacht auch gar nicht mehr. »Das müsst ihr auch mal machen, das ist ein wahrhaft witziges Gefühl, wenn man einen lebenden Fisch in sich hat.«

»Ich möchte etwas anderes in mir haben, das lebt«, schmollt Valeria herum. »Ich bereue es zutiefst, dass ich meinen kleinen Freund auf der Burg zurückgelassen habe.«

»Welchen Freund denn?«, fragt Konstanze, die sich ihre Beine massiert. Sie sind genauso zerschunden wie meine.

»Na, wenn mal kein Mann zur Stelle war, hatte ich meinen kleinen Freund«, erzählt Valeria. »Ich habe ihn mir selbst geschnitzt. Sooo lang war er und sooo breit. Eine naturgetreue Nachbildung eines echten Phallus'.« Sie nickt wehmütig, während sie sich erinnert. »*Dildette Robusta* hab ich ihn genannt. Er wurde nie klein und war immer zur Stelle. Ich hab mir sogar schon überlegt, für meine Freundinnen auch welche herzustellen. Was glaubt ihr, wie froh die gewesen wären. Hihihi!«

Wir verdrehen die Augen.

»Wenn ich Zeit habe, werde ich mir einen neuen schnitzen«, beschließt Valeria. »Ach wo, nicht einen, Hunderte. Die verkaufe ich dann auf den Märkten. Das wird sicher ein gutes Geschäft. Genau, ich verkaufe lauter *Dildette Robustas*. Alles Einzelstücke. Alle selbst geschnitzt. Ich weiß auch schon, welchen Namen ich meinem Geschäft gebe.«

Sie macht eine kurze Pause, um die Spannung, die nicht da ist, zu erhöhen.

»*Treibholz* nenne ich es«, fährt Valeria fort. Und dann sagt sie: »Hihihi!«

Wer gehängt wird, der kann nicht mehr sprechen, oder? Das Hängen wird mir zunehmend sympathischer.

»Wie lange werden wir wohl bis Hamburg brauchen?« Cäcilie läuft neben Bertram her und hat wie wir alle keine Lust auf eine lange Reise.

»Einige Wochen«, antwortet Bertram kurz. »Hamburg ist erst mal unser Fernziel. Davor ziehen wir in die nächste größere Stadt. Nach Hannover. Zwischendurch machen wir natürlich Rast.«

Das ist aber nett, dass wir Rast machen dürfen. Ich dachte, wir laufen jetzt bis Hannover oder Hamburg durch.

»Hannover?« Das ist schon wieder Valeria. »Oh, wie schön, dann können wir ja meine Familie besuchen. Bitte lasst uns meine Familie besuchen! Dort können wir ein heißes Bad nehmen und in richtigen Betten schlafen, das wird schön.«

»Das sehen wir dann. Womöglich hat dein Mann schon seine Späher zu deiner Familie geschickt, und wir werden in Hannover anders empfangen, als uns lieb ist.«

»Vater liebt mich!«, ruft Valeria empört. »Er würde nie zulassen, dass mir etwas passiert. Wir könnten uns im Schloss verstecken, da gibt es wahrlich viele Räume. Bitte, bitte, lasst uns Vater besuchen!«

»Ich sagte, das sehen wir dann«, meint Bertram wieder.

Valeria wird trotzig. »Ich will nach Hannover zu Vater!«, geht es los. »Ich hab ihn so lange nicht gesehen. ICH WILL NACH HAUSE!«, jammert sie weiter. »BITTE!«

»Schon gut, schon gut«, versucht Bertram Valeria zu beruhigen. »Sei still jetzt! Oder willst du, dass wir entdeckt werden?«

»Nein, aber ich will nach Hause«, Valeria fängt an zu weinen. »So lange schon nicht mehr habe ich in meiner schönen Wanne gesessen und heiß gebadet. Auf der blöden Burg in Münzenberg ging das ja nicht, weil alle zu doof waren, die Kessel einzuheizen. Ich will heiß baden, heiß baden, heiß baden. Ich bin als Kind immer heiß gebadet worden.«

Wahrscheinlich zu heiß.

»Ruhe, RUHE!«, Bertram deutet auf die Hauptstraße. Wir bleiben stehen und halten den Atem an.

Wir hören Stimmen, und sie werden zunehmend lauter. Schnell ducken wir uns hinter Sträucher. Die Stimmen kommen näher. So wie die Stimmen klingen, wird gerade ein Lied gesungen. Es hört sich seltsam an. Erst singt eine einzelne Stimme, dann wiederholen alle gemeinsam das, was die einzelne Stimme gesungen hat. Wir spitzen die Ohren:

»Zusammen laufen macht uns stark!«
»Zusammen laufen macht uns stark!«
»Was immer da auch kommen mag!«
»Was immer da auch kommen mag!«
»Wir laufen, laufen immer weiter!«
»Wir laufen, laufen immer weiter!«
»Bei Tag und Nacht, sind froh und heiter!«
»Bei Tag und Nacht, sind froh und heiter!«

Was soll das denn? Dann tauchen die Personen zur Stimme auf: Es sind vier Männer, die, nun ja, sagen wir mal, *ungewöhnlich* aussehen. Ihre Gesichter sind braun, es scheint, als hätten sie Erde und Gras hineingeschmiert, und aus ihren Köpfen wächst Gestrüpp. Ich ducke mich noch mehr. Sie sind auch komisch gekleidet. Sie tragen dunkelgrüne Hosen, dunkelbraune Oberteile und kniehohe Bundschuhe.

»Aus Paderborn sind wir geflohen!«
»Aus Paderborn sind wir geflohen!«
»Wir lassen uns nicht mehr bedrohen!«
»Wir lassen uns nicht mehr bedrohen!«

Oh, noch mehr Leute, die aus Paderborn geflohen sind. Die werden uns doch wohl nichts tun? Ich schaue schnell zu Bertram, der das Quartett genauso ungläubig mustert wie ich.

Einer der vier läuft etwas langsamer als die anderen drei, weswegen die immer wieder einige Zeit auf der Stelle hopsen, um auf ihn zu warten. Dabei singen sie weiter ihr komisches Lied. Ich erkenne, dass der Vierte im Bunde deswegen nicht rennen kann, weil eine Kette um seinen Fuß gelegt ist, an der sich eine recht große Eisenkugel befindet. Er jammert lauthals. Was sind das denn für Gestalten?

Die erste Stimme setzt zu einer neuen Strophe an, macht dann aber nur laut: »Hatschi! Hatschi! Hatschi!« Ich schiebe die Sträucher ein wenig zur Seite, um besser sehen zu können. Der Niesende kratzt sich am Hals. Ein zweiter Mann fragt: »Unguis Incarnatus, meinst du, wir sind hier auf dem richtigen Weg?« Der dritte Mann antwortet: »Ich meine wohl, ich meine wohl, ah, wie mein eingewachsener Zehennagel schmerzt.« Und der vierte Mann sagt: »Wir müssen weiter, lasst uns hier nicht stehen bleiben wie die Ölgötzen.«

Was? Ich blicke die anderen an und dann wieder die vier Männer und kann das alles gar nicht glauben. Da stehen Laurentius – er hat die Eisenkugel am Fuß –, dann dieser Mann, den wir in Marburg im Wirtshaus getroffen haben – wie hieß er nur gleich? Ja, Mathias Luther oder so hieß der –, und der nette Priester, den ich in Kassel kennen gelernt habe. Den Vierten kenne ich nicht. Aber es muss sich um den Leidensgenossen von Laurentius handeln. Wer sonst heißt Unguis Incarnatus und klagt über einen eingewachsenen Zehennagel?

»Ich möchte auch mal was anderes singen«, sagt Luther. »Nicht immer über die Flucht aus Paderborn. Auch nicht darüber, dass wir zusammen laufen. Das wissen wir doch. Lasst uns über den Protestantismus singen.«

»Dazu fällt mir aber nichts ein«, antwortet Luzifer, der mit seinen Stöcken im Haar so aussieht, als hätte er Hörner.

»Von mir aus müssen wir auch gar nichts singen«, kommt es von Laurentius. »Das Singen strengt mich an. Ich brauche meinen Atem.«

»Singen schweißt zusammen, das habe ich in der, hatschi, in der … wie sagt man zu diesem Gebäude mit Glocken im Turm? Äh, ja, danke, Martin, in der Kirche gelernt«, meint Luzifer und springt immer noch auf der Stelle herum.

Ach ja, *Martin* Luther heißt er.

»Wer gemeinsam singt, hat mehr … ach, jetzt fällt mir das Wort nicht ein, das Wort, hatschi, wie nennt man es, nicht Schwäche, sondern, sondern …?«

»Stärke!«, rufe ich und springe aus dem Gebüsch hervor, was die vier auf der Hauptstraße mit erschrockenen Ausrufen quittieren.

Hinter mir tauchen auch die anderen auf. Bertram schaut Luzifer an, als würde er ihn am liebsten erdolchen. Doch der bemerkt das gar nicht, weil er sich so freut, uns, beziehungsweise mich, zu sehen. Er stürmt auf mich zu, hebt mich hoch, und beinahe bohrt sich ein kleines Stöckchen in mein Auge. »Oh, wie schön«, jubelt Luzifer.

Auch Laurentius und Martin Luther lachen und strahlen, und ebenso der Mann mit dem komischen Namen. Wir umarmen uns alle und reden durcheinander. Valeria ist trunken vor Glück, hat sie doch jetzt gleich vier Männer, mit denen sie eventuell der Fleischeslust frönen kann.

»Jetzt redet endlich!«

Seit Stunden sitzen wir um ein Feuer, das wir uns nun doch trauten zu entfachen, weil wir sehr tief in den Wald hineingegangen sind. Das Feuer ist auch dringend nötig, die Kälte kriecht durch meine Füße hoch in den Leib. Am liebsten würde ich die Füße direkt ins Feuer stellen.

Seit Stunden versuchen wir herauszubekommen, was die vier zusammengeführt hat. Aber alle sagen nur abwechselnd: »Ach, das ist eine viel zu lange Geschichte.« Es ist zum Verrücktwerden.

Hiltrud und Famfatal laufen um uns herum und fressen die Grasreste aus den Gesichtern der Vagabunden.

»Nun gut«, fängt Laurentius dann an.

Na endlich. Na endlich!

»Nun gut«, kommt es wieder von Laurentius. Seine Eisenkette haben wir nicht losbekommen, da müssen wir uns noch etwas einfallen lassen. »Nachdem ihr mich in Paderborn ... zurückgelassen habt«, er blickt uns der Reihe nach verletzt an, und es ist keine Rede mehr davon, dass *er* in Paderborn bleiben *wollte*, »dachte ich, mein letztes Stündlein hätte geschlagen. Plötzlich waren Dutzende von Menschen um mich herum, sie haben mich umzingelt wie ein wildes Tier. Ich dachte, dass es vielleicht doch besser ist, euch zu folgen, aber da waren die Stadttore schon geschlossen. Das war gar nicht schön.«

»Hatschi!«, macht Luzifer von Tronje und schnaubt in seinen Ärmel.

»Dann kamen Kirchenleute und nahmen mich fest. Der Wirt hat uns verraten! Der Wirt! Denn einer dieser Männer, denen Ihr Euch hingegeben habt, verehrte Gräfin, hat Meldung gemacht. Sie haben demjenigen eine Belohnung versprochen, der uns in Paderborn der Heiligen Kirche ans Messer liefert. Weil einige von euch so dumm waren, im Wirtshaus aus dem Nähkästchen zu plaudern und den Namen des Grafen und des Städtchens Münzenberg in den Mund zu nehmen, war es klar, dass wir schon bald erwischt werden.«

»Moment mal«, wirft Cäcilie ein. »*Du* hast in der Wirtsstube geklagt, dass du zurück nach Münzenberg zu Pritzenheim willst. Nicht wir.«

»Meine Lunge, sie brennt. Meine Lunge. Unguis, schnell!« Unguis Incarnatus springt herbei und hält Laurentius eine Zinnflasche hin, die dieser schnell ergreift und einen tiefen

Schluck daraus nimmt. Dann wischt sich Laurentius die Stirn ab, um daraufhin leidend gen Himmel zu schauen. Endlich redet er weiter.

»Nun, also, nachdem einige von euch eben so dumm waren, machte die Botschaft, dass wir in Paderborn sind, recht schnell die Runde. Der Wirt ist zum Rathaus gelaufen, um uns zu verraten, aber da waren wir schon auf dem Weg aus der Stadt. Doch dann fielen die Tore zu. Und ich ... ich war der Einzige, an dem sie ihre Wut und ihren Zorn auslassen konnten. Ich ... habe so gelitten.« Laurentius schluchzt auf.

Unguis nimmt ihn in den Arm und funkelt uns böse an.

»Die Paderborner haben mich mit Unrat beworfen«, klagt Laurentius weiter. »Das hat vielleicht gestunken. Und ihr habt Schuld. Ihr seid einfach weggelaufen. Ohne auf mich zu warten.«

»Dann wären wir alle mit Unrat beworfen worden«, sagt Bertram scharf. »Ich habe dir mehrfach gesagt, dass du dich beeilen sollst. Aber du hast dich nicht beeilt.«

»Ach, hör doch auf, so vermaledeit zu reden, Bertram!« Laurentius nimmt noch einen Schluck aus der Flasche und hält sich den Magen. »Du konntest mich noch nie leiden.« Bertram verdreht die Augen und sagt nichts mehr.

»Und, wie ging es weiter?«, fragt Konstanze ängstlich.

»Wie es weiterging? Das werde ich euch sagen. Nachdem ich stundenlang mit Unrat beworfen worden war, kam so ein Geistlicher und meinte, ich solle ihm jetzt alles über euch erzählen. Dann wurden mir die Hände verbunden, und man führte mich in ein Haus mit einem ziemlich dunklen Keller. Dann kam Else.« Laurentius bäumt sich mit einem lauten Schluchzen auf, und wir weichen einige Zentimeter zurück.

Wer ist Else? Ich platze gleich vor Neugierde.

»Else hat meine Füße gegessen. Jedenfalls hat es sich so angefühlt«, geht es weiter.

Ich habe Angst vor dieser Else.

»Könnt ihr ihn nicht in Ruhe lassen? Seht ihr nicht, wie schlecht es ihm geht?«, fährt uns Unguis Incarnatus mit zorniger Stimme an, obwohl keiner von uns etwas gesagt hat.

Lediglich Luzifer macht »Hatschi!« und sagt dann zu sich: »Das Gras. Der Geruch. Das vertrage ich nicht.«

»Lass nur, Unguis, lass sie nur. Sie wissen nicht, was sie tun«, redet Laurentius mit brüchiger Stimme weiter und tätschelt Unguis' Arm. Dann schaut er uns reihum an.

»Else ist eine Ziege«, sagt er dann, als ob das die Antwort wäre.

»Ziegenfolter«, kommt es von Bertram.

Ziegenfolter? Was ist das? Wird die Ziege aufgefordert, jemanden zu essen? Oder nur die Füße? Oder muss man so lange Ziegenkäse herstellen, bis man zusammenbricht und alles gesteht? Und dann? Ist dann der Käse gegessen?

»Sie haben mich auf einen Tisch gelegt und festgebunden. Dann haben sie meine Füße nass gemacht und mit Salz bestreut.« Laurentius ist von der Erinnerung so stark gebeutelt, dass seine Stimmung nun umschlägt und er laut wird.

»Dann kam Else und hat angefangen, das Salz von meinen Füßen zu schlecken. Erst hat es gekitzelt, ich musste furchtbar lachen, und alle haben mitgelacht. Ich dachte noch, ach, dachte ich, die Paderborner sind ja doch ein lustiges Völkchen, was mache ich mich eigentlich verrückt. Doch dann, irgendwann, hat es nicht mehr gekitzelt, sondern wehgetan. Dann nämlich, als Else DIE HAUT DURCHGESCHLECKT HATTE und DAS ROHE FLEISCH zu sehen war! Und die Paderborner haben SALZ IN DIE WUNDE GESTREUT!!! Hier!« Er hebt den linken Fuß, der frei ist, und präsentiert uns seine Fußsohle. Ich möchte gar nicht hinschauen. Konstanze fängt schon wieder an zu weinen.

»Aber glaubt mal nicht, dass das alles war«, Laurentius hat sich wieder gefangen, was mit Sicherheit auch an der Flasche liegt, die zusehends leerer wird.

»Dann kam ein böser Mann mit einer Kapuze und hat mir erzählt, dass er mich aufs Rad spannen wird. Sie haben mich losgebunden und mich zu einem Rad geführt, das da stand, in diesem schrecklichen Raum.« Laurentius setzt sich auf und lacht plötzlich. »Heda, hat der eine gesagt, nun werden wir dich aufs Rad flechten und dir dabei die Knochen brechen.«

Wieso lacht er denn jetzt? Die Erinnerung scheint ihn verrückt zu machen.

»Und, was hast du gesagt?«, will Brabantus wissen. Er sitzt mit offenem Mund da.

»Was hätte ich denn sagen sollen? Wie schön, ich freu mich?«, kommt es von Laurentius. »Ich habe natürlich nichts gesagt, und dann haben sie mich wieder gefragt, was ich von euch weiß, aber da habe ich auch nichts gesagt. Ich musste noch nicht mal lügen, denn so viel weiß ich ja nun wirklich nicht über euch. Ja, und dann hat man mich aufs Rad geflochten.«

Kunstpause. Blick in den Himmel. Schluck aus der Flasche.

»Und jetzt bin ich hier.«

»Wie, jetzt bist du hier? Ich habe kein Rad gesehen, auf dem du hergerollt bist«, sagt Bertram aufgeregt.

Laurentius kichert. »Nun, es hat sich herausgestellt, dass meine Knochen sich nicht brechen lassen. Die haben mich dreimal um mich selbst um das Rad geflochten, und nichts ist passiert. Ich bin nur immer länger geworden. Als ich so ungefähr zwölf Fuß lang war, habe ich um einen Schluck

Wasser gebeten. Die haben vielleicht geschaut, kann ich euch sagen. So haben die geschaut«, Laurentius reißt die Augen auf und bekreuzigt sich. »Dann habe ich gesagt, dass ich gerade eben vom Teufel persönlich eine Botschaft bekommen hätte. Der Teufel habe gesagt: ›Je länger ihr ihn zieht, desto mehr werdet ihr am Jüngsten Tage leiden!‹ Da haben sie nicht mehr weitergeflochten. Schaut her, meine Knochen lassen sich biegen!« Er nimmt seinen Unterarm und wickelt ihn dreimal um den Oberarm.

Mir bleibt die Spucke weg.

»Wusste ich vorher auch nicht«, meint Laurentius gleichmütig, um gleich darauf wieder mit dem Leiden anzufangen: »Das liegt bestimmt daran, dass sich meine Knochen sowieso bald auflösen. Wahrscheinlich ist schon nichts mehr da. Nun, dann wurde ich vom Rad geflochten und war plötzlich ganz schön groß, genau genommen war ich ungefähr dreimal so groß wie alle anderen, und die sind schreiend weggerannt. Ich bin noch ein Weilchen in diesem Raum geblieben, weil ich nicht unhöflich sein wollte, aber nachdem keiner zurückkam, bin ich gegangen. Es hat mich auch keiner aufgehalten.«

Ich hätte auch niemanden aufgehalten, der dreimal so groß ist wie ich.

»Die Stadt war wie ausgestorben«, redet Laurentius weiter, »und die Tore waren auf. Nur Unguis, mein treuer Freund, tauchte plötzlich wie aus dem Nichts auf. Ein Glück! Ach, *er* versteht mich. Wir haben uns gesucht und gefunden. Meine ursprüngliche Größe habe ich mit der Zeit auch wieder bekommen. Kurz nachdem wir Paderborn hinter uns gelassen hatten, trafen wir Martin, der eigentlich auf dem Weg nach Wittenberg war, um seine fünfundneunzig Prothesen mal wieder gegen eine Wand zu schlagen, aber er hat es sich anders überlegt und uns begleitet.«

Luther nickt. »Ich hab mich schrecklich über den Papst geärgert«, grummelt er. »Niemand nimmt mich ernst. Aber dass wir uns auf diese Weise wiedersehen«, er schaut Cäcilie, Konstanze und mich an, »das freut mich doch sehr. Vielleicht können wir der katholischen Kirche gemeinsam ein Schnippchen schlagen. Wie ich die katholische Kirche hasse! Oh, ich werde das Meine dazu tun, um denen den Garaus zu machen!«, ruft er euphorisch und ballt die Faust. Er ist rot im Gesicht. »Eines Tages wird man von mir sprechen. Und wie man von mir sprechen wird!«

»Aber du, Luzifer, wie bist du denn zu der Gruppe geraten?«, frage ich den Priester neugierig.

Der schaut mich leidend an. »Ich habe den Geruch dieser, dieser ... dieser, wie sagt man zu den edlen Gewächsen mit dem süßen Duft?«

»Rosen«, helfe ich nach.

Luzifer nickt. »Richtig, Rosen, ich habe den Geruch der Rosen einfach nicht mehr vertragen. Die Bläschen am Hals wurden immer schlimmer. Außerdem hatte ich während einer, einer, ach, wie sagt man, wenn man in der Kirche sitzt in diesem engen Kämmerlein, und jemand kommt und erzählt einem etwas, man nennt es eine ... eine ...«

»Beichte?« Wenn das so weitergeht, sitzen wir in einem Jahr noch hier.

»Richtig. Beichte. Nun, mir hat jemand etwas von seiner ... seiner ... also eine Frau berichtete mir von ... von ... davon, wie sie mit ihrem Mann der ... der ...«

»Fleischeslust frönt?«, fragt Valeria neugierig.

Luzifer nickt verzweifelt. »Richtig. Sie hat es mir in allen Einzelheiten ... wie sagt man, wenn einem jemand etwas erzählt?«

»Erzählt?« Ich wieder.

»Richtig. Erzählt. Da habe ich etwas Merkwürdiges gespürt. Hier«, er deutet auf seinen Unterleib. »Unter meinem ... meinem Gewand wuchs plötzlich etwas. Es wurde ... wurde ... sehr ... wie sagt man, wenn etwas nicht klein ist?«

»Groß«, Valeria und ich wechseln uns ab.

Luzifers Gesicht hat jetzt die Farbe der Glut, die im Lagerfeuer vor sich hinglimmt.

»Ich war ganz durcheinander«, gesteht er. »Ja, dann bin ich in mich ... gelaufen. Habe nachgedacht. Ein ... ein Priester darf, hatschi!, darf doch so etwas noch nicht einmal ... äh ... denken. Aber ... ich konnte nicht anders. Ich ... ich ... also es wurde immer wieder groß.« Er rutscht unruhig auf dem Waldboden hin und her.

»Wie groß?«, will Valeria wissen.

Entsetzt blickt Luzifer sie an. »Sehr groß«, sagt er dann würdevoll. »Um die Dinge auf den ... äh, ja, danke, liebe Lilian, auf den Punkt zu bringen«, jetzt sprudelt es ohne Unterbrechung aus ihm heraus, »... ist es sicher besser, eine Zeit lang nicht mehr Priester zu sein. Auch wegen der Rosen, also dem Geruch. Ich muss herausfinden, was das Beste für mich ist. Deshalb lief ich auf und davon, weg aus Kassel, auch wegen der Rosen. Ich lief und lief. Tagelang. Dann kam ich an einer Weide vorbei, auf der so süße kleine Lämmer grasten. Man war gerade dabei, sie zusammenzutreiben, um sie zu schlachten, das habe ich aus den Gesprächen der Bauern herausgehört. Also schlich ich mich an. Eins der Lämmer hab ich gepackt und mitgenommen. Oh, es war schwer und hat die ganze Zeit geblökt. Ich bin immer weitergelaufen, ich hatte nichts zu essen, nichts zu trinken, und nachts war es kalt, bitterkalt.« In Luzifers Augen schimmern Tränen. »Ach, dachte ich, wenn ich nur eines der Lämmer retten könnte. Nur eins. Ich weiß nicht, warum ich das getan habe, ich glaube, ich wollte etwas wieder gutmachen. Dass ich die Kirche schmählich im Stich gelassen habe.«

Wir sitzen da und lauschen gebannt. Wie rührend. Ich muss mir vorstellen, wie Luzifer mit dem kleinen blökenden Lamm durch Feld und Flur gerannt ist, immer auf der Flucht vor den Bauern und der Kirche. Tag und Nacht. Hungrig und durstig. Aber die beiden hielten zusammen. Sie hatten nur sich. Niemanden sonst auf der Welt. Wie herzergreifend!

»Und?«, fragt Bertram leise. »Was ist aus diesem Lamm geworden? Hast du es retten können? Wo ist es jetzt?«

»Nun ja«, meint Luzifer langsam. »Ich habe es gegessen.«

Er hat es gegessen? Das süße Lamm? Nein!

»Ich hatte … wie sagt man, wenn der Magen knurrt? Danke, Valeria, Hunger. Ich hatte Hunger.«

Das ist eine klare Aussage.

Wir erfahren dann noch, dass der mittlerweile gesättigte Luzifer sich irgendwo hinter Paderborn im Wald verlief, wo ein Pfeil ihn ins Gesäß traf, den Martin Luther abgeschossen hatte, in der irrtümlichen Annahme, Luzifer sei ein Keiler. So fanden die vier zusammen.

»Und nun sind wir hier«, sagen sie einstimmig.

Ja, nun sind sie hier.

»Sag, Luzifer«, Valeria hat sich neben ihn gesetzt und schaut ihn mit gierigen Blicken an. »Gefalle ich dir?«

»Nun, sicher, mein Kind, sicher«, meint Luzifer unbeholfen, während Valerias Hand unter seinem langen Obergewand verschwindet. Ihre Augen werden immer runder.

»Was tust du da?« Er will ihre Hand ergreifen, tut es dann aber doch nicht.

»Ich gefalle dir also, ja?«, will Valeria nochmals wissen, und Luzifer nickt schnell.

»Das ist gut«, sagt Valeria gierig und tastet weiter. »Oh,

das ist nicht nur gut, das ist GROSS-artig! Komm mit, ich
möchte mit dir im Wald spazieren gehen.«
Kurz darauf sind die beiden im Unterholz verschwunden.

Seit einiger Zeit sitzt Bertram einfach nur so da und schaut ins erloschene Feuer. Ich setze mich zu ihm. Cäcilie und Konstanze sind Kräuter und Pilze sammeln, Brabantus und Unguis Incarnatus halten ein Schläfchen, und Laurentius und Martin Luther diskutieren darüber, wie man den Papst davon überzeugen könnte zurückzutreten.

Ich streichle Bertrams Rücken. »Na, was ist denn?«

Bertram schnaubt auf. »Was soll schon sein? Morgen ziehen wir weiter.«

»Ja, das ist doch fein«, sage ich.

»Und wie fein das ist«, Bertram schaut auf. »Das Beste wird sein, wir schneiden uns alle selbst den Hals durch, dann bleibt uns Schlimmeres erspart.«

»Was hast du denn?« Ich verstehe ihn nicht. »Es ist doch alles gut. Niemand hat uns bislang erwischt.«

»Ach, Lilian, sieh der Wahrheit doch mal ins Gesicht!« Bertram steht auf und geht auf und ab. »Wo immer wir auftauchen, werden wir auffallen.«

»In Hamburg oder wie das heißt bestimmt nicht, das ist eine große Stadt«, werfe ich zaghaft ein, aber Bertram redet schon weiter.

»Da hätten wir erst mal Hiltrud«, er hebt einen Finger. »Hiltrud macht manchmal Sachen, die sonst keine Kuh macht. Welche Kuh springt auf ein Pferd und schläft? Siehst du, nur Hiltrud. Welche Kuh fällt manchmal einfach so um? Nur Hiltrud.« Der zweite Finger geht hoch. »Dann ein Pferd, das von allen nur Wurst genannt wird. Wurst, bleib stehen, Wurst, geh weiter, langsam, Wurst, schneller, Wurst.« Der dritte Finger: »Das einzig normale Tier ist Famfatal.« Nun wird der vierte Finger gehoben: »Dann dieser Martin Luther, vor dem ich zugegebenermaßen Angst habe. Er ist fanatisch. Dauernd wird er dunkelrot im Gesicht und schimpft auf die Kirche.« Finger Nummer fünf: »Nein, ich bin noch lange nicht fertig. Ein Priester, Entschuldigung, ein ehemaliger Priester, der aus Blasen besteht und dauernd niesen muss. Und der Lämmer rettet, um sie dann doch zu essen. Eine völlig verrückte und dazu noch notgeile Gräfin, die jeden Mann bespringt, der ihr unter die Finger kommt, und sich jetzt auch noch an einem Priester vergreift.« Bertram hört auf zu zählen, wahrscheinlich weil er nicht wahrhaben will, wie viele Personen es insgesamt sind. »Dann dieser Ugu ugu oder wie er heißt mit seinem eingewachsenen Fußnagel.«

»Reg dich doch nicht so auf«, bitte ich ihn.

»Ich soll mich nicht aufregen?« Bertram springt herum. »Ach, ich habe noch Brabantus und Laurentius vergessen. Der eine frisst lebende Fische und freut sich, wenn sie in seinem Bauch rumschwimmen, der andere bekommt eine Phobie nach der anderen und hat Knochen, die so dehnbar sind, dass man ganz Münzenberg damit einwickeln könnte. Dann Konstanze, die dauernd nur heult. Und du und Cäcilie mit eurer komischen Pille. Wo um alles in der Welt sollen wir hin? Wo fallen wir nicht auf?«

»Ich ... äh ...« Mir fällt nichts ein.

»Nur Verrückte«, ereifert sich Bertram. »Und Kranke. Ich halte es für das Beste, wenn wir uns trennen. Jeder geht seinen eigenen Weg. Dann fallen wir nicht so auf. Ich möchte mal wieder in eine Stadt kommen, ohne Angst zu haben, getötet zu werden.«

Das kann ich ja verstehen, aber wir können uns doch jetzt

nicht einfach trennen! Wo soll ich denn hin? Ich bin es gewohnt, Leute um mich zu haben. Und nur mit Hiltrud will ich nicht unterwegs sein.

Valeria und Luzifer kommen aus dem Gehölz zurück.

»Ah, ah!«, ruft Luzifer freudig und gibt Valeria, die noch an ihrem Ausschnitt herumnestelt, einen Klaps auf den Po. »Ich habe gesündigt. GESÜNDIGT! Ich habe Gott verraten, ach, ist das schön! Ich wusste gar nicht, dass das Leben so unglaublich herrlich sein kann! Valeria, das möchte ich jetzt mindestens fünf Mal am Tag! Und alle sollen ... hatschi, hatschi!, zuschauen, das ist ... hatschi!«

»Hihihi«, macht Valeria und greift Luzifer schon wieder in den Schritt. »Wir könnten auf den Wochenmärkten unsere Fleischeslust zur Schau stellen. Da klingeln bestimmt die Taler, hihihi!«

Unguis, der mittlerweile wieder wach ist, steht am Lagerfeuer, das er neu entfacht hat, und merkt gar nicht, dass seine Haare lichterloh brennen. »Ich habe schreckliche Kopfschmerzen«, meint er.

Laurentius sagt: »Ich glaube, jetzt ist es so weit. Mein Bein fällt ab. Ich wusste doch, dass ich bald sterben muss.«

Martin Luther übt eine Rede ein: »Die Katholiken sind Schwerverbrecher und sollen in der Hölle schmoren«, krakeelt er herum. »Das, was zählt, ist der Protestantismus, und alle, die das Gegenteil behaupten, sollen sterben!«

Brabantus hat mit der bloßen Hand einen Vogel gefangen und ist gerade dabei, ihm den Kopf abzubeißen.

Nachdem Hiltrud, die auch kurz im Wald war, blutbesudelt mit einem erlegten Hirschen zurückkommt, den sie an seinem Geweih hinter sich herzieht, habe ich das Gefühl, Bertram könnte doch Recht haben. Nur ein bisschen. Nur ein kleines bisschen.

Aber Bertram verlässt uns nicht. Zum Glück. Am darauffolgenden Morgen machen wir uns gemeinsam auf den Weg. Abends haben Cäcilie und ich noch haufenweise Pillen hergestellt, und jetzt haben wir genügend davon, um ganze Landstriche auszurotten. Empfängnismäßig, versteht sich.

»In der nächsten Stadt fangen wir an«, sagt Cäcilie zuversichtlich. Ich freue mich darauf, in eine neue Stadt zu kommen. Vielleicht hat Pritzenheim seine Verfolgungsjagd ja mittlerweile aufgegeben und Tiburtius auch.

Den Hirschen haben wir ausgenommen und zerlegt und reisefertig verpackt, und ich habe ein klein wenig mit Hiltrud geschimpft, die aber schnell so tat, als hätte sie innere Verletzungen, da konnte ich ihr nicht mehr böse sein. Das Geweih des Hirschs hatte es ihr wohl angetan, dauernd stand sie davor und muhte herum. Mit vereinten Kräften haben wir das Geweih vom Hirschen abbekommen, und nun thront es auf Hiltruds Kopf. Wir haben es mit Stricken befestigt. Da der Hirsch ein kapitaler Zwölfender war, ist das Geweih ziemlich groß, was zur Folge hat, dass Hiltrud sich jetzt gar nichts mehr sagen lässt und ziemlich hochnäsig auf uns herabblickt. Wenigstens unser Gepäck trägt sie noch. Noch.

Alle zwei Stunden verschwinden Luzifer und Valeria im Wald, um ihren Gelüsten nachzugehen. Bei Valeria wirkt die Pille, das ist sicher – keinerlei Anzeichen von Schwangerschaft. Jedes Mal, wenn die beiden wieder aus dem Wald hervorkommen, schreit Luzifer: »Es ist so schön, gesündigt zu haben!«

Und jedes Mal nickt Luther und schreit: »Nieder mit den Katholiken!«

Bertram sagt nichts mehr. Nur einmal, zu mir. »Musste das mit dem Geweih jetzt auch noch sein?«, fragt er mich leise.

»Das fällt doch gar nicht weiter auf«, antworte ich schnell.

Nicht auszudenken, dass man Hiltrud das Geweih jetzt wieder abnimmt. Die Kuh wäre am Ende mit ihren Nerven.

»Nein, das fällt überhaupt nicht auf«, erwidert Bertram sarkastisch und schaut zu Hiltrud, die mittlerweile nicht mehr trottet, sondern tänzelt. »Überhaupt nicht.«

Eine Weile gehen wir alle schweigend des Weges.

Als Luzifer und Valeria mal wieder im Wald verschwinden, schaut Bertram mich an: »Wie oft der kann«, meint er, und ich habe fast das Gefühl, er sagt es mit Hochachtung.

»Was kann er?« Ich verstehe nicht, was er meint.

»Na, das«, kommt es, und ich verstehe immer noch nichts.

»Wie oft er Valeria beglücken kann. Er muss einen Phallus aus Eisen haben«, sagt Bertram.

»Aus Eisen?« Ich bin erschüttert.

»Natürlich nicht.« Bertram schüttelt den Kopf. »Aber normalerweise ist es so, dass ein Mann einmal seinen Liebessaft verströmt und dann eine Pause braucht.«

»Die beiden machen doch Pause.« Ich verstehe es nicht.

»Na ja, die meisten Männer, die ich kenne, brauchen mindestens einen Tag Pause«, erklärt mir Bertram. »Ich auch.«

»Du?«, jetzt bin ich sprachlos. »Wann hast du denn schon mal … also wirklich!«

»Eigentlich wollte ich ja warten, bis du mich endlich erhörst«, rechtfertigt sich Bertram. »Aber du willst ja nicht.«

»Hör mal, man muss verheiratet sein, um das zu tun«, sage ich. Ist doch so.

»Ach ja?« Bertram sieht mich viel sagend an. »Und die beiden, was ist mit denen?«

»Valeria *ist* doch verheiratet«, stelle ich fest.

Bertram winkt ab. »Du verstehst gar nichts. Jedenfalls wollte ich nicht mein Leben lang auf dich warten, deswegen habe ich es getan.«

»Mit wem?«, will ich wissen und bin, warum auch immer, plötzlich böse auf Bertram.

»Was tut das schon zur Sache!«, redet er sich raus.

Ich verstehe immer noch nichts, und Bertram will nichts weiter dazu sagen. Was will er nur? Mich heiraten? Ich werde nie heiraten. Das habe ich ihm schon oft genug gesagt. Und ich habe auch keine Lust auf die Liebessäfte eines Mannes. Wenn ich mir Valerias Ausführungen über die Größe eines Phallus' anhöre, wird mir immer schwindlig. Mit ihrer komischen *Dildette Robusta* kann sie mich auch nicht dazu bringen, das alles gut zu finden. Und mit ihrer *Treibholz*-Geschäftsidee auch nicht. Nein, ich habe eine andere Bestimmung.

»Wir müssen uns mal ein wenig bewegen«, schlägt Luzifer nach ungefähr sieben Valeria-Begattungen gegen Nachmittag vor. »So einfach nur herumlaufen, das macht doch keinen … ach, wie heißt das noch mal, ja, äh, hatschi!, danke, Brabantus, keinen Spaß. Lasst uns mal wieder gemeinsam singen und dabei im Schnellschritt laufen.«

Es ist sehr schwül heute, meine Kleidung klebt am Leib, und ich habe keine Lust, im Schnellschritt zu laufen und dabei zu singen. Gleich soll ich mir bestimmt noch Äste ins Haar stecken.

Keiner von uns will rennen und singen, aber Luzifer ist von seiner Idee nicht abzubringen. Er behauptet, das Laufen und Singen würde uns zusammenschweißen. »Im … äh, ja, also, das da, wo man sich bekämpft?«

»Krieg.«

»Ja, im Krieg macht man das auch so. Man macht sich unkenntlich, äh, wie heißt das, wenn man sich unkenntlich macht?«

»Unkenntlich.«

»Richtig. Man macht sich ... äh, wie heißt das, wenn man sich unkenntlich macht?«

»UNKENNTLICH!!!«

»Hihihi!«

»Genau, unkenntlich, indem man sich mit ... mit Erde beschmiert und Äste pflückt und sich hier oben, hier ... äh, auf dem, auf dem Kopf, Äste hineinsteckt, also nicht in den Kopf, sondern in das ... das ... genau, Laurentius, in das Haar. Damit der ... Feind, der Feind einen nicht erkennt.«

Ich glaube, wir könnten uns einen ganzen Wald in die Haare stecken, der Feind würde uns doch erkennen. Allein schon wegen Hiltrud und ihrem Geweih, das wir dauernd geraderücken müssen.

Weil Luzifer nicht locker lässt und dauernd wieder davon anfängt, dass es besser wäre zu rennen und Lieder zu singen, ergeben wir uns irgendwann in unser Schicksal.

»Ich ... singe vor, hatschi!, und ... und dann singt ihr nach, was ich ... hatschi!, vorgesungen habe. Das verstärkt das Gefühl, zusahahahahatschi ... zusammenzugehören.«

Von mir aus.

Selbst Laurentius mit seiner Eisenkugel am Bein hat keine Kraft zum Protestieren, und so fangen wir an zu rennen. Luzifer läuft mit schnellen Schritten voran und schreit wie ein Besessener:

»Ich bin vor Gottes Augen Sünder!«, und wir schreien auch:

»Ich bin vor Gottes Augen Sünder!«, und Luzifer schreit:

»Und Martin Luther sein Verkünder!«

»Und Martin Luther sein Verkünder!« Das sind wir wieder.

»Lauter!«, ruft Luzifer.

»Lauter!«, schreien wir.

»Nein, ihr müsst lauter rufen, jetzt gleich. Achtung!«

Er hebt eine Hand und ballt sie zur Faust.

»Die Kirche werden wir besiegen!«

»Die Kirche werden wir besiegen!«

»Die Pfaffen werden uns nicht kriegen!«

»Die Pfaffen werden uns nicht kriegen!«

»Der Wollust woll'n wir alle frönen!«

»Der Wollust woll'n wir alle frönen!«

»Das schreien wir in höchsten Tönen!«

»Halt!«, ruft Bertram.

»Was ist?« Schweißgebadet dreht sich Luzifer um.

»Du musst völlig wahnsinnig sein!«, ruft Bertram.

»Und dabei noch ein geiles Schwein!«, Luzifer ist nicht zu bremsen.

»Und dabei noch ein geiles Schwein!«, ist unser Echo.

»Aufhören!« Bertram kreischt fast.

»Aufhören!«, kreischen auch wir.

Bertram bleibt abrupt stehen, so dass Hiltrud, die direkt hinter ihm läuft, auch abrupt stehen bleiben muss. Das Geweih fliegt in hohem Bogen von Hiltruds Kopf und bleibt in einem Baumstamm stecken, woraufhin Hiltrud fast durchdreht. Sie rennt zu dem Baum, springt mit den Vorderhufen an ihm hoch und versucht, das Geweih zurückzuholen. Konstanze weint.

»Du spinnst wohl!«, brüllt Bertram herum. »Uns hier so laut solche Sachen singen zu lassen. Wenn das jemand hört, und wenn es nur ein Wegelagerer ist, dann sind wir erledigt! Ich habe die Schnauze voll! Ab sofort hört alles nur noch auf mein Kommando! Ist das klar? Wir können hier nicht davon singen, dass wir die Kirche niedermachen, und auch nicht davon, dass wir geile Schweine sind und der Wollust frönen. Das können wir vielleicht in fünfhundert Jahren singen, aber nicht hier und heute!«

Meine Güte, muss er sich so anstellen? Was ist denn schon

171

dabei, ein wenig zu singen? Gar nichts. Bertram ist doch nur sauer, weil er nicht im Mittelpunkt steht. Nur wenn er uns herumkommandieren kann und alles auf ihn hört, ist er glücklich. Oller Wichtigtuer.

»Hihihi«, macht Valeria.

Luzifer geht auf Bertram zu und packt ihn am Kragen. »Das wollen ... wollen wir doch mal ... hatschi!, sehen, wer hier das Sagen hat!«, brüllt er. »Endlich kann ... kann, hatschi!, ich so sein ... wie ich ... AAAAHHHH!«

Mit einem Mal ist Luzifer weg. Wie vom Erdboden verschluckt.

»Oh«, macht Konstanze und hört vor Schreck auf zu weinen.

Dort, wo Luzifer eben noch gestanden hat, ist nichts zu sehen. Nichts.

Brabantus geht einen Schritt nach vorn und sagt: »Luzifer?«

Und dann ist auch er verschwunden.

Ich bin geschockt. Wo sind die beiden nur? Auch ich will unwillkürlich einen Schritt nach vorn machen, aber Bertram hält mich am Arm fest.

»Bleib stehen. Nicht weitergehen«, sagt er leise.

»Einen wunderrschonen guten Tag«, hören wir plötzlich eine Stimme sagen. Erschrocken drehen wir uns um. Vor uns steht ein riesiges schwarzes Pferd. Famfatal ist es nicht. Auf dem Pferd sitzt ein Mann. Er trägt einen schwarzen Umhang und sagt: »Angenähm, die Damen, angenähm, die Härren.« Er ist bewaffnet. Dann zieht er seinen Hut. »Darf ig mig vorsdellen? Meine Name is Robin, Robin Hood.«

Merkwürdiger Name. Und warum redet dieser Robin Hood so komisch?

»Wir haben eug schon eine Zeitlang värfolgt«, erzählt er uns später, als wir um das Feuer sitzen und darüber die saftigen Hirschteile braten. »Solch eine Truppe haben wir vorhär nog nie gesähen. Sehr auffällig, falls ihr mig fragt.«

Bertram sieht mich an, als wollte er sagen: »Siehst du, Robin Hood findet auch, dass wir auffallen«, aber er spricht es nicht aus.

Robin Hood, so erzählt er uns, kommt aus England, wo er den Sinn des Lebens darin fand, den Armen zu helfen.

»Die Reigen sind so reig, die Armen so arm, da mussten wir ätwas tun«, sagt er und deutet auf sein Gefolge, das aus ungefähr zehn Mann besteht. Die Männer nicken zustimmend.

»Oh«, meint Robin, »is där Hirsch fertig? Ig habe solsche Hunger.«

Der Hirsch ist durchgebraten. Wir verteilen die Stücke und essen.

Brabantus ist so hungrig, dass er sogar die Knochen isst. Dauernd knirscht es, und es gibt schreckliche Geräusche, als die Knochen splittern. Ich bin froh, dass Laurentius' Knochen so biegsam sind, dass er dieses Geräusch auf dem Rad nicht hören musste.

»Wir bauen auf die große Wege Fallen«, schmatzt Robin, während er seine langen, schwarzen Haare zurückstreicht. »Wenn eine Kutsche vorrbeifährt, lassen wir eine Hebel los, und die Kutsche fällt in die Falle. Selbstverständlig nur Kutschen, wo man sieht, dass die Besitzer reig sind. Abär die meisten Kutschen haben reige Besitzer. Dann nehmen wir die Schätze weg un sage die Besitzer von där Kutsche, dass sie weiterfahre solle. Nog nie haben wir jemand totgemacht.«

Wie beruhigend.

»Dann habe wir gähört, dass in Deutsland aug viele Reige sind, un so sin wir hier. Auf eine Schiff von England nag hier. Und ihr kamt uns sso komisch vor, deswägen wir haben Falle mag schnappt zu. Zur Uberprufung, ob ihr seid gud oder nigd gud.«

Wie gut, dass wir gut sind. Zumindest in Robin Hoods Augen.

Brabantus und Luzifer, die wir aus Robin Hoods gebastelter Falle – es handelte sich schlicht um eine ausgehobene Grube mit Gräsern drüber – befreit haben, stehen immer noch unter Schock. Brabantus sagt kein Wort, dauernd isst er nur noch mehr Knochen, und Luzifer hat noch nicht einmal Lust, mit Valeria eine Nummer zu schieben. Ängstlich beobachten sie Robin und seine Männer, die zugegebenermaßen so aussehen, als müsste man Angst vor ihnen haben. Alle sind dunkel gekleidet, alle haben schwarze Haare und alle tragen Waffen. Ich sehe Messer, Beile und längliche, verzierte Metallrohre. Das müssen Pistolen sein. Die Pferde sind auch alle schwarz, aber nicht bewaffnet.

»Wo wolld ihr denn hin?«, fragt Robin Hood neugierig, und wir erzählen ihm, dass wir vor bösen Menschen auf der Flucht sind, woraufhin er vorsorglich schon mal seine Pistole zieht, um uns im Notfall verteidigen zu können. Wenn Tiburtius, Pritzenheim und ihre Leute jetzt in diesem Moment auftauchen würden, wäre unser Problem mit einem Mal gelöst. Aber leider kommen sie nicht.

Valeria, die enttäuscht darüber ist, dass sie heute erst fünfmal beglückt wurde und eine weitere Beglückung durch Luzifer momentan ausgeschlossen ist, macht sich mit bebender Oberweite an Robin Hoods Begleiter ran, die das auch gar nicht schlecht zu finden scheinen. Drei von ihnen betatschen Valeria am ganzen Körper, die nur sagt: »Oh, oh, oh. Tut das gut, tut das gut.« Ich bekomme Angst davor, dass die Männer auch noch Gefallen an uns anderen finden könnten und der Tag damit endet, dass wir uns alle miteinander auf der Wiese vergnügen müssen, nur um die Leute von Robin Hood nicht wütend zu machen. Aber der wirft seinen Männern einen scharfen Blick zu, und sie lassen die Finger von Valeria, die daraufhin schmollend herumsitzt und es bereut, ihre *Dildette Robusta* nicht bei sich zu haben.

»Es ist nigt ungefährlig, was ihr da vorhabt«, gibt Robin zu bedenken, nachdem er die ganze Geschichte gehört hat und nun weiß, dass Hamburg unser Ziel ist. »Ihr seid sähr viele Persone, un das is nigt gud.«

Darauf ist Bertram ja auch schon gekommen.

»Wenn ig eug nur hälfe könnde«, überlegt Robin, »aber wir müsse weider un nog par Reige arm mag, aber in einige Woche wir werde aug in Hamburg sein un von dort sorug nag England fahren, nag Yarmouth, sorug nag Haus. Ig werd eug ein Pistole hier lassen, so könnd ihr eug verteidig gegen die bose Leud.«

Er reicht Bertram eine recht große Pistole mit einem langen Lauf und eine kleine Metallkiste, in der sich Schießpulver befindet. »Un die Kädde von die Fuß wir muss aug losmag«, er deutet auf Laurentius. »John, mag los.«

John, der riesengroß und sehr breit und kräftig ist, kommt mit einer Axt an und durchtrennt die Fußfessel mit einer Leichtigkeit, als würde er ein paar Grashalme schneiden.

Dann rollen Robins Gefolgsleute ein großes Fass herbei, und es stellt sich heraus, dass sich Rotwein darin befindet. »Gudes Tropschen«, meint Robin und sticht das Fass an. »Ig liebe Wein. Der hier kommt aus Frangreig, habe wir Leud abgenommen, wo genug habe. Nun lasst uns trinke!«

Zwei Stunden später habe ich so gute Laune wie noch nie vorher in meinem Leben. Robin entpuppt sich als ein hervorragender Musikant. Von irgendwo wird ein Instrument geholt, und Robin erklärt uns, dass das eine Viola sei. »Is aug geklaut von eine Kutsche«, berichtet er stolz. Dann nimmt er noch einen Schluck von dem leckeren Rotwein, der wirklich wundervoll schmeckt, wie ich zugeben muss, hicks, und fängt an zu spielen. Er steht dabei auf, klemmt sich das Ende der Viola zwischen Kopf und Schulter und dreht sich im Kreis. Wir klatschen und singen erfundene Lieder dazu, bis wir irgendwann alle aufspringen und zu tanzen beginnen. Selbst Hiltrud, die ihr Geweih wiederhat, tanzt mit und behindert uns mit ihrer Körpermasse. Aber das ist uns auch egal. Ein Steven holt sogar noch eine Pfeife hervor und spielt darauf, und wir trinken immer mehr Wein. Martin Luther ist nicht wiederzuerkennen. Er ist zwar wie immer rot im Gesicht, was bestimmt auch am Wein liegt, wächst aber über sich selbst hinaus und tanzt wie ein Verrückter.

Auch Valeria ist dem Wein sehr zugetan und macht sich
oben rum frei. Als Robin Hood das sieht, ruft er: »Hab ig
eine nette Song aus England mitgebracht, tanze die Frauen
dort un ziehen sisch aus, you know?«, und dann beginnt
er mit dem Lied und singt dazu: »Ich will 'nen Cowboy als
Mann! Dabei kommt's mir gar nicht auf das Schießen an,
denn ich weiß, dass so ein Cowboy küssen kann. Ich will
'nen Cowboy als Mann!«
Hiltrud muht im Rhythmus.
Valeria wiegt sich im Takt, und einige Minuten später steht
sie splitternackt vor uns, und alle jubeln. Luzifer, der sich
offenbar von seinem Schock erholt hat, tut es ihr nach. Dann
kommt irgendein James mit einem Stoffbeutel, aus dem er
bunte Kleidung holt, und fragt: »Who wants to put these
clothes on?«, und Laurentius schreit: »Ich!«, und tanzt einige
Zeit später in seiner Verkleidung herum. Er sieht wieder wie
der Hofnarr von früher aus. An seinem breiten Hut klingeln
Glöckchen, und er scheint sich wirklich zu freuen. Der Wein
fließt weiter in Strömen. Brabantus ruft: »Lasst uns alle zusammen tanzen, ich zeig euch wie!«, und greift Laurentius
von hinten an die Schulter, und Luzifer greift Brabantus an
die Schulter, und Valeria dann Luzifer und so geht es weiter,
und Robin Hood erfindet einen weiteren Song, und nachdem
wir ihn auswendig gelernt haben, singen wir alle:
»Hier fliegen gleich die Löcher aus dem Käse,
denn nun geht sie los, unsere Polonäse,
von Deutschland in die weite Welt.
Wir ziehen los mit ganz großen Schritten,
Und Bertram fasst der Lilian von hinten an die Schulter.
Das hebt die Stimmung, ja, da kommt Freude auf.«
Laurentius, der sich die Flöte geschnappt hat, pfeift wie
wahnsinnig, und erst, als das riesengroße Fass leer ist, hören
wir auf zu tanzen und fallen müde auf den Waldboden.

»Passt gud auf eug auf«, Robin Hood fällt es sichtlich schwer, sich am nächsten Morgen von uns zu trennen. Immer wieder verabschiedet er sich aufs Neue, und seine Männer tun das auch. Ich bekomme nicht so viel mit, weil ich kein Mensch mehr bin, sondern nur noch eine leblose Hülle. Ich habe den Geschmack eines verwesten Tiers im Mund, und mein Kopf wird in allerspätestens zwei Minuten abfallen. Es wundert mich, dass ich überhaupt noch stehen kann und noch nicht in mir selbst schwimme bei dem vielen Wein, den mein Körper eingelagert hat. Auch die anderen sehen so aus, als ob es ihnen nicht sonderlich gut geht. Nur Robin Hood und sein Gefolge wirken frisch und ausgeruht. Bestimmt, weil sie jeden Abend ein großes Weinfass leeren.

»Vielleigd sähn wir uns in Hamburg«, meint Robin Hood, bevor er sich auf sein Pferd schwingt. »Ig werde an eug denke, un wenn ig jemand treffe, der mig fragt, ob ig Leud wie eug gesähn hab, werde ig sag, no!«

Dankbar nicken wir, und dann ziehen Robin Hood und seine Männer los. An einer Weggabelung drehen sie sich noch mal um und winken, dann sind sie verschwunden.

Auch wir ziehen weiter. Laurentius hat die bunten Kleidungsstücke von James geschenkt bekommen und die Pfeife von Steven dazu. Stolz trägt er sie mit sich herum.

»In Hameln werden wir Station machen, dann geht es weiter nach Hannover«, erklärt uns Bertram.

Ich habe mich auf Hiltrud gesetzt, weil ich nicht mehr laufen kann und mein Kopf dröhnt. Mir ist alles recht. Hauptsache, ich muss nichts tun.

Die nächsten Tage gehen wir einfach so weiter und meiden die kleineren Städte. Lediglich in Detmold gehe ich mit Cäcilie einige Sachen einkaufen, während die anderen weit vor den Stadttoren warten.

Außer dass wir diesmal an der Landesgrenze vom Zoll kontrolliert werden, passiert in diesen Tagen nichts Aufregendes. Also wirklich, die Zöllner vom Herzogtum Braunschweig sind wirklich pingelig. Sie sind offenbar unterbeschäftigt. Der eine schaut sogar unter Hiltruds Hufen nach, ob wir da vielleicht Gold und Edelsteine versteckt haben. Ein böse aussehender Zollhund schnüffelt überall herum. Am liebsten würde ich was sagen, aber dann würde der Zöllner vielleicht misstrauisch werden. Wir sehen ja sowieso schon nicht gerade Vertrauen erweckend aus. Zum Glück interessieren sie sich aber nur für ihren Wegezoll, und nachdem wir den entrichtet haben, lassen sie uns ziehen.

»Lasst uns erst in Hameln wieder gemeinsam in die Stadt gehen«, sagt Bertram. »Das ist noch ein Stück nördlicher.«
Wir tun einfach, was er sagt. Kurz vor Hameln nehme ich Hiltrud das Geweih ab, was sie protestieren lässt, aber ich kann wie gesagt nicht immer Rücksicht auf die Kuh nehmen.

Hameln ist eine reizende Stadt. Luzifer ist begeistert von den schönen Kirchen. »Hier, hier, schaut, das ist die Marktkirche Sankt Nikolai, da gibt es auch diese komischen Dinger, wie heißen sie nur ... seht ihr, die da ... wie heißen sie nur gleich, äh, wovon ich immer niesen ... niesen muss, hatschi.«

»Rosen.«

»Danke Lilian, genau, Rosen. Und hier, schaut, die Bonifatiuskirche. Hatschi, äh.«

Dann gelangen wir in die Osterstraße, wo es vor Händlern und Wirtshäusern nur so wimmelt. Wir entschließen uns für einen Gasthof mit dem schönen Namen »Kastanienhof«, wo wir Kuh und Pferde tränken und füttern. Valeria zieht los, um neue Taler zu besorgen. Wir anderen spazieren die schöne Osterstraße entlang, und ich erstehe für einige Taler einen schweren Winterstoff und neues Schuhwerk und gönne mir eine heiße Waffel. Laurentius, der immer noch seine neuen Sachen trägt, springt vor und zurück, so dass die Glöckchen bimmeln, und dann spielt er auf der Pfeife, die Steven ihm geschenkt hat.

Plötzlich bleiben alle Leute in der Osterstraße stehen, aber Laurentius merkt nichts und pfeift einfach weiter. Ich schaue mich nach den Leuten um. Sie sehen entsetzt aus. Manche zittern. Dann höre ich nur: »Er ist wieder da, er ist wieder da, er ist zurückgekommen. Jesus, hilf, oh, heiliger Gott, hilf uns!«

Laurentius pfeift weiter und merkt nichts.

Aber ich merke etwas und schreie entsetzt auf. Ratten. Von überall her kommen Ratten. Zu Hunderten strömen sie die Osterstraße entlang, auf der kaum noch ein Mensch zu sehen ist, und versammeln sich um Laurentius, der pfeift und pfeift.

»Entsetzlich, entsetzlich«, ruft Cäcilie, und Konstanze verzieht weinerlich das Gesicht.

»Passt auf, dass sie euch nicht beißen!«, schreit Bertram und springt auf und ab.

Martin Luther ruft: »Daran ist nur die katholische Kirche schuld!«

Meine Güte, kann Laurentius denn nicht mal aufhören zu pfeifen! Endlich scheint er zu begreifen, was hier vorgeht, und verstummt. Aber die Ratten bleiben. Sie springen sogar an ihm hoch.

Luzifer ist kreidebleich geworden. Er muss noch nicht mal niesen. »Der … ich meine, ich, oh«, stammelt er herum, und redet dann weiter: »Es gibt da eine Geschichte … die Leute … erzählen sie sich heute noch. Vor vielen, vielen Jahren gab es den … Rattenfänger von Hameln, der … kam nach Hameln, der Rattenfänger.«

Das habe ich mir fast gedacht, dass der Rattenfänger von Hameln nach Hameln gekommen ist.

»Er hat genau so gepfiffen wie … er da … und dann kamen die Ratten, wie bei … ihm da«, Luzifer greift sich an den Hals. »Oh, oh … damals hat der Rattenfänger die Ratten ertränkt, damit keine … wie heißen die putzigen Tierchen nun noch mal gleich … die … die, äh!«

»Ratten.«

»Genau, danke Lilian, die Ratten. Also der Rattenfänger hat die Ratten ertränkt, damit keine Ratten mehr in Hameln sind. Und die Ha … ha … hatschi … äh … Hamelner haben dem Rattenfänger eine Belohnung versprochen und sie ihm dann aber doch nicht gegeben … und … dann ist er noch mal wiedergekommen, der Rattenfänger, und hat … wieder … gepfiffen, aber diesmal kamen keine Ratten, sondern Kinder. Die hat der Rattenfänger einfach mitgenommen. Über hundert Kinder. Oh Gott, oh Gott!«

Die Straße ist mittlerweile schwarz vor lauter Ratten. Laurentius fängt wieder an zu pfeifen und geht mit den Ratten einfach weiter die Straße entlang. Kurze Zeit später ist er verschwunden.

Wir sitzen im Kastanienhof und fragen uns, wo Laurentius nur bleibt. Die Geschichte mit dem Rattenfänger hat wohl schnell die Runde gemacht, und der Wirt sieht uns grimmig an. Böse stellt er Brot und Wein auf den Tisch und geht dann schnell wieder weg, als hätten wir eine ansteckende Krankheit.

Kurze Zeit später geht die Tür zur Schankstube auf, und Laurentius kommt herein.

»Na endlich!«, rufen wir erleichtert.

Er setzt sich an den Tisch und lacht. »Ich hab sie alle ertrinken lassen«, freut er sich. »Die sind einfach so in den

181

Fluss gesprungen und ersoffen. Jetzt hab ich alles wieder gutgemacht!«

»Was hast du wieder gutgemacht?«, wollen wir neugierig wissen.

»Na, meine Eltern haben mir mal erzählt, dass ein entfernter Verwandter früher hier in Hameln war und die ganzen Kinder entführt hat«, erzählt Laurentius und beißt in eine Brotscheibe. »Erst hat er Ratten ertränkt und dann Kinder entführt. Das geht doch nicht. Das konnte ich nicht auf mir sitzen lassen.«

Als der Wirt mitbekommt, welche großartige Tat Laurentius da vollbracht hat, schlägt seine Laune blitzartig um. Mit wehender Schürze läuft er in die Stadt und erzählt überall herum, dass ein Held in seinem Gasthaus wohnt.

Eine Stunde später ist die Wirtsstube gefüllt mit Leuten, die sich bei Laurentius bedanken, und wir sitzen gemütlich beisammen, essen und trinken und fühlen uns sehr wohl. Es wird Wild und Geflügel gebracht. Alles ist gut, außer dass Unguis darüber jammert, sein eingewachsener Fußnagel werde bald ein schlimmes Ende nehmen, und Martin Luther dauernd ruft: »Katholiken sind auch Ratten!«

In der Schankstube gibt es einen offenen Kamin, in dem das Feuer flackert. Ich freue mich sehr darauf, nach längerer Zeit mal nicht auf einem Waldboden schlafen zu müssen.

Laurentius ist der Held des Tages. Immer und immer wieder erzählt er, wie er die Ratten mit seiner Pfeife ins Wasser gelockt hat. »Die sind dumm wie Stroh«, lacht er. »Und gebissen hat mich auch keine. Zum Glück!«

Der Wirt ist so gerührt, dass er ihm ein eigenes kleines Zimmer frei räumt.

Wir beschließen, noch einige Tage in Hameln zu bleiben. Die Worte »Pritzenheim«, »Tiburtius« und »Münzenberg« vermeiden wir wohlweislich, und es fragt auch keiner so

genau nach, wo wir herkommen. Und wenn jemand fragt,
dann sagen wir: »Oh, das ist eine viel zu lange Geschichte«,
und damit geben sich die Leute zufrieden.

Am nächsten Morgen sind Cäcilie und ich früh auf. Wir
wollen Einkäufe machen und vor allen Dingen versuchen,
unsere Anti-Baby-Pille zu verteilen. Doch es wird nichts
daraus.
»Laurentius liegt auf seinem Strohlager und stöhnt«, sagt
Bertram, der bei uns geklopft hat. »Er ist heiß im Gesicht
und meint, dass er sich kaum bewegen kann.«
»Hat er zu viel getrunken?«, will ich wissen, aber Bertram
schüttelt den Kopf.
»Nicht mehr als wir. Am Essen kann es auch nicht gelegen
haben, dann hätten wir anderen ja auch Beschwerden.«
Das ist richtig. Wir gehen in Laurentius' Zimmer. Er sieht
schrecklich aus. So, als hätte er hohes Fieber.
»Oh, ah«, macht er in regelmäßigen Abständen.
Stirnrunzelnd kniet Cäcilie neben ihm nieder. »Wo genau
tut es dir weh?«, fragt sie leise.
»Ich weiß nicht, ich weiß nicht, überall«, wimmert Laurentius herum. Seine Haare sind nass und kleben an seinem
Kopf. Mit glasigen Augen sieht er Cäcilie an. »Mein Kopf
dröhnt«, meint er, »mir ist so komisch. Alles dreht sich. Mir
ist schlecht. Mir ist kalt.«
Cäcilie streicht Laurentius' Haare zurück. »Sicher hast du
dich im Wald erkältet. Es war ja auch nicht gerade warm.
In ein paar Tagen schon wird es dir besser gehen. Deckt ihn
zu und legt ihm ein kühlendes Tuch auf die Stirn.« Sie steht
auf. »Er braucht jetzt vor allen Dingen Ruhe«, sagt sie, und
wir nicken.
Dann verlassen wir alle den Raum. Durch die geschlossene
Tür hören wir Laurentius klagen.

»Wascht euch alle sofort die Hände mit Seife«, sagt Cäcilie.
»Sofort. Und ab jetzt werde nur noch ich Laurentius berühren.«
»Warum das denn?«, will Bertram wissen.
Cäcilie ist ganz blass.
»Ich glaube nicht, dass Laurentius nur eine Erkältung hat«, sagt sie leise.
»Ja aber, ja aber …«, macht Brabantus. »Was hat er denn?«
Cäcilie zieht ihren Umhang fester über ihre Schultern.
»Ich glaube, er hat die Pest.«

Die Pest. Die Pest? Nein. Das kann nicht sein. Das darf nicht sein.

»Moment mal.« Ich hebe die Hand. »Ich habe doch gehört, wie Laurentius gesagt hat, dass keine der Ratten ihn gebissen hat. Wie also sollte er die Pest bekommen haben?«

»Durch die Flöhe«, erklärt mir Cäcilie. »Jede Ratte ist von Flöhen befallen. Die Flöhe nisten sich im Fell der Ratte ein und übertragen dann Krankheiten auf Menschen. Das merkt man überhaupt nicht.«

Aus dem Zimmer dringen Geräusche. Ist es Laurentius oder sind es die Flöhe, die husten? Mir läuft ein Schauder über den Rücken.

»Normalerweise dauert es zwei bis sechs Tage, nur selten länger, bis sich die ersten Anzeichen zeigen«, redet Cäcilie weiter. »Und ich weiß auch noch nicht, welche Pest er hat, Beulenpest oder Lungenpest. Jedenfalls ist beides nicht schön. Ich werde ihn weiter beobachten. Niemand, hört ihr, niemand darf hier in Hameln erfahren, dass ich diese Vermutung habe, sonst werden wir aus der Stadt gejagt, und wo sollen wir dann hin mit dem kranken Laurentius? Versprecht mir, dass ihr nichts sagen werdet.«

Wir nicken.

»Ich werde jetzt mit Lilian eine Apotheke aufsuchen. Nein, keinen Arzt. Der würde vielleicht nicht dichthalten, und außerdem weiß ich genauso viel wie die Ärzte. Ich habe auch keine Lust, mir anzuhören, dass es Gottes Wille ist, wenn Laurentius sterben muss.«

»Muss er sterben?«, fragt Konstanze, während schon wieder Tränen über ihr Gesicht fließen.

Cäcilie antwortet nicht gleich, sagt dann aber leise: »Ich muss euch wohl nicht sagen, wie der Krankheitsverlauf aussieht. Die Pest rafft den Menschen einfach so dahin. Man kann so gut wie nichts tun. Wir können nur versuchen, die Schmerzen zu lindern. Nun komm, Lilian, lass uns gehen.«

Ich folge ihr, und gleich darauf stehen wir vor dem Kastanienhof in der milden Herbstsonne.

»Glaubst du wirklich, dass es die Pest ist?«, frage ich leise und hoffe so sehr, dass Cäcilie einen Scherz gemacht hat, wenn auch einen schlechten. Doch sie nickt nur. Wir machen uns auf die Suche nach einer Apotheke.

»Was genau hat er denn?«, will der freundliche Apotheker wissen, der ein weißes Gewand trägt. Er ist ziemlich klein, hat schütteres Haar und wirkt sehr gebildet.

Ich war noch nie vorher in einer Apotheke und bin erstaunt darüber, wie es hier aussieht. Überall irdene Töpfe und Schalen mit Mörsern drin, und da steht eine kleine Waage. Es duftet nach frischen Kräutern und auch nach Blumen. Da ist noch ein Geruch, den ich nicht gleich zuordnen kann, aber dann fällt es mir ein. Es riecht nach Pilzen.

»Fieber, Schüttelfrost und Unwohlsein«, sagt Cäcilie. »Ich würde darum bitten, mir einige Kräuter zu mischen, die ich ihm aufbrühen und einflößen kann, so dass das Fieber zurückgeht und er alles herausschwitzt.«

»Hmhmhmhm«, macht der Apotheker. »Seit wann hat er denn das Fieber?«

»Seit heute Morgen.«

»Gestern Abend hat er noch kein Fieber gehabt?«

»Nein, es ging ihm gut.«

»Hmhmhmhm. Das ging aber schnell mit dem Fieber.«

»Ja, offensichtlich.«

»Und Schüttelfrost und Unwohlsein. Das ist gar nicht gut. Wechselt das Befinden ab? Ist ihm einmal heiß und dann wieder kalt und tun ihm alle Knochen weh?«

»Möglich«, windet sich Cäcilie. »Ich weiß es nicht genau.«

»Meine Verehrteste, falls jemand mich fragt, ist das merkwürdig, dass jemand gestern am Abend noch ganz gesund war und in den frühen Morgenstunden plötzlich hohes Fieber hat. Um euch wirklich die passenden Mittel geben zu können, würde ich doch sehr darum bitten, mir alles zu sagen. Ihr beide könnt euch darauf verlassen, dass ich schweige.« Er schaut uns mit seinen klugen Augen nacheinander an.

Cäcilie zögert. Ich sage gar nichts.

»Ich müsste wissen, ob sich an seinem Körper Schwellungen befinden«, redet der Apotheker weiter.

»Nein«, Cäcilie schüttelt den Kopf. »Noch nicht. Also, ich meine, ich habe keine gesehen.«

»Sososo«, sagt er. »Wenn ihr mich fragt, wird das nicht mehr allzu lange dauern mit den Schwellungen. Ich sollte mir den Kranken doch einmal selbst ansehen.«

»Ich glaube nicht, dass das eine gute Idee ist«, wehrt Cäcilie ab.

»Wisst ihr, manchmal bringe ich den Kranken selbst die Heilmittel ins Haus, dann nämlich, wenn sie zu krank sind, um zu mir zu kommen. Keinen wird es wundern, wenn ich euch besuche. In der Stadt kennt man mich. Ihr müsst mir nur sagen, wo ihr wohnt.«

Weil wir nicht wissen, wie wir aus dieser Situation herauskommen, sagen wir es ihm. Der nette Apotheker fragt: »Im Kastanienhof? Da war doch gestern Abend einiges los. Da wurde doch einer als Held gefeiert, der die Ratten erneut aus Hameln getrieben hat.«

»Ja«, sagt Cäcilie. »Er hat die Ratten aus Hameln getrieben.«
Der Apotheker sieht Cäcilie an, als wüsste er ganz genau, um was es hier geht. Aber er sagt nichts.

Den Nachmittag verbringt Cäcilie bei Laurentius, und ich versuche, aus dem Winterstoff, den ich mir gekauft habe, ein neues Kleid für mich zu nähen. Aber ich kann mich nicht richtig konzentrieren, immer wieder schweifen meine Gedanken ab. Dazu kommt noch, dass Laurentius im Nebenzimmer wimmert und stöhnt und manchmal auch schreit.
Hoffentlich kommt dieser Apotheker bald. Und hoffentlich bringt er etwas mit, das Laurentius' Schmerzen erträglicher macht.
Leise trete ich auf den Flur. Cäcilie sitzt auf einer Holztruhe. Sie sieht sehr mitgenommen aus. Als sie mich bemerkt, schaut sie auf: »Es ist die Beulenpest«, sagt sie mit brüchiger Stimme.
Endlich, endlich kommt der Apotheker. Er hat einen Stoffbeutel dabei. Dem Wirt haben wir erzählt, dass Laurentius wohl etwas Falsches gegessen hat, er solle sich keine Sorgen machen. Später würde der Apotheker kommen und Laurentius etwas zur Linderung bringen.
Ächzend kommt der Apotheker die Treppe hochgeklettert. »Wenn ihr mich fragt, sollte man Treppen verbieten«, keucht er. »Nun, wo ist der Kranke?«
Cäcilie führt ihn zur Tür, hinter der Laurentius liegt. »Ich gehe mit hinein«, sagt sie.
»Ich auch«, sage ich schnell, weil ich sehr neugierig bin, mit welchen Mitteln der nette Apotheker Laurentius zu heilen gedenkt.
»Du könntest dich anstecken«, meint Cäcilie, aber ich bestehe darauf mitzugehen.

Kurz darauf bereue ich meine Entscheidung. Laurentius liegt auf seinem Lager und hat die Decke auf den Boden geworfen. Dauernd bäumt er sich auf und krallt sich mit den Händen im Stroh fest. »AH! AH!«, schreit er.

»Wenn ihr mich fragt, halte ich es für besser, wenn wir ihn entkleiden. Nur so kann ich feststellen, woran er leidet«, meint der Apotheker, und dann sagt er: »Verzeiht bitte die Unhöflichkeit, ich habe mich noch gar nicht vorgestellt. Mein Name ist Philippus Aureolus Theophrastus Bombastus von Hohenheim.«

Sicher ist es besser, wenn ich mir das aufschreibe.

Der Apotheker zieht Laurentius' Hemd hoch. Der wehrt sich und schreit, dass er friere. Ich trete einen Schritt näher und bekomme kaum noch Luft. Überall ist sein Oberkörper angeschwollen. Dicke Beulen in verschiedener Größe verteilen sich auf Brust, Bauch und unter den Achseln. Manche haben sich bereits verfärbt.

»Und, Herr … Herr …«, stammle ich, weil ich mir den langen Namen nicht merken kann. »Ist es … ist es schlimm?«

»Wenn ihr mich fragt, ja«, sagt der Mann mit dem langen Namen. »Doch ich werde mein Bestes geben. Übrigens spricht mich niemand mit meinem vollständigen Namen an, das müsst ihr auch nicht tun. Man nennt mich Paracelsus.«

Mir tut Laurentius so Leid, dass ich selbst schon Schmerzen bekomme. Außerdem bin ich unfähig, etwas zu tun. Ich stehe nur so da und starre auf die Beulen. In Münzenberg sind ja auch schon einige von der Pest hingerafft worden, aber das wurde mir damals nur erzählt, ich habe die Kranken nie selbst zu Gesicht bekommen. Ich weiß nur, dass sich Beulen bilden und dass es schrecklich sein muss und … na ja, das hab ich ja alles schon erzählt. Aber es ist noch mal was anderes, von der Pest zu hören als die Pest zu sehen.

Zu dieser Erkenntnis gelange ich, obwohl ich gar nicht zu dieser Erkenntnis gelangen möchte.

Laurentius schreit auf. Es muss schlimm sein. Meine Güte. In Münzenberg wollte er die Pest ja unbedingt bekommen, hat sich zu Barthel in die Taverne gesetzt und darauf gewartet. Und jetzt hat er die Pest wirklich. Ob das Schicksal ist?

»Sei ganz ruhig, mein Lieber, ganz ruhig. Ich werde versuchen, dir zu helfen.« Mit beruhigender Stimme spricht Paracelsus zu Laurentius, der gar nicht mitkriegt, was ihm gesagt wird. Der Schweiß strömt ihm aus allen Poren.

»Falls ihr mich fragt, müssen wir ihm alle Sachen ausziehen«, ordnet Paracelsus an. »Ich muss den ganzen Körper sehen, um feststellen zu können, wie weit die … Krankheit … schon fortgeschritten ist.«

»Aber er hat doch solche Schmerzen«, sagt Cäcilie. »Seht doch nur, wenn Ihr ihn nur anfasst, klagt er.«

»Falls ich gefragt werden sollte, so muss ich leider antworten, dass darauf keine Rücksicht genommen werden kann.« Paracelsus sagt das mit fester Stimme. »Würdet ihr ihn bitte festhalten. Ich werde die Kleidung zerschneiden, damit wir ihm nicht unnötig wehtun müssen.«

Die nächsten Minuten sind die Hölle. Wir ergreifen Laurentius' Arme, und schon bei der ersten Berührung jault er auf. Hoffentlich hört der Wirt es nicht. Ich habe das Gefühl, dass die Beulen mit jeder Sekunde größer werden. Paracelsus hantiert mit einem Messer herum, und dann liegt der schreiende Laurentius irgendwann nackt vor uns, und ich stelle mit Entsetzen fest, dass auch, also … untenherum … Beulen sind.

»Ja«, Paracelsus nickt. »Es ist sehr schnell gegangen. Normalerweise schwellen die Lymphknoten nicht so rasch an, doch in diesem Falle hat sich die gute alte Yersinia Pestis wohl gedacht, besser heute als morgen.« Er untersucht Laurentius mit unendlicher Vorsicht, doch bei jedem Körperkontakt schreit der laut auf.

»Was ist Yersinia Pestis?«, fragt Cäcilie misstrauisch.

»Ein Bakterium«, klärt Paracelsus uns auf. »Genau das Bakterium, das die Pest überträgt. In diesem Fall ist es schneller gegangen. Die Rattenflöhe haben das übertragen, falls ihr mich fragt.«

Laurentius hat mittlerweile Schaum vorm Mund. Er hat keine Kraft mehr zu schreien, lediglich sein Körper zuckt und windet sich vor Schmerzen. Und die Beulen werden immer größer.

»Ich werde die schon ausgebildeten, großen Wucherungen jetzt aufschneiden«, verkündet Paracelsus. »Damit der Eiter abfließen kann. Wenn ihr mich fragt, so ist es besser, hier ein wenig zu lüften, es wird ein bisschen riechen.«

Schnell öffne ich den hölzernen Verschlag, und Luft strömt herein. Von unten hören wir Stimmen, Hufgetrappel und Marktschreier.

»Falls ich gefragt werden sollte, so würde ich antworten, dass ihr ihn jetzt bitte festhalten solltet«, verkündet Paracelsus weiter, und dann holt er aus seinem Beutel ein Messer, das aussieht, als sei es ziemlich scharf. Gemeinsam mit Cäcilie halte ich Laurentius; wir ziehen seine Arme nach unten und versuchen, auf sein Wehgeklage keine Rücksicht zu nehmen. Er versucht, sich zu wehren, ist aber so schwach, dass ihm das nicht gelingt. Das Entsetzlichste ist, dass er jetzt nicht mehr laut schreit, sondern einfach nur weint. Dabei schluchzt er leise. Mir bricht es fast das Herz. Vor kurzem noch hat er getanzt und gesungen, dann kam er nach Hameln und wollte das, was ein verwandter Rattenfänger verbockt hat, wieder gutmachen, und jetzt hat eine Ratte was bei ihm verbockt.

Dann setzt Paracelsus das scharfe Messer an.

Wenn mir jemand vorher gesagt hätte, wie Eiter in Verbindung mit anderen Wundflüssigkeiten und Blut riecht, ich wäre schnurstracks freiwillig nach Münzenberg zurückgekehrt. Dort angekommen, hätte ich freundlich gefragt, wo denn bitte Tiburtius und Pritzenheim sind, die beiden aufgesucht und ihnen die Hand geschüttelt. Dann wäre ich losgegangen, um Holz zu sammeln, um mir meinen eigenen Scheiterhaufen zu basteln, und ich hätte ihn sogar noch selbst angezündet. Und mich natürlich auch draufgestellt. Während die Flammen immer höher züngelten, würde ich brüllen: »Ja, Feuer, komm! Alles ist besser, als mitzuerleben, wie eine aufgeschnittene Pestbeule stinkt!«

Man kann ja mal träumen.

Paracelsus schneidet immer weiter. Er setzt das Messer mittig an und macht dann schnelle Schnitte. Grüner und gelber Eiter quillt aus den Wunden, und bald ist, glaube ich, ganz Hameln von diesem widerlich süßlichen Geruch nach vollendeter Verwesung erfüllt. Man sollte meinen, dass sich in einer einzigen Wunde nicht so furchtbar viel Eiter befinden kann, aber das täuscht. Ich habe den Eindruck, es will gar nicht mehr enden. Das Eiter-Blut-Gemisch läuft an Laurentius' Körper herunter und sickert ins Stroh. Es ist dicklicher, zähflüssiger Eiter, und während Paracelsus sich schon um die nächste Beule kümmert, strömt der Eiter aus den anderen Wunden immer noch. Der Gestank von Pferdeurin und Yamswurzel ist nichts dagegen. Seit dem ersten Schnitt schreit Laurentius. Er kreischt so laut, dass ich das Fenster wieder schließen muss. Cäcilie und ich sind mittlerweile genauso verschwitzt wie er.

Endlich, endlich ist Paracelsus fertig. Er tupft sich die Stirn mit einem Tuch ab. »Wenn ihr mich fragt, so sind nun alle reifen Beulen vom Wundsekret befreit.«

Reife Beulen. Das hört sich ja an wie reife Äpfel.

»Wird er jetzt gesund?« Ich hänge immer noch an Laurentius' Arm. Der Hofnarr ist aber mittlerweile ohnmächtig, deswegen lassen Cäcilie und ich ihn los und richten uns auf.

»Ich werde ihm ein Mittel geben. Eines, das ich eigentlich noch nicht verwenden wollte. Ich hätte es normalerweise erst an Tieren ausprobiert, um seine Wirksamkeit zu testen«, verkündet Paracelsus. »Tierversuche sind sehr wichtig«, erklärt er uns. »Viele Abläufe im Tierkörper sind denen des Menschen gleich.«

Mir sind die Tierversuche egal. Ich will nur, dass Laurentius jetzt aufsteht und sagt: »Ich glaube, ich habe eine Phobie.« Aber Laurentius sagt gar nichts. Mit wächsernem Gesicht liegt er da und atmet schwer.

Umständlich nestelt Paracelsus an seinem Beutel herum und sucht etwas, das er dann auch findet.

»Ich habe es aus einem Pilz gewonnen«, erklärt er uns und schaut uns mit weisen Augen an. »Aus einem Schimmelpilz, falls ihr mich fragt. Nun, in diesem Pilz ist ein besonderer Wirkstoff, und zwar ein solcher, der wohl hoffentlich das Yersinia Pestis zerstören wird. Er behindert andere Lebewesen in ihrer Entwicklung oder zerstört sie sogar. Das hört sich jetzt etwas kompliziert an, wenn ihr mich fragt, aber es ist ja auch egal. Hauptsache, es wirkt. Also, ich hoffe sehr, dass der Wirkstoff aus dem Pilz das gute alte Yersinia Pestis unschädlich machen wird. Das Yersinia Pestis lebt nämlich, weil es ein Bakterium ist. In diesem Körper.«

Ich verstehe überhaupt nichts, was vielleicht daran liegt, dass ich keine Apotheke habe. Aber Paracelsus meinte ja, es sei egal, ob wir es verstehen, Hauptsache, es wirkt. Damit hat er Recht.

Er holt eine kleine Metalldose hervor und öffnet sie, um

etwas herauszunehmen, das wie unsere Anti-Baby-Pille aussieht. Aber offenbar ist es etwas, das den Wirkstoff des Pilzes enthält.

»Ich habe es Penicillin genannt«, redet Paracelsus weiter. »Wir werden ihm täglich zwei davon geben. Morgens und abends. Er muss viel trinken, hört ihr? Und ich werde zweimal am Tag kommen und nach ihm sehen.«

Wir nicken, und Cäcilie sagt: »Darf ich Euch fragen, woher Ihr das alles wisst? Ihr seid doch gar kein Arzt.«

Paracelsus steht auf und wischt sich den Schweiß von der Stirn.

»Doch«, sagt er gleichmütig. »Aber das binde ich nicht jedem auf die Nase. Dann wäre ja was los bei mir. Nein, ich widme mich am liebsten der Forschung. Eine Zeitlang bin ich quer durch Süddeutschland gezogen und habe dort praktiziert. Nun ist der Norden dran. Hier in Hameln gefällt es mir gut, ich werde wohl noch etwas hier bleiben. Ich habe die Apotheke ja auch erst kürzlich übernommen. Die Forschung ist sehr, sehr wichtig für mich. Natürlich behandle ich auch die Kranken, aber meine eigentliche Bestimmung ist es, neue Medikamente zu erfinden. Gegen die Syphilis, die Wundinfektion und gegen alles Mögliche andere. Ich hoffe sehr, dass mein neuer Wirkstoff den armen Teufel hier wieder auf die Beine bringen wird.«

Dann versucht er, Laurentius zu wecken. Der wacht aber nur halb auf und hat gerade Kraft genug, um eine Penicillinkugel mit Wasser zu schlucken, dann schläft er sofort wieder ein.

Paracelsus verabschiedet sich von uns und geht würdevoll aus dem Raum.

Ich versuche so gut wie möglich sauber zu machen, muss aber ständig würgen, also übernimmt Cäcilie das.

Später sitzen wir mit den anderen in der Gaststube und essen. Ich merke, wie ausgehungert ich bin, und verputze zwei riesige Teller mit Fleisch und Bohnen.

»Wie gut, dass wir in diese Apotheke gegangen sind«, sagt Cäcilie erleichtert. »Ich hoffe so sehr, dass dieser Pilz wirkt.«

»Ob dieser Pilz mir auch bei meinem eingewachsenen Fußnagel helfen kann?«, fragt Unguis Incarnatus neugierig. »Ich möchte mich ja nicht beklagen, aber die Schmerzen sind wirklich unerträglich. Wenn ich sitze, geht es, doch sobald ich den Fuß belaste, könnte ich laut losschreien.«

»Stell dich nicht so an!«, sagt Bertram böse. »Denk doch einfach mal an den armen Laurentius und die Schmerzen, die *er* erleiden muss. Was ist denn da ein eingewachsener Nagel?«

»Schon klar, schon klar, dass du das so siehst.« Unguis blitzt Bertram böse an. »Meine Krankheit zählt natürlich nicht. Nein, ich könnte mir den Kopf abschneiden und ihn hier vor dir auf den Tisch stellen, und dann würdest du immer noch sagen, dass ich mich anstelle. Aber dass ich teilweise nachts sehr schlecht einschlafen kann, weil der eingewachsene Nagel sein böses Spiel mit mir treibt, dass ich mich unruhig herumwälze, während der Nagel immer weiter einwächst, das ist ja alles nicht schlimm. Gerade jetzt fängt es wieder an. Dieses stechende Ziehen im ganzen Fuß.«

»Wir werden Paracelsus gleich nachher fragen, ob er dir den bösen Nagel ziehen kann«, schlägt Cäcilie vor. »Dann hast du keine Schmerzen mehr. Ein kurzer Ruck, und der Nagel ist weg. Vielleicht solltest du dir vorsorglich gleich alle Nägel ziehen lassen, damit so was nicht noch mal passiert.«

»Nein, das kommt überhaupt nicht in Frage!«, wehrt Unguis entsetzt ab. »Dann hätte ich ja gar nichts mehr zu erzählen.«

195

Cäcilie und ich verbringen die Nacht bei Laurentius. Er wacht kurz auf und wimmert, und wir geben ihm Wasser und etwas heiße Brühe, die der Wirt zubereitet hat. Der scheint bis jetzt zum Glück keinen Verdacht geschöpft zu haben. Sofort fällt Laurentius wieder in einen fiebrigen Schlaf.

»Er glüht immer noch«, stellt Cäcilie fest.

»Vielleicht dauert es ein paar Tage, bis dieses Penicillin wirkt«, hoffe ich.

Cäcilie nickt: »Ich hoffe nur, er hält diese paar Tage durch«, sagt sie leise.

Paracelsus kommt am Morgen und verabreicht Laurentius die nächste Penicillinkugel.

»Falls man mich fragt, ich glaube fast, das Fieber ist etwas gesunken«, meint er und untersucht die aufgeschnittenen Wunden, die sehr langsam anfangen zu heilen. »Schaut einmal, hier, die kleinen, noch nicht reifen Beulen haben sich nicht vergrößert.«

Das stimmt.

»Wir wollen hoffen«, sagt Paracelsus. »Wir wollen hoffen.«

Es vergehen weitere zwei Tage, in denen sich nicht wirklich etwas tut. Unsere größte Sorge ist Laurentius' Gewicht. Er ist sowieso schon so dünn, aber weil er nur Brühe und Wasser und keine feste Nahrung zu sich nehmen kann, wird er immer weniger. Jedes Mal, wenn ich in das Zimmer komme, habe ich Angst, dass er einfach nicht mehr da ist und sich dort, wo er gelegen hat, nur noch ein nasser Fleck befindet. Aber das Fieber scheint tatsächlich zu sinken. Zwar sehr langsam, aber immerhin. Paracelsus, der nach wie vor zweimal täglich vorbeikommt, ist recht zufrieden. »Hameln wurde auch nicht an einem Tag erbaut«, meint er. »Gebt ihm Zeit.«

Dann, eines Morgens, ich habe die Nacht wieder bei Laurentius verbracht und dort auf dem Boden geschlafen, werde ich von einer lauten Stimme geweckt.

»Ich könnte einen ganzen Berg Brot mit herzhaftem Schinken verspeisen und dazu Ziegenmilch trinken«, sagt die Stimme. »Oh, mir tut jeder Knochen weh. Durst, ich habe Durst. Ich glaube, ich leide unter einer Panophobie. Und ich hatte einen furchtbaren Traum. Ich habe geträumt, ich hätte kein Nachtgewand an, und dann war mir sehr kalt, aber als ich aufwachte, hatte ich doch ein Nachtgewand an ...«

Ich setze mich schnell auf und reibe meine Augen. Träume ich das nur? Nein, es ist tatsächlich wahr. Laurentius sitzt aufrecht auf seinem Strohlager, seine verklebten Haare sind verstrubbelt und seine Augen kein bisschen glasig. »War das ein lustiger Abend gestern«, sagt er fröhlich. »Ich könnte gerade weitermachen.«

Nachdem ich die frohe Botschaft weitergegeben habe, gehen Cäcilie und ich zu Paracelsus, der in seiner Apotheke steht und etwas auf der kleinen Waage abwiegt. »Nun, wie sieht es aus?«, fragt er freundlich, und wir erzählen ihm aufgeregt, was passiert ist. »Gut, gut, gut«, nickt er, und seine wachen blauen Augen zeigen Freude und Erleichterung. »Doch er soll keinesfalls mit der Penicillineinnahme aufhören«, er hebt den Zeigefinger. »Insgesamt muss er zehn Tage durchgehend jeden Tag zwei Portionen einnehmen, hört ihr, sonst ist die Wirkung dahin.«

»Wir sind dir so dankbar«, sagt Cäcilie und strahlt. »Wir würden dir gern etwas schenken.«

»Aber warum denn?«, fragt Paracelsus verwundert.

»Na, du hast unserem Freund doch das Leben gerettet«, werfe ich ein.

Draußen hört man Hufgetrappel.

»Das ist einer der Gründe, warum ich stolz darauf bin, Arzt zu sein«, gibt Paracelsus zurück. »Leben retten ist etwas Wunderbares. Deswegen müsst ihr mir aber nichts schenken.« Neugierig ist er aber doch. »Was ist es denn?«, will er wissen.

Das Hufgetrappel wird lauter. Man hört Geklirr.

Cäcilie legt ihm einige Anti-Baby-Pillen vor die Nase. »Das ist unsere Erfindung«, lacht sie, und dann erzählen wir Paracelsus alles. Von der trächtigen Famfatal, von den Hasen, von der Yamswurzel, und wir erzählen ihm auch, dass wir verfolgt werden. Paracelsus können wir vertrauen.

Gebannt hört er zu. Dann nimmt er andächtig eine Pille in die Hand.

»Das ist ja unglaublich«, bringt er dann hervor. »Nun, falls ihr mir einige davon hier lassen wollt, werde ich das Meine dazu tun, dass diese Pille ihren Weg geht.«

Laute Rufe dringen von der Straße in die Apotheke. Männer schreien durcheinander, Pferde schnauben.

Ich trete vor die Tür, um nachzusehen, und mache schnellstens wieder kehrt. Fest werfe ich die Tür hinter mir zu und lehne mich schwer atmend von innen dagegen.

»Nein«, flüstere ich. »Nein.«

ritzenheim«, sage ich nur.

»Bist du sicher?« Cäcilie ist leichenblass geworden.

»Ganz sicher«, sage ich, aber weil ich mir bei mir nie so ganz sicher sein kann, schaue ich noch mal durch das Schlüsselloch. Natürlich ist das Pritzenheim.

Er macht einen sehr unfreundlichen Eindruck und sieht so aus, als würde er jemanden suchen. Ich weiß, wen er sucht. Er hat eine Horde Männer dabei, die auch so aussehen, als würden sie jemanden suchen. Sie sind alle bewaffnet. Hätten wir doch bloß Robin Hoods Pistole, dann könnten wir ein wenig damit schießen. Oh, Hilfe!

»Er ist es«, flüstere ich und richte mich wieder auf. »Pritzenheim auf seinem Schimmel, und er hat ungefähr zwanzig Mann dabei.«

Von draußen hören wir Geschrei. »Hört her, ihr Leut, hört her!«, rufen Pritzenheims Männer durcheinander. »Habt ihr drei Weibsbilder gesehen mit den Namen Konstanze, Cäcilie und Lilian, und ein schwarzes Ross? Habt ihr Mannsbilder gesehen, die Laurentius und Brabantus heißen? Habt ihr ...«

Cäcilie schlägt die Hände über dem Kopf zusammen. »Was sollen wir jetzt bloß tun?«, fragt sie verzweifelt.

Paracelsus steht neben uns. »Falls ich gefragt werden sollte, würde ich antworten, dass es ein kleines Problem gibt«, sagt er.

»Ein *kleines* Problem?«, flüstere ich.

»Nun«, kommt es von ihm, »ich halte es für zu gefährlich, wenn ihr jetzt auf die Straße geht. Ich würde sagen, ich laufe rasch zum Kastanienhof und hole eure Leute. Und dann heißt es für euch: schnell weg!«

Dankbar nicken wir, und Paracelsus macht sich gemütlich auf den Weg. Er will keine Aufmerksamkeit erregen.

Zum Glück entfernen sich auch die Stimmen draußen. Durch das Schlüsselloch ist nichts mehr zu sehen. Wir trauen uns aber nicht, richtig nachzusehen.

»Paracelsus soll sich bloß beeilen.« Unruhig trippele ich in der Apotheke herum. »Wenn uns jemand was Böses will …«

»Bleib ganz ruhig«, sagt Cäcilie. »Er wird schon wissen, was er tut und wie er es tun muss.«

Sie behält Recht. Fünfzehn Minuten später taucht Paracelsus wieder auf, die anderen im Schlepptau.

»Hiltrud, Famfatal und Wurst haben wir hinter dem Haus angebunden«, erklärt uns Bertram. »Pritzenheim sitzt mit seinen Leuten im Kastanienhof und trinkt Bier. Der Wirt hat uns nicht verraten, ich hab ihm einige Taler zugesteckt. Wir müssen machen, dass wir wegkommen.«

Alle nicken. Laurentius ist noch ziemlich schwach auf den Beinen, aber er hält sich wacker.

Konstanze weint. »Wenn er uns erwischt, wenn er uns erwischt«, schluchzt sie andauernd, »ich möchte nicht sterben. Ich möchte nicht den Kopf verlieren.«

Paracelsus geht rasch noch einmal hinauf in seine Wohnung. Beladen kommt er zurück. »Hier habt ihr Wegzehrung. Falls ihr mich fragt, dürft ihr jetzt nirgendwo mehr anhalten, um etwas zu besorgen«, sagt er freundlich. »Und, lieber Laurentius, befolge meinen Rat und nimm noch bis zum zehnten Tag zweimal täglich Penicillin. Hier, falls jemand von euch noch mal erkranken sollte, gebe ich euch einen Vorrat mit. Ich danke euch für das Geschenk, liebe Lilian, liebe Cäcilie, ich werde dafür sorgen, dass es verbreitet wird. Lebt wohl,

meine Lieben, ich werde an euch denken. Vielleicht bringt das Schicksal uns eines Tages wieder zusammen. Bis dahin alles, alles Gute!« Er muss sich schnäuzen. »Falls ihr mich fragt, so würde ich antworten, dass ihr euch nicht allzu viele Sorgen machen müsst. Ich habe im Kastanienhof gehört, dass dieser Graf und einige seiner Männer über Unwohlsein geklagt haben. Der Wirt wird sie nachher zu mir schicken, so dass ich ihnen etwas zur Linderung verabreichen kann.«
»Aber das bringt uns höchstens einige Minuten Vorsprung«, sagt Martin Luther aufgeregt. Er ist schon wieder rot im Gesicht.
»Wie ich schon sagte, macht euch nicht allzu viele Sorgen«, wiederholt Paracelsus und holt ein Glasfläschchen aus seinem Umhang.
Yersinia Pestis steht darauf.

Unser nächstes Ziel heißt Hannover, und Valeria besteht nach wie vor darauf, dass wir ihren Vater besuchen. Sie und Luzifer haben eine kleine Krise, weil Luzifer neuerdings auf Pritzenheim eifersüchtig ist. Dauernd fragt er Valeria, wie der Graf im Bett war und wie oft sie es mit ihm getrieben hat und wo und überhaupt. Und dauernd will er von ihr hören, dass er, Luzifer, mit keinem anderen Mann zu vergleichen ist. Er ist auch eifersüchtig auf die Robin-Hood-Männer und letztendlich auf alle Männer der Welt. Es ist kaum zu ertragen, aber wir sind alle noch so erschrocken wegen Pritzenheim, dass wir nichts sagen. Ich habe immer noch furchtbare Angst, aber Paracelsus wird es schon richten.
Laurentius entwickelt sich zu einer Diva. Bittet man ihn, doch ein Stück zur Seite zu gehen, so dass er nicht im Weg steht, sagt er: »Bitte nimm Rücksicht, du weißt, ich hatte die Pest.« Geht es ums Essen, so sagt er erst: »Ach nein, für

mich nicht so viel, mein Magen verträgt so große Portionen noch nicht, wegen der Pest«, und dann: »Aber ich muss, ich muss. Dieses zarte Stück, ja, das große dort, das würde ich wohl nehmen. Ich muss ja zu Kräften kommen.«

Laurentius und Unguis Incarnatus haben sich angewöhnt, Hand in Hand zu laufen. »Damit einer den anderen stützen kann«, erklären sie. Beim Laufen bedauern sie sich gegenseitig und jammern sich vor, wie schrecklich doch das Leben ist. Da haben sich wirklich zwei Jammerlappen gesucht und gefunden. Und dann der schlimme Fußnagel von Unguis. Es ist nämlich so, dass sein Fußnagel mittlerweile so tief eingewachsen ist, dass er sich schon kurz vor dem Oberschenkel befindet. »Ich spüre ihn immer größer werden.« Unguis massiert sein Bein. »Eines Tages wird mir der Nagel aus dem Mund wachsen.«

Martin Luther beschließt, in Hannover eine katholische Kirche anzuzünden. »Ich muss ein Zeichen setzen«, rechtfertigt er seinen Plan. Ich frage mich die ganze Zeit, warum mir Luther so auf die Nerven geht, und dann habe ich die Lösung: Er *redet* dauernd davon, dass man dies und das tun müsste und die katholische Kirche und so weiter und so fort, aber er *tut* nichts. Dann soll er doch eine Kirche in Hannover anzünden. Aber ich weiß jetzt schon, dass er natürlich keine Kirche in Hannover anzünden wird. Und wenn wir Hannover verlassen, ohne dass eine Kirche brennt, wird er sagen, dass er in Hamburg eine Kirche umwerfen wird, aber wie er die umwerfen wird.

Bertram redet die ganze Zeit davon, dass wir unbedingt weiter in den Norden müssen, was keiner mehr hören kann. Wir ziehen doch schon die ganze Zeit weiter nach Norden. Aber wenn man Bertram auf diese Tatsache hinweist, heißt es immer: »Im Norden sind wir sicherer als hier.«

Cäcilie ist normal geblieben. Und Konstanze auch. Sie weint.

»Da, da müssen wir entlang!« Wir befinden uns an einer Weggabelung, und Valeria besteht darauf, dass wir nach rechts müssen. Zornig stampft sie auf. »Ich habe hier schließlich mal gewohnt«, meint sie. »Wenn wir nach links weitergehen, ist das ein Umweg.«

»Keiner hat gesagt, dass wir nach links gehen wollen«, fährt Bertram sie an.

»Nein, wir gehen nicht nach links«, regt sich Valeria wieder auf. »Wir müssen zum Schloss, und das Schloss ist rechts von hier.«

»Wir gehen ja rechts!«, meint Bertram. »Herrje!«

»Wie ich mich darauf freue, die Marienburg wiederzusehen«, schwabbelt Valeria weiter. »Wie es Vater wohl geht? Er wird so glücklich sein, so lange schon hat er mich nicht gesehen.«

Wir gehen weiter und weiter und weiter, aber keine Marienburg ist in Sicht.

»Wann kommt das Schloss denn?«, will ich wissen, weil mir die Füße wehtun.

Hiltrud muss gemolken werden, und Famfatal kann auch nicht mehr so lange. Ihr Leib wird deutlich runder.

»Hm«, Valeria bleibt stehen und runzelt die Stirn. »Hier ist es jedenfalls nicht«, sagt sie dann und schaut sich um. »Es hätte aber schon längst kommen müssen.«

Nachdem wir zurück zur Weggabelung gelaufen sind, um dann *links* weiterzugehen, kommt endlich das Schloss. Trutzig steht es auf einem Hügel. Valeria freut sich wie ein kleines Kind und hüpft herum. Ich hoffe nur, dass wir auch willkommen sind. Es ist ja schön, wenn die eigene Tochter nach endlos langer Zeit mal wieder nach Hause kommt, aber wenn ich mir unsere Truppe so anschaue, zweifele ich daran, dass ihr Vater sich über unser Kommen freuen wird. Wir müssen einen steilen Weg bergauf gehen und stehen

203

dann vor einem Tor. Valeria hämmert dagegen und schreit: »Aufmachen, aufmachen, Lala ist da! Lala ist da!«

Es vergehen einige Minuten, doch dann wird uns geöffnet. Ein Bediensteter steht vor uns und sagt: »Aber Lala, aber Lala, welch eine Überraschung! Da wird Herzog Ernst aber Augen machen.«

Das Schlossgelände ist riesig groß, und wir werden durch mehrere Flure geführt, bis wir in einen großen Saal kommen, in dem lauter Ritterrüstungen stehen. Die Wände sind bemalt, und es gibt einen großen Kamin, vor dem ein Tisch und ein großer Sessel stehen. Auf dem Tisch befindet sich eine Menge leerer Flaschen, und in dem Sessel sitzt ein Mann, der schnarcht. In seiner Hand hält er einen Weinkelch, der bei jedem Ein- und Ausatmen umzukippen droht.

Der Diener möchte auf gar keinen Fall, dass wir den Herzog wecken. »Er mag das gar nicht«, sagt er ängstlich, aber Valeria lässt sich nicht aufhalten.

»Vater, Vater, wach doch endlich auf!«, schreit sie und rüttelt den schnarchenden Herzog, während der Diener hinter uns Schutz sucht.

»AARRRGGHH!«, brüllt der Herzog los, als er endlich aufwacht. Der Weinkelch fällt auf den Boden und zerspringt. Erschrocken gehen wir ein Stück zurück. »VERDAMMT NOCH MAL!!! HABE ICH NICHT GESAGT, DASS ICH KEINESFALLS GEWECKT WERDEN MÖCHTE, WENN ICH SCHLAFE?«, schreit er weiter. »JETZT BIN ICH WACH!!! JETZT BIN ICH WACH!!! WER BIST DU? UND WAS WILLST DU?«

Valeria versichert ihrem Vater, dass sie seine Tochter sei, und fragt ihn, ob er sich denn nicht darüber freue, sie nach so langen Jahren wiederzusehen, aber das scheint den Herzog in keiner Weise zu interessieren. Schnaubend fegt er die leeren Flaschen vom Tisch und befiehlt dem Diener wütend, für Nachschub zu sorgen. Dann steht er auf. Der Herzog hat ein grobschlächtiges Gesicht, das aufgequollen ist, was ich auf regelmäßigen und vor allen Dingen übermäßigen Alkoholgenuss zurückführe. Er rülpst laut, greift sich in den Schritt, kratzt sich und zieht dann seine Hose ein Stück hoch. Das dunkelgrüne Beinkleid ist speckig und schmutzig. Auf seinem Samtgewand befinden sich Alkohol- und Soßenflecken. Er stinkt.

»ICH WILL WEIN!«, brüllt Herzog Ernst. »SOFORT!«

»Papa! Möchtest du mir nicht Guten Tag sagen?« Valeria geht zu ihrem Vater und zupft ihn am Ärmel. Der Herzog sieht seine Tochter mit trübem Blick an. Dann geht er in eine Ecke, lässt die Hosen herunter und pinkelt an die Wand. Danach reißt er einem der Diener den Krug aus der Hand, in dem sich frischer Wein befindet, setzt ihn an und leert ihn mit einem Zug. Dann haut er dem armen Kerl ohne Grund eine runter, um sich dann wieder in seinen Sessel fallen zu lassen und einzuschlafen.

Valeria ist empört. »Er hat schon immer viel getrunken«, meint sie, »aber nicht sooo viel. Mit ihm ist ja gar nichts mehr anzufangen.« Angewidert blickt sie auf ihren Vater, der schon wieder schnarcht. Der Sabber läuft dabei aus dem Mundwinkel und tropft auf sein Samtgewand.

»Er beginnt schon morgens«, erzählt der Diener, während sein Auge anschwillt und sich verfärbt. »Er uriniert auch ständig irgendwohin und schlägt dauernd um sich. Wir haben alle schon überlegt fortzugehen, aber das ist ja nicht so einfach.«

»Nun, es ist, wie es ist, Raimund«, sagt Valeria, die sich schnell gefangen zu haben scheint. »Lassen wir ihn also schlafen, da schadet er niemandem. Ich für meine Person habe schrecklichen Hunger. Wie sieht es mit euch aus?«

Wir haben auch schrecklichen Hunger, aber vor allen Dingen möchte ich mich mal waschen. Richtig waschen. Den anderen geht es genauso.

»Lasst uns in die Küche gehen«, schlägt Valeria vor. »Wir wollen sehen, was die Köche im Haus haben. Die Tiere lasse ich vom Stallknecht versorgen«, jetzt ist sie wieder ganz die Gräfin. »Raimund, lass für meine Gäste die Gemächer herrichten, und dann wollen wir alle ein Bad nehmen. Man soll den Kessel anheizen. Und danach möchten wir wohlfeil speisen.«

»Sehr wohl«, Raimund verbeugt sich und verlässt den Raum.

Ist das eine gemütliche Küche. Es gibt mehrere Feuerstellen, in einer großen Kiste lagert Kohl und Gemüse, und über den Feuerstellen hängen große kupferne Töpfe und Pfannen. Aus Tonkübeln ragen Gewürze. In der Mitte steht ein großer Holztisch. In einem kühlen Nebenraum lagern Milch, Sahne, gepökelte Würste, Schinken, Eier und gesalzenes Fleisch.

Die Dienerschaft freut sich sichtlich, Valeria wiederzusehen, klagt aber darüber, dass das Zusammenleben mit Herzog Ernst kaum zu ertragen sei.

»Ach, wie schön, dass ich endlich einmal wieder kochen darf«, freut sich Rosemarie, die Köchin. »Worauf habt Ihr Appetit, hm? Vorweg eine Suppe mit Kräuterklößchen, dann einen flambierten Schweinskopf mit gebackenen Bohnen, oder lieber Wildbretpasteten und gefüllte Hühner? Gedämpfte Taubenbrüstchen könnte ich auch zubereiten. Die hat Eure selige Mutter so gern gehabt, Lala. Wenn Ihr wollt, gibt's auch Euer Leibgericht: den Ochsenlungenbraten!«

Mir läuft das Wasser im Mund zusammen. Am liebsten hätte ich alles auf einmal. Und ganz viel davon.

Wir bleiben einige Tage auf der Marienburg, was nicht an der Gastfreundschaft des Herzogs liegt, den wir zum Glück kaum zu Gesicht bekommen, sondern an der Tatsache, dass es immer genug zu essen gibt, man wohlige Bäder im Waschzuber nehmen kann und in richtigen Betten schläft. Das erste Mal in meinem Leben schlafe ich in einem richtigen Bett. Es ist so ungewohnt, dass ich in der ersten Nacht nicht gleich einschlafen kann, aber dann schlafe ich tief und fest und so gut wie noch nie vorher. Das Bett hat vier Holzsäulen und darüber ist Stoff gespannt. »Damit das Ungeziefer, das nachts von der Decke fällt, dich nicht trifft«, erklärt mir Valeria. Wohlig kuschele ich mich in die Laken. Nie wieder möchte ich woanders schlafen als in einem Bett.

Aber Bertram will weiter. Nach Hamburg. Ich habe ihm von dem Fläschchen erzählt, das Paracelsus uns gezeigt hat. Meines Erachtens wird uns niemand mehr verfolgen, weil das Pestbakterium Pritzenheim und seine Männer töten wird, aber Bertram ist vorsichtig: »Tiburtius war nicht dabei«, erklärt er mir, während er im roten Salon auf- und abläuft. Der rote Salon ist einer der dreihundert Räume in der Burg. Es gibt auch einen grünen, einen blauen, einen weißen, einen gelben, einen bunten und einen schwarzen Salon. Es gibt noch mehr, aber ich konnte sie bislang nicht alle zählen.

»Ach, ich würde so gern noch hier bleiben«, schmolle ich. »Hier ist es schön warm und gemütlich, und es gibt so leckeres Essen.«

»Wenn Tiburtius uns findet, gibt's überhaupt kein Essen mehr«, klärt Bertram mich auf. »Der hat doch überall seine Späher. Und wir wissen nicht, ob Pritzenheim und seine Männer wirklich umkommen. So schnell werden wir das auch nicht herauskriegen. Nein, ich halte es für das Beste, wenn wir uns auf den Weg machen.«

207

Für einen Scharfrichter nimmt sich Bertram meines Erachtens in der letzten Zeit ganz schön viel raus. Er will immer bestimmen. Ich kann ihn ja irgendwie verstehen, früher musste *er* ja immer die Befehle entgegennehmen. »Hau dem einen den Kopf ab, vierteile den anderen, und den dritten wirst du ertränken wie eine nasse Katze.« Da ist Bertram bestimmt froh, jetzt auch mal das Sagen zu haben.

»Morgen früh geht es weiter«, meint er und geht an eines der Fenster, um auf die wunderschöne Umgebung zu schauen. »Wir machen auch keinen Halt mehr in Hannover selbst. Dass das Schloss hier einige Meilen außerhalb liegt, ist sehr gut für uns. Niemand hat uns gesehen außer den Bediensteten. Nein, auf nach Hamburg!«

»Na gut.« Ich stehe auf. »Ich sag den anderen Bescheid.«

Als ich die langen Gänge entlanggehe, sehe ich den Herzog. Er steht im Dunkeln und uriniert gegen eine Wand. Bestimmt ist er wieder betrunken. Ich runzle die Stirn. Hoffentlich hat er unser Gespräch nicht belauscht. Während ich an ihm vorbeieile, dreht er sich kurz zu mir um, und ich habe den Eindruck, dass er mich listig anschaut. Listig wie eine Ratte.

Eine halbe Stunde später wissen alle, dass wir morgen aufbrechen, nur Valeria und Luzifer nicht. Sie sind wie vom Erdboden verschluckt.

»Weit können sie nicht sein«, gibt Raimund Auskunft, »die Zugbrücke ist oben. Außerdem hatte ich den ganzen Tag im Haupthof zu tun, ich hätte was merken müssen.«

Wir durchsuchen das ganze Schloss, aber von den beiden ist weder etwas zu sehen noch zu hören. Normalerweise hört man wenigstens Valerias lautes Stöhnen, wenn sie sich mal wieder miteinander vergnügen, aber noch nicht mal das ist momentan der Fall. Ihre Gemächer sind leer.

Vor der Küche treffe ich Rosemarie. Sie ist blass im Gesicht.

»Geht es dir nicht gut?«, frage ich besorgt.

Rosemarie kommt gerade mit neuem Wein aus dem Keller. Sie zittert. »Die Gräfin ... schrecklich ...«, stammelt sie. »Dort ...« Sie deutet auf die Kellertreppe.

Bestürzt laufe ich die ausgetretene Treppe hinab. Ist das aber dunkel. Hoffentlich gibt es hier keine Ratten. In dem riesengroßen Gewölbekeller befindet sich eine armselige Fackel, die den Weg mehr schlecht als recht erleuchtet. Von der Decke tropft Wasser und sammelt sich in kleinen Lachen auf dem Boden. Langsam gehe ich weiter. Wenn ihnen was passiert ist! Nicht dran denken.

Ich höre Schreie. Mein Herz fängt an zu pochen. Leise schleiche ich mich weiter. Es sind Schmerzensschreie.

ch, es tut mir so Leid, so Leid, ich werde es bestimmt nie wieder tun«, höre ich Luzifers schmerzerfüllte Stimme. Eine Peitsche knallt. Erstarrt bleibe ich stehen. Die Stimme kommt durch eine angelehnte, schwere Holztüre mit Eisenbeschlägen. Was tun sie mit ihm?

»Du ungezogener Junge«, kommt es streng. Das ist doch Valeria. Oder nicht? Was zum Teufel geht hier vor?

Vorsichtig öffne ich die Tür ein Stück.

Luzifer sitzt auf einem Stuhl, der mit Nägeln gespickt ist. Er ist festgebunden. Seine Hände stecken in Daumenschrauben. Vor ihm steht Valeria mit einer Peitsche. Sie hat einen schwarzen Umhang an. Ihre Haare sind nicht kunstvoll aufgetürmt wie sonst, sondern streng nach hinten gekämmt. Sie sieht Furcht einflößend aus.

»Was bekommt der ungezogene Junge, wenn er nicht brav war?«, fragt sie mit schneidender Stimme.

»Haue«, antwortet Luzifer.

»Genau, Haue! Und die Schrauben werden ein Stück fester angezogen. So!«

»Aaaah, aaaah!«, macht Luzifer.

»Strafe muss sein«, sagt Valeria, holt aus und zieht die Peitsche über Luzifers Brust.

Hä? HÄ???

»Ooooh, ooooh, auuuuu, auuuuu, oh, danke!« Das ist wieder Luzifer. »Ich werde nie mehr ungezogen sein, ganz bestimmt nicht, ich werde Euch immer zu Diensten sein, wann immer Ihr wollt, ooooh, ooooooh!« Die Daumenschrauben, die Daumenschrauben! »Aaaaah, ist das gut!«

210

Was um alles in der Welt tun die beiden bloß hier? Nun gut, *was* sie tun, sehe ich ja, aber *warum* tun sie es?

Ich betrete den Raum und schaue mich um. Es ist die schlosseigene Folterkammer. »Äh, Entschuldigung …«, sage ich, während ich mit Entsetzen bemerke, dass Luzifers Daumen kurz vorm Abfallen sind.

Valeria dreht sich um. »Hihihi, hallo, Lilian«, sagt sie gleichmütig. »Ach, jetzt bist du mitten in unsere Erziehungsspiele geplatzt.«

»In eure Erziehungsspiele?«, frage ich fassungslos, weil ich nicht genau weiß, was für ein Spiel hier gespielt wird. Überhaupt: Spiel? Wenn ich mir diese Geräte anschaue, weiß ich nicht, ob man das als Spiel bezeichnen kann.

»Vater und Mutter haben sich diesen Raum eingerichtet«, erzählt mir Valeria und lacht. »Mutter hat Vater immer ausgepeitscht und mit glühenden Zangen behandelt. Die beiden hatten eine Menge Spaß hier unten, das habe ich oft mitbekommen. Ich habe nämlich immer gelauscht. Seitdem wollte ich das auch immer mal machen.«

Luzifer schaut verzückt von den Daumenschrauben auf zu Valeria.

Verwirrt blicke ich von einem zum anderen. Unter *Spaß* stelle ich mir ja etwas anderes vor, aber das werde ich jetzt bestimmt nicht diskutieren.

»Äh … ja, dann viel … Freude noch«, stottere ich und verlasse rückwärts den Raum. Sollen die beiden halt die Kammer heute noch ausnutzen, bevor wir weiterziehen.

Auf der Treppe höre ich das Echo von Luzifers leisem Stöhnen.

»Auf gar keinen Fall dürfen noch mehr Leute zu uns stoßen«, meint Bertram, nachdem wir am nächsten Morgen aufgebrochen sind. Die Schlossbediensteten haben mit weißen Handtüchern gewinkt, bis wir nicht mehr zu sehen waren. Nur Herzog Ernst hat sich nicht blicken lassen. Von Valeria hat er sich auch nicht verabschiedet.

»Ach, das macht nichts«, meint sie und winkt ab, »es war trotzdem schön, mal wieder zu Hause zu sein.« Luzifer trottet mit gequetschtem Daumen glücklich neben ihr her.

»Sobald wir in Hamburg sind, werden wir uns trennen müssen«, redet Bertram weiter. »Ich habe ein ungutes Gefühl. Wir sind einfach zu viele.«

Wir wandern durch die nun schon sehr herbstliche Landschaft. Sieht das schön aus! Die Blätter haben sich verfärbt und leuchten in Gelb- und Rottönen. Bald schon werden sie auf den Boden fallen. Wobei ich das nicht ganz verstehe mit den Blättern. Warum fallen die von den Bäumen? Die Bäume fallen doch auch nicht um. Ach.

Um Essen und Trinken müssen wir uns keine Sorgen machen. Rosemarie hat uns alles Mögliche eingepackt. Gepökeltes Lamm, das sie in einen Leinenbeutel gesteckt hat, Wildschweinschinken, Taubenpastetchen, eingelegte Zungen, Froschfrikassee und getrocknete Hasenohren. Dazu noch ganz viel Käse und Brot. Wir wandern durch die Lüneburger Heide an Celle und Uelzen vorbei. Nach einigen Tagen erreichen wir Lüneburg und machen vor den Stadttoren Halt, um eine Nacht hier zu verbringen. Weil es die letzten Tage sehr stürmisch war, ist nun fast das ganze Laub von den Bäumen geweht worden. Was sehr gut ist, denn das Laub hält nachts die Kälte wenigstens ein bisschen ab, und man muss nicht direkt auf dem kühlen, unbequemen Waldboden liegen.

Laurentius hat sich gut von der Pest erholt, will das aber nicht wirklich wahrhaben. »Ich bin dem schwarzen Tod entronnen«, ist seine Standardantwort, wenn er etwas tun soll.

Martin Luther hat wieder einen neuen Plan: »Ich werde die Bibel so übersetzen, dass jeder sie versteht«, trompetet er herum. »Und es den Katholiken zeigen.« Ja. Genau. Natürlich fängt er nie damit an, obwohl er eine Bibel dabeihat und ständig in ihr herumblättert. »Wenn ich die Bibel erst mal umgeschrieben habe, wird alles anders«, meint er dann noch. Ja. Genau.

Valeria und Luzifer schmieden Zukunftspläne. Es ist geradezu rührend, den beiden zuzuhören. »In Hamburg werde ich für unseren Lebensunterhalt sorgen«, schwelgt Valeria. »Ich werde eine richtige Hure, und dann klingeln die Taler. Hamburg liegt doch am Wasser, da gibt es bestimmt Seeleute, die froh sind, wenn eine Frau sich ihnen anbietet, nachdem sie monatelang auf dem Meer waren. Und mein kleiner ungezogener Junge wartet zu Hause auf mich.«

»Ja«, sagt Luzifer ehrfürchtig, und man sieht ihm an, dass er es bereut, die Daumenschrauben nicht mitgenommen zu haben. Er ist auch nicht mehr eifersüchtig. Bei den beiden blick ich einfach nicht durch.

Ich für meine Person freue mich auf Hamburg, weil es dort so richtig losgehen kann mit der Pille. Mit Cäcilie werde ich durch die Straßen wandern und sie verteilen. Ich hoffe, dass Paracelsus Wort hält und das Seine dafür tut, dass niemand mehr ungewollt schwanger wird. Die Rezeptur hat er ja. Hoffentlich geht es ihm gut. Was für ein netter, weiser Mann.

Während Bertram mit Cäcilie Feuer macht, schneide ich Brot und verteile Käse. Sicher ist es tatsächlich besser, wenn niemand mehr zu uns stößt, bevor wir in Hamburg sind. Und wenn wir in Hamburg sind, dann ... tja, was dann? Ich will mich nicht trennen. Ich will genau so weiterleben. Ich will nicht alleine durchs Land ziehen. Ich

213

muss Bertram unbedingt davon überzeugen, dass wir zusammenbleiben.

Da hören wir plötzlich Hufgetrappel, das schnell näher kommt, und wir hören eine hohe Frauenstimme, die angstvoll schreit: »So halt dog an, so halt dog an!«

Ist das eine Kutsche, der das Pferd durchgegangen ist? Schnell stehen wir alle auf.

Bertram rennt auf den Weg, und in diesem Moment ist das Pferd – ein einzelnes Pferd, keine Kutsche ist zu sehen – direkt vor ihm. Es bäumt sich auf, und seine Reiterin fliegt in hohem Bogen hinunter. Schnell läuft Bertram zu ihr, um ihr aufzuhelfen. Gute Güte, die Frau sieht schrecklich aus. Ihre Kleidung ist zerrissen. Ihre ehemals weiße, jetzt dunkelgraue Haube ist verrutscht, und ihre Haare gleichen einem Krähennest.

»Oh, bin ich froh, dass du der Gaul aufgehalten hast«, sagt sie und ist immer noch außer Atem. Und sie hat Angst. Dauernd blickt sie sich um. Wir treten näher. Sie sieht uns der Reihe nach an. »Kommd ihr … von hier … oder von weiter wäg?«, will sie mit dünner Stimme wissen.

»Von hier, du musst keine Angst haben«, beruhigt Bertram die Frau.

»Das ist gud, das ist gud.« Sie redet ein wenig so wie Robin Hood. »Oh, Dschisus Kreist«, meint sie dann und zupft an ihrer verrutschten Haube herum. »Ich werde versuchen, eine gute Deutsch zu sprechen«, geht es weiter. »Ich hab es gelernt. Oh, bitte, kann ich mich eine Moment zu euch setzen?«

Bertram öffnet den Mund, um Nein zu sagen, aber Cäcilie tritt vor und sagt mit milder Stimme: »Aber ja, setz dich erst einmal hin. Du bist ja völlig durcheinander.«

Die Frau nickt dankbar und lässt sich kurze Zeit später am Lagerfeuer nieder.

»Ich werde Hamburg dem Erdboden gleichmachen«, plant Martin Luther, den es als Einzigen nicht zu interessieren scheint, was hier vorgeht.

»Oh, das war eine schreckliche Reise«, fängt die Frau an.

»Wo kommst du denn her?«, frage ich neugierig.

»Aus England, aus England, ich bin mit die Schiff gefahren, ich musste fluchten«, geht es weiter. Die Frau wird mir sympathisch. Flüchtlinge sind bei uns bestens aufgehoben. Sie schaut auf. »Oh, ich hab mich noch gar nigt vorgestellt«, sagt sie dann und reicht Bertram, der neben ihr sitzt, die Hand zum Kuss. »Mein Name ist Anne. Anne Boleyn.«

An ihren Fingern funkeln Ringe, die mit Edelsteinen besetzt sind. Ich schaue genauer hin. An der einen Hand hat sie sechs Finger. Sechs Finger? Sechs Finger.

»Meine Mann ist ein Schwein«, schmatzt Anne Boleyn zwischen zwei Bissen Taubenpastete. Sie hatte Hunger, und wir haben ihr natürlich etwas zu essen angeboten. »Heinrich ist widerlich. Und sooo fett!« Sie deutet einen Bauchumfang an, der menschlich nicht zu vertreten ist. »Ich hab ein kleine Tochter bekommen, Elisabeth, aber Heinrich wollte auf alle Fälle eine Sohn. Ich war auch schwanger, aber ich hab die Sohn verloren. Dann hat Heinrich gesagt, nun es wäre aber gut, er hätte die ... wie sagt man nur ... die ...«

»Nase voll?«, fragt Luzifer.

»Genau«, dankbar nickt Anne Boleyn Luzifer zu, und er wächst förmlich vor lauter Stolz, mal auf der anderen Seite zu stehen und nicht selber nachzufragen. Wenn er jetzt noch nicht mal Hatschi macht, hat er bei mir was gut.

»Hatschi!«, macht Luzifer.

»Heinrich war wütend wegen die Sohn, und dann er hat eine Scharfrichter bestellt aus St. Omer, eine Jean Rombaud. Die Scharfrichter sollte mir die Kopf wegschneide mit eine

Schwert, so!« Sie macht Schnittbewegungen am Hals, und ich bin kurz davor, ihr zu sagen, dass ich mir sehr gut vorstellen kann, wie es aussieht, wenn einem der Kopf abgeschnitten wird, lasse es aber.

Da muss einfach was raus bei Anne. Sie muss sich mitteilen.

Bertram schaut interessiert.

»Dann hat die Heinrich gesagt, ich soll nicht mit meine Kopf auf eine Schafott, sondern Jean soll mir die Kopf abschneide, wenn ich stehe. So!«, sie steht auf. »Heinrich hat behauptet, ich wäre eine Hochverräterin«, Anne Boleyn schnappt sich noch ein Stück Taube, »und ich hätte eine Verhältnis mit meine Bruder. Mit meine Bruder! Das ist doch nicht zu fasse. Aber die Richter habe ihm geglaubt, und dann die habe mich zun Tode verurteilt. Einfach so.« Sie setzt sich wieder hin. »Nur weil ich Heinrich keine lebende Sohn geboren habe! Die Heinrich ist so ein Schwein. Der wollte doch nur die Jane Seymour heirate und mich los sein.«

»Ja, aber geht das denn so einfach? Ich meine, einfach zu behaupten, du wärst eine Hochverräterin und hättest Verhältnisse? Das ist doch nicht richtig«, werfe ich ein.

»So ist Heinrich eben. Was die Heinrich sagt, wird gemagt.« Anne Boleyn zuckt resigniert mit den Schultern.

»Diesen Heinrich würde ich mir gern mal vorknöpfen, diesen Strolch«, regt sich Bertram auf, und alle nicken.

»Das ist nigt so einfach«, sagt Anne Boleyn, während sie eine Rinderzunge verspeist. »Er ist die König von England.«

»England soll auch brennen«, meint Luther und blättert in der Bibel herum.

Wir sind fassungslos.

»Der König ... von England?«, fragt Cäcilie, und Konstanze fängt vorsorglich schon mal mit dem Weinen an.

»Ja.« Anne schaut Cäcilie an. »Heinrich die Achte. Das Schwein.«

»Dann bist du ... du also ... die Königin von England?« Cäcilie bekommt schon kaum mehr Luft.

Anne Boleyn nickt. »Vorläufig nog«, sagt sie und beißt voller Inbrunst in ein getrocknetes Hasenohr, dass es kracht. Während wir versuchen, uns von unserem Schock zu erholen, erzählt Anne Boleyn weiter. »Ich bin weggelaufen, hab ich meine Tochter zurücklassen mussen, das ist nicht schön.« Konstanze streichelt weinend ihren Arm. »Auf eine Schiff bin ich gegangen, hab ich so getan, als könnt ich gar nigts sehen, und die Leute hatten viel Mitleid und haben mich so mitgenommen, weil ich ja eine blinde Passagier war«, sagt Anne. »Dann wir sind in Hamburg eingelaufen nach eine schreckliche Uberfahrt mit so viel Wind, war mir sehr ubel, und in Hamburg ich hab dann die Pferd gestohlen und bin einfach losgeritten. Aber ich kann gar nicht reite, und die Pferd hat mit mir gemacht, was sie wollte. Renn dahin, wo sicher ist, hab ich zu die Pferd gerufen, aber hat die Pferd mich nicht verstanden. Ich spreche ja aug nicht so gut Deutsch. Immer weiter ist die Pferd gerannt, und dann ich wusste gar nicht mehr, wo wir sind, nun ja, hab ich mich verritten mit die Pferd.«

Das Pferd hat sich mittlerweile hingelegt und schläft. Ich nehme an, es kann nicht mehr.

»Also ich finde das unerhört von diesem Heinrich«, meint Valeria plötzlich, und wir erschrecken uns kurz, weil sie die ganze Zeit überhaupt noch nichts gesagt hat. »Es ist doch wahr«, regt sie sich auf, »man kann doch seine Frau nicht hinrichten lassen, nur weil sie ein Mädchen bekommen hat. Dann wäre ich schon seit langer Zeit tot. Diese Männer machen wirklich, was sie wollen. Ich habe mir schon überlegt, einen Verein zu gründen, der den Frauen mehr Rechte verschafft. Dann ziehe ich durchs Land, und dann sollen die Männer mal sehen, wer hier das Sagen hat. Und mit diesem Heinrich würde ich anfangen.«

»Die Heinrich wird es sowieso nigt mehr lange machen«, Anne lehnt sich satt zurück. »Er ist fett wie eine Ochse und kann gar nigt richtig laufen, weil er offene Beine hat. Soll er doch die andere nehmen, die Jane. Hoffentlich das geht auch nigt gut. Bin ich froh, dass ich ihn los bin.« Sie seufzt. »Aber nun kann ich nie wieder zuruck zu England. Wenn ich zurück zu England gehe, kugelt meine Kopf.« Kurzes Schweigen, dann setzt Anne sich auf: »Hab ich gerade eine gut Idee«, Anne strahlt übers ganze Gesicht. »Ihr seid so nette Leut, vielleicht ist besser, wenn ich bleib hier bei euch. Ist auch lecker Essen, wo ihr habt. Hätte ich schon die Lust dazu.«

Auf keinen Fall, auf gar keinen Fall kann noch jemand zu uns stoßen. Auf gar keinen Fall!

Bertram sieht verzweifelt aus. Um ganz ehrlich zu sein, er sieht *sehr* verzweifelt aus. Das liegt vielleicht auch daran, dass Anne Boleyns Pferd, das eben noch geschlafen hat, nun wieder wach ist und versucht, Hiltrud zu besteigen.

»Lilian, würdest du mal eben mitkommen?«, fragt Bertram mich leise, und ich stehe auf und folge ihm ein Stück in den Wald.

Er stellt sich mit dem Rücken an einen Baum und sagt: »Du weißt, ich bin immer die Ruhe in Person, du weißt, mich bringt nichts aus der Fassung.« Ich nicke schnell. »Ich habe uns alle bis hierhin gebracht, wir haben viel durchgemacht.« Ich nicke wieder. »Es müsste also wirklich etwas Schlimmes passieren, das ich zum Anlass nehmen würde, durchzudrehen, oder?« Wieder Nicken. Zum Glück ist Bertram wirklich fast immer ruhig. Er dreht sich mit einem

Mal um und schlägt seinen Kopf mit voller Wucht an die Linde. Wieder und wieder, und immer fester. »ICH KANN NICHT MEHR!«, schreit er. »ICH BIN AM ENDE MIT MEINEN NERVEN! WO SOLLEN WIR DENN NUR HIN? WAS SOLLEN WIR NUR TUN? SAG ES MIR! SAG ES MIR!!!« Ich habe Angst, dass Bertrams Kopf platzen könnte, und kann deswegen gar nichts sagen. Weil, wenn der Kopf platzt, was soll ich denn dann tun? Bertram ist unglaublich rot im Gesicht und hört nicht auf, mit dem Kopf an die Linde zu hämmern. »ICH BIN AM ENDE! ICH KANN NICHT MEHR!« Ruckartig dreht er sich um. Seine Augen funkeln. Mit erhobenem Zeigefinger kommt er auf mich zu. »Ich will tot sein, tot«, zischt er, und ein Speichelfaden läuft aus seinem Mundwinkel. »Damit endlich alles vorbei ist. Tot.« Er deutet auf unser kleines Grüppchen, das es nicht sonderlich zu interessieren scheint, dass hier jemand brüllt wie ein wildes Tier. »Die ganzen Wahnsinnigen da können doch alleine gar nicht überleben. Und jetzt haben wir auch noch die Königin von England am Hals. Wenn dieser Heinrich der Achte sie suchen lässt, ist das ein bisschen was anderes, als wenn Pritzenheim oder Tiburtius uns suchen. Der hat noch ganz andere Möglichkeiten. Und dann kommen wir mit dieser Frau irgendwohin und können alle gleich mit dran glauben. Warum müssen die Verrücktesten und Auffälligsten eigentlich immer zu uns stoßen?«

Vielleicht, weil wir sowieso schon verrückt und auffällig sind? Das passt ja dann ganz gut.

»Diese Anne Boleyn hat sechs Finger an der einen Hand«, redet Bertram aufgebracht weiter. »Ich habe es gesehen. Willst du, dass wir in Hamburg an jeder Ecke darauf angesprochen werden, dass sie sechs Finger hat? Und weißt du, wie schnell sich so was rumspricht? Diese Anne Boleyn ist gar nicht gut für uns. Sie macht mich wahnsinnig! Erst hat Valeria so viel geredet, genau gesagt hat sie ununterbrochen geredet. Das wurde dann ein wenig besser, was mich sehr erleichtert hat. Und jetzt, jetzt geht dasselbe mit dieser Königin los. Ich wünsche mir schon, dass ich stundenweise taub werde. Und zwar immer dann, wenn sie ihren Mund aufmacht.«

Er schlägt schon wieder mit dem Kopf gegen den Baum.

Bertram hat ja Recht. Anne ist nur am Reden. Und mit ihren sechs Fingern fällt sie wirklich auf. Ich habe plötzlich eine sehr gute Idee, wie ich finde, und zupfe ihn am Ärmel. »Wir könnten Anne Boleyn den sechsten Finger abschneiden und ihn diesem Heinrich dem Achten schicken«, sage ich. »Dazu können wir eine Botschaft legen, in der steht, dass wir Anne getötet haben, so wie er es wollte, und ihm zum Beweis den Finger präsentieren. Das ist doch großartig.«

Bertram schaut mich entsetzt an. »Das wäre ja versuchter Mord«, sagt Bertram, der ehemalige Scharfrichter. »Ich könnte es nicht ertragen, dass an meinen Händen Blut klebt. Wirklich, Lilian, manchmal hast du wirklich überhaupt kein Fingerspitzengefühl!«

Na gut, dann eben nicht. Es war ja nur so eine Idee. Ich will natürlich nicht dafür verantwortlich sein, dass Bertram sich selbst des versuchten Mordes bezichtigt. Also warte ich ab, bis er sich beruhigt, was dann auch der Fall ist, und wir gehen zu unserem kleinen Völkchen zurück.

Natürlich sagen wir Anne Boleyn später, dass wir uns sehr darüber freuen, dass sie gedenkt, bei uns zu bleiben.

»Im Grunde genommen ist es ja auch ganz egal. Ob einer mehr oder weniger, wen interessiert das schon?«, fragt Bertram und möchte von den anderen eigentlich hören: »Oh nein, oh nein, nicht auch noch die Königin von England!« Aber niemand sagt was.

Außer Martin Luther: »Heinrich soll auch brennen«, sagt Martin Luther.

Konstanze weint ein bisschen. Weil ihr Anne so Leid tut. Anne tut mir auch ein bisschen Leid. Wenn man es genau nimmt, tut sie uns allen Leid. Dieser böse König. Anne wird nicht müde, davon zu erzählen, was für ein mieser Kerl Heinrich doch ist. Heinrich hat keine Tischmanieren, Heinrich geht fremd, Heinrich spricht im Schlaf, Heinrich ist unsportlich und Heinrich hat Läuse.

Nach einigen Tagen tut Anne niemandem mehr Leid. Wir hoffen sogar manchmal, dass ihr Pferd einfach stehen bleibt oder plötzlich losgaloppiert und sich so verirrt, dass es uns niemals wiederfindet. Natürlich müsste Anne in dieser Situation auf seinem Rücken sitzen und dürfte keinesfalls herunterfallen.

»Kein Wunder, dass Heinrich Anne köpfen lassen wollte«, flüstert mir Cäcilie zu. »Ich kann ihn gut verstehen. Es wird wohl nur zwei Möglichkeiten gegeben haben: Entweder sie, oder er hätte sich irgendwann selbst umbringen müssen, weil er das Geschwätz nicht mehr ertragen konnte.«

Dann laufen wir weiter und müssen Anne Boleyn zuhören, die erzählt, dass Heinrich sich manchmal sogar eine Feder in den Hals steckt, um zu kotzen. Dann nämlich, wenn er wieder mal zu viel gegessen und getrunken hat. »Aber der Heinrich wischt das nie selbst weg.«

Wenigstens ist sie abends von ihrem Geschwätz müde und schläft ziemlich schnell ein. Wir anderen sitzen dann manchmal stundenlang einfach so da, reden kein Wort und genießen einfach die wunderbare Stille. Die leider am nächsten Morgen dann wieder vorbei ist, weil gewisse Leute aufwachen.

Zum Glück ist es nicht mehr weit bis nach Hamburg. »Ein paar Tage noch, dann haben wir es geschafft«, sagt Bertram. »Ein Glück. Da bleiben wir erst mal ein wenig. Wie ich mich darauf freue, mal wieder auf einem Stuhl zu sitzen.«

Ich freue mich vor allen Dingen darauf, mal andere Menschen zu sehen und normale Gespräche zu führen. Wenn ich dabei noch auf einem Stuhl sitzen kann, wäre das die Krönung meines Glückes.

Ah, also wirklich. Ich bin begeistert! Hamburg ist ja viel schöner, als ich gedacht habe. Ich schaue mich neugierig um. Wir befinden uns am Hafen, und es ist ein stetiges Kommen und Gehen. Da liegen riesengroße Schiffe und werden beladen und entladen. Ein Mann in einer Uniform brüllt: »Anheuern nach Afrika hier! Hier Afrika!«, und Männer mit Seesäcken gehen zu dem Mann und reden mit ihm. Daneben steht ein anderer und untersucht die ganzen Männer am Kopf, ich nehme an, er will nachschauen, ob sie Läuse haben. Es ist das erste Mal in meinem Leben, dass ich ein richtiges Schiff sehe. Ach, was rede ich da, es sind ja so viele Schiffe! Das müssen Segelschiffe sein, das Wort habe ich in Münzenberg mal auf dem Markt gehört. Da hieß es, fremdartige Gewürze seien mit dem Segelschiff übers Meer hierher gebracht worden. Und auf einem Bild habe ich diese Schiffe auch mal gesehen. Das sah schön aus. Aber das hier ist noch schöner, denn jetzt sehe ich sie ja in echt. Wer hätte das jemals gedacht?
Es ist wahnsinnig laut. Kutschen und Leute mit Handkarren poltern über das Kopfsteinpflaster, Händler bieten ihre Waren feil: »Teppiche aus dem Orient, Safran und allerlei anderes Gewürz, Seidenstoffe in herrlichen Farben. Kauft, ihr Leut!« Huren mit grell geschminkten Lippen und tiefen Ausschnitten laufen hüftschwingend durch die Straßen und rufen: »Na, Süßer, gefalle ich dir? Komm mit in meine Kammer, wirst es nicht bereuen …«, und dann feilschen sie mit Seeleuten um den Preis, und die eine oder andere verschwindet mit einem Freier in einer Seitengasse.

Valeria hat schon glänzende Augen. Sie ist sichtlich scharf drauf, mit ihrem neuen Job anzufangen.

Da entdecke ich ein wunderschönes Segelschiff. Es ist grün und sehr, sehr lang, und vorn an der Spitze ist eine hübsche Figur befestigt. Eine Frau. *Fridtjof Fridtjofs* steht in goldenen Buchstaben auf dem Schiff. Davor stehen jede Menge Männer. Ich trete ein paar Schritte näher, weil ich mir die *Fridtjof Fridtjofs* ein bisschen genauer anschauen möchte. Die Männer stehen in einer dichten Gruppe beisammen. In der Mitte der Gruppe ist eine Art Holztribüne, es sieht ein bisschen aus wie ein Schafott, aber ich kann keinen Scharfrichter entdecken. Doch dann bekomme ich einen Schreck. Ein Mann in eisernen Hand- und Fußfesseln, die mit einer Kette verbunden sind, wird auf die Tribüne geschubst. Oh. Oh! Was hat man mit ihm gemacht? Warum hat man den Mann mit Pech beschmiert? Er ist ganz schwarz. Dunkelschwarz sozusagen. Eine sehr merkwürdige Unterhaltung ist im Gang: »Hier, dieser, ihr Leut, ist jung und kräftig, hat keine Krankheit und ist läusefrei. Wie viele Taler werden geboten?«

Ein Stimmengemurmel, und dann sagt ein Mann mit Uniform und einer Mütze mit Goldrand: »Hundert Taler.«

»Wer bietet mehr?«, geht es weiter, während der dunkelschwarze Mann teilnahmslos dasteht und den Kopf hängen lässt. Ich gehe noch ein wenig näher. Oh! Er ist nackt. Ganz nackt. Warum tun diese Leute das mit ihm? »Wer bietet mehr als hundert Taler? Da, der Herr im grünen Umhang, einhundertzwanzig Taler! Dort, einhundertfünfzig.«

»Ist er auch wirklich gesund?«, will ein vornehmer Mann in Frack und Dreispitz wissen.

»Kommt hoch und überzeugt Euch selbst!«, schreit der andere, und tatsächlich: Der Dreispitzträger geht auf die Tribüne und öffnet dem dunkelschwarzen Mann den Mund, um sich seine Zähne anzusehen. Der will das aber gar nicht und presst die Lippen zusammen, woraufhin er einen Schlag mit einem Stock auf den Rücken bekommt und dann doch den Mund öffnet.

Der Mann wird letztendlich für zweihundertzwanzig Taler verkauft. Dann passiert etwas Unglaubliches: Jemand kommt mit einem glühenden Eisen an und drückt es dem schwarzen Mann auf die Schulter, der laut aufschreit und zusammenbricht. Ich verstehe gar nichts mehr.

Leute treten den Mann, er steht mit schmerzverzerrtem Gesicht auf und wird von der Tribüne geführt.

»Hier hinauf!«, befiehlt ihm der Käufer, ein grobschlächtiger, untersetzter Mann mit faulen Zähnen und einem enormen Doppelkinn. Der Geruch des verbrannten Fleisches dringt zu mir, und ich muss würgen. »Wir brauchen noch zehn weitere Sklaven«, sagt er zu einem Untergebenen, drückt ihm Geld in die Hand und geht mit dem schwarzen Mann auf das schöne grüne Segelschiff.

Sklaven? Was sind Sklaven? Und warum braucht man so viele davon? Was sollen sie auf diesem Schiff? Kopfschüttelnd gehe ich zu den anderen zurück, die etwas weiter weg stehen und die einlaufenden Schiffe beobachten.

»Weiß jemand von euch, was Sklaven sind?«, will ich wissen und erzähle von dem schwarzen Mann, der verkauft wurde. Aber niemand kennt Sklaven und schwarze Männer auch nicht.

»Schwarze Männer?«, fragt Valeria. »Ach, du liebe Güte. Wenn man denen nachts begegnet, läuft man doch gegen sie.«

Sie scheint Erfahrung zu haben. In Münzenberg ist sie ja jede Nacht herumgeirrt und gegen schwarze Männer gestoßen.

Anne Boleyn ist schon wieder oder immer noch am Reden.

»Ich werde nach England zuruckfahre, hab ich mir uberlegt, und versuchen, ein vernunftig Gespräch mit die Heinrich zu fuhre. Es geht ja nigt, dass er mir einfach die Kopf wegnimmt. Nein, wir setzen uns an eine Tisch und sprechen uns richtig aus. Dann lassen wir uns scheiden, und er soll mir alle dreißig Tage 300 Taler für meine Lebensunterhalt uberweisen. Das finde ich gerecht. Und meine Schmuck und einige von die Krone möchte ich auch haben und einen Teil von die Silber und Porzellan. Dann kann die Heinrich von mir aus diese Jane Seymour heiraten, aber Hauptsache, bin ich versorgt. Was meint ihr?«

Ich bin der Meinung, dass sich eher die Frage stellt, was die Heinrich dazu sagt. Nach alldem, was ich von ihm gehört habe, glaube ich ehrlich gesagt nicht, dass er sich einfach so mit Anne an einen Tisch setzt, um über monatliche Unterhaltskosten zu diskutieren. Und außerdem: Was ist *uberweisen*?

Martin Luther, der kurz weg war, kommt traurig zurück. »Ich habe versucht, die Michaeliskirche anzuzünden, aber sie ist zu groß. Sie wollte und wollte nicht brennen.« Das liegt vielleicht auch daran, dass die Michaeliskirche aus Steinen besteht. Ist Martin Luther eigentlich so doof oder tut er nur so? Resigniert setzt er sich mit seiner Bibel auf eine kleine Mauer. »Brennen, alles muss doch brennen«, sagt er leise.

Ich beobachte weiter interessiert, was sich bei der *Fridtjof Fridtjofs* tut. Immer mehr schwarze Männer werden auf das Schiff gebracht. Sie tun mir so Leid. Am liebsten würde ich hingehen und sie wieder herunterführen, aber dann würde *ich* wahrscheinlich hinaufgeführt werden.

Bertram findet die Idee, auf ein Schiff zu steigen, gar nicht so schlecht: »Dann sind wir noch weiter von Pritzenheim und Tiburtius entfernt«, überlegt er und blickt sich um. »Ich frage mal, welches der Schiffe nach England fährt und was es kostet mitzufahren. Ob wir zu diesem Heinrich gehen, können wir uns ja noch überlegen. Ich war noch nie auf einem Schiff.«

Ich auch nicht. Ich wollte auch nie auf einem Schiff sein.

Einige Minuten später kommt Bertram zurück und deutet auf die *Fridtjof Fridtjofs.* »In zwei Tagen legt das Schiff ab. Der Zielhafen ist Yarmouth. Das ist in England«, erzählt er aufgeregt und reibt sich die Hände. »Die Reise wird ungefähr vier Wochen dauern, vielleicht kürzer, vielleicht länger. Lasst uns in ein Wirtshaus gehen und unseren Plan besprechen.«

Unseren Plan?

Wir kehren in eine Gaststube ein, in der es vor Seefahrern wimmelt. Nach reichlichem Genuss von gutem Wein finden wir es plötzlich alle ganz nett, nach England zu reisen.

»Aber was ist mit den Tieren?«, fragt Cäcilie.

»Die können wir mitnehmen«, beruhigt Bertram sie und füllt ihren Kelch. »Unter Deck ist genügend Platz.«

»Aber wir bleiben nicht für immer in England, nur so lange, bis wir wirklich wissen, dass wir nicht mehr verfolgt werden«, werfe ich noch ein. »Ich möchte irgendwann wieder nach Hause. Ich vermisse Münzenberg.«

»Die Zeit tut das Ihre für uns«, sagt Bertram theatralisch.

Am nächsten Morgen mache ich mich mit Cäcilie auf den Weg in das Stadtinnere. Wir suchen verschiedene Apotheken auf und reden mit den Apothekern über die Pille. Sie sind erst misstrauisch, dann aber neugierig. Wir sagen, dass alles natürlich nur im Dienste der Wissenschaft stattfindet und sie Stillschweigen bewahren müssen. Dann verraten wir ihnen die Rezeptur. Gierig machen sich die Apotheker Notizen. Alle haben sie Ehrgefühl ihrem Berufsstand gegenüber und versprechen, alles für die Wissenschaft zu tun, was in ihrer Macht steht.

Danach verteilen wir die Anti-Baby-Pille an verschiedene Hamburgerinnen und sagen ihnen, wo sie Nachschub bekommen können.

»Das ist die beste Erfindung, die jemals gemacht wurde«, sind sich alle Frauen einig.

Gegen Nachmittag hat sich die Nachricht von der Pille wie ein Lauffeuer in Hamburg verbreitet, und als wir erneut an den Apotheken vorbeigehen, sehen wir, dass sich vor den Türen schon Schlangen gebildet haben. Wir sind sehr zufrieden mit uns.

»Pass mal auf, wie schnell das geht, dass die Hamburger das weitererzählen. Bald schon wird es in Deutschland die Runde gemacht haben, hier ist doch ein ständiges Kommen und Gehen. Dann verbreitet sich die Kunde, die Zutatenliste wird weitergereicht, und schon in einiger Zeit wird es die Pille überall geben.« Cäcilie ist sich ihrer Sache sicher. Zufrieden nickt sie. »Pah! Was soll die Kirche gegen so viele Leute ausrichten? Gar nichts!«

Ich hoffe, dass sie Recht behält.

»Hiltrud, nun geh, geh endlich!« Die Kuh ist nicht von der Stelle zu bewegen. Sie weigert sich standhaft, über die Holzplanke zu laufen, die die *Fridtjof Fridtjofs* mit dem Land verbindet, und muht so sehr herum, dass es beinahe schon herzergreifend ist. Wir ziehen und schieben Hiltrud, aber sie bockt weiter, und ich habe Angst, dass sie gleich in diesen Fluss fällt, der Elbe heißt. Schließlich bindet Bertram ihr ein Tuch über den Kopf, was problematisch ist wegen des Geweihs, das sie wieder trägt. Endlich geht sie vorwärts.

Ich bin wahnsinnig aufgeregt. Gleich werde ich den festen Boden verlassen und unter mir nur Schiffsplanken haben.

Und natürlich beobachte ich die Leute, die noch mit uns fahren. Es sind viele Händler dabei, Familien mit kleinen Kindern, und die Matrosen schleppen alles Mögliche an Bord: Hühner und Hasen in Holzkäfigen, Fässer mit Wasser und Wein und riesengroße Schinken und Wurstketten.

»Verzeihung, dürfen wir eben kurz vorbei?«, fragt ein schmächtiger Mann mit einer dünnen Fistelstimme. Ich trete zur Seite, und zwei junge Männer gehen aufs Schiff. Der zweite von ihnen blickt mich an. Und ich blicke ihn an. Er hat halblanges, hellbraunes Haar, das in feinen Wellen sein edles Gesicht umrahmt, und strahlende dunkle Augen. »Guten Tag«, grüßt er freundlich und geht mit dem anderen weiter.

Oh. Mein Herz klopft plötzlich ganz schnell. Oh. Oh, sieht dieser Mann … gut aus. Hoffentlich treffe ich ihn mal wieder. Natürlich treffe ich ihn wieder! Auf einem Schiff ist es doch unmöglich, sich nicht wiederzutreffen. Ich stelle mich rasch auf die Zehenspitzen, um zu sehen, wohin die beiden gehen. Da – sie stehen am Geländer, und der hübsche Mann holt einen Block aus seiner Tasche und fängt an zu zeichnen, während der andere an einem Stück Holz herumschneidet.

Endlich sind alle Leute an Bord, und dann kommt der große Moment: Das Schiff legt ab. Matrosen springen herum, lösen die Leinen und wickeln sie auf. An der Reling – so heißt das Schiffsgeländer, wie ich dem Geschrei der Matrosen entnehme – stehen Menschen und winken den Leuten, die in Hamburg zurückbleiben, mit Tüchern. Auch ich winke, einfach so.

Dann fällt mir etwas auf. Also, mir fällt nicht direkt etwas auf, sondern ich wundere mich. Ich kenne mich ja nun mit Schiffen nicht sooo gut aus, aber wie in aller Welt ist es möglich, dass dieses Schiff vorwärts fährt? Es ist ein Segelschiff, gut, das ist klar. Und Segelschiffe haben Segel, mit deren Hilfe sie sich vorwärtsbewegen. Natürlich hat das auch was mit dem Wind zu tun. Aber: Die Segel sind gar nicht oben. Ich halte mich an der Reling fest und schaue nach unten. Keine Frage, das Schiff bewegt sich. Das merke ich auch daran, dass wir uns immer weiter vom Land entfernen. Was ist das denn? Ich beuge mich so weit über die Reling, dass ich fast vom Schiff falle. Da bewegen sich Ruder im Wasser. Lange Ruder und sehr, sehr viele. Gleichmäßig durchpflügen sie die Elbe. Die bewegen das Schiff vorwärts. Von unten höre ich durch die Schiffswände eine Stimme: »Rudert vorwärts, an die Ruder, los!« Ich ahne etwas.

Betont gleichmütig gehe ich an den vielen Leuten vorbei und suche einen Abstieg, um ins Schiffsinnere zu kommen. Da dürfen wir eigentlich nicht hin, das hat man uns schon gesagt. Wir müssen hier oben schlafen. Aber ich will unbedingt nach unten.

Da geht eine Treppe runter. Meine Augen müssen sich erst an die Dunkelheit gewöhnen, und vorsichtig taste ich mich weiter. Dort hinten muss es wohl zur »Kombüse« gehen. Ich weiß, dass die Küche hier so heißt, weil die Leute beim Einladen der Lebensmittel gerufen haben: »Das kommt alles in die Kombüse.« Ich gehe eine weitere schmale Treppe hinunter. Die Luft wird stickiger. Es stinkt nach Schweiß, Urin und Kot. Ich muss mir die Nase zuhalten.

Und dann sehe ich sie: ungefähr hundert Männer, die aneinander gekettet auf niedrigen Holzbänken sitzen und die Ruder bewegen. Ein Aufseher steht hinter ihnen, treibt sie an und schwingt eine endlos lange Peitsche. »Ran an die Ruder, los, los!«, fährt er die Männer an. Alle Männer sind dunkelschwarz, alle schwitzen, und einige von ihnen haben frische Wunden auf dem Rücken, die wohl von der Peitsche stammen.

Die Männer sehen unglücklich aus. Sie sind so miteinander verkettet, dass sie sich lediglich zum Rudern bewegen können. Was ist, wenn einer mal muss? Der Gestank ist Antwort genug. Wo schlafen diese Männer? Wohl gar nicht, und wenn, dann auf ihren Bänken. Was ist, wenn mit dem Schiff was passiert und es möglicherweise untergeht? Bleiben die Männer dann hier unten und müssen ertrinken, oder werden die Ketten dann gelöst? Mein gesunder Menschenverstand sagt mir, dass, sollte das Schiff sinken, niemand mehr dazu Zeit haben wird, die vielen Schlösser aufzuschließen. Entsetzlich!

Ich will nicht, dass diese armen Männer hier festgekettet sitzen. Wie nannte der eine Mann im Hafen sie noch? Richtig, Sklaven. Gut, ich will nicht, dass diese armen Sklaven hier festgekettet sitzen. Aber was soll ich tun? Ich kann ja schlecht zu dem Mann mit der Peitsche gehen, ihn am Ärmel zupfen und sagen: »Mein Name ist Knebel. Lilian Knebel. Machen Sie sofort diese Männer los!«

Leise, damit mich niemand bemerkt, schleiche ich mich davon. Und denke nach. Das ist doch nicht richtig, diese Männer da anzuketten. Warum kann man Menschen einfach so verkaufen? Weil sie dunkelschwarz sind? Ich muss das im Auge behalten.

An Deck ist einiges los. Die Matrosen springen umher und ziehen mit vereinten Kräften das schwere Segeltuch hoch, was ganz schön anstrengend sein muss. Nachdem sie es geschafft haben, bekommt die *Fridtjof Fridtjofs* eine leichte Schräglage und gleitet in der Morgensonne über die Elbe in Richtung Nordsee.

Der Kapitän steht mit einer Uniform an der Reling und schaut durch ein Fernrohr. Neben ihm steht ein anderer Seemann.

Zufrieden schaut der Kapitän aufs Wasser und rührt in einem Becher herum, aus dem es dampft.

»Schickt sie auf See, Mr. Murdock!«, sagt er dann, und sein Begleiter nickt.

Ich nehme mir vor, den anderen erst einmal nichts von meiner Entdeckung zu erzählen, und gehe zurück zu ihnen. Ich könnte ihnen jetzt auch gar nichts erzählen, denn sie liegen alle nebeneinander ausgestreckt auf den Planken und halten ein frühes Mittagsschläfchen. Anne Boleyn hat sich ihren sechsten Finger in den Mund gesteckt und lutscht daran herum. Wahrscheinlich träumt sie gerade von ihrem erfüllten Sexleben mit die Heinrich.

Lediglich Valeria hat sich zu den beiden jungen Männern begeben, die immer noch an der Reling sitzen und zeichnen und schnitzen. Plötzlich bin ich wütend auf Valeria. Kann sie nicht bei Luzifer bleiben und auch schlafen? Muss sie überall mitmischen? Böse stapfe ich zu den dreien hin.

»Oh, Lilian, da bist du ja. Ach, mir war langweilig, und da dachte ich, ich lerne mal ein paar Leute kennen.« Sie deutet auf die beiden Männer, die mir freundlich zunicken. »Das ist Lilian«, meint Valeria, während sich die Männer höflich erheben.

»Angenehm, sehr angenehm«, sagt der schnitzende von den beiden mit leichtem Akzent. »Michelagniolo di Ludovico di Lionardo di Buonarroto Simoni, sehr angenehm.«

Hat er noch Brüder, die er vorsorglich schon mal mit vorgestellt hat, obwohl sie momentan nicht hier sind? »Äh«, antworte ich und schaue den anderen an, den mit dem feinen Gesicht und den hellbraunen, lockigen Haaren, und schon wieder klopft mein Herz.

Er lächelt und legt seine Zeichnung auf den Boden, um mir die Hand zum Gruß zu reichen. »Ich heiße Alessandro di

Mariano Filipepi.« Er schaut in mein belämmertes Gesicht und lacht laut auf. »Das kann sich sowieso niemand alles merken, aber es ist immer wieder schön, wie die Leute reagieren, wenn sie unsere langen Namen hören. Also«, er deutet auf seinen Freund, »das ist Michelangelo, und ich werde gemeinhin Sandro genannt. Sandro Botticelli.«

»Ja«, sage ich. »Wie schön. Die Namen hören sich aber gar nicht deutsch an.«

»Wir kommen aus Italien«, erklärt Sandro Botticelli. Auch er hat einen leichten Akzent. Sehr charmant, wie ich finde. »Aus dem wunderschönen Italien. Pinienbäume, Ravioli, warme Sonne, alles, was das Herz begehrt. Nun haben wir uns entschlossen, ein wenig zu reisen. Wir waren recht lange in Deutschland, haben die Sprache erlernt, und jetzt ziehen wir weiter. Ebereschen, keine Sonne und Bratwurst sind auf Dauer nichts für uns.«

»Hihihi«, mache ich, obwohl es gar nichts zum Lachen gibt. Ich traue mich auch nicht zu fragen, was Ravioli ist. Mein Herz klopft immer schneller. Dieser Sandro Botticelli riecht auch noch gut. Warum fällt mir das auf?

Valeria mischt sich ein. »Du, Lilian, weißt du, was ich ganz toll finde? Der eine malt Bilder, und der andere haut Bilder.«

Wer haut Bilder?

»Ich bin Bildhauer«, korrigiert Michelangelo Valeria mit milder Stimme. »Ich pflege keine Bilder zu schlagen. Ich pflege Marmor zu verschönern, Skulpturen daraus zu formen. Manchmal arbeite ich auch mit Holz.«

»Ach, wirklich?«, sagt Valeria und holt unter ihrem Rock einen kunstvoll geschnitzten Stab hervor.

Mir stockt der Atem. Eine Dildette Robusta!

»Das hab ich selbst gemacht«, sagt Valeria stolz. »Mir war so langweilig hier die letzten Stunden.«

Michelangelo nimmt die Dildette Robusta in die Hand und beobachtet sie andächtig. »Eine sehr gute Arbeit«, er sieht Valeria an. »Die einzelnen Schnitte sind sorgfältig ausgeführt, mit viel Liebe. Hier, am Ende, die beiden Kugeln und wie der Stab daraus hervorwächst.« Er ergreift Valerias Arm. »Wir sollten einmal darüber nachdenken, zusammenzuarbeiten«, meint er, und Valeria nickt strahlend. »Komm, erzähl mir, wo du diese Kunst erlernt hast.«

Die beiden gehen von dannen, und ich bleibe mit Botticelli zurück, den ich dauernd nur anschauen kann. Er blickt mich auch an, und eine unangenehme Stille entsteht.

»Manchmal«, fange ich an, nur um irgendwas zu sagen, »manchmal esse ich gern Bohnen und manchmal nicht.«

»Ah ja?«, fragt Botticelli.

»Ja«, nicke ich verzweifelt. »Bohnen.«

Warum kann ich nicht still sein?

»Wobei Bohnen eigentlich immer schmecken. Nur manchmal hab ich keinen Appetit darauf.«

Botticelli runzelt die Stirn. »Wie interessant«, sagt er. »Ja, dann einen angenehmen Tag noch.« Er dreht sich um und geht.

Mist. Mist. Mist! Manchmal esse ich gern Bohnen und manchmal nicht. Wütend lehne ich an der Reling und könnte ins Wasser springen vor lauter Zorn auf mich. Wenn jemand zu mir gesagt hätte, dass er manchmal gern Bohnen mag und manchmal nicht, einfach so, ohne Grund, wäre ich auch gegangen.

Erzürnt schlage ich die Hände zusammen und drehe mich wieder um. Botticelli steht ein paar Fuß weiter weg und zeichnet schon wieder. Valeria hat es sich mit Michelangelo auf einer Decke gemütlich gemacht. Sie schnitzen Dildette Robustas und lachen sich an. Oh, bitte!

Nun sind wir schon zwei Tage unterwegs. Hier draußen auf dem Meer ist es viel kälter als an Land. Stetig weht ein frischer Wind, und sobald die Sonne untergegangen ist, wird mir eiskalt. Dazu kommt, dass die Hälfte der Leute an Bord ununterbrochen am Kotzen ist. Ich zum Glück nicht, mir macht das Schaukeln des Schiffes gar nichts aus. Dass die Leute sich übergeben, liegt aber vielleicht auch gar nicht an dem Geschaukel, sondern am Essen. Der Schiffskoch hat ganz offensichtlich seinen Beruf verfehlt. Der Schiffszwieback, den er verteilt, ist ja ganz in Ordnung, aber sonst kann man eigentlich alles gleich über Bord werfen. Es gibt zum Beispiel eines Tages ein Gericht, das er Labskaus nennt. *Labskaus*. Angeblich ist das gepökelte, zerkleinerte Wurst mit Zwiebeln, aber es sieht aus wie die Innereien eines Kaninchens. Ich bringe keinen Bissen davon herunter. Die eingelegten, gesalzenen Gurken, die dazu gereicht werden, erinnern mich an Valerias Dildette Robustas, und deswegen habe ich noch mal weniger Appetit darauf.

Cäcilie muss sich um Konstanze kümmern, der ständig schlecht ist. Und Unguis und Laurentius verstehen sich auch nicht mehr so gut. »Er kotzt mich an«, beschwert sich Laurentius über seinen besten, besten Freund. »Immer, wenn ihm schlecht ist, kommt er zu mir, krallt sich an meinem Arm fest und fängt an, mich anzukotzen. Das geht doch nicht. Schaut doch mal, wie ich aussehe.«

Nur Brabantus hat keine Probleme. Er isst Unmengen von Zwieback und muss sich nicht einmal übergeben.

Sandro Botticelli steht von morgens bis abends an der Reling und zeichnet. Ich traue mich nicht, ihn noch mal anzusprechen. Die Bohnenaussage lähmt mich. Und Valeria nervt mich. Sie lässt Luzifer links liegen, der nun die ganze Zeit mit Brabantus und Martin Luther zusammenhockt und herumklagt, und hängt Tag und Nacht an Michelangelo.

Mittlerweile haben die beiden ungefähr hundert Dildette Robustas geschnitzt. »Alle in verschiedenen Größen. Den Robusta da behalte ich.« Valeria deutet auf ein Kunstwerk, das so lang ist wie die Ruder, die immer dann im Einsatz sind, wenn der Wind nachlässt. Ich finde es nach wie vor nicht richtig, dass schwarze Männer als Sklaven gehalten werden, und überlege hin und her, was man dagegen tun kann. Aber mir fällt nichts ein. Wenigstens hat Anne Boleyn aufgehört zu reden. Grün im Gesicht liegt sie in einer Ecke und versucht, regelmäßig zu atmen.

Und Bertram? Der findet plötzlich Gefallen an der Seefahrt und hilft an Deck, wo er nur kann. Ob er mitbekommen hat, dass mir Sandro gefällt und deswegen so still ist? Ich werde ihn mal fragen, wenn sich die Gelegenheit ergibt.

Wir schlafen an Deck. Manche von uns direkt auf dem Boden, manche in komischen Tüchern, die an Masten befestigt werden. Hängematten nennt man sie. Ich liege gern in der Hängematte, das sanfte Wiegen schaukelt einen in den Schlaf.

Wir sind nun schon so weit draußen auf der Nordsee, dass kein Land mehr zu sehen ist. Ein sehr komisches Gefühl. Behäbig durchpflügt die *Fridtjof Fridtjofs* das Meer. In eine Decke gewickelt liege ich in meiner Hängematte, um in die Sterne zu schauen. Auf dem Schiff ist Ruhe eingekehrt, nur ein paar Mann sind noch wach, nämlich die, die das Schiff steuern und den Kurs bestimmen.

Versonnen denke ich über mein bisheriges Leben nach. Vor gar nicht allzu langer Zeit noch ist nicht wirklich viel passiert darin. Um ganz ehrlich zu sein, eigentlich hatte ich damit gerechnet, dass ich für immer in Münzenberg bleiben würde. Oder höchstens in einen Nachbarort ziehe. Und jeder Tag würde gleich verlaufen. Und jetzt? Ja, jetzt bin ich in Richtung England unterwegs. Zum Tode verurteilt, aus einem Verlies geflohen, durch Städte, Bistümer und Herzogtümer gezogen. Und jetzt bin ich hier auf der *Fridtjof Fridtjofs*. Wer hätte das gedacht. Aber wie wird es weitergehen? Unruhig drehe ich mich in meiner Hängematte hin und her. Die Wellen schlagen lauter ans Schiff.

Was wird in meinem Leben noch alles passieren? Ist es gut, wenn man das vorher nicht weiß? Wahrscheinlich schon. Ach, ich denke einfach viel zu viel nach. Außerdem bin ich so müde ...

Mit einem Mal schrecke ich auf. Ein Geräusch dringt vom offenen Meer an mein Ohr. Ich falle fast aus der Hängematte, weil ich mich schnell aufsetze, um mitzubekommen, was für ein Geräusch das ist. Leise gleite ich auf den Boden, um dann zur Reling zu schleichen. Dort stehen schon einige Matrosen. Sie sind ganz aufgeregt. »Hart steuerbord!«, ruft der eine, und der Steuermann dreht am Rad wie ein Wahnsinniger. Die Besatzung spritzt durch die Gegend, stürzt unter Deck und kommt bis an die Zähne bewaffnet zurück. Auch der Kapitän ist plötzlich da und erteilt mit scharfer Stimme Anweisungen.

»Was ist denn bloß los?«, rufe ich.

»Du gehst besser unter Deck«, sagt der Kapitän und schiebt mich von der Reling weg. Ich will aber nicht unter Deck. Nein, ich will hier bleiben und wissen, was passiert.

Ich schüttele seinen Arm ab und blicke neugierig aufs Meer.

Und dann sehe ich es.

Da ist ein ziemlich großes Schiff, und es kommt immer näher. Und da, was ist das? Eine Flagge, eine sehr große Flagge, weht am Mast. Darauf ist ein Schädel zu sehen und zwei gekreuzte Knochen. Das ist doch eigentlich das Zunftzeichen von Carl Lagerveld. Was hat das zu bedeuten? Dann erkenne ich eine Menge Männer, die mit Säbeln und Pistolen dastehen und auch gar nicht zu uns rüberwinken.

»Greift an, greift an!«, brüllt der Kapitän, aber die Besatzung brüllt zurück: »Wir haben keine Chance. Sie sind in der Überzahl!«

Und dann schreit jemand vor Angst gebeutelt auf: »Er ist es! Es ist Störtebeker! Seht ihr nicht das Schiff? Es ist die *Bunte Kuh!*«

Von unten höre ich Hiltrud muhen.

Die Männer auf dem Schiff mit dem komischen Namen heben die Hände mit den Waffen, und die Besatzung auf der *Fridtjof Fridtjofs* kreischt angstvoll: »Nein, nicht! Wir ergeben uns!«

Der Steuermann steuert auch nicht mehr hart steuerbord, sondern tut gar nichts. Alle heben die Hände. Ich auch, weil ich keine Außenseiterin sein will.

Bertram und Cäcilie stehen schlaftrunken neben mir. »Was um alles in der Welt geht denn hier vor sich?«, flüstert Cäcilie und hebt wie ich die Hände.

»Ein gewisser Störtebeker befindet sich auf dem Schiff da.« Ich deute auf die *Bunte Kuh*. »Ich glaube, die haben Angst vor ihm.«

»Wer ist Störtebeker?«, fragt Bertram.

Bevor ich antworten kann, dass ich das leider nicht weiß und es im Moment sicher besser ist, das niemanden zu fragen, fängt die Besatzung der *Bunten Kuh* an zu schießen. Ein Matrose neben mir fällt über die Reling in die Nordsee. Oh, oh! Weil ich nicht auch in die Nordsee fallen möchte, ducke ich mich und ziehe die anderen mit runter.

Ein Scharmützel beginnt.

Rechts und links von uns fallen Matrosen ins Wasser, die offenbar von Kugeln getroffen wurden, andere brechen auf den Holzplanken zusammen. Große Lachen Blut bilden sich.

Das Schiff segelt nicht mehr. Wenn das so weitergeht, werden wir nie in Yarmouth ankommen.

Von der *Bunten Kuh* werden Leinen zu uns rübergeworfen, an denen sich Haken befinden. Niemand traut sich, die Haken, die sich ins Holz bohren, abzumachen, weil man sich ja dabei verletzen könnte. Außerdem befürchtet man, dass das den Männern auf der *Bunten Kuh* eventuell nicht recht sein könnte. Mittlerweile sind alle Leute an Bord aufgewacht und rennen aufgeregt durch die Gegend. Dann wird die *Fridtjof Fridtjofs* von den Männern auf der *Bunten Kuh* mithilfe der Leinen an die *Bunte Kuh* herangezogen, und niemand fragt *uns*, ob uns das eventuell nicht recht ist.

Ich hätte natürlich Ja gesagt. Ich bin mir sicher, jeder hätte Ja gesagt.

Neben mir taucht ein Schatten auf, der sich als Mann entpuppt. Von der *Bunten Kuh* ist er offenbar auf die *Fridtjof Fridtjofs* gesprungen. Leichtfüßig hüpft er von der Reling an Deck. Ich erschrecke mich zu Tode. Der Mann ist sehr groß und sehr ... beeindruckend. Seine schwarzen Haare fallen ihm über die Schultern. Er trägt ein knallrotes Kopftuch, schwarze Pluderhosen und ein weißes Obergewand.

239

Sein Kinn ist energisch, die Nasenflügel beben, und unter wunderschön geschwungenen Augenbrauen funkeln mich seine großen grauen Augen an. An seinem Gürtel blitzt ein Säbel. Er lacht mich an und zeigt dabei seine strahlend weißen Zähne.

Klaus Störtebeker ist an Bord.

Das weiß ich, weil er ein kleines Namensschildchen trägt. *Klaus Störtebeker, Pirat* steht darauf. Was ist ein Pirat? Ich werde Klaus Störtebeker nachher fragen. Sobald sich eine günstige Gelegenheit ergibt. Und falls ich noch am Leben bin.

Nach ihm klettern noch eine Menge anderer Männer rüber zu uns, und die *Fridtjof Fridtjofs* wird immer voller. Es wird eng. Da ist Laurentius. Ich wette, er bekommt gerade eine Klaustrophobie.

»Lilian, Lilian«, sagt er und schüttelt den Kopf. »Du glaubst gar nicht, was passiert ist. Ich habe tief und fest geschlafen und da hatte ich einen Traum. Ich träumte, ich schlief *in* einem Schlafgewand, aber als ich aufwachte, trug ich *keins*. Was in aller Welt hat *das* denn zu bedeuten?«

»Geh zur Seite, Mann!«, Laurentius wird so wie wir alle durch die Gegend geschubst. Und immer mehr Männer verschwinden im Meer. Allerdings nur Besatzungsmitglieder der *Fridtjof Fridtjofs*. Wer soll denn nun das Schiff steuern?

»Sicher ist es besser, wir tun, was er sagt«, mein Cäcilie leise und ergreift meine Hand. »Lasst uns weiter nach hinten gehen, raus aus der Schusslinie.«

Schnell laufen wir zum hinteren Teil des Schiffes, und alle anderen folgen uns. Konstanze hält sich an mir fest. Sie ist so ängstlich, dass sie noch nicht mal mehr weinen kann.

»Oh je, oh je«, flüstert sie.

Das Scharmützel geht weiter. Klaus Störtebeker trennt mit

seinem Säbel abwechselnd Köpfe oder Beine ab. Er trifft immer punktgenau. Seine Männer sind auch nicht schlecht. Einer schafft es, mit nur einem Schlag die Unterschenkel von drei Matrosen der *Fridtjof Fridtjofs* zu durchtrennen. Es ist alles ziemlich unangenehm. Also ich meine, die Tatsache, dass dauernd Blut fließt, ist schon dumm, aber jetzt auch noch die ganzen abgetrennten Körperteile. Ständig rollt ein Kopf auf dem wankenden Deck herum oder man muss über einen herumliegenden Torso springen.

Ich finde, das ist alles ziemlich schlecht organisiert hier.

Sandro Botticelli zeichnet wie ein Besessener. Valeria, die sich offenbar darüber ärgert, dass sie im Schlaf gestört wurde, mischt sich in das Handgemenge ein und geht mit einer größeren Dildette Robusta auf einen von Störtebekers Männern los, um ihm damit ein Auge auszustechen, was ihr aber nicht gelingt. Glücklicherweise kann Michelangelo sie dann zurückhalten. »Nicht, die feine Arbeit!«, ruft er. »Die wollen wir doch noch verkaufen!«

Irgendwann kehrt Ruhe ein.

Die Übriggebliebenen unserer Besatzung haben sich ergeben. Sie stehen in einer Ecke, Störtebekers Männer haben ihnen die Hände mit Leinen auf den Rücken gefesselt.

Störtebeker selbst tritt gelassen vor uns. Seinen blutigen Säbel hält er noch in der Hand. »Ihr fragt euch sicher, wer wir sind und was wir hier wollen«, fängt er an. »Nun, ich bin Klaus Störtebeker, und das sind meine Männer. Hier die beiden, Magister Wigbold und Gödeke Michels, sind meine engsten Verbündeten.« Er deutet auf zwei Männer, die uns mit unbewegter Miene anschauen. »Ihr wisst vielleicht nicht, dass dieses Schiff Tonnen von Diebesgut transportiert. Getreide, Stoffe, Edelsteine, Gold. Ware, die man rechtschaffenen Bürgern entweder gestohlen oder für ein viel zu geringes Entgelt abgekauft hat. In England sollte diese Ware für das Hundertfache weiterverkauft werden, aber die, die es hergegeben haben, hätten nichts davon bekommen. Das finden wir nicht richtig. Wir sorgen dafür, dass es gerecht zugeht. Natürlich werden wir gejagt, aber wir sind klug genug, um uns nicht erwischen zu lassen. Immer mehr Leute schließen sich uns an. Wir sind Piraten, ja! Wir entern Schiffe, und es bleibt nicht aus, dass Blut fließt. Doch alle, die heute gestorben sind, waren Verräter an ihrem eigenen Land. Unehrliche Kerle, die für Geld auch getötet hätten! Es ist böses Blut, das hier geflossen ist.«

Während er redet, wandert er vor uns auf und ab und bleibt schließlich vor mir und Konstanze stehen. Ich weiche einen Schritt zurück, aber Konstanze nicht. Sie starrt Störtebeker an, und er starrt zurück. Bestimmt eine Minute lang. Ich werfe einen schnellen Blick auf sie. Ihr Atem geht schwer, an den Armen hat sie eine Gänsehaut. Ihr Busen hebt und senkt sich unter dem Kleiderstoff. Ihre feinen Haare, die vom Schlaf noch leicht unordentlich sind, verleihen ihr etwas Zerbrechliches. Aber sie sieht gar nicht ängstlich aus. Sie sieht Störtebeker einfach nur so an, und dann fährt sie mit der Zunge über ihre roten Lippen. Konstanze sieht aus, als würde sie Störtebeker mit jeder Faser ihres Körpers begehren. Und er? Er sieht ganz genauso aus.

Er tritt einen Schritt nach vorn und fährt Konstanze mit der einen Hand durchs Haar. Mit der anderen umschlingt er sie und zieht sie zu sich heran. Konstanze hebt den Kopf, und ihre Augen sind fast schwarz. Sie seufzt leise auf. Dann beugt sich Störtebeker zu ihr hinunter, und sie fangen an, sich zu küssen.

»Ähem«, macht Magister Wigbold nach ungefähr zehn Minuten, und endlich lassen die beiden voneinander ab.

Zitternd steht Konstanze dann wieder neben mir. Sie sieht zehn Jahre jünger aus und bebt am ganzen Körper.

»Wo waren wir stehen geblieben?«, fragt Störtebeker, der ebenfalls noch ganz benommen ist. »Ach so, ja, also, wir haben beschlossen, dass diese armseligen Kreaturen da«, er meint die restlichen Besatzungsmitglieder der *Fridtjof Fridtjofs*, »in einem Boot ausgesetzt werden. Sie können rudern, wohin sie wollen, aber dieses Schiff ist unser! Männer!«

»Dieses Schiff ist unser!«, krakeelen seine Leute zurück, woraufhin sie ein kleines Ruderboot zu Wasser lassen, in das sie die acht armen Kerle gesetzt haben. Erst im Boot werden ihre Fesseln gelöst.

»Wie sieht es aus, Klaus, kein Wasser und Brot?«, fragt Gödeke Michels.

Klaus schüttelt den Kopf. »Nein, sie sollen sehen, wie sie zurechtkommen«, meint er knapp.

Dann wird das kleine Boot abgefiert. Ja, *abgefiert*, nicht einfach heruntergelassen. Nach so einiger Zeit auf See lernt man ganz schön viele neue Worte, muss ich sagen.

Die Männer fangen wie Besessene an zu rudern.

»Sie werden es sowieso nicht schaffen«, meint Störtebeker gleichmütig. »Ohne Wasser überleben sie höchstens ein paar Tage. Es sei denn, ein anderes Schiff findet sie und nimmt sie auf. Aber um diese Zeit fahren nicht mehr so viele. Bald ist es Winter.«

Obwohl die Männer in dem Boot böse sind, tun sie mir ein wenig Leid.

»Oh«, Valeria steht neben mir. »Kein Wasser? Aber da ist doch genug Wasser im Meer?«

»Das ist aber salzig«, klärt Bertram sie auf. »Wenn man Salzwasser trinkt, stirbt man.«

»Aber sie können das Salz doch einfach ausspucken«, meint

Valeria und schaut uns alle so an, als hätte sie gerade einen wahnsinnig wichtigen Beitrag geleistet.

Dann befiehlt Störtebeker uns, mit den Aufräumarbeiten auf dem Schiff zu beginnen.

»Ich hoffe nur, das waren alles Katholiken«, meint Martin Luther erschöpft. In jeder Hand hält er einen abgetrennten Kopf. »Der eine hat so kurze Haare, den kann man ja gar nicht richtig tragen«, beschwert er sich dann.

Ich schrubbe mit Cäcilie und Konstanze das Deck. Eimerweise schöpfen wir Wasser aus der Nordsee.

Konstanze ist immer noch fertig mit den Nerven. »Was habe ich denn da gemacht? Was war das nur?«, fragt sie Cäcilie.

Cäcilie fragt zurück: »Wie, was du gemacht hast?«

»Na, das mit den Mündern«, meint Konstanze.

»Nun, ihr habt euch *geküsst*«, sagt Cäcilie langsam und schaut Konstanze eindringlich an. »Willst du mir etwa sagen, dass du deinen Mann noch nie geküsst hast?«

»Nein, das habe ich nicht. Jedenfalls nicht seinen Mund«, sagt Konstanze, errötet leicht und kippt eine Fuhre Salzwasser auf die blutverschmierten Planken. Dann wirft sie einen verstohlenen Blick in Störtebekers Richtung und zupft ihre Bluse zurecht. Störtebeker schaut auch zu ihr. Er lächelt sie an, zeigt wieder seine schönen weißen Zähne und wirft ihr eine Kusshand zu.

Beschwingt schrubbt Konstanze weiter.

Störtebeker ordnet an, dass er und ein Teil seiner Besatzung auf der *Fridtjof Fridtjofs* bleiben und das Schiff weitersegeln. Die anderen sollen zurück auf die *Bunte Kuh*. Kurz vor Yarmouth wollen sie uns dann alleine lassen, aber erst, wenn sie sicher sein können, dass wir den Hafen unbeschadet erreichen.

»Alles, was geladen ist, werden wir natürlich mitnehmen«,

schließt er ab. Dann sagt er zu seinen Leuten: »Und nun
macht die armen Teufel da unten los.«
Befriedigt nicke ich. Endlich werden die Sklaven befreit. Ich
finde den Klaus klasse.

Kurze Zeit später kommen die armen schwarzen Männer
nach oben. Wir bekommen alle einen Riesenschreck. Sie sind
vom Tageslicht total geblendet, weil es da unten ja stockdunkel ist, und sie sehen furchtbar ausgemergelt und schmutzig
aus. Aber wenigstens sind sie nicht blass. Sie können kaum
gerade gehen, weil sie ja die ganze Zeit in dieser gebückten
Haltung dasitzen und rudern mussten. An ihren Hand- und
Fußgelenken sieht man das rohe Fleisch.
Störtebeker ist rot vor Zorn. »Diese Männer wären schon
bald gestorben«, er sieht sich die Wunden an und klopft
einem Schwarzen vorsichtig auf die Schulter. »Wir werden
euch pflegen«, meint er dann. Dankbar blickt der Sklave,
der ja nun keiner mehr ist, ihn an. »Danke, Sahib«, sagt er
leise und senkt den Blick.
Er tut mir so Leid, dass ich anfangen könnte zu weinen. Ich
will, dass alle Sklaven unverzüglich anfangen zu singen und
zu tanzen und fröhlich sind. Die Narben sollen auch weg-
gehen. Auf der Stelle!
Auch Störtebeker muss schlucken. »Nun, hört mir alle zu.
Ihr seid nun freie Männer. Wer von euch spricht unsere
Sprache? Könnt ihr mich alle verstehen?«
Die Schwarzen nicken. Wahrscheinlich sind sie schon jahre-
lang in deutscher Gefangenschaft und mussten wohl oder
übel die Sprache lernen.
»Wer ist der Älteste von euch?«, fragt Störtebeker.
Ein grauhaariger Schwarzer tritt einen Schritt nach vorn.
»Ich bin Shir Khan«, sagt er leise. »Das da sind meine Söhne
Mowgli und Baghira, und das ist mein Bruder Balu.«

245

»Gut, da du der Älteste bist, bist du verantwortlich«, redet Klaus weiter. »Ich möchte keine Meuterei an Bord, wie ich schon sagte, ihr seid nun freie Männer. Aber ihr müsstet noch mitarbeiten, bis wir an Land gehen. Wir sind ja nun weniger Besatzung, das heißt, alle müssen mithelfen. Wie sieht es aus? Könnt ihr noch einige Zeit rudern, so dass wir vorwärtskommen? Der Wind ist zu schwach. Natürlich erst, nachdem ihr euch gestärkt habt. Gerudert wird abwechselnd, natürlich ohne Ketten, es gibt ausreichend zu essen und zu trinken und selbstverständlich auch genügend Schlaf für alle. Für Decken und anständige Lager ist gesorgt.«

Shir Khan nickt für alle.

Cäcilie und ich gehen in die Kombüse, um den armen Männern etwas zu essen zu bereiten.

Konstanze läuft hinter uns her.

»Lilian«, sie ergreift meinen Arm. »Lilian, Klaus … Klaus und ich, also wundert euch bitte nicht, wenn ich heute Nacht nicht bei euch sein werde. Weil Klaus und ich … na ja, du weißt schon. Äh, Lilian, würdest du mir wohl … äh …«

Ich nicke und greife in meine Rocktasche. »Hier hast du zwanzig Pillen. Die sollten vorerst genügen.«

»Danke, Lilian, du bist ein Schatz«, freut sich Konstanze. »Ich geh dann mal wieder nach oben zum Klaus.«

»Sie ist verliebt«, Cäcilie lächelt. »Ist das nicht süß? Ich hoffe nur, dass Störtebeker sie nicht enttäuscht. Konstanze hat schon zu viele Enttäuschungen ertragen müssen.«

Nachdem wir einen kräftigen Eintopf aus Rindfleisch, Kohl und Bohnen zubereitet haben, geht es weiter. Störtebeker bleibt bei uns an Bord und macht den Ersatzkapitän, und die gesättigten Schwarzen setzen sich wieder nach unten und fangen an, freiwillig zu rudern. Allerdings rudern sie viel langsamer als vorher, was vielleicht an einem Lied liegt, das sie singen. Balu gibt den Ton an:

»Probier's mal mit Gemütlichkeit,
mit Ruhe und Gemütlichkeit
wirfst du die dummen Sorgen über Bord,
und wenn du stets gemütlich bist
und etwas appetitlich ist,
greif zu, denn später ist es vielleicht fort.«

Konstanze weicht Klaus Störtebeker nicht von der Seite. Und
er, er weicht auch nicht von ihrer Seite. Dauernd küssen sie
sich. Konstanze liegt bei diesen Küssen hingebungsvoll und
biegsam wie eine Gerte in seinen Armen. Die beiden sind ein
wirklich schönes Paar.
»Schau, Konstanze, das hier ist der Jakobsstab, durch den
blicke ich in die Sonne, um die Breitengrade zu bestimmen.
Damit ich weiß, wo wir sind. Man darf nur nicht zu lange
durch den Jakobsstab schauen, denn er holt die Sonne sozusagen durch das Glas näher heran. Wenn ich nicht auf-
passe, erblinde ich sonst auf dem Auge und muss dann eine
Augenklappe tragen. Ich weiß, viele Piraten tragen eine
Augenklappe, aber ich möchte nicht unbedingt eine haben.
Mir ist mein Augenlicht wichtiger.«
»Ja«, antwortet Konstanze und himmelt ihn an. »Schön.«
Abends verschwinden sie ziemlich früh in Störtebekers Ka-
bine und kommen am nächsten Morgen ziemlich spät wieder an Deck. Konstanze strahlt noch mehr als vorher und
Störtebeker auch, und sie sehen sehr glücklich aus.
Zum ersten Mal verspüre ich so etwas wie Neid. Ich
möchte auch so glücklich sein. Ich stehe an der Reling und
schaue aufs Meer. Der Wind ist wieder stärker geworden,
und ich muss mein Tuch fester um die Schultern ziehen,
damit es nicht wegweht. Es wird noch lange kein Land in
Sicht sein.
Da tippt mir jemand auf die Schulter. Ich drehe mich um.

Einer der Schwarzen steht vor mir. Freundlich schaut er mich an. »Du siehst traurig aus«, meint er und sagt dann: »Es ist eine alte afrikanische Weisheit: Wende dein Gesicht der Sonne zu, dann fallen die Schatten hinter dich.« Dann lächelt er mich an und geht weiter.

Ich bleibe an der Reling stehen und denke über seine Worte nach. Was er damit wohl meint? Hm. Ich stehe tatsächlich im Schatten. Und da hinten steht Sandro Botticelli. Der steht natürlich in der Sonne. Meinte der Mann, dass ich einfach noch mal versuchen soll, ihn anzusprechen?

Betont gelangweilt gehe ich einige Schritte in Sandros Richtung. Er hat natürlich schon wieder einen Block vor sich und zeichnet. Ich bleibe neben ihm stehen.

»Wie geht es dir, Lilian?«, fragt Sandro unvermittelt.

»Oh, sehr gut«, antworte ich und hoffe so sehr, dass er nicht hören kann, wie mein Herz klopft. Oh. Oh.

»Ich wollte dich schon die ganzen letzten Tage ansprechen«, fährt Botticelli fort und lächelt. »Aber erst der ganze Tumult, und dann habe ich mich nicht getraut. Ich wollte dir noch etwas sagen.«

»Mir?«, frage ich.

Herrje, natürlich mir. Wenn er mir was sagen will, meint er doch mich.

»Mit den Bohnen, weißt du, geht es mir genauso wie dir«, sagt Botticelli und legt den Stift zur Seite. »Manchmal hab ich Appetit drauf und manchmal nicht. Da haben wir doch etwas gemeinsam.«

»Ja«, sage ich, während ich mein Gesicht in die Sonne halte und plötzlich sehr froh bin. »Da haben wir doch was gemeinsam.«

Dann reicht mir Sandro seinen Arm, und ich hake mich unter, um mit ihm ein wenig an Deck spazieren zu gehen. In der Sonne.

Bertram macht ein grimmiges Gesicht. Er steht am Steuerrad und schaut uns böse hinterher. Ach, hätte Bertram doch auch endlich eine Frau. Ich kann doch nicht aus Mitleid mit ihm zusammen sein. Das ist keine gute Grundlage für eine Beziehung. Glaube ich zumindest.

Ich hätte nie gedacht, dass es so viel Spaß machen kann, sich so unendlich lange mit einem einzelnen Menschen zu unterhalten. Aber mit Sandro macht es Spaß. Er erzählt von seiner Kindheit in Florenz, von seinen Eltern, die ihn immer darin bestärkt haben, sich der Kunst zu widmen, und davon, was er schon alles gemalt hat. »Ich muss leider viele Auftragsarbeiten annehmen«, meint er. »Viele Kirchen habe ich schon verschönert.«
»Du arbeitest für die Kirche?«, frage ich.
Sandro nickt. »Ja nun, von irgendetwas muss man doch leben. Wovon lebst du denn, Lilian?«
Auf gar keinen Fall habe ich die Absicht, ihm zu erzählen, dass Cäcilie und ich vorhaben, die Anti-Baby-Pille weltweit zu verbreiten. Wenn Sandro das seinen Auftraggebern weitersagt, können wir gleich einpacken. Also rede ich mich ein wenig raus und sage, dass ich meine Tante in Yarmouth besuche, die würde da schon ganz lange wohnen, sie sei ausgewandert und freue sich schon so. Mir muss unbedingt noch eine Ausrede einfallen. Denn die Tante gibt es ja nicht. Was, wenn Sandro fragt, ob mich die Tante am Hafen abholt? Na ja, darüber muss ich dann noch mal in Ruhe nachdenken.
Jedenfalls bin ich sehr angetan von Sandro. Er scheint auch von mir angetan zu sein; er weicht gar nicht mehr von meiner Seite. Und er sieht mich immer mit liebevollen Blicken an. So hat mich vorher noch nie jemand angesehen. Hach, Sandro …

Er zeigt mir dann einige von seinen Zeichnungen. Alle sind sehr kirchlich angehaucht, aber in wunderbaren, satten, aber nicht aufdringlichen Farben gemalt. Würde ich die Kirche nicht so doof finden, fände ich die Zeichnungen wirklich gut. Aber ich muss meinen Standpunkt vertreten, was ich allerdings nicht laut tue. Ich muss vorsichtig sein.

Abends habe ich Backschaft, also Küchendienst, und Sandro begleitet mich in die Kombüse. Mit seinen filigranen Händen schnippelt er Gemüse und Fleisch klein. Ich genieße seine Nähe.

»Wie gern würde ich dir meine Heimat zeigen, Lilian«, schwärmt er. »Nirgendwo sonst auf der Welt scheint die Sonne so wie in Italien, nirgendwo sonst.«

»Warst du denn schon überall auf der Welt?«, will ich wissen, während ich einen Brotteig herstelle.

»Natürlich nicht«, gibt Sandro zu. »Aber wenn man das jedem erzählt, glaubt man es selbst irgendwann.«

Sandro ist wirklich süß. Wie er seine Heimat liebt!

In der nächsten Sekunde gibt es einen Schlag, dass ich denke, das Schiff bricht auseinander. Mein Brotteig fliegt durch die Luft und Sandros Gemüse auch, alle Töpfe fallen um und wir ebenfalls. Ich schreie laut auf vor Schreck und Angst, und Sandro stößt sich schlimm den Kopf an einer Tischkante.

Von oben hören wir Schreie.

Oh, oh! Sind womöglich die ausgesetzten Besatzungsmitglieder in ihrem Boot wiedergekommen und haben Verstärkung mitgebracht? Sind wir gleich alle tot? Schnell wische ich mir die Hände an meiner Schürze ab, und gemeinsam mit Sandro, auf dessen Kopf sich eine fette Beule bildet, laufe ich nach oben an Deck.

Störtebeker steht mit einem Fernrohr an der Reling.

250

Konstanze, die natürlich neben ihm steht, hält erschrocken
die Hand vor den Mund.

»Nicht weiterrudern. Segel runter.«

Der Pirat ist leichenblass.

»Das kann ich nicht glauben.«

Um Himmels willen, was ist das? Entsetzt weiche ich zurück, bin dann aber doch so neugierig, dass ich einfach weiter aufs Wasser starren *muss*.

Es ist ein Monster. Ein schwarzweißes Monster, wenn man es ganz genau nimmt. Und das Monster dreht durch. Es schlägt um sich, macht quiekende Geräusche, und dann spritzt auch noch Wasser aus dem Monster hoch.

»Du meine Güte«, meint Störtebeker. »Wir sind auf einen schlafenden Wal gesegelt.«

Ein Wal. Was ist ein Wal? Und warum sind wir auf ihn draufgesegelt? Und wieso hat der Wal geschlafen? Einfach so mitten in der Nordsee? Und wie ist es möglich, dass dieser Wal so groß ist wie die *Fridtjof Fridtjofs*?

Aber es kommt noch besser. In Form eines kleinen Kutters. In dem Kutter sitzt ein Mann, der die ganze Zeit am Brüllen ist. »Du Mistkerl, ich krieg dich, du entkommst mir nicht, dir werd ich es zeigen!« Er ist rot im Gesicht und erhebt sich, um mit geballter Faust weiterzuschreien.

Neben mir steht Sandro und zeichnet.

Der Mann in dem Kutter strauchelt und fällt beinahe ins Wasser, weil der Wal, der ja nun mittlerweile wach ist, dauernd um das kleine Boot herumschwimmt, um sich dann aus dem Wasser zu erheben und mit der Schwanzflosse um sich zu schlagen. Der Kutter wackelt bedenklich.

»Dieses Schwein!«, kreischt der Mann. »Dieser miese Mistkerl!«

Da sehe ich, dass der Mann nur ein Bein hat. Also, er hat ein echtes Bein und ein Holzbein. Und mit dem Holzbein stampft er dauernd so fest auf, dass der Kutter bedrohlich wankt. Was sollen wir denn jetzt nur tun? Wenn wir gar nichts tun, könnte es passieren, dass der Mann gleich von dem Wal gefressen wird. Und wenn wir was tun, werden wir vielleicht alle gleich von dem Wal gefressen. Ich werde jedenfalls hier auf dem Schiff bleiben.

»Werft ihm eine Leine zu!«, brüllt Störtebeker. »Schnell, wenn ich bitten darf!«

»Ich will keine Leine, ihr da oben!«, der Einbeinige ist nicht zu bremsen. »Ich muss erst dieses Schwein vernichten!« Der Wal dreht seine Kreise um das Boot.

»Er wird dich umbringen!«, kommt es von Störtebeker. »Mann, sei vernünftig und lass dir helfen!«

Der Einbeinige schüttelt den Kopf und schlägt mit einem Ruder nach dem Wal, der sich zur Strafe aufbäumt und dann fallen lässt, so dass sogar unser Schiff wackelt.

»Was geht denn hier vor sich?«, Cäcilie kommt aufgeregt zu uns. Sie ist genau so erstaunt wie ich.

»Das Schiff ist auf einen schlafenden Wal gesegelt, und jetzt ist der Wal wach und streitet sich mit einem einbeinigen Mann in einem Kutter«, kläre ich sie auf und sehe voll und ganz ein, dass sie daraufhin überhaupt nichts versteht.

Der Teil von Störtebekers Besatzung, der die *Bunte Kuh* neben uns entlangsteuert, ist genau so ratlos wie wir. Währenddessen tobt der Einbeinige in seinem Boot herum.

»Schluss jetzt mit diesem Zirkus«, meint Störtebeker dann, »fangt ihn mit einer Leine ein. Ich möchte nicht Schuld daran sein, dass er umkommt.«

Seine Männer werfen also Leinen, und eine der Leinen wickelt sich tatsächlich um den rotgesichtigen, wütenden Mann, der sich wie wild dagegen wehrt. Aber die Leine zurrt sich immer fester um seinen Körper. Dann wird der arme Tropf aus seinem kleinen Boot auf die *Fridtjof Fridt-jofs* gezogen, immer noch protestierend.

»Lasst den Mistkerl nicht entkommen!«, blökt er herum.

»Meine Güte«, Störtebeker schüttelt den Kopf, »von mir aus, dann fangt den Wal auch noch ein. Wenn Zeit ist, können wir ihn erlegen und mit dem Tran unsere Schiffs-kleidung einfetten, damit der Regen daran abtropft. Dafür ist Waltran sehr gut.«

Die Matrosen holen ein riesiges Netz aus einer Kiste her-vor. Sie stellen sich steuer- und backbord auf und halten das Netz zwischen sich. Dann gibt einer ein Kommando, und sie werfen es mit weitem Schwung ins Wasser. Der Wal, der immer noch in der Nordsee durchdreht, verheddert sich darin und ist irgendwann gefangen. Er taucht immer wieder auf und stößt fiepende Laute aus.

»Festmachen, Leinen festmachen!«, rufen alle durcheinan-der. Schnell werden Knoten fabriziert.

Dann fangen die Ex-Sklaven im Schiffsbauch wieder an zu rudern, und wir ziehen den Wal hinter uns her.

Der Einbeinige befindet sich mittlerweile auf der *Fridtjof Fridtjofs* und brüllt weiter herum, dass der Wal ein Mist-kerl sei. Er hat stechende Augen, einen langen Vollbart und ist mir nicht sympathisch. Weil er so negativ eingestellt ist. Alles findet er Scheiße.

»Was soll ich mit einer heißen Suppe zur Stärkung?«, meint er beispielsweise und wirft die Holzschale, die man ihm reicht, einfach auf den Boden. »Ich muss den Mistkerl be-siegen.« Er ballt schon wieder die Faust und fuchtelt mit seinem Holzbein herum. »Was soll ich mit einer Decke? Mir ist nicht kalt«, geht es weiter, obwohl er klatschnass ist und am ganzen Leib zittert. »Seit Monaten verfolge ich ihn, seit Monaten schon!«

»Aber warum denn nur?«, will ich wissen.

Der Giftzwerg dreht sich blitzschnell zu mir um und deutet auf sein nicht mehr vorhandenes Bein. »Das hat er mir abgebissen. Einfach so abgebissen. Ich hasse ihn dafür.«
»Mann, sag uns erst mal, wie du heißt«, schlägt Störtebeker vor.
Der böse Mann richtet sich auf und sagt: »Ich bin Kapitän Ahab. Und ich werde dafür sorgen, dass Moby Dick sterben wird.«
Moby Dick. Das ist ja ein ziemlich niedlicher Name für einen so großen Wal.
Aber Moby Dick scheint das alles auch gar nicht zu interessieren. Er tobt in seinem Netz herum und fiept. Er geht mir sehr auf die Nerven.
Man sollte eben keine schlafenden Wale wecken.

Kapitän Ahab entschließt sich dann doch erst mal dazu, bei uns auf der *Fridtjof Fridtjofs* zu bleiben, eine Tatsache, die nach einer halben Stunde niemand mehr wirklich gut findet. Was damit zu tun hat, dass er nur am Meckern ist. Nur. Nie ist er selbst an etwas schuld, immer sind es die anderen. Das Schiff ist doof, der Wal muss sterben, wir sind schuld, dass der Wal noch lebt, das Essen ist eine Frechheit und dass er in einer Hängematte schlafen muss, auch. Dann setzt er sich versehentlich auf eine der Dildette Robustas, die mittlerweile zu Hunderten auf dem Schiff herumliegen, und Michelangelo ist schuld daran, dass er vor Schreck und Aufregung tagelang keinen Stuhlgang hat. So geht es immer und immer weiter.
Moby Dick hat sich irgendwann beruhigt und schläft die meiste Zeit. Ab und zu spritzt eine verlorene Wasserfontäne aus seinem Körper, und manchmal fiept er. Womöglich hat er Hunger, aber auf Einzelschicksale kann nicht immer Rücksicht genommen werden. Außerdem ist er fett genug, der kleine Moby Dick.

Je näher wir Yarmouth kommen – laut Gödeke Michels haben wir die Hälfte der Strecke schon hinter uns –, desto aufgeregter wird Anne Boleyn. Sie steckt uns alle damit an.

»Was, wenn die Heinrich mich an die Hafe abholt und mit die Rombaud dasteht?«, will sie wissen und greift sich ununterbrochen an den Hals.

»Tu doch einfach so, als würdest du ihn nicht erkennen«, schlägt Brabantus vor, und Laurentius und Martin Luther nicken.

Das ist eine brillante Idee.

Luzifer hat sich mit Michelangelo angefreundet. Also nicht angefreundet im herkömmlichen Sinn, sondern anders.

»Ich glaube, Michelangelo mag mich«, sagt er mir irgendwann. Ich freue mich für Luzifer und meine, das sei doch schön. Aber Luzifer wird rot und sagt: »Ich mag den Michelangelo auch. Er hat mir eine eigene Dildette geschnitzt.«

Ich sage dann nichts mehr, weil ich nicht weiß, worauf Luzifer hinauswill, und so außergewöhnlich ist die Tatsache, von Michelangelo eine eigene Dildette geschnitzt zu bekommen, nun auch nicht. Jeder auf dem Schiff könnte fünf eigene haben, wenn er wollte. Nachmittags sehe ich dann Luzifer, Michelangelo und Valeria. Sie sitzen zusammen und tuscheln herum, und abends verschwinden sie gemeinsam in einer der wenigen Kajüten. Das haben sie vorher so auch noch nie gemacht.

Am nächsten Morgen kommen alle glücklich wieder an Deck, und Valeria verkündet: »Wir haben einen flotten Dreier gemacht. Eigentlich einen Sechser. Wir drei und drei Dildettes. Ich finde das toll so.«

Ich sage nichts dazu. Ich meine, was soll ich denn dazu sagen? Ich, Lilian Knebel aus Münzenberg in der Gemarkung Mavelon, bin auf einem Schiff, das einen Wal hinter sich herzieht, auf dem Weg nach England, um mit dem König

Grundsatzdiskussionen zu führen. Neben einem nörgelnden Einbeinigen sind Piraten an Bord, ehemalige Sklaven, die ständig singen, und ein junger Künstler, der sein Lebenswerk darin sieht, künstliche Penisse zu basteln. Wenn also einer der Passagiere sich jetzt noch zu dem jungen Künstler hingezogen fühlt, ist doch alles wunderbar.

»Michelangelo hat sich schon immer mehr für Männer als für Frauen interessiert«, erklärt mir Sandro, dem ich davon erzähle. »Nun, ich sage dazu immer: Jeder, wie er's braucht. Sollen sie doch alle glücklich werden.«

Ja. Sollen sie.

In einer ruhigen Minute gehe ich zu Bertram. Er schießt Leinen auf und entwickelt sich immer mehr zu einem guten Matrosen. Störtebekers Leute loben ihn für seinen Fleiß und seine Auffassungsgabe.

»Du, Bertram«, ich ergreife seinen Arm.

»Hm«, macht er, ohne mich anzuschauen.

»Bist du böse auf mich?«

Bertram blickt auf. »Nein«, sagt er dann leise. »Nur traurig. Ich dachte ehrlich gesagt, dass wir gemeinsam irgendwann ... aber es soll wohl nicht so sein. Wie du diesen Sandro ansiehst, so hast du mich noch nie angesehen. Na ja«, er beugt sich wieder über seine Leinen. »Das soll dann wohl so sein. Das ist dann wohl Schicksal.«

»Ach, Bertram.« Es macht mich ganz unglücklich, ihn so zu sehen. »Liebe kann man doch nicht erzwingen. Du findest bestimmt eine Frau, mit der du dein Leben verbringen wirst. Ganz bestimmt.«

»Hm«, macht er, »ich wüsste zwar nicht wo, weil hier auf dem Schiff ist das wohl schlecht möglich, aber wir werden sehen. Mach dir um mich keine Sorgen.« Dann lächelt er mich lieb an.

Na ja, er versucht es zumindest.

Wenigstens geht es den Tieren gut. Mehrmals am Tag besuche ich Hiltrud, Famfatal, Wurst und das Pferd von Anne unter Deck. Die vier scheinen sich gut zu verstehen. Famfatal ist schon richtig dick. Die Tiere haben einen luftigen Stall und sogar ein eigenes Bullauge. Moby Dick in seinem Netz schwimmt direkt davor. Er kann durch das Bullauge zu ihnen hineinschauen und hat so wenigstens ein bisschen Unterhaltung. Manchmal klettert Kapitän Ahab ans Heck der *Fridtjof Fridtjofs*, um Moby Dick zu beschimpfen, und manchmal bewirft er ihn auch mit Dildettes, was aber niemanden wirklich interessiert.

Es passiert auch nichts Weltbewegendes, außer dass eines Tages ein weiteres Schiff aufkreuzt und neben uns hersegelt. Störtebeker brüllt den Leuten auf dem Schiff zu, dass sie uns Wind wegnähmen und gefälligst woanders segeln sollten.

Aber die Menschen auf dem Schiff sehen so verzweifelt aus, dass er ihnen dann doch Gehör schenkt.

Ein blonder Mann steht am Bug und fragt heiser: »Ist das hier die Richtung nach Amerika?« Er hat einen Akzent, der mir bekannt vorkommt. Nachdem Störtebeker verneint, kreischt er: »Warum denn nicht? Ich muss doch nach Amerika!« Dann fängt er an zu heulen.

Natürlich hat Störtebeker wieder so viel Mitleid, dass er den Mann und seine Mannschaft auf unser Schiff einlädt. Es ist sowieso schon spät, wir ankern, und die Männer kommen auf einem kleinen Boot zu uns rüber. Mittlerweile weinen sie alle.

Ich habe wirklich langsam keine Lust mehr auf diese ganzen Unterbrechungen. Erst Störtebeker, dann Kapitän Ahab und jetzt diese Weicheier, die sich laut schluchzend in den Armen liegen. Und außerdem noch dieser ehemalige Sklave, der ständig auf der *Fridtjof Fridtjofs* herumläuft und Weisheiten verkündet. So langsam will sie niemand mehr hören.

»Das Gras wächst nicht schneller, wenn man daran zieht«, sagt er beispielsweise, und kein Mensch versteht, was er uns eigentlich damit sagen will. Oder: »Ganz egal, wie lange ein Baumstamm im Wasser liegt, er wird kein Krokodil werden.« Was soll das? Ich habe das Gefühl, er hört sich einfach nur wahnsinnig gern reden.
Bin ich froh, wenn wir endlich in Yarmouth sind.

»Und dann habe ich gesagt, ich werde euch beweisen, dass die Erde keine Scheibe ist«, jault der Mann herum, der Christoph Kolumbus heißt.
Michelangelo hat sich eine Weile mit ihm auf Italienisch unterhalten, ist dann aber sehr bald unter Deck geflüchtet, was ich ihm nicht verdenken kann.
»Buhuhu!«, heult Kolumbus herum. »Aber keiner hat mir geglaubt. Dann sind wir losgefahren auf der *Santa Maria*, und ich habe gesagt, es gibt ganz viele Kontinente, und die Erde ist keine Scheibe, sonst würden wir ja am Ende runterfallen, nein, die Erde ist eine Kugel, die sich langsam dreht, buhuhuuu! Kann mir bitte jemand ein Tüchlein reichen? Danke.« Er schnaubt in das Tüchlein und ist nicht zu beruhigen. »Ach, ist das alles schlimm! Hat jemand bitte ein alkoholisches Getränk für mich? Danke. Was soll ich denn noch machen? Wohin soll ich denn noch fahren? Ich dachte, das hier sei der richtige Weg nach Amerika. Gold und Ehre hat man mir versprochen, wenn ich Amerika entdecke. Wieder nichts, wieder nichts. Buhuu!« Er schluchzt auf.
Botticelli zeichnet. Er sagt kein Wort. Wahrscheinlich, um sich nicht als Landsmann des Italieners zu erkennen zu geben.
»Was will ich denn in Yarmouth?«, will Kolumbus wissen, und keiner kann es ihm sagen. Bestimmt will Yarmouth auch nichts von ihm.

»Wenn der Affe zuschaut, pflanze ich keine Erdnüsse«, sagt der alte Ex-Sklave, aber Kolumbus scheint das nicht weiterzubringen.

»Ich weiß noch nicht mal, wie ich von hier nach Spanien zurückkomme«, beschwert er sich. »Meine Seekarten sind nass vom Wasser meiner Tränen. Das ist alles nicht gut, buhuu!«

Seine Mannschaft fällt in das Geheule ein, und minutenlang kann man sein eigenes Wort nicht verstehen.

Selbst Störtebeker wird es zu viel. Er weiß gar nicht, was er sagen soll.

Ich weiß es auch nicht. Ich wusste auch nichts von Amerika und nichts darüber, dass die Erde angeblich eine Scheibe ist. Na ja, jedenfalls ist sie dann eine ziemlich große Scheibe, sonst wären wir ja schon irgendwo runtergeplumpst, aber laut Kolumbus ist sie ja sowieso keine Scheibe.

Der jedenfalls ist so am Ende mit seinen Nerven, dass er noch das eine oder andere alkoholische Getränk braucht und auch noch ein paar Tüchlein. Dann geht es ihm halbwegs besser.

»Amerika soll einfach brennen«, tröstet Martin Luther Christoph und klopft ihm auf die Schulter.

»Ja, ja«, schluchzt Kolumbus. »Aber erst, wenn ich da war.«

Nach einigen Stunden ist die Mannschaft in der Lage, zur *Santa Maria* zurückzurudern.

»Ich bin ein Versager«, weint Kolumbus zum Abschied, und niemand widerspricht ihm.

»Keiner nimmt das Amulett eines Toten und sagt: Schenke mir Leben und Gesundheit«, meint der weise Sklave.

Christoph nickt, warum auch immer. »Wenn ich Amerika gefunden habe, müsst ihr mich besuchen kommen«, sagt er. »Das wird schön.«

260

»Klaus hat mich gefragt, ob ich ihn heiraten möchte«, erzählt mir Konstanze am nächsten Tag aufgeregt.

Wir stehen gemeinsam in der Kombüse und bereiten einen Fischeintopf zu.

»Aha«, sage ich verwundert. »Aber du bist doch verheiratet.«

»Pah«, Konstanze sieht mich mit funkelnden Augen an. »Das weiß doch niemand. Von mir wird es auch niemand erfahren. Nein, ich tue einfach so, als hätte es meinen widerlichen Mann nie gegeben. Ich will mit Klaus mein restliches Leben verbringen.«

»Von mir wird es niemand erfahren«, verspreche ich.

Konstanze wird rot. »Also, ganz ehrlich, Lilian, ich war noch nie in meinem ganzen Leben so glücklich wie mit Klaus. Klaus ist so ein ... toller Mann. Wenn er mich umarmt, fühle ich mich so geborgen und so sicher und möchte, dass er mich nie mehr loslässt.«

»Liebst du ihn denn?« Die Frage wird man ja wohl noch stellen dürfen.

Konstanze nickt: »Oh ja, sehr, das heißt, ich glaube schon, ich kannte dieses Gefühl ja vorher nicht. Mir ist so kribbelig, und mein Herz klopft immer so stark, wenn ich ihn sehe. Ich bin so glücklich, und wir haben uns jede Menge zu sagen, und das ... andere läuft auch gut.«

Ich werfe die Fischabfälle in einen Trog. »Aber wenn du ihn heiratest, was dann? Dann wirst du ja auch sicher bei ihm sein wollen, oder? Und was wird dann aus uns? Oder sollen wir alle mitkommen?«

»Nein, natürlich nicht. Darüber habe ich mir auch schon Gedanken gemacht«, sagt Konstanze leise. »Ich würde Klaus dann natürlich folgen, egal, wohin er geht. So ist das nun mal. Aber Klaus hat bestimmt auch mal Ferien, und dann können wir dich besuchen.«

Mich besuchen? Woher will Konstanze denn wissen, wo ich dann bin, wenn der Klaus mal Ferien hat?

Moment mal. Plötzlich bekomme ich schreckliche Angst. Was wird denn überhaupt, wenn wir in England sind? Wie geht es weiter? Also, so überhaupt. Ja, wir werden in Yarmouth einlaufen in einiger Zeit, und dann? Wo sollen wir hin? Wo wohnen wir? Wir haben zwar noch etwas Geld, einige hundert Taler, die wir Valerias Liebeskünsten zu verdanken haben, aber auch die sind ja irgendwann weg. Bleiben wir alle zusammen? Ich könnte eine Stellung als Magd annehmen, oder ich könnte weiter die Pille produzieren und sie zur Abwechslung mal nicht verschenken, sondern verkaufen. Ich muss unbedingt einen Lebensplan erstellen. Und nicht nur immer darüber nachdenken.

»Darüber habe ich auch schon nachgedacht«, nickt Cäcilie, als ich ihr später an Deck meine nicht vorhandenen Zukunftspläne schildere. »Aber es passiert ja ständig irgendwas, da kommt man gar nicht zum Nachdenken. Wir bleiben aber auf jeden Fall zusammen, oder?« Erleichtert nicke ich. »Unkraut vergeht nicht«, lächelt Cäcilie. »Und wer weiß, was die Zukunft uns bringt. Was ist mit dir und Sandro?«

»Was soll da sein?« Warum werde ich schon wieder rot? »Sandro wird bald schon nach Italien zurückgehen. Mit Michelangelo.«

»Mit Michelangelo? Ich glaube eher, dass Michelangelo in unserer Mitte bleiben wird. Er, Luzifer und Valeria haben ja wirklich eine besondere Beziehung.« Cäcilie schmunzelt. »Wenn du mich fragst, mag Luzifer Frauen *und* Männer und der gute Michelangelo *nur* Männer, nimmt aber die Frau notgedrungen mit in Kauf. Und Valeria findet das alles wunderbar. Schau mal, sie sind schon wieder am Schnitzen.«

Wie kann man nur Tag und Nacht schnitzen? Und warum sitzt Kapitän Ahab jetzt auch noch in der Runde? Ich glaube, ich sehe nicht richtig. Sie schnitzen an Ahabs Holzbein herum. Und was schnitzen sie aus Ahabs Holzbein? Natürlich, eine Dildette Robusta. Was aber noch merkwürdiger ist: Ahab lacht. Der Mann kann tatsächlich lachen!

»Das habt ihr fein gemacht«, freut er sich. »Da vorn noch ein bisschen runder, bitte. Ha, so ein Holzbein hat nicht jeder.« Später spaziert er mit dem umgeschnitzten Holzbein herum und zeigt es vor. Alle, die es sehen, werden rot. Wenn Ahab das Holzbein in die Waagerechte hebt, sieht es aus, als wäre es *echt*. Dann geht er zum Heck und versucht, Moby Dick mit dem Holzbein ein Auge auszustechen, wird aber nass, weil Moby Dick eine Wasserfontäne loslässt.

»Das ist mein schönstes Kunstwerk.« Michelangelo blickt Ahab stolz nach. »Aber wir beiden, Luzifer, wir haben auch Kunstwerke in unseren Hosen, oder?«

Luzifer nickt gierig, Valeria macht »Hihihi«, und dann gehen die drei wieder unter Deck. Das ist ja nicht zum Aushalten.

Cäcilie lacht. »Ist es nicht einfach alles unglaublich?«, meint sie nur. »Einfach unglaublich.«

Dann geht sie auch nach unten, um nach Famfatal und den anderen Tieren zu schauen.

Lilian, hast du wohl einen Moment Zeit für mich?«
Es ist Sandro. Er trägt wie immer seinen Zeichenblock vor sich her.

Schnell streiche ich meine Haare zurück und hoffe, dass
meine Hände nicht zu sehr nach Fisch stinken.

»Oh«, macht Sandro und sieht mich an. Mein Haar wird
aufs Neue vom Wind zerzaust, und obwohl die Sonne nicht
mehr allzu viel Kraft hat, ist es angenehm warm an diesem
Nachmittag. »Ich würde dich zu gern malen, genau so, wie
du jetzt dastehst«, sagt er leise. »Dein Haar hat eine un-
glaubliche Farbe, es glänzt wie frischer Honig und leuchtet
fast golden. Bleib so stehen, Lilian, bleib genau so stehen.«

Ich tue, was er sagt, und Sandro fängt an zu zeichnen. Der
Stift fliegt nur so über das Papier. »Oh, wie schön dein Haar
wirkt. Vom Winde verweht«, schwärmt er und will gar
nicht mehr aufhören zu malen.

»Nein, nein, warum lässt der Wind denn jetzt nach?«, ruft
er einige Zeit später. Erzürnt blickt er in den Himmel. »Nur
einmal noch, ich bin fast fertig«, fleht er, aber der Wind mag
nicht zurückkommen.

Dafür kommen Brabantus und Laurentius vorbei.

»Seid so gut, bitte seid so gut und tut mir einen großen Gefallen«, Sandro weint fast. »Ich brauche Wind, um Lilians
Haare so richtig zur Geltung kommen zu lassen. Wärt ihr so
freundlich und würdet ein wenig pusten? So, dass die Haare
ein bisschen wehen?«

»Warum?«, fragt Brabantus. »Ich bin froh, dass der Wind
mal nicht weht.«

Laurentius stimmt ihm zu: »Und ich bin froh, wenn diese Überfahrt vorbei ist. Ich habe keine Lust mehr auf die Seefahrt.«

»Ich finde die Seefahrt an sich ganz angenehm. Ich habe sogar ein Lied über die Seefahrt gedichtet«, Brabantus ist sehr stolz. »Eine Seefahrt, die ist lustig, eine Seefahrt, die ist schön, und nachher woll'n wir alle miteinander baden geh'n. Holla hi, holla ho, hollahiahiahiahollaho.«

Sandro tut, als gefalle ihm Brabantus' Lied unglaublich gut, und nachdem er die beiden noch ein bisschen bittet, pusten sie endlich doch. Auch wenn Laurentius dabei ein bisschen jammert.

Sandro zeichnet die beiden gleich mit.

Dann zeigt er mir das Bild. »Es ist noch lange nicht fertig, es ist erst die Rohzeichnung«, sagt er. »Schau.«

»Ich habe ja gar nichts an!« Ich bin empört. »Und warum stehe ich in einer Muschel?«

»Muscheln wirken geheimnisvoll. Und ich möchte, dass die Menschen das Bild später mit dem Gefühl betrachten, es berge ein Geheimnis. Hoffentlich bekomme ich es fertig, und hoffentlich wird es gut. Ich weiß nur noch nicht, wie ich das Bild nenne. Siehst du, wie fein deine goldenen Haare fallen?«

»Ich sehe aber nackt gar nicht so aus«, sage ich und werde rot.

»Das würde ich gern herausfinden«, meint Sandro Botticelli und kniet plötzlich vor mir, nimmt meine Hände und küsst sie. Ich spüre seine weichen Lippen, und mir wird ganz anders. Ganz anders. »Oh, Lilian, ich begehre dich. Mit jeder Faser meines Herzens. Vom ersten Moment an, als du das mit den Bohnen sagtest.«

Ist das romantisch! Wer bekommt schon eine solche Liebeserklärung? Wenn mich jemand später mal fragt, was Sandro an mir ganz besonders attraktiv gefunden hat, kann ich voller Stolz herausposaunen: »Es hat ihn erregt, dass ich manchmal Bohnen mag und manchmal nicht.« Jeder wird neidisch sein auf mich.

Brabantus und Laurentius machen mich ganz nervös, weil sie immer noch pusten. Und Sandro macht mich auch nervös, weil er nicht aufhört, meine Hände zu küssen. Die ganze Situation macht mich nervös. Ich, Lilian Knebel, stehe auf einem Schiff mit Kurs auf England, und ein junger Italiener, der mich nackt in einer Muschel gezeichnet hat, kniet vor mir, küsst meine Hände und beteuert, dass er gern herausfinden würde, wie ich wirklich nackt aussehe. Oh. Mir wird ganz schwummerig. Und kalt.

»Mir ist kalt«, flüstere ich in Sandros Richtung.

Er blickt auf und strahlt mich an. »Kein Problem«, sagt er. »Ich male dir eben schnell Strümpfe.«

»Ich hatte erst eine feste Beziehung«, erzählt mir Sandro später. »Ein Mädchen aus meinem Heimatort. Nun, es ist zum ... Äußersten nicht gekommen.« Wir wandern schon wieder an Deck herum. »Und wie sieht es bei dir aus? Hast du schon einmal geliebt? Ich nicht, also geliebt habe ich dieses Mädchen nicht.«

Ich schüttele den Kopf. »Nein, noch nie«, gebe ich zu und beobachte aus den Augenwinkeln Bertram, der versucht, nicht zu uns zu schauen. Ach, Bertram.

»Oh, das ist schön«, meint Sandro. »Ich würde, also ich würde gern ... also, es ist verwegen, dass ich das sage, aber ich würde gern ... Lilian, ich möchte dich fragen, ob du die Nacht mit mir verbringen willst.«

Die Nacht mit ihm verbringen? Der geht aber ran. Das geht doch nicht! Wir sind doch gar nicht verheiratet. Andererseits – was geht denn hier seit Wochen ab? Die eine treibt's mit einem Piraten, die anderen treiben es zu sechst, und niemand ist verheiratet.

Hm. Ich würde schon gern mit Sandro die Nacht verbringen. Ich glaube, ich habe mich in ihn verliebt.

»Du glühst ja«, stellt Cäcilie fest, als ich unter Deck komme und mich zu ihr und den Tieren geselle.

Ich raffe meine Röcke, damit sie nicht vom dreckigen Stroh beschmutzt werden. »Sandro hat mich gefragt, ob ich die Nacht mit ihm verbringen will«, stoße ich kurzatmig hervor und lasse mich auf eine Holzkiste fallen.

»Das ist ja ... das ist ja herrlich«, Cäcilie freut sich. »Du meinst, er will ... Sex mit dir?«

»Das will ich doch hoffen.« Ich puste eine verschwitzte Locke aus meinem Gesicht. »Du musst mir erklären, wie es geht.«

»Oh nein, das sollte jeder für sich selbst herausfinden«, meint Cäcilie und streichelt Famfatals rund gewordenen Bauch. »Vor allen Dingen aber solltest du eine von den Pillen nehmen.«

Von den Pillen nehmen. Ja, natürlich. Ich Schaf. Bin ich aufgeregt. In einigen Stunden werde ich eine Frau sein und keine Jungfrau mehr. Aber jung bleibe ich trotzdem. Eine Zeitlang wenigstens noch.

Die bevorstehende Nacht mit Sandro bereitet mir Kopfzerbrechen. Was soll ich sagen, was soll ich tun? Was, wenn sein Ding da unten so groß ist wie das Holzbein von Kapitän Ahab? Und was tut man mit diesem Ding überhaupt?

Ich steige wieder hinauf, um Konstanze zu fragen.

Was sich als großer Fehler herausstellt.

Sie dreht fast durch. »Nein, das ist ja herrlich!«, ruft sie und kreischt übers ganze Schiff: »Klaus, Klaus, komm mal her, die Lilian will heute die Nacht mit Sandro verbringen!« Alle bekommen es mit.

Bertram macht ein Gesicht wie sieben Tage Regenwetter.

Und natürlich kommt auch gleich Valeria angelaufen.

»Wir müssen üben«, meint sie und hält mir eine Dildette unter die Nase. »Am besten, wir reiben das gute Stück mit ein wenig Sahne oder Butter ein. Dann geht das alles wie geschmiert, hihihi.«

Ganz sicher werde ich nicht mit Valeria Dildette-Übungen machen und sage ihr das auch.

Sie schmollt. »Dann eben nicht. Hm, dann erklär ich's dir so, pass auf.«

Nach einer Stunde bin ich so zermürbt, dass ich auf nichts mehr Lust habe. Valeria und Konstanze unterbrechen sich ständig. Dauernd weiß die eine was besser als die andere.

»Wenn es so weit ist, musst du laut schreien und so tun, als würdest du dich gerade auf dem Gipfel der Lust befinden«, behauptet Valeria.

Konstanze sagt: »Warum sollte sie denn so *tun*? Womöglich *ist* sie dann ja gerade auf dem Gipfel der Lust.«

Valeria wirft Konstanze vor, sie habe keine Ahnung davon, wie das mit dem Beischlaf richtig funktioniere. Konstanze wird daraufhin schnippisch und meint, das könne Valeria schon ihr überlassen, schließlich sei sie keine Hure, die es für Geld mache, worauf Valeria entgegnet, dass Konstanze sehr wohl eine Hure sei, eine billige Piratenhure. Das Ende vom Lied ist, dass sich die beiden anfauchen und an den Haaren ziehen. Wir haben leider keine Halsgeige dabei, in die wir die Zankhennen stecken können.

Ich habe Kopfschmerzen, bin zermürbt und fühle mich sehr, sehr unattraktiv. Weil ich überhaupt nicht weiß, wie irgendwas geht. Ich werde kläglich versagen und als alte Jungfer enden. Allein in England. Wenn ich noch ein bisschen Glück

habe, werde ich als Hafenhure arbeiten können. Ach, von
wegen. Ich würde keinen einzigen Taler einnehmen. Alle
Matrosen würden sich totlachen über mich. »Schaut, das ist
Lilian Knebel, die weiß noch nicht mal, dass sie ihren Rock
im entscheidenden Moment heben sollte.« Alle, alle würden
mit den Fingern auf mich deuten und laut: »HARHARHAR!«,
brüllen.

Das Tragische ist, dass ich wirklich nicht weiß, ob ich meinen Rock heben muss oder ob das der Mann tut und was
man ÜBERHAUPT machen soll.

Ich stehe einfach auf und verlasse Konstanze und Valeria.
Ein bisschen Ruhe wird mir gut tun. Ich lehne mich an die
Reling. Es wird dunkel.

Da steht der weise Sklave. Vielleicht weiß er Rat.

»Kannst du mir helfen?«, frage ich.

»Das wird sich zeigen. Was hast du, mein Kind?«

Schnell schildere ich ihm meine Situation, und der weise
Mann hört mir zu und nickt. »Schlage nie einem Mann auf
den Kopf, zwischen dessen Zähnen du deine Finger hast«,
sagt er, lächelt und verschwindet in der Dunkelheit.

Danke, Kunta Kinte. Du hast mir sehr, sehr geholfen.

Und dann gehe ich zu Sandro. Vorher nehme ich eine Pille.
Und kämme mir die Haare. Und habe Herzklopfen. Und
freue mich darauf, gleich eine Frau zu sein. Oder vielleicht
auch erst in ein paar Stunden. Jedenfalls habe ich es vor.

Sandro wartet bereits auf mich. In einer Kajüte hat er eine
Menge Kerzen angezündet und eine Art Lager gebaut.

»Wie schön, dass du zu mir gekommen bist, Lilian«, sagt er
leise und kommt näher. Mit seinen schönen dunklen Augen,
die nichts als Wärme und Zuneigung ausstrahlen, sieht er
mich an und lächelt dieses wunderbare Lächeln. Dann, einfach so, nimmt er mich in den Arm, unsagbar behutsam,

269

und vergräbt sein Gesicht in meinem Haar. Und ich, ich denke gar nichts mehr, weil ich kaum noch Luft bekomme. Er riecht so gut. Er sieht so gut aus. Ich bin ganz verrückt nach ihm. Nun bleibt mir nichts anderes zu tun, als mich ihm hinzugeben. Voll und ganz. Mit Haut und Haar. Und ich tue es gern. Ich tue es so gern.

Bevor wir auf das Lager sinken, nimmt Sandro mein Gesicht in beide Hände. »Ich liebe dich«, sagt er, und ich kann nur nicken.

»Ich dich auch, Sandro, ich dich auch.«

Dann finden sich unsere Münder, und ich glaube, ich bin noch nie vorher in meinem Leben so glücklich gewesen.

Und ich bin sehr froh, dass ich eine Pille genommen habe.

Später, viel später, liege ich in Sandros Armen, und wir sind beide noch ganz außer Atem. Das Glück lähmt mich, ich kann nichts tun außer einfach so daliegen und mich in Sandros Armbeuge kuscheln. Wir sind verschwitzt, und uns wird langsam kalt. Aber es ist eine schöne Kälte.

»Ich will für immer mit dir zusammen sein«, sagt Sandro leise, und ich antworte: »Ich auch.«

»Wir werden alles zusammen machen, und wenn der eine den anderen verlassen will, sagt der andere einfach nein.«

Sandro setzt sich auf und betrachtet mich. »Wie schön du bist. Wie schön dich die Liebe macht.« Er greift nach seinem Zeichenblock und fängt an, Striche zu ziehen. »Ich muss deinen Gesichtsausdruck einfangen, dieses betörende und gleichzeitig wissende Lächeln.«

Konzentriert arbeitet er, und ich bleibe einfach so liegen und lächle.

Dann lässt er den Stift sinken. »Ich weiß jetzt, wie ich das Bild nenne«, meint Sandro andächtig. »Venus. Du bist meine Venus.«

Etwas später stehe ich alleine oben auf der *Fridtjof Fridt-jofs*. Ich genieße den salzigen Geruch der Nordsee, der nur nachts so derart intensiv ist. Ich fühle mich so gut. Ich fühle mich so wunderbar. Ich könnte die ganze Welt umarmen. Der Mond scheint und lässt das Meer silbern leuchten. Sandro und ich … Sandro und ich …

»Hihihi«, macht jemand neben mir, und ich muss gar nicht hinschauen, um zu wissen, dass es Valeria ist. Immer noch benommen und trunken vor Glück drehe ich mich zu ihr um.

»Soweit ich beurteilen kann, habt ihr alles richtig gemacht«, meint sie und sieht mich fröhlich an.

»Woher willst du das denn wissen?«, frage ich und schaue wieder aufs Meer.

»Na, ich hab euch zugeschaut«, freut sich Valeria.

Mir stockt der Atem. »Wie, du hast uns zugeschaut?«

»Ich hab mich in einer Ecke versteckt und eine Hängemat-te über mich gelegt, bevor Sandro und du in die Kajüte kamt.« Valeria wird immer fröhlicher. »Wirklich, Lilian, ich hätte es nicht besser machen können. Und Sandros Ding ist ja wirklich eine Wucht. Wenn du magst, können wir ja mal Partnertausch machen. Du und Luzifer, ich und Sandro. Dabei kann man sich auch nett unterhalten.«

Ja, Valeria. Danke für diesen grandiosen Einfall! Das wird fein. Während wir uns beide auf dem Gipfel der Lust be-finden, kann Sandro Luzifer erzählen, wo es in Italien am schönsten ist, und dabei vielleicht noch eine kleine Zeich-nung von uns allen anfertigen. Vielleicht pusten Laurentius und Brabantus dann auch wieder, weil uns doch sehr heiß ist. Bestimmt mache ich dann auch irgendwann »Hihihi«. Ich lasse Valeria einfach stehen.

»Ihr werdet es schaffen. Man kann Yarmouth schon sehen, ihr müsst einfach den Kurs beibehalten, den ich Bertram erklärt habe. Balu kann navigieren, er wird Bertram helfen. Und hört auf Kapitän Ahab. Er hat die meiste Erfahrung.«

Eine Woche ist vergangen. Eine Woche, in der ich jede Nacht mit Sandro verbracht habe. Eine Woche, in der ich mich immer mehr in Sandro verliebt habe. Es ist einfach alles perfekt.

Doch nun heißt es erst mal Abschiednehmen.

Störtebeker und seine Männer sagen Lebewohl. Konstanze auch. Ich bin sehr traurig, dass sie die *Fridtjof Fridtjofs* tatsächlich verlassen will, um bei Klaus zu bleiben. Andererseits kann ich sie gut verstehen. Die beiden kleben in jeder freien Sekunde zusammen und verstehen sich so gut. Genau so gut wie ich mich mit Sandro verstehe.

»Ich wünsche dir alles Glück dieser Welt. Passt auf euch auf. Vielleicht führen uns unsere Wege eines Tages wieder zusammen.« Cäcilie umarmt Konstanze und drückt sie fest.

»Bestimmt.« Konstanze nickt. »Und ihr müsst auch auf euch aufpassen. Lasst euch nicht erwischen mit der Pille und sorgt dafür, dass sie auf der ganzen Welt verbreitet wird. So, wie ihr es euch gewünscht habt.« Sie geht reihum und sagt allen Lebewohl.

Laurentius ist derart überfordert mit der Situation, dass er kein klares Wort herausbringt. Er schluchzt und weint und kriegt sich gar nicht mehr ein. »Erst musste ich die schlimme Pest durchmachen, und jetzt auch noch ein Abschied. Das ist zu viel für mich«, schnieft er. »Klaus, komm her, lass dich umarmen. Gödeke, mach's gut, mein Freund. Konstanze, Konstanze ... ach!«

Und dann klettern sie runter von der *Fridtjof Fridtjofs*, steigen in ein Beiboot und paddeln zur *Bunten Kuh* rüber, auf der die restliche Belegschaft von Störtebeker wartet. Nachdem alle auf dem Schiff sind, setzen sie die Segel. Langsam bekommt die *Bunte Kuh* Fahrt und entfernt sich von uns. Immer weiter und weiter. Konstanze steht an der Reling und winkt mit einem weißen Tuch, und Klaus neben ihr winkt auch. Nach einiger Zeit kann man sie nicht mehr erkennen.

Ich muss schrecklich weinen und Cäcilie auch. Es ist furchtbar.

Sandro zeichnet.

»Schluss jetzt mit dem Gejammer!« Kapitän Ahab donnert sein Dildette-Bein auf die Planken. »Kurs Yarmouth. Bertram, du steuerst, Balu, sieh zu, dass wir wirklich auf dem richtigen Kurs sind. Alles hört auf mein Kommando. Das wäre doch gelacht, wenn wir diesen Kahn nicht in den Hafen bekommen.«

Drei Meilen weiter bemerken wir, dass vom Hafen aus drei kleine Boote auf die *Fridtjof Fridtjofs* zukommen.

»Wahrscheinlich der Zoll«, klärt uns Ahab auf. »Na ja, sollen sie nur kommen, wir haben nichts zu verzollen, Klaus hat ja alles Wertvolle mitgenommen. Bertram, halte weiter Kurs. Ich werde mit ihnen reden.«

Bertram nickt. Er steht an dem riesigen Rad und steuert konzentriert weiter.

Ich bin neugierig und lehne mich über die Reling. In den Booten sitzen ausschließlich Männer, und jeder von ihnen hält eine Schusswaffe in der Hand. Ob das bei Zöllnern so üblich ist?

Valeria und Cäcilie kommen zu mir. Plötzlich atmet Valeria zischend ein.

»Was ist denn?« Ich schaue sie fragend an, aber sie antwortet nicht und starrt nur weiter auf die Boote.

Jetzt sehe ich es auch.

Es sitzen alte Bekannte von uns darin.

Gernot Graf von Pritzenheim zum Beispiel.

Tiburtius zum Beispiel.

Herzog Ernst zum Beispiel.

Ich stehe da wie erstarrt. Um Himmels willen, was sollen wir denn jetzt nur tun? Den Kurs ändern und Balu unten Bescheid geben, dass jetzt mal Schluss ist mit der Gemütlichkeit? Aber so schnell würden wir nicht in Fahrt kommen, und viel Wind ist momentan auch nicht. Tausend Gedanken schießen mir durch den Kopf. Wie kommt Herzog Ernst in ein Boot? Warum lebt Pritzenheim? Hat Paracelsus mit seiner Yersinia Pestis versagt? Oh, du meine Güte, die können jede Sekunde anfangen zu schießen!

Ich löse mich aus meiner Trance, renne zu Bertram und kläre ihn über den Ernst der Lage auf.

Laurentius kriegt es mit und wird weiß im Gesicht.

»Frag Ahab«, schlägt Bertram vor, »frag ihn schnell.«

Ich bin nur froh, dass Sandro und Michelangelo gerade unter Deck gegangen sind und nicht mitkriegen, was hier vor sich geht. Sie wissen doch gar nicht, dass wir gesucht werden. Wie sollte ich das so schnell erklären?

Aber Ahab muss ich es wenigstens zum Teil erklären. Er denkt bestimmt immer noch, dass das Zöllner sind. Schnell laufe ich zu ihm.

Doch es ist zu spät. Tiburtius steht bereits in dem Boot und hält seine Waffe in unsere Richtung.

»Was wollt ihr? Wir haben keine wertvollen Gegenstände an Bord«, ruft Ahab nach unten.

»Das interessiert uns nicht. Was uns allerdings interessiert, ist eine ganz andere Fracht«, kommt es zurück.

»Welche Fracht meint ihr?«, das ist wieder Ahab.

Oh nein, bitte nicht, lass ihn jetzt nicht gleich auf der falschen Seite sein.

Wir haben keine Chance zu fliehen. Die drei Boote haben uns regelrecht eingekesselt. Wie sollen wir gegen die ganzen Waffen etwas ausrichten? Ich könnte Bertram fragen, wo die Pistole ist, die ihm Robin Hood geschenkt hat. Aber keiner von uns kann wirklich damit umgehen. Und es wäre ja auch nur eine Waffe gegen die vielen hier. Jetzt ist es vorbei. Jetzt ist es wirklich vorbei.

Eine Sekunde später fliege ich einmal quer über Deck und schliddere auf die gegenüberliegende Seite. Als ich versuche, mich aufzurichten, schliddere ich wieder zurück, und allen anderen geht es genau so. Ist die *Fridtjof Fridtjofs* auf Grund gelaufen? Donnernde Schläge erschüttern das Schiff.

»Ig habe Angst, Angst, Angst!« Anne Boleyn wird neben mich katapultiert, und Kapitän Ahabs Holzbein hat sich selbständig gemacht. Es sieht aus, als würde er das Tanzbein schwingen.

Immer wieder gibt es donnernde Schläge, und endlich, endlich schaffe ich es, zu Cäcilie zu robben. Da sind auch Sandro und Michelangelo. Und Martin Luther. Alle schauen sehr verwirrt drein. Ich halte mich an der Reling fest und ziehe mich ein Stück nach oben.

Das Wasser scheint zu kochen.

»Was um alles in der Welt geht hier vor?«, ruft Cäcilie verzweifelt.

Bertram schreit zurück: »Keine Ahnung, jedenfalls nichts Gutes!«

Martin Luther meint: »Vielleicht brennt es ja gleich.«

Doch es brennt nicht.

Es ist viel schlimmer.

ine riesige Schwanzflosse hebt sich aus der Nordsee, dann folgt ein schwarzweißer Körper.

Die kleinen Boote schaukeln bedrohlich hin und her und drohen zu kentern. Die Insassen halten sich verzweifelt an den Bänken fest.

Der Körper bäumt sich auf und lässt sich quer über eines der Boote fallen.

Die Bootsinsassen kreischen verzweifelt auf und werden in die Luft geschleudert. Dann fallen sie ins Wasser und brüllen: »Wo ist das Boot, wo ist das Boot?«

Das Boot ist weg.

Moby Dick ist da.

Er muss sich wie auch immer aus seinem Netz befreit haben. Daher die donnernden Schläge gegen das Schiff. Und nun muss der Wal wohl seine aufgestauten Aggressionen loswerden, was ich in diesem Moment schlicht nur befürworten kann.

Da, er ist beim nächsten Boot. Das Schauspiel wiederholt sich. Nachdem Moby Dick auch das dritte Boot versenkt hat und nun alle Leute brüllend im Meer herumschwimmen, kommt der Wal erst richtig in Fahrt. Er schießt kerzengerade aus der Nordsee, und ich weiche zurück, weil mich der Anblick dieses riesengroßen, mindestens achtzig Fuß langen Wals doch sehr beeindruckt. Noch mehr beeindruckt mich sein weit geöffnetes Maul mit den messerscharfen Zahnreihen, die in der Herbstsonne blitzen.

»Helft uns, helft uns!«, das ist Pritzenheim. Er strampelt um sein Leben und versucht mit aller Kraft, die *Fridtjof Fridt-*

276

jofs zu erreichen. Doch das passt dem Wal gar nicht. Er lässt sich direkt vor Pritzenheim wieder ins Wasser fallen. Eine gigantische Welle entsteht und türmt sich auf.

»Allmächtiger«, flüstert Ahab.

Moby Dick bäumt sich wieder auf und stößt gutturale Laute aus. Dann gleitet er zurück ins Meer und ist kurze Zeit später verschwunden, man sieht nur seine Schwanzflosse.

Wir stehen nur da und können nichts tun. Das Schiff schlingert bedenklich.

Mit einem Mal schreit einer der Gekenterten kehlig auf. Um ihn herum wird das Wasser rot. Ich schlage die Hand vor den Mund. Moby Dick taucht wieder auf, und wir sehen zwei Beine.

Der arme Teufel im Wasser sieht es auch und fängt an, unter sich zu greifen. »Er ... er ... hat ... meine Beine, er ... hat meine Beine, arrrrgh!« Der Blutverlust lässt ihn verstummen.

Es ist entsetzlich. Der Wal zerteilt einen Mann nach dem anderen und taucht immer wieder auf, um stolz die abgebissenen Körperteile zu präsentieren. Wir sind zu durcheinander, um zu applaudieren. Mir wird schlecht. Und das Wasser verfärbt sich immer mehr.

Zum Schluss sind nur noch Pritzenheim, Tiburtius und Herzog Ernst übrig. Sie klammern sich aneinander fest und flehen um ihr Leben. Pritzenheim streckt die Hand aus und kreischt: »Bitte zieht uns rauf. Werft uns ein Seil und zieht uns rauf. Valeria, bitte hilf mir. So tut doch etwas! Wollt ihr mit ansehen, wie er uns umbringt?«

Doch Valeria steht ziemlich gelassen an der Reling und ruft »Mir ist es lieber, er bringt euch um, als dass ihr uns umbringt«, zu ihrem Mann hinab.

Dessen Stimmung schlägt daraufhin um. »Du Hure, du Dreckstück, ja, brennen sollt ihr alle, die ihr euch dieser

Knebel angeschlossen habt. Wir haben euch gefunden, endlich haben wir euch gefunden! Ihr werdet eure gerechte Strafe bekommen, und dann gnade euch Gott!«

»Gott?«, das ist Cäcilie. »Wo ist er denn, der Herr Gott? Warum hilft er euch denn nicht? Tiburtius, kannst du mir das erklären?«

»Ihr kennt diese Leute?« Kapitän Ahab kratzt sich am Kopf.

Moby Dick macht eine kleine Pause.

Ich stehe neben Cäcilie und Valeria, und gemeinsam brüllen wir den Dreien zu, was für Dreckskerle sie sind.

»Du auch, Vater, dass du uns verraten hast. Du versoffenes Schwein!«

»Wie redest du mit mir?«, keift der Herzog zurück und muss husten, weil er Wasser geschluckt hat. »Meine eigene Tochter hat sich mit Wunderheilerinnen verbündet, die ein Mittel verteilen, das die Kirche nicht gutheißt. Ja, das hat mir dein Mann erzählt, als er zu mir auf die Marienburg kam. Ich bin schnurstracks mit ihm losgezogen. Ich hatte ja gehört, dass ihr nach Hamburg wolltet, und dort mussten wir uns nur ein wenig umhören, um zu erfahren, wohin die Reise geht! Zum Glück hat Tiburtius sich uns noch angeschlossen. Und jetzt haben wir euch endlich gefunden. Du bist schlecht, Valeria, schlecht. Du musst bestraft werden!«

»Ich bin genug damit bestraft, dass ich dich zum Vater habe!« Jetzt ist Valeria richtig böse. »Du hast Strafe verdient, Vater, du! Nie warst du für mich da, nie hattest du ein offenes Ohr für meine Sorgen und Probleme. Mit diesem Widerling hast du mich verheiratet, obwohl ich das gar nicht wollte. Aber das war dir egal, egal, egal!«

»Ich wollte sowieso nur deine Mitgift!«, brüllt Pritzenheim aus dem Wasser nach oben.

»Was? Mir hast du erzählt, du würdest Valeria lieben!«, schreit Herzog Ernst und fängt an, dem Grafen auf den Kopf zu schlagen.

Im Wasser beginnt ein Handgemenge.

»Herr im Himmel, hilf uns!«, jault Tiburtius und faltet allen Ernstes noch seine Hände.

Moby Dick schießt von den Dreien weg. Nach einiger Zeit dreht er, was wir an der Schwanzflosse erkennen können, um dann in Höchstgeschwindigkeit wieder zurückzuschwimmen. Er hebt seinen Kopf aus dem Wasser und saust mit weit geöffnetem Maul auf die drei Männer zu, die sein Herannahen mit entsetztem Brüllen kommentieren. Moby Dick öffnet sein Maul noch weiter. Und noch weiter. Und noch weiter. Kurz vor den Dreien taucht er unter.

Dann taucht er wieder auf. Tiburtius, Pritzenheim und der Herzog befinden sich jetzt in Moby Dicks Maul. Mit den Beinen zuerst. Verzweifelt versuchen sie, aus dem geöffneten Maul herauszukommen, rutschen aber ab und verletzen sich an Moby Dicks Zähnen. Der Wal dreht sich so, dass wir das ganze Schauspiel direkt vor uns haben. Die Männer rutschen immer weiter in den Wal hinein.

»Er schluckt uns hinunter!« Das ist Pritzenheim. »Oh, Jesus, er schluckt uns bei lebendigem Leib hinunter!«

»Ich habe ... ich habe einen Schuh verloren!«, kreischt Herzog Ernst. »Verdammt, ich will meinen Schuh zurück!« Er schlägt im Maul von Moby Dick um sich, den das aber nicht zu stören scheint.

»Gute Güte, gute Güte!« Das ist Tiburtius. »Ich werde alle Tiere heilig sprechen lassen, wenn ich nur hier herauskomme. Oh nein, oh nein, Hilfe!« Er rutscht tiefer. »So möchte ich nicht sterben!«

Stückchenweise verschwinden die Männer. Irgendwann sehen wir nur noch ihre schmerzverzerrten Gesichter, und dann nur noch verzweifelt winkende Hände. Das Gebrüll verstummt, und dann sind die Männer vollends in Moby Dick verschwunden.

Der taucht wieder unter, umkreist das Schiff und schießt dann unvermittelt direkt an dieser Stelle aus dem Wasser, an der wir alle stehen.

Zum ersten Mal sehe ich dem Wal direkt in die Augen. Ich weiß nicht warum, aber unwillkürlich strecke ich die Hand nach vorn, auch auf die Gefahr hin, dass mein Arm mir abgebissen werden könnte. Moby Dick kommt näher. Ich streichle ihm über den Kopf, und wir sehen uns dabei an.

»Danke schön«, flüstere ich.

Ich habe das Gefühl, dass Moby Dick kurz nickt.

Dann stößt er noch einmal einen grellen Laut aus und lässt sich rückwärts in die Nordsee fallen.

Wir sehen seine Schwanzflosse noch ein paar Minuten, dann ist der Wal verschwunden.

»Hab ich es nicht immer gesagt!« Ahab ist sichtlich stolz. »Moby Dick ist ein wirklich feiner Kerl.«

Wir müssen uns dann erst mal alle setzen. Selbst die Sklaven, die mittlerweile auch nach oben gekommen sind, wirken blass.

Dann erklären wir den anderen, was es mit den drei verschluckten Männern auf sich hat.

Sandro nimmt die Tatsache, dass wir verfolgt werden, relativ gelassen auf. »Endlich passiert einmal was in meinem Leben«, meint er. »Vorher war es doch recht langweilig. Ich finde das mit dieser Anti-Baby-Pille richtig gut. Bei uns in Italien wäre sie auch mal nötig. Da hat jede Familie mindestens acht Kinder. Das ist zu viel, finde ich. Ich möchte höchstens zwei oder drei Kinder haben, und du, Lilian?«

Mir steht im Augenblick nicht der Sinn danach, über die

Kinderfrage zu diskutieren. Die Frage, die uns alle mehr interessieren sollte, ist die, ob wir es wagen können, in Yarmouth anzulegen. Was, wenn da noch mehr Männer mit Schusswaffen auf uns warten? Mit dem großen Schiff können wir uns ja auch nicht so gut verstecken.

»Ob sie noch leben?«, sinniert Valeria. »Er hat sie ja einfach so runtergeschluckt. Vielleicht leben sie ja in Moby Dicks Bauch weiter.«

Ja, klar. Die drei werden es sich in Moby Dick so richtig gemütlich machen. Sie haben es da ja auch schön warm. Heute Abend kochen sie sich ein leckeres Süppchen und trinken einen guten Wein dazu. Bestimmt gehen sie früh schlafen, weil der Tag doch sehr aufregend war.

»Ich denke, wir sollten das Schiff hier vor Anker legen«, meint Ahab. »Und mit Beibooten an Land rudern, wenn es dunkel ist. Sicher finden wir eine Stelle, wo nicht so viel Trubel ist. Dort gehen wir dann an Land.«

»Das ist gut«, nickt Bertram. »Wir ziehen dann direkt weiter in Richtung London. Schließlich müssen wir uns Heinrich vorknöpfen.«

»Oh, allerdings!«, sagt Anne energisch. »Darauf ich freue mich wirklich.«

»Ich werde erst einmal in Yarmouth bleiben«, beschließt Ahab. »Ich werde ja nicht gesucht.«

»Und wir? Was wird aus uns, Sahib?«, fragt einer der Ex-Sklaven ängstlich. »Wir wollen doch nicht gleich wieder verkauft werden. Schwarze Männer werden aber immer verkauft. Wo sollen wir hin?«

Daran habe ich ja gar nicht gedacht. Wir können doch schlecht hundert schwarze Männer mit nach London nehmen?

»Das sehen wir, wenn wir an Land sind«, bestimmt Bertram.

»Was ist mit den Tieren?«, will Cäcilie wissen. »Wir können doch die Tiere nicht in ein Boot stopfen. Das geht doch
sofort unter.«
»Tiere können schwimmen«, sagt Valeria. »Glaube ich zumindest. Der Wal konnte ja auch schwimmen.«
»Ja, aber wenn sich rausstellt, dass du Unrecht hast, ist es
zu spät«, stelle ich fest. Mir fällt ein, dass Hiltrud extrem
wasserscheu ist. Wenn es in Münzenberg geregnet hat, ist
sie immer fast durchgedreht. Mir tut meine Kuh so Leid.
Was muss sie denn noch alles ertragen?
»Wir müssen es einfach versuchen«, beschließt Bertram.
Und es bleibt uns ja auch nichts anderes übrig.

Es gibt Momente, da sehne ich mich einfach nach meinem
ruhigen, überschaubaren, ereignislosen Leben in Münzenberg zurück. Morgens aufstehen, Hühner füttern, ein Brot
backen, aufs Feld gehen, ein wenig tratschen, hin und wieder rollt ein Kopf, Abendessen, schlafen.
Aber jetzt, jetzt sitze ich in einem kleinen Boot kurz vor dem
Hafen von Yarmouth, hinter mir steht Hiltrud auf einer
wankenden, abmontierten Kajütentür und muht zum Gotterbarmen. Ihr Geweih hängt schief auf ihrem Kopf, und die
ganze Kuh ist ein einziges Nervenbündel. Ich wage es nicht,
mir auszumalen, was passiert, wenn die Tür kippt und Hiltrud in die Nordsee fällt. Famfatal und Wurst sowie Annes
Pferd schwimmen neben dem Boot her und keuchen. Mit
im Boot sitzen Cäcilie, Valeria, Luzifer und all die anderen.
Weil die Boote nicht gereicht haben für alle Personen, müssen die Ex-Sklaven schwimmen. Sie frieren ganz schrecklich. Kapitän Ahab stampft mit seinem Holzbein auf und
schreit: »Vorwärts, rudert, vorwärts, rudert!« Ich wünsche
mir nichts sehnlicher, als endlich anzukommen.
»Lange mache ich das nicht mehr mit«, sagt Laurentius,

und Brabantus nickt. Und Unguis, der sich in der letzten
Zeit doch sehr zurückgehalten hat, meint: »Ich habe Heim-
weh«, und fängt an zu weinen. »Ich will nach Hause, ich
will nicht nach England, ich will auch nicht nach London.
Mein Nagel macht mir wieder zu schaffen, das ist die ganze
Aufregung. Ich vermisse Paderborn.«
Ich drehe gleich durch.
»Das lässt sich jetzt leider nicht ändern«, sagt Bertram kurz
und rudert weiter.
»Du magst mich nicht«, giftet Unguis los. »Glaub mal bloß
nicht, dass ich das nicht merke. Du nimmst mich nicht ernst.
Weil du noch nie Schmerzen hattest. Der große Bertram, der
hat ja immer das Sagen. Du warst noch nie krank, noch
nie!«
»Das stimmt, und darüber bin ich auch sehr froh«, gibt
Bertram zurück. »Jetzt rudere weiter.«
»Das kannst du schon mir überlassen, ob ich weiterrudere
oder nicht«, keift Unguis weiter. »Das Rudern strengt mich
an. Da wird mein Fuß zu sehr strapaziert.« Das kann ich
nicht ganz nachvollziehen, schweige aber, weil ich nicht in
einen Streit verwickelt werden möchte. »Wie konnte ich nur
so dumm sein«, geht es weiter. »Wie konnte ich Paderborn
nur verlassen? Es war ein großer, großer Fehler.«
Als Unguis merkt, dass er von uns nicht wirklich Mitleid
erwarten kann, ist er irgendwann still.
»Die Heinrich werd ich es zeigen«, freut sich Anne Boleyn.
»Die wird Auge magen, wenn ich vor ihm steh. Kugelrunde
Auge wird die Heinrich magen. Er ist eine schlechte König.
Er ist eine Tyrann. Eigentlich sollte ich die Land regieren.
Kann ich viel besser als die Heinrich.«
Ich glaube auch, dass die Heinrich Auge machen wird, wenn
unsere Truppe vor ihm steht. Ich würde auch Augen ma-
chen, wenn meine verschwundene Frau plötzlich klopft und

unter anderem eine Kuh mit Geweih und hundert Schwarze dabei hat.

Nein. Es geht auf gar keinen Fall, dass die ehemaligen Sklaven uns begleiten. Sie sollen sich eine andere Familie suchen.

Der Hafen von Yarmouth kommt immer näher. Wenn Hiltrud doch bloß nicht so muhen würde. Das hält ja kein Mensch aus. Glücklicherweise ist es schon tiefe Nacht, und an Land ist niemand zu sehen. Wir rudern noch weiter, dorthin, wo es stockdunkel ist, und freuen uns, dass sich dort ein kleiner Strand befindet, so dass wir keine Mauern hochklettern müssen.

Hiltrud ist erleichtert, als sie endlich wieder festen Boden unter den Füßen hat.

Und mir wird schwindelig, als ich an Land bin. Hui.

»Wenn man wochenlang auf See war, ist das ganz normal«, erklärt mir Ahab. »Da wankt alles um einen herum.«

»Hört mir jetzt einmal alle zu«, sagt Bertram leise, als alle wohlbehalten an Land sind. »Unsere Gruppe wird sich jetzt auf den Weg nach London machen, wir haben dort noch etwas zu erledigen. Ihr müsst euch selbst in Sicherheit bringen«, er schaut die ehemaligen Ruderer an. »Alles Gute für euch. Ihr werdet es schon schaffen.«

Ein gruppendynamisches Gekreische bricht los, so dass mir die Ohren wehtun. »Nein, Sahib, nicht, Sahib, lasst nicht allein uns, Sahib, sipendi, sipendi, siwezi, ooooh!«, so geht das ungefähr fünf Minuten lang. Nichts und niemand kann die Männer beruhigen.

Bertram versucht, sich Gehör zu verschaffen, was ihm aber leider nicht gelingt. Ich kann die Schwarzen ja verstehen. Wo sollen sie denn hin? Das ist ja hier nicht Afrika.

Aber das Geheul ist trotzdem unerträglich.

Es gibt ja auch einfach keine andere Möglichkeit. Wir müssen sie hier zurücklassen. Schließlich sind sie erwachsen und können selbst für sich sorgen. Wir sind selbst schon genügend Leute.

Ich bin froh und erleichtert, dass Bertram genau das, was ich denke, ausspricht.

ine Stunde später verlassen wir Yarmouth und begeben uns auf den Weg nach London.

Ahab begleitet uns nicht. »Ich möchte noch ein wenig von der Welt sehen und als Kapitän auf einem der großen Pötte anheuern«, meint er. »Jetzt, wo ich Moby Dick nicht mehr jagen muss, ist es bestimmt gut, wenn ich mir eine andere Aufgabe suche. Macht es gut, Leute. Ich hoffe, ihr findet den Weg nach London und könnt erledigen, was ihr zu erledigen gedenkt.« Dann tippt er mit Zeige- und Mittelfinger an seine Kapitänsmütze und ist kurz darauf in der Dunkelheit verschwunden.

Nicht in der Dunkelheit verschwunden sind die Sklaven. Ich hätte es eigentlich schon vorher wissen müssen. Warum sollte einmal alles so laufen, wie wir uns das vorstellen? Das würde uns ja alle völlig durcheinander bringen. Bertrams Ansprache hat nichts genützt. Natürlich begleiten sie uns. Natürlich. Was denn auch sonst?

»Es sind ungefähr hundertdreißig Meilen von hier nach London«, überlegt Bertram. »In ein paar Tagen können wir da sein, wenn wir wirklich stramm marschieren. Dann werden wir uns deinen Mann vorknöpfen, Anne. Ein König muss gut zu seinen Untertanen sein. Und zu seiner Frau auch. Ich werde ihm das Passende sagen.«

Anne nickt eifrig: »Ich auch, ich auch. Die Heinrich wird sich noch wundern. Wenn wir alle zu ihn das sagen, muss er doch einsehen, dass alles falsch ist, wo er magt.«

»Erst mal müssen wir in London ankommen«, bestimmt Bertram. »Dann entscheiden wir, was mit Heinrich passiert.«

In London ankommen ist leider nicht so einfach, wie ich mir das vorgestellt habe. Was hauptsächlich daran liegt, dass ständig einer der Ex-Sklaven zu bestimmten Uhrzeiten ein Gebet sprechen muss. Oder es muss getanzt werden. Zum Tanzen malen sich die Männer mit Farbe an und springen um Bäume herum. Oder sie springen über das Lagerfeuer. Oder sie springen um Hiltrud herum und sinken vor ihr auf die Knie und schreien dabei. Oder sie springen sich gegenseitig an, was zu irgendeinem Ritual gehört, wie mir Balu, der mit viel Eifer bei der Sache ist, erklärt. Einer der Schwarzen kann sogar mit bloßen Füßen durchs Feuer gehen und verletzt sich dabei gar nicht an den Sohlen. Ein anderer kann unter einer niedrigen Holzstange durchkriechen. Noch ein anderer feuert ihn dabei an. Nachdem er unter der Stange durchgekrochen ist, jubeln alle und springen weiter. Ich möchte unverzüglich, dass sofort alle aufhören. Sofort.

Die Tanzerei und Springerei verhindert ein zügiges Vorankommen, und wir sind froh, als wir erst einmal Cambridge erreichen. Weil wir uns in die Städte nicht reintrauen wegen der springenden Ex-Ruderer, schlagen wir unser Lager immer in Wäldern auf, und ich laufe mit den anderen Frauen los, um Lebensmittel zu besorgen.

Nur Anne hält sich zurück, weil sie Angst hat, dass die Heinrich mit die Rombaud auf sie warten könnte wegen die Sache mit die Kopf. Aber kein Heinrich wartet auf uns, egal wohin wir kommen.

Endlich sehen wir von weitem London. London sieht ganz schön groß aus.

»Da wohnt die Heinrich«, meint Anne und deutet auf die Stadt. »Wir gehen zu die Palace of Whitehall, und ich lasse uns melden. Die Heinrich müsste jetzt zu Hause sein wegen die Essenszeit. Nie würde die Heinrich eine Mahlzeit verpassen.«

»Gut«, Bertram nickt. »Lasst uns gehen. Ihr bleibt hier und wartet«, sagt er zu den Schwarzen.

»Nein, Sahib, nein, nein, nicht hier bleiben, mitkommen!«, geht es nach Bertrams Anweisung wieder los.

Bertram schüttelt den Kopf. »Ich kann bald nicht mehr«, sagt er leise in meine Richtung.

Ich kann ihn verstehen.

Wir ziehen dann alle gemeinsam in London ein.

Anne spielt Fremdenführerin. »Das ist die Themse, eine schnuckelige kleine Fluss, und hier, das ist die Trafalgar Square, und da ist die Westminster Abbey, da musst du mal rein, Michelangelo, da kannst du dir Anregung für deine Schnitzen holen. Und da vorn habe wir die Hyde Park. Ist schön, oder?«

»Mein Zeh, der Nagel«, klagt Unguis.

Sandro zeichnet im Gehen.

In London brodelt das Leben. Kutschen fahren über Kopfsteinpflaster und vielbeschäftigte Menschen rennen herum, Frauen tauschen den neuesten Tratsch aus und Kinder kicken Kieselsteine vor sich her.

Als man uns sieht, bleiben die Kutschen stehen und die viel beschäftigten Menschen auch, und Frauen tauschen plötzlich nicht mehr den neuesten Tratsch aus und kein Kind kickt mehr einen Kieselstein vor sich her.

Dann kreischen alle los und rennen auf und davon.

Ich nehme an, sie haben vorher noch nie schwarze Menschen gesehen.

»Open the door, open the door, I'm back!« Anne Boleyn hämmert gegen ein schweres Holztor und regt sich fürchterlich auf. »Hello, would you be so kind and open the door now! Hach, hat sig geändert gar nichts. Faule Diener, faule König.«

Endlich tut sich was hinter der geschlossenen Tür, und sie wird einen Spalt geöffnet.

»Your Royal Highness?«, fragt eine verstörte Stimme.

Anne nickt. »Let me in«, befiehlt sie barsch.

»Oh my god, we thought you were dead! Excuse me, we thought the King killed you.«

»No, you see that I'm not dead«, klärt Anne ihn auf, und ich höre gebannt dieser mir doch sehr fremden Sprache zu. Das ist also Englisch in ganzen Sätzen.

»But His Majesty will not be amused«, sagt die Wache schüchtern und traut sich immer noch nicht, die Tür ganz aufzumachen.

Die Sklaven nutzen die Pause für ein Tänzchen.

»Maybe I should inform His Majesty«, schlägt die Wache vor.

»No«, meint Anne. »I'll do that myself. Let me in now. Where's the King?«

»He's having lunch at the moment.«

»Never mind. Make room now.«

Sie drückt die Tür auf, und wir drängeln uns alle in den Hof des Palastes.

»Oh my Goodness!«, entfährt es dem Wächter, als er die Sklaven sieht. Dann sagt er nichts mehr.

»Folgt mir!« Anne ist jetzt wieder ganz Königin und behandelt uns wie Untertanen. Hoch erhobenen Hauptes geht sie ins Schlossinnere.

Gute Güte, ist das riesig hier. Trutzig. Da sind Burg Münzenberg und die Marienburg ja gar nichts gegen.

Das Schloss besteht aus mehreren Gebäuden, von denen eins größer ist als das andere. Wie soll man sich denn hier zurechtfinden? Aber Anne kennt sich aus.

289

»Die Heinrich speist immer in die Sudflugel«, ist sie sicher, und so wandern wir einige Meilen durch lange Gänge und durchqueren viele herrlich eingerichtete Räume. Schwere Samtvorhänge, silberne Lüster und bunte Teppiche gibt es hier, und sehr, sehr viele Gemälde mit großen, verschnörkelten Goldrahmen. Überall stehen Wachen, die riesengroße Augen machen, als wir vorbeilaufen, und sichtlich überfordert sind mit der Situation.

»Hier muss die sein.« Anne öffnet eine schwere Tür, die reichlich mit Zierrat verkleidet ist.

Ich halte die Luft an, weil ich es nicht fassen kann, dass ich, Lilian Knebel, gleich dem König von England gegenüberstehe.

Jeder hält die Luft an. Auch die Ex-Sklaven.

Das Erste, was ich von Heinrich VIII. höre, ist ein nicht enden wollender Rülpser. Es folgt ein Furz, den man mit Sicherheit bis zur Themse hören kann. Das Dritte, was ich höre, sind die Worte: »I am so hungry. Two pigs are not enough for me.«

Leise betreten wir den Raum. Dann sehe ich ihn. Heinrich VIII. ist tatsächlich fett wie ein Ochse. Dagegen ist Brabantus eine Hungerharke. Heinrichs Körper besteht zum Großteil aus einer riesigen Wampe. Dort, wo sich bei normalen Menschen der Hals befindet, trägt er ein überdimensionales Doppelkinn vor sich her. Er hat ein kugelrundes Gesicht, einen Bart und ziemlich kleine Augen. Sie wachsen durch das Fett langsam zu. Heinrichs viel zu enges, dunkelrotes Samtgewand mit der Goldkette darüber und das unvorteilhafte Beinkleid machen die Sache nicht besser. An seinen fetten Fingern trägt er Ringe. Aus seinem Mundwinkel trieft Fett. Er ist am Kauen und schwitzt dabei. Der König von England sieht aus, als würde er gleich platzen. Er frisst auf einem hohen, breiten Sessel. Ich nehme an, das ist der Thron. Vor

ihm steht ein goldener Teller, auf dem sich riesige Fleisch-
stücke befinden.

»Simba, simba«, flüstert einer der Sklaven und deutet auf
Heinrich viii., dem eine hagere Frau mit einer spitzen Nase
gegenübersitzt. Sie muss sich am Hals verletzt haben, denn
um den liegt eine weiße Krause. Und ein langes, besticktes
Gewand mit kirchlichen Motiven drauf. Die beiden haben
uns immer noch nicht bemerkt.

»Hello, Henry«, sagt Anne Boleyn gelassen und geht auf
sie zu.

Die beiden blicken erschrocken auf.

»Dschises«, ist alles, was Henry herausbringt.

»Hello, Jane.« Das ist wieder Anne.

Jane steht schnell auf und weicht einige Schritte zurück. Sie
starrt Anne an wie einen Geist.

»Nun, da ich ja weiß, dass ihr beide die deutsche Sprache
mächtig seid, werden wir unsere kleine Unterredung auf die
Deutsch fuhren. Es wäre sonst unhöflig meine Freunde gegenüber, wouldn't it?«

Heinrich fällt ein Stück Schweinefleisch aus dem Mund.

»Das ist die Jane Seymour«, erklärt uns Anne und deutet auf
die Frau, die immer weißer wird im Gesicht. »Mein Nach-
folgerin sozusagen. Liebste Jane, bist du etwa enttäuscht?
Ich würde in Ubrigen für angemessen es halten, wenn du
deine Königin die wo ihr zustehende Begrußung gibst.«

Zitternd macht Jane einen Knicks.

»So, meine liebe Henry, nun ist an der Zeit, dass wir uns
einmal in ein Unterhaltung begeben«, redet Anne weiter
und fängt an, hin und her zu laufen. »Deine Regierung ist
nicht gut. Nicht gut ist, dass du wolltest meine Kopf ab, nur
weil ich dir keine Sohn geschenkt habe. Du bist eine macht-
gierige, dumme Tolpel und hast nicht verdient, eine König
zu sein.«

»Ich werde dir verhaften lassen, Anne, you know?«, bringt Heinrich hervor. Der Schweiß rinnt ihm mittlerweile in Strömen von der Stirn und sickert in seinen Bart.

»Bitte, tu das. Glaub ich allerdings nicht, dass du vorbeikommen wirst an meine Freunde«, sie deutet auf die Ex-Sklaven, die wie auf Befehl ein finsteres Gesicht machen und Heinrich und Jane mit unheilvollen Mienen anstarren.

Bitte, bitte, lass sie jetzt nicht zu tanzen anfangen. Das würde die ganze Stimmung zerstören.

»Äh, ig bin ssatt«, kommt es von Jane, »ig werde meine Gemacher aufsuchen.«

»Nichts wirst du aufsuchen«, sagt Anne mit schneidender Stimme. »Du bleibst hier, Jane Seymour.«

Verängstigt setzt Jane sich wieder hin.

»Nun, Henry, du hast zwei Möglichkeiten, my dear.« Anne geht zu einer Wand, an der blitzende Säbel hängen. Wahrscheinlich sammelt Henry Säbel. Sie nimmt den größten von ihnen aus der Halterung und geht damit auf Henry zu, der erneut pupst. Diesmal vor Angst, nehme ich an.

»Konnte ich dir jetzt Kopf einfach so abschlage, so wie die Rombaud es bei mir tun hätte sollen.« Anne schwingt den Säbel und zerteilt ein Stück der herabhängenden Tischdecke. »Oder du sagst: Ja, Anne, du bist jetzt Königin und regierst die Land.«

»Niemals!«, schreit Henry. »Never! I am the King!«

»Heinrich, nehmt doch Vernunft an«, mischt sich Bertram unvermittelt ein. »Das, was Ihr tut, ist doch nicht gut. Ihr seid kein guter König. Ein guter König lässt seine Frau nicht köpfen, bloß weil sie ihm keinen Erben gebiert.«

Ich komme langsam nicht mehr mit. Wieso soll Henry jetzt nicht mehr regieren? Das war doch so gar nicht abgesprochen. Was machen wir hier eigentlich? So ernst habe ich Bertrams Aussage nicht genommen, als er meinte, er wolle sich Heinrich vorknöpfen. Nun ja, andererseits lässt sich das jetzt alles leider nicht mehr ändern. Jetzt sind wir nun mal hier.

»Exactly«, meint Anne. Sie geht zu Heinrich und schubst ihn, so dass er von seinem komischen Sessel auf den Boden plumpst. »So, jetzt hab ich dir von die Thron gesturzt«, sagt sie befriedigt.

Da springt der gestürzte Heinrich plötzlich auf und rennt zu einer Wand, bröselt daran herum, und eine Tür – ich nehme an, eine Art Geheimtür – öffnet sich.

Heinrich will fliehen! Und die Wachen verständigen, da bin ich ganz sicher. Das geht jetzt gar nicht. Heinrich muss hierbleiben!

Jane schreit: »Run, Henry, run!«, und springt ebenfalls auf.

Bertram hält sie fest.

Anne hebt den Säbel.

»Good afternoon«, kommt es da von der Geheimtür.

Es ist nicht Heinrichs Stimme, die das sagt.

»Robin Hood!«, ruft Bertram.

Ich schaue auf und kann es nicht glauben.

»Hello, ihr alle!« Robin Hood drängt Heinrich in den Raum zurück, der gar nichts mehr versteht und »No, no, no« wimmert.

Hinter Robin kommt seine ganze Mannschaft zum Vorschein. Alle sind sie bewaffnet, hurra, hurra.

Heinrich schwitzt.

Und da kommt noch jemand in den Raum.

»Paracelsus!«, ruft Cäcilie freudig aus. »Wie um alles in der Welt kommst du denn hierher?«

Paracelsus winkt ab. Er sieht müde und mitgenommen aus.

»Das war eine Odyssee, ihr Lieben, das kann ich euch sagen.« Er lässt sich auf Heinrichs Thron fallen. »Ich habe versagt, kläglich versagt, falls ich gefragt werde«, sagt er, während Heinrich auf dem Boden herumkriecht und fürchterlich jammert.

Wo sind eigentlich die Wachen? Warum kommt eigentlich niemand, um hier mal nach dem Rechten zu sehen? Ich frage nach und bekomme ein kurzes »Wir musste leider Männer fast all todmag«, von Robin zur Antwort.

»Als dieser Pritzenheim zu mir gekommen ist, wollte ich ihn mit der Pest infizieren«, erzählt Paracelsus weiter. »Aber ich hatte vor Nervosität meine Sehhilfe verlegt, und so trug es sich zu, dass ich ihm versehentlich Penicillin spritzte. Was auch noch richtig war, denn er hatte mittlerweile Fieber. Ach, so etwas, so etwas!« Der Arzt schüttelt den Kopf. »Dann war der Lump natürlich in einigen Tagen gesund und tönte in ganz Hameln herum, dass er euch vernichten wolle. Was blieb mir anderes übrig, als mich auf den Weg zu euch zu machen, um euch zu warnen? Eben, nichts blieb mir übrig, falls man mich fragt. Also habe ich mich auf ein Pferd gesetzt und bin losgeritten. Dabei kann ich gar nicht reiten. Und dann habe ich mich verirrt, doch zum Glück kamen Robin Hood und seine Männer. Ich war sehr froh, das kann ich euch sagen. Sehr, sehr froh.« Er seufzt auf. »Ich habe euch beschrieben, und erst wollte der Robin mir nicht verraten, dass er euch auch getroffen hat, aber dann hat er es mir doch gesagt. Und dann meinte Robin, es sei nicht gut, dass ich alleine unterwegs bin, und hat angeboten, mich in die Truppe aufzunehmen. Und mit mir nach Hamburg zu ziehen und euch zu suchen. Aber in Hamburg wart ihr schon nicht mehr. So kam es, dass wir nach Yarmouth segelten, da wollte Robin sowieso hin. Aber da seid ihr auch nicht mehr gewesen, und Robin meinte, ihr hättet euch bestimmt auf den Weg nach London gemacht. Das sei schließlich die Hauptstadt. Hier in London war es dann leicht, euch zu

finden, denn man erzählte sich bereits, dass Fremde umherziehen, die eine Kuh dabeihaben, die ein Geweih trägt, und
die Beschreibung für die Pferde stimmte auch. Nur dass ihr
mit schwarzen Männer unterwegs seid, war mir neu.«

Robin nickt. »Man hat sig erzählt, dass ihr die Konigin von
England dabeihabt und euch auf dem Weg ins Schloss befindet. Jeder sagte, wenn Konigin zu Henry geht, wird er kopfe
sie. Und dann hab ig mir gedagt, seid ihr dann aug tot. Weil
Henry fackelt nie lang, you know?«

Heinrich VIII. hat sich mittlerweile auf die Knie begeben
und robbt vor Anne herum. »Please, please …«, macht er.
»Ich vergebe dir, werde ich dich nicht kopfen lassen. Ich
gehe raus zu die Mensche und verkunde, dass du an die
Lebe bleibst. Ehrenwort.«

»Pah, Ehrenwort«, regt Anne sich auf und fuchtelt Heinrich
mit dem Säbel vor der Nase herum. »Wirst du rausgehe und
der Wache hole, ich kenne dich.«

»No, no!«, jault Heinrich. Seine Nase läuft.

»Jedenfalls ist Pritzenheim immer noch hinter euch her«,
warnt uns Paracelsus.

Wir klären ihn darüber auf, dass Pritzenheim und alle anderen nicht mehr hinter uns her sind.

Paracelsus ist sehr erleichtert. »Wenn man mich fragt, so
würde ich antworten: Es ist sehr gut, dass es Wale gibt«,
nickt er.

»Was machen wir nun mit die Henry?«, überlegt Anne.

Jane ist mittlerweile ohnmächtig geworden, was aber niemanden interessiert.

»Steh auf, ist ja nicht mit gucken anzu, wie du kriechst auf
die Boden«, fährt Anne ihren Mann an, der ihr zitternd gehorcht und sich auf seine fetten Beine stellt.

»Hab ich Idee«, meint Anne dann. »Wird die Heinrich
mir jetzt schriftlich schreiben, dass ich die Regierung von

die England übernehme, und dann wir bringe ihn in die Tower.«

»Was ist die Tower?«, will ich wissen.

Hinter mir rumort es. Dem ein oder anderen Ex-Sklaven ist offenbar langweilig. Behutsam beginnen sie ein Tänzchen.

»Eine Kerker«, sagt Anne. »Da kann die Heinrich verrotte. Und die Jane wird verbannt. Dann wird ich England so regiere, wie sich gehört es. Mit Verstand und mit ... mit ... dem Ding hier drin.«

»Dem Herzen?«, das ist Luzifer.

»Ich sign alles, wo du sagst, aber lass mich alive«, fleht Heinrich dazwischen.

»Herzen. Verstand *und* Herzen!« Anne wird theatralisch. Sie ist so begeistert von ihrer Idee, dass sie sich mit weit ausgebreiteten Armen einmal um sich selbst dreht.

Leider vergisst sie, dass sie in ihrer rechten Hand diesen Säbel hält.

In der nächsten Sekunde fliegt Heinrichs Kopf durch den Raum und landet auf dem Tisch. Genauer gesagt auf der Fleischplatte. Der restliche Heinrich fällt um.

Wir schreien entsetzt auf.

Die Sklaven tanzen schneller.

Sandro zeichnet.

Paracelsus macht ein Nickerchen.

»Oh«, verlegen schaut Anne auf den blutverschmierten Säbel und dann auf den Kopf.

»Hat noch jemand eine Hunger?«, fragt sie dann.

Niemand nickt.

Robin Hood und seine Männer treten nach vorn. »DER KÖNIG IST TOT! ES LEEEBE DIE KÖNIGIN!!!«, rufen sie im Chor.

ine Woche später hat sich der Trubel gelegt. Anne ist jetzt regierende Königin von England. Als erste Amtshandlung schafft sie die Todesstrafe ab, was ihr vom Volk hoch angerechnet wird.

Uns fragt sie, ob wir bleiben wollen: »Hier in Palace of Whitehall ist enough Platz«, meint sie. »Habt ihr alle so much für mich getan, seid ihr herzlich eingeladen.«

Luzifer, Valeria und Michelangelo entscheiden sich dafür.

»Wir werden Dildettes verkaufen«, erzählt Valeria und freut sich sehr auf die Zukunft. »Und jeden Abend werden wir einen flotten Dreier machen. Mit zwei Männern macht es einfach mehr Spaß, hihihi. Wir werden uns auch dafür einsetzen, dass alle Menschen freizügig leben können, genau wie wir.«

Robin Hood macht sich mit seinen Männern wieder auf den Weg, um den Reichen alles abzunehmen.

»God bless you all«, meint er. »Wir werden aber immer wieder hierherkommen, um dich zu besuchen, Anne.«

Den Ex-Sklaven schenkt Anne ein großes Stück Land. »Sie sollen Familien gründen«, bestimmt sie.

Die Schwarzen freuen sich sehr.

»Es ist besser, mit drei Sprüngen ans Ziel zu kommen, als sich mit einem das Bein zu brechen«, sagt der weise Ex-Sklave, und alle nicken.

Ich überlege kurz, wie sie wohl Familien gründen wollen, weil es ja alles Männer sind, aber darum kann ich mich jetzt nicht auch noch kümmern.

Und Martin Luther?

»Hier kann ich ja nichts anzünden.« Fast klingt seine Stimme traurig. »Das wäre ja unhöflich Anne gegenüber. Nein, ich werde nach Rom reisen und mal schauen, ob ich den Papst bekehren kann. Der Protestantismus ist das, was zählt.«

Paracelsus will auch in London bleiben. Er wird Annes persönlicher Leibarzt.

»Falls ihr mich fragt, ist es das Beste, wenn ich einmal sesshaft werde. Das ewige Umherziehen ist nichts für meine alten Knochen. Nein, hier habe ich ein geregeltes Leben. Außerdem werde ich mit Cäcilie dafür sorgen, dass die Anti-Baby-Pille auch in England verbreitet wird. In Deutschland habe ich das Meine dafür schon getan, das werdet ihr merken, wenn ihr durch die Städte zieht.«

Ja, auch Cäcilie will bleiben. Eine Tatsache, die mich sehr, sehr traurig macht, sind wir doch eine so lange Zeit gemeinsam durch dick und dünn gegangen. Aber Cäcilie hat sich verliebt. In einen netten Mann, den sie bei einem Gang über die Downing Street kennen gelernt hat.

»Er beschäftigt sich auch mit Heilkräutern«, erzählt sie uns. »Gemeinsam wollen wir endlich das Kraut fürs ewige Leben finden. Das bin ich Anneke schuldig. Vernel meint, wir sollten mal eine Mischung aus Lavendel, Oleander und Jasmin ausprobieren. Er ist ein feiner Mann.«

Vernel ist wirklich nett, und das Lebenskraut war ja immer schon Cäcilies eigentliche Berufung. Mir bleibt nichts anderes übrig, als sie in London zurückzulassen.

Sandro, Bertram, Laurentius, Unguis und Brabantus und ich werden also alleine den Heimweg antreten.

Auch Hiltrud lasse ich in London. Sie ist jetzt mit einem netten Stier zusammen, der Jefferson heißt und devot ist. Er lässt sich von Hiltrud sogar treten, ohne zu mucken. Für Hiltrud war die letzte Zeit sowieso zu anstrengend. Sicher ist es besser, wenn sie hier bleibt.

Wir müssen Anne versprechen, sie mindestens alle drei Jahre in London zu besuchen. Ich hoffe, dass wir das schaffen.

Sandro hat große Pläne: »Zunächst kehren wir in deine Heimat zurück, ich muss doch deine Familie kennen lernen, und dann ziehen wir weiter nach Italien. Meine Heimatstadt Florenz wird dir gefallen.«

Er hat mir auch einen formvollendeten Heiratsantrag gemacht. So richtig mit Hinknien. Ich habe Ja gesagt. Ich, die ja eigentlich nie im Leben heiraten wollte. Aber die Zeiten ändern sich nun mal.

Und ich freue mich so sehr darauf, nach Hause zu kommen! Wir waren so viele Monate unterwegs.

An einem kalten Freitag verabschieden wir uns. Anne hat uns Pferde geschenkt und eine Menge an Wegzehrung einpacken lassen.

Ich umarme Cäcilie und möchte sie gar nicht mehr loslassen.

»Das haben wir gut gemacht, wir beide, oder?«, sagt sie leise, und ich nicke unter Tränen. »Leb wohl, kleine Schwester«, flüstert sie dann, und auch sie hat feuchte Augen. »Und führe unsere Mission fort. Du weißt ja, was du tun musst.«

Man eskortiert uns bis zur Stadtgrenze, und dann geben wir den Pferden die Sporen. Ich drehe mich immer wieder um und winke, bis die Zurückgebliebenen zu kleinen Punkten werden und schließlich gar nicht mehr zu sehen sind.

Dann schaue ich nach vorn und freue mich auf zu Hause.

Wir kommen zügig voran, machen nur Rast, wenn es unbedingt sein muss, und reiten nach einer glücklicherweise ereignislosen Überfahrt von Hamburg auf direktem Wege gen Heimat. Von Tag zu Tag werde ich aufgeregter. Ob noch alle da sind? Ob sich in Münzenberg etwas verändert hat?

Ob ... ob wir eventuell noch verfolgt werden? Daran habe ich ja gar nicht gedacht. Ich frage Bertram.

»Das glaube ich nicht.« Er sieht die Sache relativ gelassen. »Tiburtius und Pritzenheim sind tot. Das werden wir natürlich nicht jedem auf die Nase binden, sondern sagen, dass wir uns getroffen und ausgesprochen haben und dass sie sehr einsichtig waren und nun weiterreisen, um überall zu verkünden, dass du und Cäcilie Heilige seid.«

Ein guter Plan. Eine Heilige sein wollte ich zwar nie, aber wenn es mein Überleben sichert, dann bin ich eben auch eine Heilige. Hildegard von Bingen wäre stolz auf mich.

Bertram scheint es im Übrigen besser zu gehen. Er sieht auch nicht mehr so traurig aus. Ich nehme an, er hat sich damit abgefunden, dass Sandro und ich einfach zusammengehören.

Wir übernachten in bescheidenen Gasthäusern, und überall, wirklich überall, ist die Pille ein Thema. Die Kunde hat sich wie ein Lauffeuer in deutschen Landen verbreitet. Paracelsus scheint ganze Arbeit geleistet zu haben. In Gedanken sende ich ihm ein Dankeschön.

Die Frauen sind außer sich vor Freude. Ich verteile alles, was ich noch habe, und mir schlägt große Dankbarkeit entgegen. Es macht mich sehr froh.

Endlich, endlich ist der große Tag da. Wir durchreiten die Gemarkung Mavelon, und von weitem sehe ich die beiden trutzigen Türme der Burg Münzenberg in den Himmel ragen. Mein Herz klopft. Mittlerweile haben wir Dezember, und ein kalter Wind weht. Wie gut, dass es noch nicht schneit. Wenn der Boden unter dem Schnee gefroren und glatt ist, könnten die Pferde ausrutschen und stürzen.

Dann reiten wir ins Dorf hinein. Es ist spät am Nachmittag, und nur wenige Leute sind auf der Straße.

»Lilian!«, höre ich da jemanden rufen, und schnell drehe ich mich um. »Oh, Lilian, ich traue meinen Augen nicht, du bist wieder da! Du bist zurückgekommen. Wir dachten alle, du seiest tot!« Großmutter Bibiana, die offensichtlich gerade einen Falschparker aufgeschrieben hat, steht vor mir und fängt in der nächsten Sekunde bitterlich an zu weinen.

Schnell springe ich vom Pferd und laufe auf sie zu.

Sie streicht über mein Gesicht. »Mein Kind, mein Kind, so lange warst du fort. Wie bist du nur aus dem Kerker herausgekommen? Wo warst du? Hier nehmen jetzt übrigens auch alle die Pille, die du mit Cäcilie erfunden hast. Und Pritzenheim und Tiburtius sind auch weg, keiner weiß wohin. Sie wollten euch suchen und töten. Aber sie haben es nicht geschafft! Ach, ach, ach …«

Dann umarmt sie auch die anderen, und ich stelle ihr Sandro vor.

»Er kommt aus Italien, Großmutter. Wir werden heiraten«, sage ich stolz und blicke Sandro liebevoll an.

Er macht einen Diener vor meiner Großmutter.

»Heiraten finde ich ja gut«, meint Bibiana. »Aber muss es denn ausgerechnet ein Gastarbeiter sein?«

Meine Eltern brechen vor Freude fast zusammen, als sie mich wiedersehen, und meine Geschwister springen um uns herum.

»Da habt ihr ja eine lange Reise hinter euch«, sagt meine Mutter gerührt, die im Übrigen jetzt auch die Pille nimmt. Ich muss dringend neue herstellen.

Abends sitzen wir alle um unserem Tisch und erzählen. Natürlich nur einiges. Die Sache mit dem Wal verschweigen wir, und die Sache mit die Heinrich auch. Es muss ja nicht jeder alles wissen. Bertram verkündet seine Geschichte mit

Pritzenheim, und jeder glaubt ihm. Vielleicht will ihm auch einfach nur jeder glauben. Keiner fragt, ob der Graf wohl zurückkommt. Ich nehme an, alle sind froh, dass er weg ist. Pritzenheims Kinder sind auf Familien im Dorf verteilt. Merlin ist immer noch dumm wie Stroh.

»Was ist eigentlich aus Konstanzes Mann und ihren Kindern geworden?«, frage ich neugierig.

»Ach, er hat geheiratet, und sie sind gleich darauf weggezogen. Ich nehme an, er konnte unsere anklagenden Blicke nicht mehr ertragen«, erklärt mir Vater. »Sicher ist es besser so.«

Ich erzähle ihm, dass es Konstanze gut geht, was ihn freut. Dann will ich wissen, wer jetzt oben auf Burg Münzenberg wohnt.

»Jeder kann die Burg nutzen, es ist ja kein Graf mehr da«, erzählt mein Vater. »Und bis eins der Kinder Graf wird, dauert es noch. Nun, die Zeit wird es zeigen.« Sorgenvoll blickt er mich an. »Ich mache mir dennoch Gedanken, auch wenn noch niemand Weiteres hier war, der euch sucht«, sagt er. »Wenn die Kirche erfährt, dass ihr hier seid, könnte das gefährlich sein. Selbst wenn Pritzenheim herumreist und erzählt, dass ihr alles richtig gemacht habt.«

»Ich werde nicht hier bleiben«, sage ich mit leiser Stimme. Irgendwann muss ich es ja verkünden. »Ich werde mit Sandro nach Italien gehen und dort mit ihm leben. Und die Pille weiter unters Volk bringen. Ich möchte, dass sie in der ganzen Welt verbreitet wird. Das ist mein Ziel.«

Das ist es wirklich. Und ich bin stolz und froh darüber, ein Ziel zu haben.

Ich habe auch keine Angst davor, weiter verfolgt zu werden. Ich kenne mich ja mittlerweile mit dem Verfolgtwerden aus.

Sandro und ich bleiben noch einige Wochen in Münzenberg. Dann wollen wir uns aufmachen nach Italien.

»Da ist es auch wärmer«, meint Sandro, der meinen Eltern übrigens das Venusbild mit den Strümpfen geschenkt hat.

Ich glaube, es war meinen Eltern ein wenig peinlich, aber sie haben so getan, als würden sie sich freuen.

Wir heiraten auf der Burg, und das ganze Dorf ist dabei. Die ganze Nacht lang singen und feiern und tanzen wir. Jetzt heiße ich offiziell Lilian Botticelli, und mir gefällt der Name.

Was mir noch mehr gefällt ist die Tatsache, dass Bertram endlich, endlich eine nette junge Frau kennen gelernt hat. Sie ist vor kurzem mit ihren Eltern nach Münzenberg gezogen.

»Walburga ist die erste Frau, die mich von dir ablenkt, Lilian«, meint er und sieht glücklich aus. »Sie findet es auch gar nicht schlimm, dass ich mal Scharfrichter war. Aber diesen Beruf werde ich selbstverständlich nicht mehr ausüben. Nein, wir werden jetzt Schafe züchten, das ist doch was Ehrenwertes.«

Ich freue mich so für Bertram.

»Und dir wünsche ich alles Glück der Welt, Lilian«, er umarmt mich. »Nichts für ungut. Ach, das war eine Reise, was?«

Unguis, Laurentius und Brabantus wohnen jetzt übrigens zusammen. Sie haben eine Art Lazarett gegründet und finden nichts schöner, als den ganzen Tag lang über ihr Leid zu klagen. Ich bin froh, dass wir Unguis dort untergebracht haben; wo hätte er denn alleine hingesollt? Laurentius erfindet neue Phobien, und das finden die anderen gut, denn dann können sie auch so tun, als hätten sie Phobien. Und so vergehen ihre Tage in gedachtem Schmerz und Leid, und sie sind sehr glücklich dabei.

Großmutter Bibiana nimmt mich irgendwann zur Seite: »Nun, wie klappt es mit der Hexerei?«, will sie wissen und schaut mich mit ihren klugen Augen an.

Ich zucke mit den Schultern. »Ich glaube, ich könnte, wenn ich wirklich wollte«, sage ich. »Einmal hat es geklappt, und dann wieder nicht. Es muss ja auch nicht jeder alles können. Und das, was ich wirklich will, das schaffe ich auch ohne Hexerei.«

Bibiana nickt. »Du hast eine Aufgabe, mein Kind«, meint sie, »und die scheinst du sehr gut zu erfüllen. Das hat alles seinen Sinn. Du bist eben anders. Und du machst was daraus. Ich bin sehr stolz auf dich.«

Am Tage vor unserer Abreise spaziere ich mit Sandro auf der Burg herum. Es ist kalt, aber die Sonne scheint.

»Ich freue mich so auf unser Leben«, Sandro umarmt mich. »Ganz Italien werde ich dir zeigen, meine Eltern wirst du mögen, oh, wird das fein. Ich werde wieder Auftragsarbeiten annehmen, um uns zu ernähren, und wir werden unser Leben genießen.«

Ich nicke. Wir bleiben an der Burgmauer stehen und blicken auf die Wälder und Felder, die sich vor uns ausbreiten. Ich werde Münzenberg sehr vermissen, aber Vater hat schon Recht. Ich muss weiterziehen. Aber etwas von mir soll hier bleiben, irgendetwas.

Da habe ich eine Idee. Ich knie mich vor die Mauer und nehme einen spitzen Stein. »Wir werden in diesen Mauerstein klopfen, dass wir hier waren«, sage ich zu Sandro, der sich neben mir niederlässt.

»Ja, wir meißeln ein Gedicht ein und schreiben dazu, dass wir uns lieben«, nickt er. »Jeder soll es wissen.«

Eine halbe Stunde später sind wir fertig.

*Von wildem Lebensdrang, von Furcht und Hoffnung
frey,
der Gottheit sage Dank, wer immer dein Gott auch sey.
Dass jedem Leben ein Schluss, keinem Toten je Wiederkehr,
dass auch der müdeste Fluss seinen Weg einst findet zum
Meer.
Lilian und Sandro. In ewiger Liebe. Anno 1534.*

»Das ist schön«, meint Sandro andächtig, und beide fahren
wir mit der Hand über die eingemeißelten Worte.
»Ich liebe dich so sehr, und ich freue mich so auf alles, was
noch kommt. Hauptsache, wir sind zusammen.« Er küsst
mich.
»Mmhmm«, sage ich leise. »Da kommt auch bald was.«
»Was kommt?«, fragt Sandro verwundert.
»Es wird noch eine Weile dauern, aber so lange nun auch
nicht mehr.«
»Wie?« Sandro stutzt, und dann macht er große Augen.
»Lilian …«, sagt er dann leise, und seine Augen werden weit
vor Glück.
Ich nicke und lächle ihn strahlend an. »Ich hab wohl eine
Pille vergessen. Ich bin schwanger.«

Alles kommt, wie es kommen soll.
Und alles ist gut, so wie es ist.

Epilog

August 2005

Das ist ja wirklich schön hier«, sagt der junge Mann und schaut von der Ruine der Burg Münzenberg hinab auf die Wälder und Felder, die von der Nachmittagssonne angestrahlt werden.

Die junge Frau an seiner Seite nickt: »Ich wollte immer schon mal hierher kommen. Meine Vorfahren haben hier gewohnt. Also nicht direkt hier auf der Burg, sondern im Dorf.«

Die beiden gehen den schmalen Pfad auf der Mauer entlang.

»Hier gibt es sogar ein Verlies«, sagt die junge Frau. »Gruselig, oder? Wer darin wohl gefangen war?«

»Schau mal, Lilian, hier hat jemand was eingemeißelt. Das kann man sogar noch lesen.«

Der junge Mann deutet auf eine Inschrift in einem Mauerquader.

Die beiden knien sich hin und versuchen, das Geschriebene zu entziffern.

Von wildem Lebensdrang, von Furcht und Hoffnung frey,
Der Gottheit sage Dank, wer immer dein Gott auch sey.
Dass jedem Leben ein Schluss, keinem Toten je Wiederkehr,
dass auch der müdeste Fluss seinen Weg einst findet zum Meer.
Lilian und Sandro. In ewiger Liebe. Anno 1534.

»1534«, sagt die junge Frau, »und sie hieß auch Lilian! Was für ein Zufall. Das muss man sich mal vorstellen: Vor fast fünfhundert Jahren hat hier ein Paar gesessen und das hier in den Stein eingemeißelt. Die müssen sich ganz schön geliebt haben.« Vorsichtig streicht sie über die Buchstaben.
Der junge Mann rückt näher zu ihr und fährt durch ihr blondes, gelocktes Haar. »Ich liebe dich ja auch«, sagt er leise und schaut sie liebevoll an.
»Und ich dich«, sagt die junge Frau mit dem Namen Lilian.
Sie sinken vor dem Mauerquader nieder und küssen sich.
»Du ...« Der junge Mann umarmt Lilian fest.
»Hm ...«, macht sie.
»Was hältst du davon, jetzt und hier ...?«
Sie setzt sich auf. »Hier? Ich meine ... also, das ist unser erstes Mal, und überhaupt, wenn jemand kommt?«
»Um diese Uhrzeit geht niemand mehr auf die Burg«, ist sich der junge Mann sicher.
Lilian kuschelt sich in seine Arme. »Lust hätte ich schon«, flüstert sie.
Er beugt sich über sie und knöpft langsam ihre Bluse auf. Dann hält er inne.
»Was ist denn?«, fragt Lilian mit halb geschlossenen Augen und seufzt.
»Mir ist nur gerade was eingefallen«, sagt er.
»Und was?« Lilian räkelt sich wohlig.
»Nimmst du eigentlich die Pille?«

Die Wahrheit der Geschichte

Wahr ist ...

... dass Münzenberg in Hessen liegt und sich dort eine trutzige Burgruine mit zwei Türmen befindet, die das »Wetterauer Tintenfass« genannt wird,

... dass sich vor den Toren Münzenbergs ein echter Galgen befindet, der heute nicht mehr benutzt wird,

... dass die Existenz des *Ius primae noctis* umstritten ist,

... dass Hildegard von Bingen (1098 bis 1179) die heilkundigen Schriften *Causae et Curae* und *Physica* verfasste,

... dass der Dominikaner Heinrich Kramer Ende des 15. Jahrhunderts die im Volksmund »*Hexenhammer*« genannte Schrift *Malleus Maleficarum* über Hexen und Magier veröffentlichte,

... dass der Urin einer trächtigen Stute in sehr hohen Konzentrationen so genannte konjugierte Östrogene enthält, die auch heute noch in Medikamenten zur Behandlung von Wechseljahresbeschwerden der Frau eingesetzt werden und in synthetisch abgewandelter Form Bestandteil der Anti-Baby-Pille sind,

... dass die wilde Yamswurzel (Dioscorea villosa) aus Mexiko stammt, winterhart ist und ihr Bestandteil Diosgenin in ein Sexualhormon umgewandelt werden kann, welches in der Pille eingesetzt wurde,

... dass in Deutschland die erste Anti-Baby-Pille »Anovlar«
im Jahre 1961 auf den Markt kam,

... dass Martin Luther (1483 bis 1546) sich 1529 zu einer
Disputation in Marburg aufhielt – seine Bibelübersetzung
hatte er da schon fertig, aber sie war noch nicht veröffentlicht,

... dass die historische Existenz von Robin Hood nicht bewiesen ist,

... dass Philippus Aureolus Theophrastus Bombastus von
Hohenheim, genannt Paracelsus (1491 bis 1541), ein bedeu-
tender Arzt und Chemiker seiner Zeit war,

... dass die Pest die im Mittelalter am meisten gefürchtete
Krankheit war und von dem gramnegativen, geißellosen
Bakterium »Yersinia Pestis« hervorgerufen wurde – entdeckt hat das Alexandre John Yersin allerdings erst im Jahre
1894,

... dass Penicillin aus Schimmelpilzen gewonnen wird – die
medikamentöse Wirkung wurde jedoch erst im 20. Jahrhundert von Alexander Flemming entdeckt,

... dass es in Hannover zu dieser Zeit einen Herzog Ernst
gab, die Marienburg allerdings noch nicht,

... dass Anne Boleyn (1501 bis 1536), die zweite Frau Heinrichs VIII., an einer Hand sechs Finger hatte, von ihrem
Gatten des Hochverrats und des Inzests mit ihrem Bruder
angeklagt und schließlich im Stehen geköpft wurde,

... dass in der Antike Rudersklaven eingesetzt wurden und im frühen 16. Jahrhundert ein schwunghafter Handel mit afrikanischen Sklaven für die Überseekolonien begann,

... dass Michelangelo Buonarotti (1475 bis 1564) eine Begabung zur plastischen Arbeit hatte und Alessandro Mariano di Filipepi (1445 bis 1510), genannt Botticelli, ein begnadeter Maler war – beide sind jedoch nie aus Italien herausgekommen,

... dass Klaus Störtebeker (1370 bis 1401) als gefürchteter Pirat gegen Hamburger Handelsschiffe vorging,

... dass Moby Dick und Kapitän Ahab fiktive Figuren sind,

... dass Christoph Kolumbus (1451 bis 1501) kein Versager war. 1492 erreichte er das heutige Haiti und leitete damit die Eroberung des Kontinents durch die Europäer ein, der später Amerika genannt wurde,

... dass Heinrich VIII. kein angenehmer Zeitgenosse war und als gewalttätig und prachtliebend bezeichnet wurde.

Unwahr ist ...

... dass in Romanen alles wahr sein muss.

Danksagung

Juhu, es ist so weit: Ich kann danken. Danksagungen in Büchern lese ich nämlich immer zuerst und bin jedes Mal wieder ergriffen. Also fange ich mal an.

Danke, Dr. med. Mathias Inacker (Doc Gyn), dem weltbesten Frauenarzt, der mit mir über trächtige Stuten, Pferdepipi und Hasen nachgedacht hat.

Danke, Philipp, dass du nie wirklich sauer warst, wenn ich geschrieben habe. Schließlich konntest du dann ja auch mal wieder zu McDonald's. Oder musstest dein Zimmer nicht aufräumen.

Und dir, Fridtjof, sage ich danke dafür, dass es dich gibt.

Danke an Georg »Schorsch« Simader, meinen Agenten, der immer sagt: »Du schaffst das!« Ich weiß bis heute nicht, ob er das wirklich glaubt, aber es gibt ja so was wie Motivation. Und ich bin sehr, sehr froh, dass ich ihn habe.

Ein herzliches Danke an Susanne Halbleib, meine Lektorin (hey, hört sich an wie eine Danksagung von Diana Gabaldon, Nicholas Sparks oder Dan Brown, die danken auch immer ihren Lektoren), die mir ein selbst gebasteltes Schafott zugesagt hat.

Vielen Dank an meine Kolleginnen Susanne Fröhlich und Tine Wittler, dass ihr bei Pannen nicht mit Worten wie

»Mach dich nicht verrückt, das wird schon!« reagiert, sondern mit gutturalen Lauten und schrillem »OH WIE FURCHTBAR IST DAS DENN?!!!«

Danke, Barbara, Claudia, Gabriella und Katja, weil ihr meine Freundinnen seid und immer so schön mitgelitten habt. Aber ich leide auch immer mit euch, das wisst ihr.

Und Danke allen Maveloniern, ob ihr nun echt seid oder nicht. Wollen wir im 16. Jahrhundert wirklich leben? Nein, sicher nicht. Aber Tagesausflüge sind doch immer schön …

Steffi von Wolff
ReeperWahn
Roman
Band 16588

Große Comedy von der Autorin des Bestsellers
›Fremd küssen‹

Selbst Gefängnis wäre besser als ein Job beim *Kiez-Report*,
dem Hamburger Sex-Schmuddelblättchen. Da sind sich die
fünf Mädels der Redaktion einig: Gerlinde, Peggy, Heidi,
Liesel und Brigitte müssen sich vom cholerischen Chefredak-
teur Herbert terrorisieren lassen, der am liebsten Kohlrabi-
tragende Models auf Stoppelfeldern fotografiert. Auch privat
gibt's mit den Männern nur Stress.

Da kommt ihnen eine mörderische Idee: Herbert soll stellver-
tretend für die ganze Männerwelt sterben. Aber wie? Heinrich,
der kurzsichtige Redaktionsalligator, scheint nicht
geeignet für die Aufgabe. Ist der hausstauballergische Auf-
tragskiller Oscar der Richtige? Schon bald haben die Mädels
mehr als eine Leiche im Keller ...

»Wahnsinn!«
Susanne Fröhlich

Fischer Taschenbuch Verlag

Steffi von Wolff
Fremd küssen
Roman
Band 15832

»›Carolin hatte Sex‹, brüllt mein lieber Kollege ins Mikro,
›und der Typ hat so laut gestöhnt, dass die Pfandflaschen
von der Spüle gefallen sind!‹ Im Studio klingelt das Telefon.
Yvonne aus Ettrichshausen wünscht sich für ihren verstor-
benen Wellensittich das Lied ›Time to say good-bye‹. Und
übrigens, was ich gern noch mal wissen wollte: Fragt mich
jemand, ob ich ihn heiraten möchte, wenn ich verspreche,
nein zu sagen? Hallo? Hallo …?«

Teilkörperbräunung am Barzahlertag oder warum bei einer
Frau eigentlich nur die inneren Werte zählen. Lesen Sie dieses Buch nicht im Bett. Sie werden vor Lachen rausfallen.

Fischer Taschenbuch Verlag

Steffi von Wolff
Glitzerbarbie
Roman
Band 16077

Neue Abenteuer für Carolin Schatz: Ein Karibikurlaub endet
mit Schiffbruch – und einem Angebot für eine eigene Talk-
show. Caro überwindet Schlager singende Guerillakomman-
dos, Säure spritzende Psycho-Frauen und wird berühmt.
Doch ihre Freunde sind genervt und in ihre Beziehung mit
Marius schlägt der Blitz ein. Caro schlägt zurück …

Ein Buch fürs Leben: Sie werden sich totlachen. Mit Dau-
menkino!

Fischer Taschenbuch Verlag

Heleen van Royen
Göttin der Jagd
Band 16357

Gierig leben und jeden Tag lachen! Diana weiß, was sie hat: einen wunderbaren Ehemann, süße Kinder, einen guten Job. Und Diana weiß, was sie will: alles! Und zwar mit viel Sex in freier Wildbahn. Aber dann wird sie schwanger – nur von wem? Das Kind kann sie doch nicht bekommen? Diana muss eine Entscheidung treffen – und ihr ganzes Leben in Frage stellen.

»Witzig, erotisch, mutig!«
Für Sie

Fischer Taschenbuch Verlag

Tommy Jaud
Vollidiot
Der Roman
Band 16360

Nicht alle Männer sind Idioten. Einige sind Vollidioten.

Irgendwas läuft schief bei Simon, aber gründlich. Die richtige Frau steht zum falschen Zeitpunkt vor der Saunatür. In den eigenen vier Wänden drohen kroatische Übersprungshandlungen, im Fitnessstudio lauert Killerschwuchtel Popeye, in der persischen Cocktailbar sitzen Pulp-Fiction-Luftfahrthasen und im Spanischkurs zwei Hackfressen mit Betonpullovern. Aus einem Tag am Meer werden zwei Minuten im Separee der horizontalen Verkeilungen. Da helfen weder Paula-Tipps noch Schlemmerfilets. Und wenn man sich am Ende auch noch so richtig ›versimst‹, dann steht plötzlich ein kleiner Mann mit einem großen Bierkasten vor der Tür …

»Krallen Sie sich am Sofa fest,
Sie hüpfen sonst vor Lachen.«
Denglers Buchkritik, BILD am SONNTAG

»Skurril, trendy, amüsant. Tommy Jauds absurde Komik ist perfekt für Singles, die ihr Dasein nicht zum Lachen finden – hier können sie es!«
Freundin

Fischer Taschenbuch Verlag

fi 16360 / 1